新編全金詩

第五册

薛瑞兆 編撰

中華書局

第五册目録

新編全金詩卷一二〇

新編全金詩卷一二一

新編全金詩卷一二二

新編全金詩卷一二三

新編全金詩卷一二四

新編全金詩卷一二五

新編全金詩卷一二六

新編全金詩卷一二七

新編全金詩卷一二八

新編全金詩卷一二九

新編全金詩卷一三〇

新編全金詩卷一三一

新編全金詩卷一三二

新編全金詩卷一三三

新編全金詩卷一三四

新編全金詩卷一三五

新編全金詩卷一三六

新編全金詩卷一三七

新編全金詩卷一三八

新編全金詩卷一三九

新編全金詩卷一四〇

新編全金詩卷一四一

新編全金詩卷一四二

新編全金詩卷一四三

新編全金詩卷一四四

新編全金詩卷一四五

新編全金詩卷一四六

新編全金詩卷一四七

新編全金詩卷一四八

新編全金詩卷一四九

新編全金詩卷一五〇

新編全金詩卷一二〇

侯善淵　一

侯善淵，號太玄子，平陽姑射山①（今山西省臨汾市）道士。約與毛麾同時②。著有《上清太玄集》《太上老君説常清静經注》《黄帝陰符經注》《太上太清天童護命妙經注》《上清太玄九陽圖》《上清太玄鑒誡論》等傳世。兹輯七百五十五首。

侯善淵詩存《上清太玄集》，以明正統《道藏》本爲底本編録。

七言絶句一百五首

崑崙頂裂火龍飛，寶晏天光耀紫微。一顆靈砂交煒燁，方知道力有神威。

①《莊子·逍遥遊》：「藐姑射之山，有神人居焉，肌膚若冰雪，綽約若處子。不食五穀，吸風飲露。乘雲氣，御飛龍，而游乎四海之外。其神凝，使物不疵癘而年穀熟。」姑射山又名石孔山，位於山西省臨汾市境内，其地有金殿鎮姑射村。

②金毛麾爲侯善淵《太上老君説常清静經注》撰序，稱之「今驪山侯公先生」，約在大定間。見《常清静經注》卷首，明正統《道藏》本，文物出版社等一九九四年，第一七册一七四頁。

瑶池宴净日輪孤，照破塵寰一物無。寂寞太虚誰我伴，水晶簾映夜明珠。

金明奕奕瑞雲浮，瑩净琅然點垢無。蘊素二神通一象，翠微仙子妙功夫。

一包紅露滴芙蓉，潤澤靈苗出太新。小蕾乍開凝日笑，東君還報一枝春。

神奇臭腐兩虚名，患世浮遊寵辱驚。争似脱胎歸未始，免交俗眼顧相輕。

三尺龍泉夜有聲，斬邪誅魅擅通靈。含光不染烏蛇血，飛上瑶天化玉瑛。

二氣交宫守正陽，陽光寶璨迸玄霜。生天生地歸元祖，獨立寥寥象帝鄉。

寂寂虚堂半掩扃，神光迤邐内分明。直饒月落咸池口，猶現寒林數點星。

一輪杲日出踈林，皓氣盈眸得意深。悟入大全明可道，梟玄飛去碧天心。

外抱甲龍離水殿，内驅庚虎入炎宫。煉成一物純精粹，驪御天元太古風。

坐斷群機萬慮忘，内澄心適頓清涼。凝陽隳質陰消滅，不覺神遊北帝鄉。

慷慨男兒志氣剛，便充仙舉應科場。鏌鋣劈碎崑山頂，迸彩玄珠混玉陽。

虚心心適悟希夷，更有玄元上上機。雨點谷神飛月殿，一天星彩潤芝眉。

鉛華金鼎瑞雲浮，煉就無餘照海珠。一粒亮能通法界，九天光散入清虚。

蒼龍老虎媾紅爐，玄牡丹風任吸呼。灼灼焰輝三昧火，明明照破舊昏衢。

二神交燦入中央，點點泠然混玉陽。玄象著明韜晏闞，玉樓深瑣碧雲房。

閑騎白鹿翫瑶池，悮入蟾宫折桂枝。大梵巍巍唯有象，便移星彩潤芝眉。

寶精童子採蟾華，焰迸飛魂放紫霞。混混逆流霄漢外，不須煙浪抱靈槎。

德厚先生貌若癡，内容無血化冰肌。頤然妙覺歸元象，昇入中天謁紫微。

梵氣輕浮混帝先，丹光衵奕亮通玄。玉晨不假茅齋力，頓覺虛飈執素天。

蕩蕩茫茫萬象初，天元一氣混清虛。玄陽普寔含靈質，盡化無餘五色珠。

黑汞紅鉛化玉瑛，潤眉金碧照玄精。寒林寶桂靈砂結，粧點琅玕散瑞星。

握固存神入妙機，男兒一志永無移。煉開天鼎心珠迸，冒雪童兒翫玉溪。

黑水紅霞照碧天，蒼龍老虎入閶淵。相吞海底靈鰲髓，迸甲驪珠顆顆圓。

列鼎魂遊混太蒼，蒼昊夾夾焰飛飈〔一〕。三元密固歸乾象，宏佖無隅入大方。

瑞氣祥雲滿目生，一天真秀化丹嬰。靈風不逐楊花去，飛入炎宮伴曉星。

因出陽關舊路行，聆然四顧任縱横。精瑛非作占泥絮，衝破長天一點清。

混沌元流梵氣昇，通天惠日甚分明。靜中一鑒憑誰力，降落玄珠晃太清。

天風海日耀華清，上下流金散寶晶。叩道廓然光杲杲，移神輝焰眼惺惺。

梵氣周流混百川，威眸一顧泛靈煙。雲山高枕華胥夢，非欲長安市上眠。

紅日半含山色翠，碧煙一抹水光微。錦鱗不釣空歸去，千尺綸絲安用爲。

撞透海門求罔象，衝開虛谷索玄珠。天庭至寶誰堪付，説與人間大丈夫。

一醉人間四十春，忽然驚覺夢中身。忘形自有通霄路，昇入南宮列玉宸。

寂寂虚堂半掩扉，碧桃紅杏出疎籬。南軒一枕春風外，不比莊周蝶夢時。

倉角霧收紅日瑩，江隅煙斂碧天清。忘形逸士心通快，冒雪神人眼界明。

昨宵獨坐夜更闌，内守丹爐四體安。怪得隔簾疎影白，蟾華奣奣耀琅玕。

乾元太易妙含宏，煉質流金紫氣生。家有瑞童凝日笑，一天風景爲誰明。

妙啟朱扉碧洞開，五靈仙子任徘徊。龍煙篆出詩千首，琥珀量斟飲百盃。

恍惚魂遊太一家，雲煙飛篆走龍蛇。天祥以降人間有，萬點流精混物華。

遠接瑶天近在眉，象含天質妙清微。始曾探賾歸元祖，大梵寥寥化玉霓。

形槁心灰篤志堅，抱神守一自遐年。延齡不必長留世，别有壺中日月天。

土釜怎煎金液沸，石潭無底混周流。驚天波浪冲牛斗，獨駕虚帆一葉舟。

蔽蒙癡子内團圞，海眼明明向外看。游奕丹天精瀲灔，碧眸微覺素光寒。

宵眠晨動兩忘情，漸覺冲和上下昇。蒼角半含紅日瑩，嵋山一帶碧天清。

昨夜三更月色鮮，玉霄舊路尚依然。放開千里縱横目，萬象由來一鑒圓。

瑞散丹光耀碧虚，鉛華點點潤芝眉。靈童有意趨陽舘，却逐鸞輿鳳闕飛。

結汞凝鉛煉玉霓，化肌無血貌星微。超然一舉昇天去，寔賴真風道力威。

滿目陰氛盡化陽，朱砂鼎裏發鉛霜。烏蛇倒吸蒼龍血，象適無形夜吐光。

亘古由來是客塵，不知何物作天真。門生役役空相訪，圖見今時未見人。

崑山風浪起瑤池，吹綻瓊花處處飛。晃耀太虛生瑞彩，精英流散九清微。

地魄天魂日月精，真陽赫赫燦然明。神風混裹歸三氣，三復重生一點星。

保煉先須制六情，惔然守素道之生。羽山風味誰知意，雲去無心月自明。

三元神秀氣綿綿，五色瓊葩耀九天。天瑞混成真一象，象玄飛入太清淵。

炎爐赫赫焰飛颺，沸鼎濤濤迸玉漿。實運丹風盈秀目，萬神和暢自清涼。

北溟南丹自有期，二神倏忽造天機。共謀一報渾淪死，七返圓通出舊閭。

鬱霧妖氛透膽寒，冥冥黑卵出泥丸。神風一掃中天净，承影含光血不斑。

洞元真秀混清虛，赫奕金丹耀九衢。既把胎神歸一體，内含靈質産玄珠。

層層薄霧徹丹霄，咫尺丹霄路不遥。大地連天芳草際，神風迴化玉芝苗。

無垢清虛日一輪，照開天頂駭人魂。適然不覺忘形去，遠繫靈陽遇海門。

道德玄之玄又玄，玄通地接未生前。丹風吹透流星眼，飛入華陽太一天。

一道輕霞透紫煙，禹餘風息草綿綿。日魂預覺靈華秀，照破丹丘露出天。

倚松登望玉華峰，冉冉巍峩數百重。月魄日魂相間隔，中間上下貌童容。

蟾華皎皎瀉銀河，遍照乾坤皓氣多。點魄益魂明太素，化成仙子上天羅。

北溟煙水黑滄滄，傾入炎宮赤帝鄉。因此浪清龍睡穩，黑鉛盡化紫金霜。

水國龍淵照海珠，夜冥寰鑒若瓊酥。無鞅仙子雙睛瑩，正見瑆娥上碧都。

鳳髓龍膏滿國馨，璨然凝結照環睛。晴空別有神分彩，一顆金丹耀太清。

内測玄中更有玄，外搜天上復生天。仰之彌遠無窮處，不覺魂飛象帝先。

默默昏昏道未全，劈開混沌見重玄。自通九五藏諸用，杳杳魂飛十八天。

自然之道本無形，執此無形亦假名。認取一輪晶赫日，通玄始覺太虛明。

玄元大洞藏靈寶，太上虛無隱内真。欲識本真何物是，不神而神所以神。

我本閑吟天上詩，休將下法亂猜疑。與君直指修真路，道接靈眸近在眉。

撥開寒霧露蒼穹，海月澄空萬象通。獨立寥寥孰配偶，丹嬰遊奕襲天風。

神風役役破雲英，洗出霜天氣象清。方見玉岑孤月冷，射開玄鼎豁然惺。

昔年昏昧心源閉，今日分明道眼開。喜見碧天如玉案，雙輪碾破白雲堆。

斡轉玄關氣象迴，靈烏飛過碧天開。一真頓啓雙眸瑩，認取朝陽寶鑒臺。

一輪清日光寰宇，兩點元精耀谷神。寶益洞靈天癸秀，瑤華開遍玉京春。

玉清元始大羅天，氣象雄雄出帝先。面啓紫微金闕内，丹嬰遊奕貌華妍。

日精童子貌翛然，羽蓋瑤華覆紫煙。因得玄陽開寶鑒，玉辰飛入太清淵。

兩刃霜鋒耀太華，劈開天頂迸龍砂。丹陽萬點純精粹，盡屬元君紫府家。

浩氣融風透碧窗，翛然塵跡混真陽。玄同一體忘機止，貴乎神輝鬼自亡〔二〕。

金碧清兮玉華飛，丹英秀兮紫雲歸。雙童採兮過寒溪，得不得兮誰得知。

神功有法煉刀圭，鉛鼎溫溫火力微。不假吹噓并著力，炎爐自有雪花飛。

一洗塵緣萬慮澄，移神入海化丹嬰。華元仙子相呼喚，笑指雲深翫玉京。

雙鳳迎仙入翠微，紫煙冉冉昱朱衣。玉樓引動香風處，吹得金花上下飛。

移神獨步入清虛，瑩浄清虛點垢無。換礦琇函精亹亹，射開心鼎照冰壺。

内明真性外通玄，玄照陽關道始然。内外惺瑤清珏珏，交光飛上玉京山。

洞見靈瑤象易空，混元真秀奪天風。崑崙一泒西來水，瀉入寒潭萬丈中。

放開一點混元精，洞濟冥陽暗裏明。不是玉嬰遊紫府，靈宫争得遇三星。

劈開混沌見龍光，出入朱靡納桂霜。因得五神明太昜，金丹一粒奪天常。

丹鳳縈飈下桂柯，瑤池終日飲清波。釋然忘却雙關意，一變玄珠上大羅。

靈音飛出杳冥冥，一覺香風入夢清。闌匹雙關通古道，玉霄親遇少微星。

屏絶塵緣萬事無，無中方見混元珠。亡形易象歸何處，冉冉隨風上玉都。

仰象明玄宴碧鄉，流鈴擲火入中央。洞元一點天風秀，益我三陰變九陽。

修行須下死功夫，換質留真體太無。晦魄益魂金宴闕，洞玄還照玉清都。

瓊梅初綻逐東風，縹緲人間處處通。有似月娥離寶殿，全如仙子入龍宫。

孰見瑤池漱玉泉，嗚瑯駭魄始驚天。陽魂逐盡流鈴火，夜適微星啓素玄。

不欲塵寰作計生，佻佻鶴性憶東行。玄門始覺知音少，惟有靈嵒依舊横。

偶步南宫謁帝迴，劍光飛過寶山摧。傷嗟無限蒼生目，不識蓬萊閬苑媒。
天韜晏色真風瑩，内襲龍光海上飛。金洞美氤三疊疊，玉神姿秀兩儀儀。
一輪皓月照清微，水國神林映玉溪。爽氣逼人侵骨冷，星河猶自浴冰肌。
芝堂羽客話真機，直指瑶天路不迷。清眼不交雲翳障，玉霄筵宴貌星徽。
日月運移天地瑩，神光交辯太虚明。達人到此觀其妙，易遘天風滿國清。
異俗移風出物情，泠常一點湛然清。含光默默融天質，始信神功道可惺。
劈開混沌金烏窟，撞透崑岡玉兔門。不用雙瞳明法界，故將一目照乾坤。
太玄清兮月華飛，無極光兮日精歸。芝蘭秀兮生玉溪，神功採兮誰得知。

【校記】

〔一〕昊：原作「吴」，刊誤。今按，後漢王延壽《魯靈光殿賦并序》：「據坤靈之寶勢，承蒼昊之純殷。」唐李善注：「《易》曰：地勢坤、蒼昊，皆天之稱也。春爲蒼天，夏爲昊天。」見《文選》卷一一。

〔二〕平：原作「互」，刊誤。

五言全篇十九首

劈碎崑崙頂，真元入杳冥。一爐丹鳳髓，兩鼎赤龍精。五岳祥雲起，三峰瑞氣生。放開天眼照，宇宙廓然明。

虎嘯風生壑，龍吟霧滿垓。瑞浮清宇散，焰赫碧天開。一馬投金礦，雙輪碾玉堆。象玄唯我索，留意在天台。

銀蟾出素林，下覆曲江心。皎皎星河淡，澄澄覺海深。一聲雄虎嘯，萬壑牝龍吟。警覺靈眸顱，交光玉間金。

塊坐任縱橫，灰然物自生。炎天数九後，日午打三更。木馬火中出，泥牛水底行。不知顛倒意，有眼恰如盲。

太上玄元祖，生因浩劫時。乾坤明宰輔，日月闡扶持。浩浩施仁德，巍巍闡大慈。萬天都教主，歷代帝王師。

昇玄翫桂林，瑶花覆五陰。月影青童戲，雲中丹鳳吟。霧散星河淡，晴凝瑞彩深。飛仙遊奕處，宴坐碧天心。

渺渺大羅天，玄中更有玄。杳冥三界外，恍惚五行前。上下通周匝，縱橫出物先。欲窮窮不盡，萬古獨綿綿。

乾元合聖機，至道不思議。日海華精聚，星河翠色輝。龍飛離碧嶂，虎走出寒溪。聚化丹砂就，相將謁紫微。

步虛入中華，窈窕翫仙葩。北帝藏煙靄，南冥放彩霞。金童扶寶鑒，玉女散瓊花。側磬敲寒月，靈音徹帝家。

悟入古音亭，灰心萬慮澄。風吹清夢覺，月照醉魂醒。赤帝離金鼎，青童入寶瓶。雙晴執火象，並化少微星。

風息乾坤靜，雲收天地明。澄澄秋月冷，湛湛素波清。寶桂留三性，瓊林散五星。玉辰濤雪浪，遊宴水晶城。

太一含真象，靈臺秀玉肌。精蟾凝碧嶂，惠日化丹池。晦魄盈環照，冥陽合太微。三華壺内秀，暐曄鑒容徽。

澡雪香肌瑩，籠睛啓道經。靈壇敲玉磬，仙苑步虛聲。寶篆飛天上，星光下太清。玉霄金榜上，一一掛仙名。

獨坐松陰下，流泉滴珮聲。劍光飛日角，寒霧瀉天庭。玉女遊皇甫，金童翫赤城。真人乘白象，朝現紫微星。

混沌二儀分，豁然露太空。霜天凝寶鑒，寒露滴芙蓉。罔象求珠瑩，晴瑶拔萃紅。神交靈珏照，光透玉壺中。

玉樞隨斗轉，金粟運神功。海島龍吟霧，天元虎嘯風。星瑶天骨瑩，慧照日頭紅。混理明三素，交光射寶宮。

青蓮浮碧沼，黄鶴下幽庭。水谷雲根靜，瑶天氣象清。空中琴韻響，晴外雪花明。慧照氤氲散，靈童翫玉京。

洞玄開寶鑒，玉户照金池。蜕質遊天奕，頤神入太微。乾坤相否泰，日月自然隨。心鼎瓊花綻，靈光燦日輝。

一悟太玄機，崑岡列二儀。驪珠光海島，罔象照天池。雪浪烹金液，雲濤化玉肌。忘形心適外，遊奕化龍夔。

六言絶句十二首

玄精出乎衆類，幻釋凝祥拔萃。至理易俗移風，運化靈陽天瑞。

蕩蕩十方道祖，巍巍三界獨尊。追薦靈魂授度，啓兹元始敕文。

道太清虚渺邈，神通寥廓無邊。一點靈光出現，昇玄遊奕丹天。

碧海輕浮丹桂，泠源泛出瓊花。飛童啓兹妙理，玄靈立御昇霞。

元始帝一先天，敕文受命冲玄。寶益丹風途順，玉辰宫裏飛仙。

青嶂日魂玄照，眉間慧鑒精通。黄甫三元翼御，素天一色純風。

日照冥陽洞濟，風吹頂裂天開。滿國龍光迸彩，神功兩翼徘徊。

昨夜雲收雨歇，現出玉峰寶月。靈飛混入中元，萬派陽光照徹。

崑山一泉金水，周流泛出瓊波。本性盈虚處下，冲玄逆上星河。

妙哉玉洞長春，其中遊奕仙真。易性金堂羽客，忘形送故迎新。

至道生天生地，中流日月經盈。運化四時成象，混合一性高明。
道太無邊無際，神遊廣漠之鄉。緬現天光赫奕，大哉至德真祥。

七言全篇十四首

放迴二物洗沉昏，卯酉敲開戊己門。竈底寒灰重發焰，岩前枯木漸生根。胎生鼎裏祥煙罩，赤子爐中瑞氣騰。既得萬神歸子母，便將一物獻元尊。

與君真捷露根源，妙化靈機在目前。瀉出素波穿宇角，放開紅焰滿周天。純精一色江山秀，浩氣同元景物鮮。道力資扶憑慧照，了然一法奪仙權。

寂寂柔雌守大雄，大雄突突出穹窿。運周日月藏天地，流演精華滿太空。老氏悟茲成玉象，如來達此證金容。自從我遘玄元後，傳與人間處處通。

閑閑真樂絶踈狂，一片雲心煉九陽。天降火龍遊海底，地昇黑霧入空蒼。金丹飛出先天祖，玉象還歸道德鄉。欲識玄元真妙趣，五千言内細消詳。

滚出槫桑日一輪，輝輝焰赫照虚空。乾元鼎裏添离火，太一爐中起巽風。煉就金丹飛宇宙，燒成大藥出穹窿。神功化象超千劫，越上崑崙第一峰。

寂寂寥寥萬象空，空中恍惚見神通。無圓無缺長天月，非動非摇太古風。月照离婁睛失鑒，風吹師曠耳忘聰。精思神聖功尤雅，大啓玄元上上功。

一别鄉關捨六親，心灰形槁出囂塵。青童日進文中寶，赤子常添鼎内珎。雲水京山空出没，驛途商旅謾勞神。神遊八表乘空馭，别有人間紫府春。

霧林高卧古音亭，嵐嶂猿啼醉裏醒。半夜隔簾疎月白，凌晨軒外逸風清。清如物外瑶琴冷，冷似雲中佩玉聲。塵垢一無星眼瑩，飛童點破大蘭城。

北冥仙子謁東皇，途順丹風入帝鄉。散瑞玉英通日殿，斂霞金鏡焕明堂。形移影轉超三界，物换星流出四方。徹地通天無箇物，孤然一點照中央。

不持齋法不看經，至煉真元入大乘。天上一爐赤鳳髓，眉間兩鼎黑龜精。陽光照徹明幽谷，浩氣冲玄入杳冥。物我兩忘全體現，功成位列九天星。

眉山孤秀鎖雲英，一眄留心便蜕形。兩道素光穿碧落，一條青霧瀉寒庭。桂華推出精神爽，皓氣冲開物象明。兩耀交光天頂燦，五靈仙子可飛昇。

世態塵情一劍揮，神風威烈匹玄機。日魂月魄通爻象，木液金精易坎离。九曲江心乘鳳翼，三山頂上抱龍飛。默朝象帝歸辰化，猍御瑶天路不迷。

玄關出入運璇璣，剖判陰陽設二儀。太一嵓前奔玉兔，崑崙頂上翼金鷄。西江浪裏飜紅錦，東海波中引白龜。吐出瑞光心鼎照，神丹迸彩透天飛。

天質融滋七寶身，等閑未肯喪其真。兩條青霧歸源海，一段光明照谷神。每把此機携上士，常將至道接頑嚚。同徒稍得詩中趣，也作清閑無事人。

七言藏頭詩

朴黄冠貌若愚，冲浩珠間數枝。紅瑪瑙氣化憑，誰鑒顆流藏雪。蚌下居外象珠，兩肌壺上方鬚。龍赤道膚冰潔，汞凝鉛鼎金澄〔一〕。

【校記】

〔一〕此詩韻部似紊亂，原刊如此，姑仍之。

大張仙問十二頌四言絶句

上清

上清之中，混一無分。先天之祖，萬聖之尊。

太玄

太玄之道，上極元宫。清陽真智，妙化無窮。

天徑

一條天徑，兩路齊分。玉嬰神變，面現高真。

蓬萊

蓬萊真境，地秀長春。神遊碧嶂，悟達天真。

清浄

清浄之中，育養元神。靈光通照，太極之真。

魂魄

地魄天魂，上下相呑。混成至寶，永劫常存。

道太

道太無形，固養神靈。千真以輳，萬聖安寧。

陰陽

陰魄陽魂，日月相奔。衝開地户，撞透天門。

日月

日月光明，天地冲盈。舒開道眼，一體圓成。

嬰童

兩箇嬰童，合抱純風。靈源覺海，跳入龍宫。

金水

一泉金水，兩道銀河。淵流徹底，泛出靈波。

偃月

偃月爐開，蠢出瓊梅。化成神物，結就仙胚。

衛仙問十六頌五言絶句

天寶

一塊天庭寶，收來入絳宫。聚成玄月蓋，遍覆我家風。

隨機

見物明真性，無隅無曲正。冲玄入太空，始覺精神興。

至清

清清可噭清，清净碧天明。透谷秋波冷，淵深入故京。

至净

净净覺清清，清清净裏明。一天元始道，無侶太空平。

月谷

月谷照華池，銀淵定渺瀰。九江流滿濟，一泒接天齊。

祥感

善行感天功，神遊北帝宫。清名周四海，萬里播仙風。

聚散

鉛汞養胎仙，冲虚立浩然。撈開霄漢頂，迸碎水晶天。

混微

日月混同觸，星河洌皎然。三光明徹底，一顆寶珠懸。

不測

不測太音希，靈光接太微。陰陽窮不到，神鬼不能窺。

真武

真武謁東華，靈官在本家。黑龜尋水府，背上繳金蛇。

應用

寥寥道太空，頤我大神通。混合金光結，相交一體同。

隱顯

土宿見羅睺，擎天跨火牛。劍光無血污，斬下赤龍頭。

心火

真火進無煙，爐中鼎沸煎。丹成光耀日，紅焰滿周天。

安静

虚極定元神，靈明道太真。洞元光入鼎，隱映四時春。

難易

入道非爲易，歸真不足難。恐君無執志，自遠隔千山。

靈明

一點靈明性，生從浩劫來。朗如天上日，光似月華開。

馬校尉問隱潛忘言通路登仙四首

隱潛

茅廬獨隱潛，默默守貞廉。汞水瓶中長，鉛砂鼎内添。

忘言

得意似忘言，於中達妙玄。頤神烹大象，育性煉胎仙。

通路

兩耀明通路，存神堅握固。千條紫霧舒，萬派銀霞布。

登仙

功滿自登仙，翱翔出九天。鸞隨歸紫府，鳳引去朝元。

五言全篇

何先生問居庵

幼小樂林泉，貧居養浩然。頤神全一氣，保命育三田。論道明真理，談機説妙玄。是非心已罷，久望鶴冲天。

大張仙問出家入道

昔年迷酒色，今日悟黄粮。有意歸真路，無心入故鄉。玉霄争聖賦，金闕應科場。受命天仙職，神遊入大方。

韓二郎問識破歸真

驚覺悟南柯，歸真離愛河。虚心烹浩氣，實腹煉冲和。鼎進鉛砂少，爐添汞水多。絳宫仙子怒，携劍上煙羅。

田仙問太一玄元

玄元生古蔕，太一混先天。應物千真首，凝空萬象權。精宏穿九徑，神用出三躅。上徹無生界，欣然達妙玄。

贈蘇谷信法師坐禪

瞬目蟾睛坐，揚眉道眼開。知心無垢膩，識性絶塵埃。介月光三昧，孤高照八垓。曠然無動静，頓見佛如來。

員老宿問頓悟

端坐覺朦朧，澄澄佛眼通。雙林穿皓月，鹿野透清風。瑞氣蟠金鼎，祥煙篆寶宫。太玄開正教，隨化悟真空。

牛老仙問金烏降落尋戊己

金烏尋戊己，玉兔見壬庚。混物心珠燦，凝空慧日明。澄澄天地秀，湛湛太淵清。始覺乾元象，冲和養至精。

小張仙問陰陽造化

日月飛騰降，天摇轉斗星。龍吞金鳳髓，虎飲玉蟾精。鼎煉神丹就，爐燒大藥成。病人還入口，無限鬼神驚。

題僧道同齋

同會赴修齋，欣然喜滿懷。僧談般若路，野客話蓬萊。大道傳心印，禪門法性開。混然飛皎日，光照射瑶臺。

和遇長老

上善無嗔恚，修真豈用强。知心衡昊景，達道立玄剛。照眼神通室，明空入太蒼。凝珠含寶月，日用得天長。

李仙問京山水晶堂

燦爛水晶堂，王蘭滿地粧。白雲穿碧嶂，紫霧照金光。煥煥凝神室，煌煌出洞房。不因遊此地，悟我入仙鄉。

勸門人十首

真言至訣貞，何必懼人情。指引清涼路，提携業火坑。不圖君子重，孰怕小兒輕。語嘿依天理，忠心化普平。

學道戀居家，年深事有差。口頭誇浄潔，心上閙如麻。酒色常增長，氣財日轉加。勸君聞早悟，隨我卧雲霞。

人我太矜誇，於真返作邪。狡心如兕虎，狠性似蚖蛇。好色非修道，貪財豈養家。兩般焉足正，舉步有參差。

數年離慾海，今日戀繁華。未免孤槍苦，還遭兩股杈。不明飡異果，暗地喫冬瓜。棄慾重增慾，離家却入家。

清秀艷風光，妖嬈玉腕香。柳眉星眼劍，嫩臉絳唇槍。錦帳爲牢獄，屛幃建法場。雖然頭未落，損氣敗精堂。色心猶未斷，何幸論天真。

嫉妬轉生嗔，邪淫性不仁。終朝迷酒色，每日戀紅塵。猪狗常爲伴，狐狸日夜親。常作畜生心，勿思天地祐。

說者飛龍前，行之跛鱉後。修山果未成，作業功先就。貪淫似野禽，好色過山獸。虧心業報深，有日天公折。

學道無剛烈，空將巧論舌。常存意馬顛，每使心猿劣。暗地色情魔，人前誇凈潔。臨危一念錯，永劫墮沉空。

口辯說奇功，常居酒色叢。未能通聖教，自己立家風。性染紅塵裏，身居火院中。不因多謟詐，惡業萬重增。

真實又何曾，虛脾鬭葛藤。自知巢斥鷃，豈見海鯨鵬。行短誇機巧，功虧衒己能。欲窮知古蒂，認取五明宮。

盡在玄元祖，都歸太上宗。頭頭皆受命，物物總相通。包廓乾元象，含容太始中。

河中府張六郎問神氣精三首

神光眩物明，隨化顯真形。湛湛青霄月，澄澄碧落星。杳冥歸紫府，恍惚入黄庭。至聖無窮測，通玄萬化靈。

一氣始初分，隨機四序通。冥冥天地匝，默默太虛縱。昇降分清濁，浮沉定祖宗。含靈皆受命。無物不包容。

混沌杳冥精，交光燦日明。乾元知有象，虚谷見無形。純粹凝心鼎，陽光混寶瓶。含宏天地秀，焕焕照華清。

贈牛殿試道號通亨子，字國祥。

國祥呈瑞秀，善利寶通亨。霧斂金烏瑩，雲收玉兔明。三天居浄境，四海播清名。道德俱全備，移神入帝京。

入定觀想十首

極大寧心觀，明知造化權。日魂衝霧靄，月魄趂雲煙。照眼凝心瑩，頤神混物躅。洞元光皎皎，悟理達幽玄。

極目凝祥觀，神遊天地通。嬰兒離月殿，姹女入辰宫。同會香幃裏，相邀錦帳中。水晶簾下坐，照見玉芙蓉。

剖覺開元觀，明同日月長。細微窮莫測，至大妙無疆。率化千功著，周滋萬物張。明知有造化，誰肯細消詳。

日出扶桑觀，方知道眼明。觀天天本静，察地地安寧。際物非無象，凝空豈有形。臨機相應對，一體見圓成。

心目通真觀，通真在目前。兩條光徹地，一道素衝天。月照澄輝瑩，星臨静皎然。若人逢此法，立便化飛仙。

慧日心通觀，光明遍十方。善神皆擁護，惡鬼盡消藏。湛湛乾坤静，澄澄天地涼。太玄真體現，靈覺透清光。

頓悟虛心觀，符真合自然。萬神朝象帝，一性達仙權。面啓玄元祖，心通浩劫先。至真明徹底，返性上瑶天。

正一冲虛觀，舒光萬里明。遍天清瑞降，滿國紫煙生。玄牝通來往，眉間取自行。真人無阻隔，四海任縱横。

通明融息觀，極目是天真。寶殿香風異，瓊臺翠色新。華池澆惠谷，神人灌靈椿。滿樹花争發，光輝絶點塵。

離欲朝真觀，長春别有天。繚繚紅霧燦，冉冉紫光鮮。赤子連雲卧，青童抱月眠。玉霄冷露逼[二]，微覺水晶寒。

【校記】

〔一〕冷：原作「泠」，刊誤。今按，此句「冷露逼」與下句「水晶寒」合。

上士十首

上士鬼神欽，災消禍不侵。萬邪俱遠避，衆聖福齊臨。頓覺未來性，能知過去心。現前常不昧，日用守清音。

上士煉還丹，還丹透二關。清光離九地，紅焰出三山。冲塞乾坤裏，虛明天地間。滿空諸聖現，盡是列仙班。

上士悟玄真，凝然内外同。囊中觀静境，身外看清風。日月通天象，虛無透世空。混然歸一體，至道永無窮。

上士悟乾元，於中烹小鮮。濤濤金鼎沸，滚滚玉爐煎。始覺神丹就，方知大藥全。餌因朝上界，永住大羅天。

上士達玄微，靈光滿室輝。分明開道要，脱洒露心機。此法通知少，靈文悟見稀。若能知此意，妙化入無爲。

上士處無争，無争勝轉經。展開明有象，收默暗無形。守一五神定，存三七魄寧。煉成仙子貌，跳入玉虛城。

上士煉形神，形神自合真。火中飛碧玉，水底躍紅銀。滿地皆爲寶，冲天盡化珎。玄珠知有象，瑩净絶囂塵。

上士棄纏綿，逍遥入洞天。雲霞爲伴侣，松檜是家緣。每誦黄庭卷，常看道德篇。悟兹真妙理，何慮不成仙。

贈知明子楊清

上士棄榮華，逍遥入洞霞。鉛烹壺内雪，汞煉鼎中砂。藥就顔滋美，丹成色轉加。元黄分五彩，至理妙無差。

贈湛然子許濟

上士棄頑剛，逍遥入洞房。天空垂妙體，心地混真陽。姹女眠蟾影，嬰兒抱日光。元神知有主，萬古得清涼。金侯善淵《上清太玄集》卷五，明正統《道藏》本，文物出版社等一九九四年，第二三册七七九頁。

新編全金詩卷一二二

侯善淵 二

七言絶句六十首

妙哉心適大方家，不逐中流接遠涯。醉裏墜車因白酒，醒中執履爲清茶。

元精出汨透天飛，綽約遊風遜二儀。因此脱胎歸未始，青童邀我赴丹池。

幼年何事去擔家，子細尋思可嘆嗟。不是象玄流入鼎，至今猶自駕鹽車。

龍涎鳳燭篆煙馨，日照踈林浩氣清[一]。一枕寒風驚鶴夢，星壇猶叫步虚聲。

幽闕遺照便忘形，兩耀交光一處明。物我兩忘全體現，混成一點太虚精。

放開眉羽亮天宏，杲日靈風耀太清。換體不容風火性，自知身屬少微星。

一爐金火發鉛華，晃耀乾坤起翠霞。内守不交陰鬼盜，自然寶鼎結靈砂。

養就一爐丹鳳髓，煉成兩鼎赤龍精。放開宇宙通天目，混沌初分眼界明。

更闌獨坐月當秋，瑞氣輕浮十二周。欲返神霄歸舊路，古嵓一帶碧霞收。

飛鳶妙出勝雲梯，采木彫成巧弄機。材與不材須自適，林中棄彈返遊歸。

擺脱塵緣已别離，男兒一志永無移。水雲迷隔三千里，非做神仙誓不歸。

俯仰周迴十萬尋，醉魂飛入碧天心。扶童遠接瑶池口，噏盡蟾華一味金。

幻軀久匿病沉沉，换體交光耀寶岑。積翠影浮煙浪急，火龍飛出碧潭心。

瞬目扶眉惠日開，滿川風景面前來。京山劈碎搜神寶，露出無瑕玉一堆。

心居物外自倏然，碧海輕浮一葉蓮。蓮吐花生凝日笑，隨風飄上玉京天。

竚立昂霄翫物華，瑶池兩岸發金花。醉魂廓達遊方外，悟入玄都象帝家。

玄元太一妙含宏，混内氤氲滿目生。唯有二神交兩曜，陰靈化作一天星。

洞觀煙浪碧蒼蒼，混海蛟虬戲夜光。光灼太無宏日角，萬靈咸輳證當陽。

祥雲密布江天匝，聆羽虹霓穿日角。怪得香風滿坐來，琳宫玉樹花争發。

戲珠龍出海門開，紫霧騰空遍九垓。透入咸池吞日月，十方仙子盡驚迴。

高捲珠簾向外觀，松風杲日透琅玕。七珎聚入琉璃宅，晶耀銀霞玉一團。

遊奕金明混太虚，眉山月谷瑞雲浮。不通此事得何以，空作昂霄一丈夫。

碧玉嵓前萬樹花，天然占得好生涯。仙童笑對西來客，近日高陽酒味家。

復返神霄歸舊路，玉清宫裏恣徘徊。星河澄潔無人識，兩朵瓊花一處開。

開荒種下玉芝苗，决破瑶池旋溉澆。道氣周流冲碧海，靈風遍匝滿清霄。

日精月髓烹非走，地魄天魂煉不彫。換質留真長在世，九光霞裏任逍遥。
曲江霧散寥天徹，空對紅陽飛片雪。金碧流光耀太清，寒林自有瓊花結。
世網塵情已別離，玄門訣正更何疑。男兒若有衝天志，不做神仙待幾時。
執幻何須訊幻機，悟機還是轉生迷。傷嗟雲水東遊客，枉去荆山空手歸。
百足夔蛇遞去怜，遊風神化亦徒然。直須未始先天祖，纔入吾家第一玄。
昨夜三更月色鮮，涓涓風露瀉清圓。琅然一曲誰吟送，疑是琳宫醉玉仙。
渭水終南獨往還，因尋列士過潼關。市賢野叟不相顧，帶雨連雲歸舊山。
暫離仙島向人間，苦海淘淘度化難。冒雪披風歸舊隱，夜涼携劍過潼關。
九年功濟效希夷，返舍含凝泄玉機。昔日昂霄歎不已，林間又是喻株拘。
執幻師文訊幻機，更詢楊氏轉成迷。鹿分得失知多少，似醉乘車四體隳。
謦咳言鋒敵惠盎，恨無主令見梁鴦。不家廢業充狙欲，荆棘時端待紀昌。
賢世人鍾笑遠家，自知靈廓杳無涯。因求火鏡三盃酒，味勝盧仝七椀茶。
轍魚久困待西江，爲我良賓話子陽。皆曰得珠安用道，幸逢東郭訴衷腸。
萬疊蒼峰倚翠微，一川筠水接江湄。昔年授劍歸何處，今日含光付與誰。
瑞激天光耀太清，彤庭火炡虎龍精。煉成寶鑒通天瑩，兩道神光一處明。
臨風唱和詩千首，對月盈盃酒百鍾。閑卧古嵓忘彼我，醉魂飛入廣寒宫。

古道元分太始先，混然三界獨綿綿。鯨鵬出海縱横去〔三〕，飛到瑤池六月天。
悔將異伎復追攀，禄貴榮門取自難。適見主公矜勇力，造成一葉與君看。
鯢鰍淺污儘爲基，制使羸鵬未可宜。但得天風扶羽翼，博摶羊角上瑤池。
火輪碾破碧瑠璃，兩道金光迸彩飛。因得象玄流入鼎，自然遊奕九清微。
誰念途中困轍魚，同流剛笑病肌膚。北溟煙浪終須别，啓⿰犭失圖南過五湖。
誰見神人貌甚虚，吸風飲露雪肌膚。暫離姑射煙嵐窟，穩駕飛龍上玉都。
混元何事最幽深，寶梵巍巍冠古今。因得瓊林飛素羽，一輪日赤照天心。
閑與梅張信口吟，二公知識結交深。有如風月澄今古，照破天心十萬尋。
敲空擊物鬼神驚，倚步隨行借力輕。待我玉霄登甲地，恁時携汝化龍形。
一爐金火耀天衢，露出無瑕照海珠。混裏豁然凝玉象，煉成仙子妙功夫。
玉泉湧泛流金井，倏忽南丹動北溟。劈碎玄珠迸彩霞，玄珠飛上崑崙頂。
圓明萬梵無中有，一泒丹陽沖惠口。因看瓊林簇簇花，二鵝傾下壺天酒。
混元大漢風吹裂，眉宇玉蟾吞海月。寶宴天光照五陵，丹瑛散盡黄花結。
携笻信步訪煙蘿，争奈荒岐逆旅多。二妾不須知美惡，嗟余無惠㑛韓娥。
三色氤氲射絳宫，朱扉掩映瑣真容。冰輪碾破玄岡路，運化一天太古風。
撥物拈花總是虚，交人何處用功夫。如來昔説威神力，試問禪流會得無。

一上層樓眼界明，直疑身世到華清。中天不假雲軒力，飛入炎宫伴曉星。

昂霄終日看金烏，火府朱陵煉玉爐。寶梵蕩形超物表，九靈仙子上清都。

靈眸保煉入形庭，黄氣濤濤蕩穢形。俯仰洞虚皆應徹，鬱羅霄景耀華清。

【校記】

〔一〕日：原作「目」，刊誤。　〔二〕縱：原作「蹤」，刊誤。

七言全篇八首

芝堂積翠話玄微，直指丹經泄玉機。海底飆騰紅瑪瑙，山頭擊碎碧琉璃。蟾宫玉兔遊苔徑，日殿金烏宿桂枝。兩段光明歸一處，無英公子上瑶池。

昔年浪失不還家，今日迴眸返翠霞。金火溢爐殊五彩，朱砂滿鼎發三華。江邊扯斷烏籠尾，嶺畔敲開白虎牙。洞鑒五明通大有，便乘鶴馭駕雲車。

洞房深處夜瀟瀟，猿馬擒來伴寂寥。玉兔趂蟾騰宇角，金烏抱日轉天腰。龍蟠藥鼎三花聚，虎遶丹爐五氣朝。煉就靈砂居象外，玉京仙府路非遥。

偶涉長淵暫寄居，有如待兔守空株。不遭伯樂馳塩馬，似遇莊生困轍魚。豈念昔年求罔象，唯知今日得玄珠。隴西邂逅重相見，謹寫衷懷寄子與。

詹何何事釣綸收，赤鯉騰波掣斷鈎。喜脱淺溪離苦海，幸逢長水得優游。甘居草室迎山叟，忘却朱門謁貴侯。村飲醉歸誰送去，牧童扶我倒騎牛。

嗟余内外不知遊，悮入雲山作覊留〔一〕。浪失玄珠須索隱，水澄心月絶搜求。一條青霧從天降，兩道紅霓滚地流。既到炎宫分子母，旁通七耀大方周。

寄語松形鶴髪翁，好搜玄妙躍凡籠。三關氣象冲天白，一顆金丹射鼎紅。汞結玉陽離水殿，鉛凝金氣入炎宫。流珠逆上崑崙頂，看盡瑶池浩浩風。

效法非徒得負恩，弊邪匿正昧天真。倚神托道爲生計，抱子偎妻闡教門。有識蒼生憎上士，無知魍魎謗達人。莫言天地無分鑒，遠在兒孫近在身。

【校記】

〔一〕覊：原作「擊」，刊誤。今按，唐李商隱《摇落》：「摇落傷年日，覊留念遠心。」見《全唐詩》卷五四一。

五言全篇十五首

折股因亡馬，疵眸爲産牛。鹿分恂國相，蝶夢啓莊周。姑射歸神化，壺丘返外遊。東門爲我伴，南郭亦吾儔。

幼歲機投聖，中年貌若癡。鷗鷺忘素質，犬吠换緇衣。二妾何須訊，三神自有期。季咸非得相，文摯善通醫。

梟鷄誰執幻，環舞自圖乖。鋭出焚山火，矜持措肘柸。負乘君子器，向示小人才。近狀非同智，虛勞千尺臺。

匪輩胡爲度，良工量可裁。易持心净戒，難受日清齋。鼎煮連根菜，爐燒帶葉柴。自驚魚困轍，㪷水不爲災。

門人情淡泊，道院亦瀟踈。野菜經年有，家粮近日無。我聞心已許，公見意何如。列禦經遊衛，何方自適居。

臨事知閑貴，澄心覺道尊。古師親效破，暫借助玄門。火石奚矜鋭，商丘未適惛。三年成一葉，由自享天恩。

訣破上仙機，崑山列二儀。丹爐神火聚，寶鼎夜光輝。煉質成金液，頤顔化玉霓。威神明大有，鯤翼到天池。

得遇真仙訣，幽居煉谷神。通玄忘彼我，達妙絶踈親。尹氏幻爲僕，役夫妄作賓。不矜覺與夢，象外有長春。

長嘯笑非肖，釣愚不釣魚。芒鋮施剖粒，立木譽長途。會唱恩須遠，知音道不踈。俯觀門弟子，同志一人無。

擊瓦踈童稚，嘲詩搽寶瓶。訊曦知遠近，愍物辯生成。却幻祛環舞，迎君對圈嶰。煉砂調碧玉，換骨赴青城。

路次鷲三布，中途畏五漿。弊童難相馬，鄰子已亡羊。匪久圖章戴，胡爲效紀昌。不矜秋水至，心適杳無疆。

大道現三身，三身總一真。驪龍潛匿水，丹鳳起祥雲。兩竅傾金液，雙關煉玉神。惠光飛紫闕，灼灼耀天輪。

劈開無縫塔，放出混元精。氣布三江静，雲收四海明。金蛇遊水府，玉兔走炎城。煉就堅白性，歸休入太清。

萬鎰施猶寡，一毫濟有餘。優游三事美，逸樂百年居。燕邑無心去，華胥有意趨。存亡纔頓識，復忘在須臾。

隱照透瓊林，瑶華散寶岑。彤庭金鳳叫，月殿玉龍吟。煉質凝三氣，頤神散九陰。象玄如寶鑒，常在碧天心。

五言絶句二首

碧眸光落地，紅日焰通天。五色雲霞内，瑶池一葉蓮。

内外皆爲假，中間總屬虚。指於未悟者，何處用功夫。

七言絶句六十首

分明説破真消息，天眼冲虚憑慧力。上下圓通一物無，堂堂露箇恢洪翌。

玄元至道奚能識，寂寂寥寥無縫入。叩硬威風摎破天，凝空萬點流星出。

元始虚皇生太古，堪宜萬世玄元主。域中四大獨爲先，亘劫流傳天地祖。

頤神叩道明玄德，杳隔煙蘿澄渺默。躍出飛仙入大華，悠悠永住寥陽國。

心通妙趣明真格，達彼清虚極探賾。至道平夷取次遊，昇玄永作大羅客。

天地之中如橐籥，善通聲色從相約。玄中不鼓好清音，一泒笙篁穿鳳閣。

玉清聖祖留三甲，應上玄玄真妙法。運出瓊花降碧霄，紅霜片片香風壓。

精誠制魄昇魂圛，秀氣清清籠珙璧。意逐陽華入翠峰，玉嵓極目空山碧。

擺脱塵寰非久溺，混同太始知端的。神威氣象匝天心，道播陽精明瀝瀝。

道殺三尸憑慧力，靈陽丹點純陰匿。俄然不覺内忘形，坐致雲霄神宴息。

内滌精空光玉屑，冰清瑩若秋江月。絳宫微覺水晶寒，寶璨星輝飛片雪。

太虚一點天光密，拍塞冲和無縫入。踏破乾坤萬丈顛，凝空飛出流星急。

玉井流泉非即潰，鳴琅韻徹青山對。瓊波冲透嶽雲中，浪打崑崙石粉碎。

金井玲瓏光日暠，雲瑛飛出瑶池島。晶簾風捲透清香，天瑩無塵傳六寶。

斡開法眼眉毛睫，睛粲瞳矇傾暐曄。匝地威風出四維，迎天萬泒靈光攝。

元始生居浩劫先，開明三境立重玄。生天生地從伊變，劫壞長存尚儼然。

道化三宮極妙玄，混元神帝暗相傳。胎光運入靈陽體，六洞飛精出九天。

笻杖斡開圓覺海，戒刀劈碎玉京山。龍宫捧出玄珠燦，窈窕流光天地間。

規質琳琅逆上巔，靈烏降落海鰲邊。形移影轉隨風去，物換星流浪接天。

神劍磨開顛馬怕，慧刀揮處耍猿驚。乾坤迥絶群魔首，一泒威光世界傾。

夜擲琅琊入海雄，豁開水府見龍宫。衆姹捧出明珠獻，焰灼雲霄碧漢中。

戒壇寶獸旋噴香，環珮鳴琅和玉璫。真聖降臨還本位，復攜神劍上魁罡。

勸汝心存道德鄉，余聞仙院立科場。神霄有牓傳金籙，紫府无人奏玉章。

御易龍遊赤帝鄉，羅元仙子坐華陽。兩條地氣横牛斗，一道天光鎮碧蒼。

絳宫纔覺篆煙香，風順微聞玉珮璫。清夜不知誰奏表，真人壇上步元罡。

修行須得谷神靈，一點圓明照上清。湛湛霜天興古月，澄澄覺海浸流星。

一顆靈砂耀太清，混然虚谷見無形。圓通法界千真瑩，煙照乾坤萬象明。

古道平夷可進程，兩條岐路接天庭。乘龍姹女遊金闕，跨虎嬰兒翫玉京。

踏破崑崙撞透天，返余至道復歸元。虎騰山嶽蒼峰轉，龍躍深淵海浪飜。

闡開慧目見神光，一泒純陰盡化陽。渾似日頭興世界，有如明月徧諸方。

拂靄神遊宴碧鄉，二輪交併碾天罡。龍飛日殿烹金液，鳳熾蟾宮飲玉漿。

屏絶塵緣物外尋，昂藏笑傲樂情吟。移神步步隨風去，送我輕肌上寶岑。

道降氤氲景色嘉，始生天地妙無涯。飛精神秀冲霄頂，抱日臨空易太華。

避風偎日眼慵開，内匹陰陽育聖胚。始信男兒身有孕，自然物外舞仙胎。

配將天地作丹爐，日月團團裏面居。海底煉成真至寶，蒼頭烹就混元珠。

斬猿調馬化龍駒，馳我隨風入太虚。一點流星飛月殿，兩條紅焰上天旲。

希夷從覺飲真風〔二〕，異出人間事不同。欲問先生何所止，穩騎鶴背翼鰲宮。

坐問雲霧鎖寒溪，霹靂峥嶸聒太微。銀浪萬條傾碧澗，瓊波一派瀉瑶池。

日魂月魄放寒暉，二物擒來在坎离。海底忽聞龍虎吼，山頭驚見鳳鸞飛。

姑射層巒影翠浮，洞中神化雪肌膚。遊乎四海憑何力，鶴馭乘飇出玉都。

放開玉兔趂靈烏，趕上夷門入太初。萬道金光輝宇宙，千條銀霧照虚無。

一真須得煉三奇，復用三奇合二儀。若把二儀同一體，金丹自是透天飛。

美目浄兮觀天象，聰聰耳聽步虚聲。大哉可道隨方有，至妙真常混日凝。

炎爐注鼎煉紅砂，三色氤氲放彩霞。寶璨玲瓏飛宇宙，混元丹降入中華。

身如槁木性如灰，默默澄虚養聖胎。坐尚琳宫來問道，昂藏高笑桂花開。

蒙眉俊目躍心珠，降落金盤五彩舒。内遣玉童收日海，與吾同赴洞天居。

鈆汞配時憑日月，鼎爐安處用乾坤。三陽真火燒靈質，一粒金丹逆上奔。

咫尺無情苦海深，意隨流浪入波心。天真一失迷千劫，亘古循還直至今。

昇玄知覺道幽深，廓徹靈源匿幻心。倏忽諸方遊歷遍，善能涉古始知今。

驚迴一覺悟仙鄉，始信神凝惠日光。赤子爐中傾玉液，胎仙鼎裏混瓊漿。

至道幽深極妙玄，上清真教豈虛言。君還若有男兒志，盡把天機付耳傳。

盡説修丹未説丹，金丹咫尺太虛間。一丸赫赫明寰宇，日用如同隔萬山。

俯察坤柔見地寧，仰觀乾道眩天清。浮沉定位中間顯，混合虛空日月明。

内滌心猿育性珠，外除意馬煉昏衢。靈光透入金烏窟，混合圓明體太虛。

輕敲玉鎖洞門開，兩奕神風透户來。有意抱鸞飛月殿，無陰樹下恣徘徊。

四般有漏終歸假，一性圓明未足真。直待玉霄名列位，恁時方表出家人。

雲瑛飛盡曉霜天，清夜無塵月正圓。坐致琳宮將欲近，九光霞裏捧金仙。

坎离相匹俗塵扃，日月交光透體明。水火煉成無漏子，寶瓶捧出玉華嬰。

雨滴金晶透玉膍，華陽仙子入中皇。少微星落清江底，鶴壓林梢雪點霜。

水潔無魚浪接天，玄靈飛去入精淵。華陽不逐紅塵去，自有神風合太玄。　金侯善淵《上清太玄集》卷六，明正統《道藏》本，文物出版社等一九九四年，第二三册七八九頁。

【校記】

〔一〕希：原作「襲」，刊誤。

七言全篇十二首

离坎交并合聖機，兩條截路接天夷。周天萬返龍張勢，大地千尋虎鬪威。趕退外魔除六害，趂迴陰鬼併三尸。眉間索出蝦蟆劍，一剪浮雲補漏池。

逍遥無事樂清閑，引鶴攜筇翫水山。風捲翠霞横碧嶂，月輝輕霧遶青巒。洞前水迸珠千顆，澗下雲凝雪一團。瑩凈玲瓏光道眼，神清清爽逼人寒。

鴻濛初闢二儀分，始變三才造化根。昇降往來騰日月，浮沉上下立乾坤。飄飄玉屑空中降，粒粒金丹逆上奔。兩箇青童遊碧嶂，抱鸞飛入太玄門。

訣然一性悟真宗，頓覺心珠處處通。繹奕純亨歸雅趣，威靈精粹滌塵蒙。雲收現出深潭月，霧斂方生太古風。无上徧知周帀界，圓明獨體照虚空。

擘開混沌見天心，日月精華塞太陰。斗柄斡迴天地帀，法輪推轉太虚深。交光迸出珠千顆，混物迎將萬點金。至寶不須方外覓，頤神知覺道相任。

抱常知足頓元神，樂逸安閑養至真。剿鋭除貪全可道，蠲鋒玄覽換彝身。外搜珙璧非爲貴，内滌瑯函未足貧。鶴馭風飈何處止，洞中惟報四時新。

常存志氣絶囂華，返照龍鄉紫府家。恍惚元神冲浩炁，杳冥真息放紅霞。瑶池浪浄浮金蘂，碧海波澄泛玉花。香艷放開天地瑩，凝空飛出夜明砂。

神火炎炎起艮山，尾閭一撞出三關。擎天大象空中遶，混海蛟龍物外蟠。凝結一爐天地髓，混成兩鼎太陽肝。達人悟此昇仙去，御易登真跨彩鸞。

斡迴斗柄運靈樞，大士門開一物无。外抱一天元始道，内藏兩卷活人書。无中砌就千層玉，空裏粧成萬點珠。功行兩全超物外，騎鯨穩步赴瀛都。

宏開慧目闡清眸，兩翼神風趂日頭。壬母雲中乘玉象，丁公海底跨金牛。紅煙冉冉蟠龍閣，紫霧重重遶鳳樓。欲問此間何福地，青童謹報是瀛州。

屏欲除情志篤堅，荒蕪鶉野變芝田。心如碧漢深潭月，性似紅爐火裏蓮。遊宴上清真境外，徘徊元始大羅天。中皇號我重玄子，姑射神居太古仙。

陰陽顛倒是真修，一泒黄河水逆流。萬道素光穿宇角，千條紅焰出山頭。日魂皓皓隨方顯，月魄輝輝徧帀周。大闡威風開古道，乘鸞按劍九天遊。

頤神頌

性適真空子母完，初機鬼神交遘透泥丸。神鬼相交二儀太始須歸一，三要之道六合同途在一觀。六合同機九氣玄玄身外體，九陽之道星流天癸象中端。上機之道須憑總要師明諦，下言之教了了重玄最上詮。

玄象頌

恍來神化玉關開，一點胎光降慧臺。自有离陽精暐曄，迴光返本焰暟暟。重玄妙指人難測，衆妙之門愚不猜。湛兮或存朝象帝，抱將心月赴蓬萊。

育性頌

惚去蟾宮育性胎，潛龍水底沐丹胚。須知守黑爲根蒂，自有靈華燭性臺。混沌之中明太一，杳冥不測瑩心懷。堪遵慧魄陽生處，灼灼玄珠自往來。

天瑞頌二首

无爲天資自然然，去智離形萬化先。遺性儔空光遍照，運神玄覽燦瑶天。任教物我成虚幻，自有星華焕目前。海月含輝光萬道，化成天瑞玉壺仙。

乾元亨利顯吾神，五氣朝元用至真。周易闢闔明動變，萬機同會出諸塵。隨機應處觀玄象，終日乾乾與道鄰。内外玲瓏通表裏，靈華瑩我赴蓬瀛。

藏頭詩

炁相交萬物亨，然知晴炁煉真。陰魄散覺海黃，宮室道圓中太。四入靈帝象通，聚虛開返辰醒。魂醉寶明門洞，瑩山三斂霧澄。

居寂寞近林泉，碧溪千年苦行。憑心正深三真，妙體徒輕紀照。混成仙飛化舉，殷滿物煉裏然。自合勤天有明，耀兩生形無道[一]。金侯善淵《上清太玄集》卷七，明正統《道藏》本，文物出版社等一九九四年，第二三冊七九五頁。

【校記】

[一]兩藏頭詩韻部紊亂，句意難通，且無文獻可徵，姑仍之，以備參考。

新編全金詩卷一二二

侯善淵　三

繼古韻和骷髏頌十首

骷髏非，骷髏非，一堆白骨卧沙堤。榮華富貴今何在，空伴白楊千古碑。

骷髏貪，骷髏貪，名利財色飽經諳。劈碎塵勞居物外，一靈真性出雲庵。

骷髏嗔，骷髏嗔，滅火灰心絶我人。養就神光冲碧落，一天空浄掃紅塵。

骷髏癡，骷髏癡，識破般般總不知。抱守一靈真覺性，祥光冉冉昱朱衣。

骷髏憂，骷髏憂，跳出浮華萬事休。坐看一天元始道，凝空心月照清秋。

骷髏知，骷髏知，迴光返照不思議。認得本來真面目，靈光一派接天齊。

骷髏笑，骷髏笑，恩山裂破搜玄妙。遍觀天地匝虚空，圓明亘劫無虧耗。

骷髏言，骷髏言，了達希夷不假難。空中養就無名物，冥冥杳杳接光寒。

骷髏説，骷髏説，一條玉柱通天徹。萬道霞光倚太空，真心始覺自然别。

骷髏休，骷髏休，逍遥坦蕩樂無憂。蜕殻任遊天漢國，乘鸞跨鳳入瀛洲。

又繼古韻六首

地炁騰騰漸結凝，亂横天漢太無晴。被余拂盡昂朁看，獨顯高空惠日明。
一掃碧天空宇静，皓然三界暮雲晴。懷中抱出團團月，萬象參羅絶點明。
迷雲拂盡三山瑩，俗霧衝開四遠晴。直下邊彊安足定，昂頭一匝太虚明。
覺海澄澄秋水瀅，寥空湛湛素波晴。靈童捧出無瑕玉，光耀無邊處處明。
久匿昏衢天地暗，雲收霧斂豁然晴。隨風抱下天邊月，萬象叢中獨自明。
舒手擘開雲漢頂，杳冥廓落太空晴。乾元許我神通大，睒爍陽光萬里明。

再繼古韻六首

豁然一點達真機，奪得玄珠世罕稀。瑩净不繁塵污染，侍香金鼎篆煙飛。
琴堂默默頓玄機，門外苔青過跡稀。道院寂寥无俗物，松風飄落亂紅飛。
了達真詮上上機，空中髣髴絶塵稀。陽光一點穿无有，穩駕香風鶴亂飛。
吾留一法奪天機，占了神功絶世稀。自有靈童朝玉闕，汨羅江上跨龍飛。
了得玄玄絶妙機，予家至道罕然稀。空中蠢出無名朴，一點靈光天外飛。

金闕斡轉運樞機，數點流星出世稀。神力搊開乾坎位，撼摇滄海搏天飛。

遍應

十方遍滿塞氤氲，飄落人間處處通。神契道淵炎日瑩，性同圓海月華風。

元始

天尊設化遍娑婆，普濟蒼生道炁和。返照還元抛雪浪，迴光玉露洒星河。

通真

識破皮囊幻化身，細搜玄妙躍凡籠。坎离迸出神光爍，日月相交透鼎紅。

體用

道力神威遍大千，无形无影透山川。曹溪浪净遊魚戲，天岸波清覺海淵。

背覺

衆生不覺過青春，昧了靈明浩劫真。躁性凶頑多執閉，无明火發縱貪嗔。

迷真

眼前日月隔天涯，滿目清虚翳膜遮。洗滌囂塵明返復，玉嬰神變洞雲霞。

運化

一炁虚无太始中，高空爛熳曉霞紅。包羅宇宙无纖翳，照破乾坤慧力通。

冲和

祥煙塞户藴金關，橐籥虚空任往還。流注水銀平滿鼎，雲濤高泛玉京山。

開元

初發玄元道炁生，壺中一味雪花烹。通流灌鼎瑶池净，咽罷還純透體清。

混合

鈆汞相吞入鼎爐，烹煎日月煉虚无。崑崙火發無煙焰，養就神丹射玉壺。

神淵

渺渺仙源海眼深，雙泉輕泛水中金。龍藏潭底風波定，虎卧溪邊運古音。

聚化

皆成大道化神功，撮聚玄機入鼎中。煉就金丹光皎潔，一丸封上五明宫。

擒玄

江邊扯住烏龍尾，頂上扳翻白虎頭。奪得夜明珠一顆，千條光焰接天流。

雙關

神鬼相交各所情，自然心定顯真靈。能教姹女扶桑戲，解使嬰兒弄月明。

昇降

三宫昇降産靈芽，爐鼎飛霜吐翠砂。輝落滿天紅蘂綻，乾坤遍撒美金華。

開明

道眼觀天一泒清，還將寶鼎水銀平。紅霜片片飄金户，白雪團團降玉京。

生成

陰陽交换稟天然，萬化生乎一法躅。得一无拘真自在，逍遥獨暢箇中玄。

真人

靈寶真人法位尊，常登月殿躍神林。三清境上遊空廓，四海鳴聞玉珮音。

神化

真人獨坐隱雲寥，凝翠煙嵐接遠朝。寂上撮晴光月聚，玉蓮羅列兩三苗。

胎光

周天一點流星落，遍照壺中光閃爍。煉就胎仙入故鄉，悠悠永住三清閣。

通明

大翳點開通法眼，无明撥盡透星羅。高天推出千堆玉，平地騰空萬丈波。

曠體

无名无我亦无形，一體同觀古帝京。淺智鈍根生執見，豈知光列眼淵明。

真筌

太玄真覺出塵勞，頓悟虛心道眼高。自有玉童朝紫府，鬱羅天上跨金毛。

威神

予抱天風真夙骨，因師點化作仙才。寰中莫有銅頭漢，舞劍交光劈寶臺。

仙桂

月宮丹桂无人折，紫府蟠桃向日開。二物採來收入鼎，一般香味馥仙階。

混物

凝真森森接蒼天，浩鬱臨空鎖翠煙。高捲碧霞開月殿，夷門羽化列金仙。

神劍

磨開三尺如霜雪，日曜争光飛電撤。昨夜三更去報讎，青鋒點污猩猩血。

識破

利名財色勿剛求，火院何時是徹頭。争似逍遥雲水客，杳冥空外得真修。

出關

笻杖横挑巨藥瓢，雲袍風送過浮橋。柚携三尺青鋒劍，斬斷烏龍數百條。

精微

精聚玄微道太明，移神寰海樂清平。一陽運入三花鼎，二炁收歸七寶瓶。

水火

東溟滚出燒空火，西海澄凝浪碧紅。二物混成天地秀，滿朝精耀遍和融。

廣慧

劍斫金山石火流，三尸併盡萬緣休。被予撒起謾天網，撈箇虚空似日頭。

有无

空裏尋空認得空，割然空裏見神通。從今不問紅塵事，自有瓊花滿洞中。

秋夜

一氣盤浮絶漢晴，蕭蕭夜雨洒秋聲。時人不見嫦娥桂，唯我蟾宫獨自行。

威光

萬緣豁盡消諸業，頓覺希夷絶妙玄。數片黑雲揮島外，一懷心月滿空天。

元和

一炁初分天地判，三才立象化靈機。移心返入黄金室，産箇明珠照幌幃。

訣正

道德陰符太始篇，學人不曉謾求仙。金書玉篆人輕棄，怎辨吾師玄又玄。

静用

誰向玄中立静機，湛然常守太淵池。日輪斡轉開心徑，天地常觀作細微。

絶念

身静心清意亦清，内容常守炁神寧。搜開寶藏玄珠燦，光鑑蓬壺萬象明。

降龍

擘闊天頂任遨遊，正見蛟虬戲廓舟。大喊一聲山海破，劍尖追下赤龍頭。

神丹

一顆飛丹鎮上方，元神精燦日争光。炎凝焰爍燒空界，嚇退群陰盡化陽。

神通

按劍神威過華陰，咬牙忿怒騁胸襟。攢眉諱破群魔膽，睁目驚摧百怪心。

通玄

離欲虚心開慧目，凝空晴倚无瑕玉。玲瓏翠色放英華，遍照十方知可足。

混合

降落天魂騰地魄，冲和上下无瑕謫。太方周匝遍无隅，走玉飛金相間隔。

功高

道德清名播海涯，天厨賜福善功加。有朝翔翥飛霄漢，昇入雲深弄翠霞。

神威

偶因携劍上天羅，殺退群陰百萬多。玉兔驚迴尋窟竅，金烏飛上桂枝柯。

威靈

坐間飛劍騁神威，摧落天網太華齊。扳下月宫擒玉兔，蹉翻日殿捉金鷄。

離降聖觀

已同達士明真僞，不契迷徒説是非。有日丹成飛宇宙，太虚曠體是余歸。

陳仙問空中不空

至道无形若太空，移神混物體皆同。江山極數猶存此，天地无窮在彼中。

賈仙問不空不有

不空不有是圓成，執此圓成亦假名。了達太玄生實相，相中无物湛然清。

郭仙問玄之又玄

問道玄中復有玄，立機天外一重天。混元上下无纖障，妙化圓通大覺仙。

党仙問杳冥

杳杳冥冥精恍惚，神威拶碎天筋骨。凝空豁落太淵明，獨立乾坤无一物。

劉老先生問體用不知仙路

神用仙機體大方，凝陽闡出好祥光。先生已得歸真路，不覺隨風入帝鄉。

焦小仙問出家

擺脱塵情業火牽，功名富貴盡除蠲。男兒已立衝天志，奪取名標掛列仙。

劉先生問真空妙用

真空至道杳无蹤，妙用頤神萬象同。太一壺中收皓月，廣寒殿裏弄清風。

董仙問至死不退

盡終一志若初心，至死无由入罪林。常守藥爐三鼎玉，每存丹竈一壺金。

李仙問不屬中間與内外

外遍无體内无修，中道離微絶所求。萬法一齊俱拂盡，更无閑事繫心頭。

齊長老問大道

忽然頓覺悟心珠，照破塵寰一物无。道士得資爲正教，禪僧以此號真如。

陳仙問龜毛兔角

木馬嘷天磨兔角，泥牛吼地刮龜毛。生擒二物歸黄道，永鎮乾坤不動摇。

梁仙問入道歸真

幼年貞烈若冰清，夙有仙風慧骨靈。睡裏唤迴開道眼，夢中驚覺頓圓成。

大張仙問不居山不住庵只此一著如何頓放以此故述二頌

不繫青山不住庵，神飛天外出煙嵐。鶴隨紫府朝仙主，鳳引寥陽謁老聃。
跳出茅間不穩山，蹉跎信任樂清閑。隨風永住乾坤裏，抱月常居天地間。

張仙問不觀假相所認真形

一堆臭穢終歸假，兩點睛光不足矜。欲認本源真法體，同觀相外若飛星。

齊長老問鵝在瓶中長大飛出兩般俱不壞

生居小隱入缾中，不懼翔鸞意氣雄。欲問兩全俱決聖，鵝飛天外寶缾豐。

郭仙問火裏清涼

焰火炎炎燦日光，形神俱妙得清涼。永同太始无增減，已得玄元立久長。

李仙問證道

相逢目擊道知通，識破千經萬法空。不在名山頻禮問，免伊雲水苦參同。

郭仙問至死不迷

大道一條平穩路，蓋因自昧不知歸。予今指你通天徑，昇入瑶宫辨細微。

董仙問曹溪

認得曹溪兩路侵，京山掩映對雙林。雖流小水成涓滴，透入靈源覺海心。

党仙問上天梯

先生欲識上天梯，立玉横金倚翠微。若到蟾宫觀此景，也教惺爽悟丹機。

雷仙問至神合道

道法三才已久長，神通至妙覺清凉。混成一炁歸元首，獨立先天道德鄉。

郭仙問不神而神

凡夫都總祭邪神，誰肯迴觀認本真。若向此中心决正，清凉路上笑紅塵。

閻仙問内外相通

閉目澄虚達妙玄，開光應物混先天。冲和一道祥光起，透入寥陽象帝前。

張仙問國之利器

中元上德明金國，三寶盈留光美玉。物利常將潤百關，皇天賜我真清福。

王仙問希言自然

希言至道自然别，不似飄風時暫歇。道德常同樂亦之，通玄无失妙清絶。

張仙問知白守黑

放開慧日照千光，上下容明盡化陽。夜静抱元常默默，寂然不動應時長。

大閻仙問妙法

上清妙式洞虚玄，達者心開渡法船。越出洪波登彼岸，元神透入焰陽天。

劉老仙問三教歸一

如來妙法談真性，太上玄機説太丹。孔子五常明日用，三乘混一太虚間。
老子如來孔聖同，世人不曉鬬争風。假名三教云何異，總返蒼蒼一太空。

小張仙問生之畜之

道發機生德畜之，陰陽泄化自依時。若將此理迴光照，仰望蟾宫看桂枝。

董公問虚无生有

道法虚无本自然，生成大地覆三天。中間日月明空象，開闢陰陽萬古傳。

張老宿問甚門户是修行

清净門中認的端，莫教塵事向心攢。林間若指曹溪路，坐看如來入涅槃。

張仙問天性人也

天性冥冥通祖道，達人以此稱名號。頣心機密混中元，此是神仙真秘奥。

王先生問日用道德

慈惠忠廉志氣清，澄空顯出谷神靈。執其大象安平泰，左右逢原翫玉京。

陳仙問无遮无閉

太始門開通慧目，靈光照徹明虚谷。谷神不死永安康，遍納諸方无偃塞。

大閻仙問善惡果報

惡行自招災禍應，善功天賜福相隨。吉凶兩事由人造，至在臨時各自爲。

王仙問三要混一

剔起上天一鼎竅，精光赫日通明照。玄元生殺立初機，三一混成真要妙。

張仙問内中日月

日月交光大小分，燒丹方使鼎爐薰。聖功漸覺神明出，乘鳳凝陽謁帝君。

張公問升降浮沉

日魂月魄定浮沉，上下融明大小侵。聖智剖開天井玉，神功撈出滿坑金。

大閻仙問三一无分

靈波滚底三光秀，神水盈流一法均。獨立寥寥知有象，孤然默默混元分。

勸道衆學爐火

時人都總學燒金，誰肯除貪煉本心。達道不教財色染，修真何用利名侵。

陳仙問絶學

絶學无憂通妙理，乖慵懶墮不成真。若將懵懂爲仙道，騃女忙郎盡出塵。

大張先生問性命

視之无物聽无聲，視聽猶然亦假名。這箇本來无可比，有如風月照天庭。
惜炁存精養命機，坎中神火復燒离。一陽生起乾元象，丹就昇仙謁紫微。

陳哥問无疑

離覺无聞絶見知，契神合道兩忘機。心中不起无明障，妙化昇玄入太微。

陳公問北斗

七元橫海運樞機，斡轉天輪萬象隨。斗柄指迴開上竅，衆星拱受至玄微。

陳小仙問大國烹小鮮

大國无爲帝象權，民安其業若烹鮮。鬼神相會中黄位，日月扶真合自然。

勸門人善惡不定心有二用

天網恢恢覆載通，察人善惡在其中。好將志氣歸真正，免使功勤盡落空。

許仙問獨立而不改

上清至道獨爲先，混一无生大象全。寂静卓然无易變，亘初常在立幽玄。

許仙問混物而無窮

一顆靈光射太空，混然獨立徧无窮。古今不改長如此，大納乾坤一體同。

張仙問歸真明物

開元剖覺明真物，善達先賢同上德。内抱靈源杳杳精，外存神識昏昏默。

党仙問天地爲體虚空爲用

天象乾元地象坤，陰陽否泰併相吞。剛柔已定浮沉位，中道虚心慧日奔。

張仙郭仙問在家修行

同塵不染善居家，在欲无私別世華。不若張騫超苦海，長河天賜抱靈槎。

柳老宿問佛因果

大覺金仙説遍知，化人佛眼悟菩提。通天上下无因果，蓋爲衆生各自迷。

衆道友問邪者以幻爲患必遭其殃

執幻施功養患軀，恰如垢膩污心珠。合塵背覺千真遠，棄道離微萬物拘。

又問正者以導爲道必獲其福

育性存精至道明，冲玄髣髴化神嬰。凝陽大闡祥光燦，應用飛玄徑上昇。

祐仙問出无入有

出无通顯明寥象，入有還元合本機。顛倒兩般俱訣正，勿生分别是和非。

許仙問出有入无

出有洞淵明造化，入无還覺頓元初。空中自有天珍寶，露現玲瓏照海珠。

一問出有入无一問出无入有同用如何下手

出无見有元神象，入有還无悟性珠。有有无无俱可棄，開明太古立元初。

趙仙問人心合天心

人心須是合天心，内外明知性海深。認正法身非色相，靈光高渺照清音。

丘仙問天人合發

天人合發立其機，萬變之中定至微。左右逢源明寶鑑，滿天飛炫素光輝。

董仙問物性存根根生於上

芸芸萬物返歸根，花發成榮至上存。復命善亨知古蒂，頤神叩道入玄門。

僚仙對衆不問以此爲題

因甚僚仙不索題，廣通玄覽善搜機。存三默語明真覺，守一忘言絶見知。

贈茹老宿劉老宿論如來覺性

善通天眼悟如來，頓見靈音慧日開。阿耨池中生五葉，青童移向火中栽。

趙仙問谷神不死

谷神不死立天根，玄牝綿綿亘古存。北海溟溟騰地魄，南洋灼灼降天魂。

趙先生問虚谷元神

上玄虚谷静无塵，萬泒陽光觸目新。利物一源明覺性，善生三要頓元神。

王仙問陰性陽神

陰陽返復定中央，内外相通道德長。閉目静思庚虎性，開睛明現甲龍光。

趙公問上善若水

萬點靈波穿宇宙，千淵神水灌乾坤。混源一泒生天地，澆溉黄芽長蒂根。

李仙問還將上天炁

九五魂飛徑上奔，還將元炁入天門。洞玄靈寶生成體，大化虚皇第一尊。

丘先生問道眼

道眼明知至本真，隨機應化善通神。開天分地歸元始，正見堂堂妙法身。

同官李問上清之道

上清元首道之尊，天命司神萬化存。物利百源冲坎户，混成一炁躍离門。

焦先生問无罣礙

靈明通化外其身，脱洒孤然絶點塵。心若凝珠无染污，更將何物礙於真。

相老仙問道契其理

太玄合發定其機，固蔕存真志不移。藥就還童清骨格，丹成返老永无衰。

柳居士問精進

六時精進念彌陀，慈惠无邊施利他。兩輳清風收地陌，一輪明月上天河。

柳老宿問般若船

般若船中一物无，月明空載出昏衢。雙林樹下開心寶，鹿野園中悟性珠。

相老仙問太玄

太玄真覺出塵情，露一凝珠照海清。龍躍浪飜光宇宙，射開天鼎曠然明。

柳仙問丹藥

一瓢仙藥一壺丹，貨賣凡間人市鄽。幾度不逢真烈士，復將此物上瑶天。

劉二仙問虚廓

靈源虚廓正无餘，露出天晶照眼珠。无始已來呼祖道，至今由此唤真如。

贈張李二公鐵爐

橐籥風煽熾火光，爐中閃爍聚真陽。鋼鍒煉就飛神劍，兩刃青鋒耀太蒼。

柳先生問陰陽顛倒法

陰陽返復生乾位，龍虎相吞入兑方。兩箇玉童扶寶鑑，燠然光射水晶堂。

羅先生問大道頤神

天地冲和養至精，混成一炁谷神靈。放開皓月千尋底，躍出胎光萬里明。

常先生問賓主

至道精宏純莫立，運行大象天空日。定光永鎮入中元，煉就陽神功可畢。

張謀克問六洞飛玄之炁

道行三要自然機，神運精華炁象隨。德化静光蟾魄踴，道頤清爽日魂飛。

張先生問萬變定機

萬變靈樞物我隨，威光順化應其機。天人相發生成位，合抱純風永不迷。

劉家郎君問陽神

元精一泒匝天心，灼灼凝祥匿幻陰。渾似流星騰古月，有如走玉間飛金。

馬校尉棄假還真得真何往

凡胎濁骨非真體，玉貌清肌是法身。出入夷門風作伴，雲堂高卧月爲鄰。

張仙問絶妙機

欲付重玄絶妙機，恐君无信轉生疑。有朝跳出塵勞網，拊耳丁寧説細微。

李仙問獨坐蓮臺

獨坐蓮臺守自然，寶池凝望月華鮮。蟾宫幾度親曾到，敢對嫦娥説妙玄。

康校尉問太玄

太玄真覺出塵忙，佩劍携笻入大方。野鶴孤雲爲伴侣，林泉風月是家鄉。

王先生問始達妙音

照了名爲達妙音，闡開清目絶荒淫。一靈真性通元象，應用隨時運古今。

劉先生問天上混无分

上玄虛化混无分，聚攝陽光致法身。永契道機无别體，化成仙骨自然人。

陳校尉問真風花

真風吹綻翠煙霞，日殿蟾宫散寶華。結就一爐天地髓，聚成兩鼎夜明砂。

尹行者問靈源

覺海靈源古佛堂，金門出入善開張。菩提路上清心瑩，般若池中露性光。

庵主劉先生問壺天

一壺精爍一壺天，恍惚之中達妙玄。幻夢頓抛飛宇宙，塵情割棄化雲仙。

牛老仙問心香

一道清香出玉瓢，結成華蓋入紅霄。月中寶篆烹非走，日裏金精煉不凋。

牛仙問斡運

斡轉天輪翻牝馬，推開地户運乾牛。离宫赤子擒星月，坎殿青童捉日頭。

牛老宿問一言可悟萬法皆通

自從剔起眉毛睫，萬法門開俱總攝。定慧圓明塞太空，靈光照滿恒沙劫。

趙二仙問身中寶

鑿開荆谷見天心，露出无瑕七寶琳。玳瑁叢中觀美玉，瑠璃堆裏看精金。

張老宿問見聞

洗耳旋聞敲玉磬，滌睛常見擊金鍾。幽人欲識禪家意，笑指庭前古老松。

牛道首問如意寶珠

如意機同聚寶瓶，珊瑚碼碯燦華英。瑠璃八色渠中有，顆顆明珠逆上行。

田老仙問彼我

太一門開无彼我，清涼潑殺燒身火。无明化作紫玄霜，變就神砂丹一顆。

鐔仙問如何是靈寶

洞玄靈寶揚眉處，妙色如來瞬目間。赤鳳翼歸金水谷，青鸞飛上玉京山。

柳老仙問心月

撥開雲翳見天心，放出秋蟾十萬尋。冲滿太空千塊玉，盈流道眼兩錢金。

王二仙問通元

通元妙覺正无餘，頓見靈音照眼珠。遍體旋翻紅霧起，渾身拶出素光舒。

王大仙問雙關

日殿龍蟠金鼎静，月宫虎遶玉爐寒。一雙玉女乘丹鳳，兩箇童兒駕彩鸞。

高仙問元始懸珠

元始空懸黍米珠，衆真相會喜安居。大包天地猶然剩，遍納乾坤亦有餘。

衛仙問内外一元不著空見

相交内外本无形，混一純精合利貞。不著有无何是我，碧天星炫照寰瀛。

華陰張仙問鈆汞

鈆汞收歸火裏藏，煉成一鼎紫金霜。團團結作神丹象，燦燦流明焕日光。

孟老仙問有人認得靈靈物十百元來是一千

開元始覺靈靈物，至聖通玄精恍惚。善計方知一大千，不離神式明虚谷。

霍校尉問空中顯性

大音无物物皆空，躍出玄珠太古同。神入翠霞擒皓月，性遊煙浪捉清風。

馮仙問居家出塵

清廉貞潔任家居，運化神光出幻軀。混海蛟虬吞日月，穿山兕虎戲明珠。

王仙問出家

富貴功名一劍揮，塵情棄捨恰如泥。鯨鵬出海摩天翼，鳳去離巢趂日飛。

劉仙問色身衰老法體青春

妙體方知倚幻身，有如茅屋寄居空。兩軒明月陽精爍，一户清風浩氣冲。

贈王四郎亡母收淚

莫謂恩深繫遠情，到頭都是一虛名。收睛始覺清眸瑩，斂淚方知道眼明。

小張仙問神化

綽約神風出洞天，玉嵓橫碧掃空煙。冲玄應象千真瑩，至道精宏一物鮮。

單法師索問休收憂修四字爲題

休

意隨雲水利名休，仗劍寰中取自遊。遇到山頭擒兕虎，每逢海底斬蛟虬。

收

團團日月鼎中收，慧進炎凝熾火流。撥焰青童乘牝馬，開煙赤子跨乹牛。

憂

善通靈覺永無憂，泛泛陽光遍匝周。鳳熾日輪歸海嶠，龍張月角出山頭。

修

漸入玄門已得修，指開天眼悟青眸。巨靈扯斷烏龍尾，廣惠扳翻白虎頭。

又四韻全取一絶

世累塵情意欲休，盈流天寶洞玄收。爐中大藥憂無就，鼎内金丹喜有修。

庵主劉先生問太玄

太玄真覺出囂塵，慧日祥光觸目新。釋子悟之明覺性，道人知此頓元神。

梁二仙問混俗和光

雖在塵居志氣剛，訣然清操守真常。閑中暗覺乾坤大，静裏明知日月長。

安仙問虚无之用

虚无无象絶知音，杳默忘形極遠深。龍尾纏迴天海眼，鼇頭飛出曲江心。

崔仙問本來面目

慧日盈流濟物无，物无其物頓清虚。傾陽一泒燒天火，混沌雙穿照海珠。

段郎中問紫府黄庭

神遊紫府更何疑，性入黄庭自合機。一顆金丹明歷歷，兩丸仙藥朗輝輝。

閻仙問獨體圓明

剖開靈覺照圓通，赫破塵勞物物空。大悟玄門無内外，混成至道獨爲宗。金侯善淵《上清太玄集》卷八，明正統《道藏》本，文物出版社等一九九四年，第二三册八〇一頁。

新編全金詩卷一一三

侯善淵 四

林泉養浩十首

寂寞山居好，蒼峰只一家。問云何是道，笑指洞雲霞。

寂寞山居好，溪深水照天。問云何是道，笑指玉峰川。

寂寞山居好，臨風對月華。問云何是道，笑指翠煙霞。

寂寞山居好，雲横碧洞長。問云何是道，笑指雪中霜。

寂寞山居好，煙嵐碧嶂間。問云何是道，笑指白雲閑。

寂寞山居好，林泉跨玉壺。問云何是道，笑指一輪孤。

寂寞山居好，黄梅噴苑香。問云何是道，笑指滿天光。

寂寞山居好，孤雲鎖翠巔。問云何是道，笑指鶴冲天。

寂寞山居好，青松倚半空。問云何是道，笑指上靈宫。

寂寞山居好，柴扉半掩斜。問云何是道，笑指夜明砂。

搜真絶念十首

父母无情戀，修行志意參。問云何是道，笑指慧光耽。

兄弟无情戀，修行志意功。問云何是道，笑指慧光通。

妻子无情戀，修行志意推。問云何是道，笑指慧光輝。

兒女无情戀，修行志意搜。問云何是道，笑指慧光流。

恩愛无情戀，修行志意侵。問云何是道，笑指慧光斟。

名利无情戀，修行志意猜。問云何是道，笑指慧光開。

酒色无情戀，修行志意求。問云何是道，笑指慧光眸。

財氣无情戀，修行志意窮。問云何是道，笑指慧光瞳。

富貴无情戀，修行志意尋。問云何是道，笑指慧光心。

世類无情戀，修行志意明。問云何是道，笑指慧光睛。

破邪歸正十首

莫覓鉛中汞，休尋汞裏鉛。問云何是道，笑指玉花蓮。

何必搜心腎，無勞論肺肝。問云何是道，笑指古長安。
莫論周天法，休窮火候功。問云何是道，笑指水晶宫。
不必修陰性，无由養幻心。問云何是道，笑指水中金。
莫覓龍和虎，休尋姹與嬰。問云何是道，笑指暮雲晴。
服餌多生病，休糧腹轉虚。問云何是道，笑指耀天珠。
漱嚥重增病，吞霞謾役情。問云何是道，笑指水銀城。
達士何燒煉，迷徒説採陰。問云何是道，笑指曲江心。
不煩頻禮念，焉用日持齋。問云何是道，笑指桂花開。
莫論精和氣，休窮虎與龍。問云何是道，笑指玉芙蓉。

忘機息慮十首

性拙心難悟，情迷道不通。問云何是道，笑指紫微宫。
擺脱名韁絆，衝開利鎖牽。問云何是道，笑指古溪邊。
世事多縈繫，修真理不繁。問云何是道，笑指火龍翻。
性淳无横禍，心直免非災。問云何是道，笑指落紅梅。
情忘心返朴，意滅性歸淳。問云何是道，笑指上靈椿。

了真非執相，悟理勿勞形。問云何是道，笑指轉燈庭。

念濁心難悟，情昏性轉疑。問云何是道，笑指太淵池。

名利時時少，功修漸漸多。問云何是道，笑指翠煙蘿。

心寬包法界，量窄不容毫。問云何是道，笑指鶴飛皐。

貪淫心性昧，戒色炁神靈。問云何是道，笑指月華清。

開明演化十首

達士歸真正，凡夫盡落非。問云何是道，笑指月明溪。

後己爲真行，先人體聖功。問云何是道，笑指白雲中。

欲要登仙位，須憑志篤堅。問云何是道，笑指月當軒。

有客尋機要，无人達妙玄。問云何是道，笑指五千言。

无爲猶是幻，有作又成非。問云何是道，笑指紫靈芝。

三教歸一體，萬法悉皆同。問云何是道，笑指太虚中。

盡被无明障，都緣業火牽。問云何是道，笑指日光鮮。

指迷如引線，得悟若穿針。問云何是道，笑指玉壺金。

見有非爲有，言空未必空。問云何是道，笑指坎离中。

欲求清净法，莫共利名交。問云何是道，笑指白雲抛。

通微真要十首

玉女籠輕素，金嬰裹絳紗。問云何是道，笑指日晶華。
海藏凝珠翠，龍宫伴水銀。問云何是道，笑指玉京春。
鬼子穿金户，神公透玉牕。問云何是道，笑指汨羅江。
黄婆乘白馬，赤子跨青牛。問云何是道，笑指月當秋。
乾坤相否泰，日月自交光。問云何是道，笑指水銀行。
抽添分水火，加減辯陰陽。問云何是道，笑指白雲房。
金籠蟠寶鼎，玉虎遶丹爐。問云何是道，笑指一冰壺。
風吹寰宇静，雨過暮雲晴。問云何是道，笑指太虚明。
幽微神莫見，玄妙鬼難看。問云何是道，笑指玉爐寒。
冲天生瑞炁，滿地泛靈砂。問云何是道，笑指美金花。

除邪决正十首

鼎煉三尸滅，爐燒五鬼亡。問云何是道，笑指碧天長。

剪斷青龍尾，劈開白虎頭。問云何是道，笑指月華樓。
豁開金水岸，劈碎玉京山。問云何是道，笑指夕陽關。
慧刀誅鬼魅，神劍斬妖魔。問云何是道，笑指上天河。
龍吟青霧起，虎嘯黑風生。問云何是道，笑指太陽星。
劍封三界静，符鎮五方安。問云何是道，笑指玉虚壇。
强兵除六害，戰勝殺三尸。問云何是道，笑指轉光旗。
敲開無縫鎖，打碎鬼門關。問云何是道，笑指玉連環。
屏欲憑神劍，除情仗慧刀。問云何是道，笑指月登高。
酒色財和氣，都來一劍揮。問云何是道，笑指白雲飛。

頤真釋僞二十首

滯法難明祖，窮經不見宗。問云何是道，笑指玉華峰。
見物中无相，明空復有形。問云何是道，笑指古風庭。
堪歎浮生事，於身不久長。問云何是道，笑指甲龍光。
濟物難明性，迴觀認本心。問云何是道，笑指洞淵深。
上通三界遠，下達九幽深。問云何是道，笑指碧波心。

盡説无中有，皆言有裏无。問云何是道，笑指太玄珠。

地裂分金井，天開湧玉泉。問云何是道，笑指月中仙。

迷邪千里遠，悟正亦非遥。問云何是道，笑指玉芝苗。

執有皆非有，知空未是空。問云何是道，笑指碧潭中。

无心由自障，作相亦爲魔。問云何是道，笑指定風波。

混俗无雜念，和光不染塵。問云何是道，笑指自然人。

月澄天地秀，風静太虚寬。問云何是道，笑指紫金丸。

雲根生瑞草，水谷秀靈芽。問云何是道，笑指玉皇家。

擊物三江響，敲空四海鳴。問云何是道，笑指洛陽城。

壺中收日月，鼎内撮乾坤。問云何是道，笑指太玄門。

赤蛇水底轉，烏龜火裏朝。問云何是道，笑指徹丹霄。

滿山輕霧起，極目淡煙横。問云何是道，笑指雨初晴。

水中青到蛭，雪裏白蝦蟆。問云何是道，笑指大牛車。

金鷄如走玉，玉兔似飛金。問云何是道，笑指五雲深。

志清如玉潔，謹静若冰清。問云何是道，笑指玉京城。

三一混元十首

東海陽光燦，西江月色鮮。問云何是道，笑指地和天。

燒成兩鼎藥，煉就一爐丹。問云何是道，笑指玉京山。

頤神如朗月，通道若清風。問云何是道，笑指玉晨宫。

兩條玉柱杖，一對劚天關。問云何是道，笑指雪三間。

木人三只眼，石女兩雙眉。問云何是道，笑指水牛兒。

嵓前開兩曜，頂上現三星。問云何是道，笑指洞圓成。

劈開天鼎眼，露出杳冥精。問云何是道，笑指紫芝生。

睁開眉底眼，露出目中睛。問云何是道，笑指珏光瑛。

道心常不昧，法眼自然明。問云何是道，笑指素光清。

舒眉開慧眼，俊目現神光。問云何是道，笑指露明堂。

題

題，題。訣正，除迷。開妙教，演真機。分明直指，脱灑無疑。妄言天地折，速報業相隨。兩眼滴爲凝血，一身墮落傾危。酆都永受刀山劫，萬刃攢身銼肉泥。

訣

訣，訣。方便，提挈。救群生，無分别。大道明傳，天機漏泄。煉性似銀霜，透入玲瓏雪。放開兩道清光，抱定一輪明月。壽同天地永無窮，不離目下朝金闕。

善

善，善。慈悲，方便。行周旋，功施遍。普濟群生，不分貴賤。應物顯真常，露箇靈雯面。一條炁焰明空，兩點神光出現。秘受天符玉帝宣，金童引入長生殿。

惡

惡，惡。嫌貧，欺弱。損道德，行輕諾。善惠不爲，兇豪喜作。狡佞虎狼心，狠毒窺人藥〔一〕。酆都譴責無詞，罪感剛鋒焰爍。寒冰凛凛劍千層，身遭悔懊前程錯。

【校記】

〔一〕狠：原作「很」，刊誤。

戒

戒，戒。於身，穩快。去三毒，除六害。斷除邪見，莫學奇怪。今世不修真，來生還宿債。清廉謹慎無私，處一勿生憎愛。聚散氤氲噴苑香，祥光結就天花蓋。

定

定，定。頤神，養命。守真源，歸真正。默默澄清，寥寥虚静。冲玄固蒂真，契道心通聖。自然百怪潛藏，始覺萬神齊慶。混合靈光入太初，空中現出明心鏡。

清

清，清。絶念，忘情。修正覺，頓圓成。海静冲虚，浩洌林京。玉壺秋水冷，金井碧寒傾。雲開露出高天，靈臺皎潔分明。三千境上澄神廓，月樓獨坐看蓬瀛。

静

静，静。虚心，入定。立真功，修真行。灑灑清凉，澄澄覺性。湛湛素波淵，渺渺秋江映。三天明月無塵，萬里仙風碧瑩。物物頭頭一劍揮，孤然獨坐修身命。

稽

稽，稽。歸元，復始。有中生，無中起。神遊溟漠，貫穿表裏。内外覺虚空，三陽流入體。同塵物我歸元，萬化生乎無彼。碧潭一泒起寒光，遍照蓬壺明徹底。

首

首，首。通神，户牖。望南辰，盻北斗。千變之尊，萬化之主。運機天斗柄，斡轉夷門肘。闡開玉兔金精，混合靈空惠口。曠然溢目遍生涯，昇玄道太无中有。

珍

珍，珍。無舊，無新。除貴賤，絶踈親。自然昇降，暗攝鬼神。光明冲赫日，皎潔瑩無塵。大道同觀一體，悟來無我無人。七寶林中嬰姹戲，高空風月近爲鄰。

重

重，重。無極，無盡。日月同，天地共。遍濟虚空，撼摇不動。奣鄂不纖瑕，赫奕寥無縫。用吾大力神通，搊碎細微可近。任從烏兔往來飛，靈光始覺知常用。

修

修，修。慷慨，迴頭。開道眼，闡清眸。華池冲滿，神水盈流。日光明净境，月瑩照清秋。坐看天文玉篆，行騎地馬金牛。昊景經行無過跡，越踏天空物外遊。

行

行，行。謹慎，至誠。修上士，處无争。頤神養炁，保命長生。步虚通大道，旋遶踏空清。古逕端然夷正，不迷郊野奔傾。路上紅塵飄不到，一程遊翫上琳京。

刀

刀，刀。三尺，吹毫。无垢膩，絶塵囂。剪除鬼魅，劈碎塵勞。山頭擒兕虎，海底斬龍蛟。夜寄南辰北斗，明封海岳天腰。掾入空中人不識，一條清氣上丹霄。

槍

槍，槍。致大，無方。輝日燦，耀天光。善降鬼魅，戰退魔王。豁開圓覺海，剌透碧空蒼。立起衝天柱地，横持鎮壓邊疆。學人還會金槍法，不戀蛆蟲臭穢瘡。

龍

龍，龍。異出，超群。行勇猛，坐英雄。口噴炎火，耳呬寒風。兩眼藏日月，一腹納乾坤。舒爪扳翻法界，磨角擦透崑崙。一聲霹靂驚天吼，三江四海盡知聞。

虎

虎，虎。中央，牝母。衆獸王，群山祖。勇猛英雄，乾坤主甫。一毛吞四海，兩眼消今古。扳山動地摇天，跑空踏開紫府。怒然哮吼聒天衢，一聲震地驚玄武。

神

神，神。無相，法身。心之寶，道之珍。大包天地，細入微塵。撥開星斗柄，斡轉日光輪。暗藏不測之機，明分太古玄真。匝破千門開萬法，長空灼灼化陽純。

炁

炁，炁。無遮，無閉。天地根，虚无系。大道相通，神機相契。匝界混元冲，冲和周普濟。綿綿運息通融，默默頤真相制。自然虚谷化元神，玉花散處朝天帝。

明

明，明。地静，天清。太虚闊，曠然宏。寰中虚静，海島雲晴。旱日炎炎燦，神光晛晛凝。照鑒萬物臨晞，銀淵滿目夷平。靈空任我精神戲，玉童跳入水晶城。

精

精，精。透日，沉瀛。氤氲秀，瑞炁生。風恬浪浄，泛暈流星。交光烹玉雪，耿耿月華明。乾坤立爲金鼎，澍溢滿水銀平。昕天擊玉翠霞琳，燦燦寥空現太清。

真

真，真。瑩浄，光新。細無測，大無窮。彌羅元始，梵昊夷通。風清飄坎户，月朗射离宫。在欲神淵無欲，居塵道大無塵。道兮非道知常道，神化無神所以神。

空

空，空。太極，相通。含大象，盡包容。五行不到，八卦難窮。寥寥冲上下，落落任西東。無迹無形無影，非青非緑非紅。亘古亘今難辨别，强名大道立乾坤。

見

見，見。本來，頭面。開慧目，神光晛。鑒煥無形，太空出現。兩道雷光飛，燦爛銀如練。隨機物我同居，應用知常萬變。一輪慧目射天堦，玉嬰跳入通明殿。

聞

聞，聞。審意，沉沉。歸本性，覺真心。滌除鄭衛，聲色不侵。是非焉入耳，常聽虎龍吟。不鼓自然天樂，鳴聞太古之音。惠谷聰聰清韻響，一聲透入九霄林。

知

知，知。内外，天機。通真妙，達玄微。無修無證，無作無爲。玲瓏光翡翠，龍子昱朱衣。表裏明通瑩徹，心開萬法皆非。寰海一輪心月顯，精華閃出耀光輝。

覺

覺，覺。周遭，一匝。有神通，無名朴。遍體虚空，法亦非法。達者本無爲，不悟雙睛瞎。分明説破玄機，對面神思渺邈。一條天逕净無塵，金烏迸散銀光撒。

盡

盡，盡。地摇，天運。透谷神，通玄牝。習之彌遠，用之彌近。遠望越天衢，近者通方寸。尋尋地角無蹤，渺渺娑婆不動。睍銘清虚體太空，陽淵廣大誰無分。

德

德，德。杳冥，恍惚。外虚心，内實腹。月匝离宫，清風入國。一顆耀天珠，照破無明黑。同塵耿耿融和，貫世蠲蠲無物。一陰消盡一陽生，虚空遍濟無瑕玉。

可

可，可。無因，無果。絶貪嗔，去人我。意静消煙，心清滅火。踢破祖師關，掣開龍鳳鎖。瑕琳寶貝無窮，内隱玄珠一顆。玄珠分處玉嬰朝，滿懷抱定金蓮朵。

儀

儀，儀。照坎，明离。神相契，道相携。望空拏住，心上無迷。天清通妙法，地静得幽微。天地心同一體，明分曠劫希夷。亘古綿綿無所契，神遊碧落太淵齊。

爲

爲，爲。了正，無迷。開性覺，悟心知。滌除作用，不念禪機。般般都打過，物物劍光輝。體合天空海静，悟來萬法皆非。玄中自有香風動，神化澆灘月滿西。

常

常，常。静坐，消詳。頓静境，覺清凉。開明童子，引入仙鄉。篆煙籠地秀，炳燭耀天光。賜我蟠桃桂酒，醺醺醉卧高陽。驀聞一派清音奏，玉女争扶入洞房。

陽

陽，陽。徧滿，諸方。德顯化，道開張。金精流落，寶篆飛光。光飛盤漢骨，紅染太空蒼。返照不離日用，還元始覺真常。剥盡純陰通古道，神丹無礙得天長。

閑

閑，閑。至聖，非凡。朝静境，出塵寰。真真相濟，物物無攀。水雲常作伴，風月是鄉關。渴飲壺中桂酒，醉來獨卧崑山。雲深一覺遊仙夢，恣恁逍遥天地間。

姹

姹，姹。青春，二八。自合宜，同啐啄。玉貌清肌，風流俊雅。匹配綉幃眠，夢裏同驚覺。忽然跳出羅房，一把金花亂撒。眼前相守不分離，一心明契晨宮匝。

息

息，息。孤然，獨立。外不侵，内無入。出自真心，本無形質。寂寂至虛堂，寥寥居静室。兩條畫燭明空，光鑒一輪炎日。箇中端的有何疑，清净無爲萬事畢。

妙

妙，妙。光而，不耀。望天眄，飛空眺。太極玄微，曠無邊徼。水月鑒空蒼，返復迴光照。萬法悟歸一法，一法在乎三要。存三守一炁神清，點化陽精降九竅。

法

法，法。無問，無答。通玄覽，處絶學。不在名言，知空頓覺。頓覺道無心，因心同啐啄。混融日月齊明，遍應山川海嶽。天性人兮人性天，自然一點無名朴。

道

道，道。機密，深奥。真實相，無形貌。玄中之玄，妙中之妙。萬物稟然滋，發用非爲造。運行日月飛空，遍散十萬照耀。悟來無地亦無天，聖人假立虛名號。

德

德，德。滋生，萬物。遍東西，徹南北。灼灼無形，太空默默。擘開龍鳳髓，劈碎天筋骨。金精进撤流霞，透入乾坤恍惚。神光燦燦結團紅，收來送入金烏窟。

水

水，水。涓涓，不止。上無波，下無底。空中湧泛，龍膏鳳髓。一味灌心田，潤養修真體。肌膚净若冰霜，純陽自無陰鬼。俊目扶眉越太虛，不移一步空中起。

池

池，池。柳岸，堤垂。分水谷，照寒溪。金波輕泛，玉液澆漓。銀蟾拋雪浪，照眼渺淵瀰。潤谷溪波流濟，冲和萬化安頤。華池神水家家有，達者無爲無所爲。

液

液，液。自然，消息。育清肌，養靈質。外按周天，内合神室。离宫冲滿濟，照眼素光滴。玄霜混結成膏，精燦紅如赫日。胎星一點越仙宫，面現三清功已畢。

丹

丹，丹。天地，之間。飛鳳遶，火龍翻。樞機纂要，斡轉金關。取三光精髓，返七竅循環。一丸覆藏宇宙，變化吸海吞山。餌覺飛昇朝紫闕，標名玉簿列仙班。

性

性，性。靈源，通聖。無知覺，絶視聽。清似寒泉，明如寶鏡。鑒煥亦無形，物來同相應。知心離欲觀空，對境自分邪正。夜宿蟾宫折桂花，投明跳入金烏徑。

命

命，命。勿令，争競。順時行，隨時應。清净恬然，完容氣盛。精秘固神全，始覺真心定。身中血化爲膏，骨肉均融瑩净。丹就純陽出五行，玉虚降勅傳宣令。

鉛

鉛，鉛。無際，無邊。精鬱鬱，炁綿綿。動生萬物，海静幽玄。幽玄天地髓，動静道根元。視之非無非有，聽之默默寂然。玉壺冰潔清心骨，湛湛雲寥雪月天。

汞

汞，汞。寂然，不動。道之通，神之用。穿金透石，劍劈無縫。玉嬰籠寶月，戲把水晶弄。一天銀霧交光，閃爍非遥非近。權爲聖祖道家風，古音透入清清韻。

理

理，理。日精，月髓。上通天，下徹地。内外相交，其神不鬼。炳耀烈天衢，煥然光入體。方圓曲直隨形，上善心淵若水。凝空落落碧潭清，湛湛圓明融徹底。

一

一，一。難體，難習。邪中正，曲中直。大方無隅，寂寥獨立。分明在目前，對面人不識。取捨不增不減，搜尋無盡無極。亘古一靈真性顯，迴光返入太空實。

測

測，測。瀰阡，渺陌。絶搜尋，無瑕謫。非有非無，不空不色。曠大大無寬，微細細無窄。思之昊默魂飛，想兮雲寥散魄。無盡無窮無所知，或去或來如過客。

惚

惚，惚。乾坤，拍塞。混元中，凝虚谷。空中不空，物無其物。有物混玄元，玄元冲上德。神光杳杳冥冥，道化昏昏默默。了然一法奪天機，太一壺中真軌則。

玄

玄，玄。太極，無邊。下移地，上通天。三光精秀，一炁明傳。爐門開兩路，龍虎鬪争先。戲弄明珠出海，抛天滚地聲喧。丹成蜕殼遊三島，閬苑逍遥不記年。

靈

靈，靈。炁秀，神清。凝奔月，眩飛星。高空惠照，大地燭明。皎潔如冰雪，玲瓏似水晶。恍恍乾坤瑩浄，輝輝滿國清平。五方霞彩收歸鼎，兩耀交光入寶瓶。

天

天，天。淵淵，玄玄。千機主，萬化權。仰之彌高，鑽之彌堅。上侵元始界，下覆大無邊。澄湛五行之外，杳冥八卦之前。初分一炁三才首，獨立寥寥象帝先。

機

機，機。體道，心知。開惠目，悟希夷。移神萬變，妙化无爲。无爲生一炁，一炁運三奇。混合精微淳古，經行住上無疑。見物明心心離物，冥冥杳杳別威儀。

溪

溪，溪。古岸，金堤。盈道眼，惠光輝。涓涓不止，流入天池。水碧開清谷，淵深動渺瀰。夾岸遊魚作戲，波心踴出靈龜。口噴紅霧金砂結，養就神丹合聖機。

丸

丸，丸。撮聚，眉攢。通道眼，體幽玄。應物現機，隨方就圓。照見靈陽覺，神明法界寬。天地循環日月，空中虎遶龍蟠。丹臺捧出三光爍，晶耀無瑕玉一團。

芽

芽，芽。功可，奇加。深根蒂，勿令差。常添汞水，日進鉛砂。靈苗初出土，開泛美金花。嫩勝嫦娥丹桂，翠如王母仙葩。收來堪赴長春會，敢去瑶池閬苑誇。

雪

雪，雪。無寒，無冽。有中生，空中設。縹緲无間，玲瓏瑩徹。晃耀太虚明，焕然光皎潔。長天素若銀江，大地觸如玉屑。炎炎紅日煎難消，四時常伴高空月。

然

然，然。至妙，幽玄。明真性，育靈源。有傳無授，得意忘言。三田精鬱鬱，一息炁綿綿。出入不離玄牝，莫將口鼻爲緣。无爲鼎内三花秀，産出紅爐七葉蓮。

密

密，密。无形，无跡。納清風，招惠日。湛湛孤然，寥寥獨立。千點素光清，萬泒靈源質。其中産箇明珠，點化胎仙是畢。悠悠三界出洪波，蓬萊路上知端的。金侯善淵《上清太玄集》卷一〇，明正統《道藏》本，文物出版社等一九九四年，第二三册八二五頁。

新編全金詩卷一二四

段明源

段明源，號真陽子，平水（今山西省臨汾市）人。以避罪關中而至終南祖庭，師從馬鈺。數載還河東，於稷山城北築了真庵。大定二十二年，往潼關迎丹陽師，得其稱賞，道價益高。明昌元年，卒①。兹輯一首。

臨終書頌

歲久樂希夷，光明性燭輝。靈通三島路，氣結六銖衣。放曠無拘束，逍遥出是非。默然無一事，鶴馭彩雲歸。元李道謙《終南山祖庭仙真内傳》卷上《段明源》，明正統《道藏》本，文物出版社等一九九四年，第一九册五二四頁。

---

① 元李道謙《終南山祖庭仙真内傳》卷上《段明源》，明正統《道藏》本，文物出版社等一九九四年，第一九册五二四頁。

玄冲子

玄冲子，姓名鄉籍失考。嘗主汾陰龍興觀，承安間卒，年七十。長於詩，時人稱之「或懷古，或托物，或贈答，或逸興，縱心所欲，陳非心之心，言不言之言，言言見諦，句句朝宗」①。辛亥歲（蒙古憲宗元年、一二五一），其徒鏤版以傳。兹輯四十五首。

玄冲子詩載《玄虚子鳴真集》，以文物出版社等影印明正統《道藏》本爲底本，校以清光緒《重刊道藏輯要》本（輯要本）。

慧劍五首

利物從來吹斷毛，安邦輔主鎮凶豪。忿生殺氣乾坤窄，怒發陣雲天地高。三尺寒光驚鬼魅，千條冷艷破邪妖。一聲霹靂九霄外，化作飛龍不見毫。

非是雌雄别有鋒，除邪破怪射寒空。澹臺落處七星爛，周處揮時萬泒紅。素色陰陽無可攝，清光天地不能籠。自從戰罷蚩尤後，已得清平不施功。

① 元張志明《玄虚子鳴真集序》，明正統《道藏》本，文物出版社等一九九四年，第二五册四九七頁。另，其《述懷》詩有云：「真閑真樂號玄冲，七十年來養就慵。」

匣中取出絶纖塵，季札歸天無挂人。寧受黄巢安社稷，喜酬漢主定君臣。動摇三尺諸邦息，揮掃八方萬國賓。當謝軒轅傳在世，故教除佞佐明君。

三尺龍泉射斗牛，不平之事便分憂。磨開殺氣千魔息，錯出陳雲百怪愁。雪刃如風凉九夏，霜鋒似月鑑三秋。休休了却太平事，挂向天邊永不收。

吾獲寶劍已多年，入地穿山得自然。瑞氣鑄成群怪匿，清光磨就萬邪遷。輝輝光焰射星斗，爍爍鋒鋩覆地天。閑挂碧霄宫殿側，不須重舉伴神仙。

聰明

頓悟圓融泯物情，方知返樸顯聰明。視之不見元無色，聽後難聞那得聲。覺耀遍周天地朗，慧光普照鬼神驚。包含萬象陰陽外，獨露全身了太平。

題重皮谷玄都觀六首

重皮古跡物風華，地秀林泉隱道家。疊疊嵐光生瑞草，層層山色長靈芽。時時曙氣連晨氣，日日殘霞接晚霞。真箇無爲安穩地，化龍巨海不停蛙。

閑步玄都觀妙哉，茂林脩竹隱仙才。奇哉異菓時時熟，最妙仙花日日開。鶴鳴松上雲還去，虎嘯巖前風自來。此地清凉誰會得，洞天何處覓瑶臺。

俗事纏綿無出頭，閑遊到此便忘憂。風生九曲巖巒秀，霧斂三峰草木幽。門外雲埋樵子徑，庵前溪隱渡仙舟。人來問我藏緣事，遥指白雲笑不休。

我是人間晦跡徒，閑尋幽徑到玄都。豁然物盡非難入，頓覺塵忘逝不拘。心似團團秋月朗，性如片片野雲孤。從他寒暑光陰速，不計功名無礙夫。

中條山下一仙庄，此地安閑日月長。山秀千巖巖化玉，地豐百草草開芳。客來茶點松梢雪，夜静爐燒柏子香。若是有人來到此，世間萬慮盡俱忘。

中條西北有玄都，瑞色紛紛道氣敷。翠竹叢中藏道窟，青松巖下隱仙間。連峰茂長靈芝草，巨沼深容不夜珠。遁跡不問塵事冗，清幽洒落小蓬壺。

詠竹二首

實腹虚心君子才，九包坐計好奇哉。欺霜鳳子迎風秀，傲雪龍孫帶雨培。蒼翠最宜松並檻，玲瓏偏稱柏同栽。有時蜕殼施雲雨，要見應難越九垓。

寒巖雅秀無多種，惟有琅玕過歲華。直節正當恬養素，虚心恰合道生涯。迎風瑟瑟清來冷，戴雨瀟瀟净更嘉。誰並真常君子器，偏宜仙洞道人家。

述懷三首

一志無移便到家，方知處處有煙霞。摩挲星斗言休話，驅逐風雲是莫誇。性定不離降五蘊，命生何用運三車。人人都有曹溪景，咫尺蓬壺路不賒。

真閑真樂號玄沖，七十年來養就慵。處處林泉新活計，家家雲水舊家風。千經歷遍知忘盡，萬法試周得不窮。説與門生消息事，月還西墜水流東。

道人活計本無憂，性月輝輝得自由。養素不須身外覓，修真何用意中求。靈珠朗朗通天地，素月輝輝射斗牛。妙道從來常潔净，清都隱隱恣優游。

題重皮谷深溪

條陽之北一溪流，溉灌三田稼穡幽。聲碎清風山色翠，氣連白晝水光浮。千波滚出驪珠窟，萬泒催行漁父舟。好笑許由閑洗耳，争如出浪快心頭。

警世三首

紛紛俗事日時忙，昧了靈源勿忖量。利害場中揮舌劍，是非浪里鬭脣槍。人間冗冗光陰速，物外寥寥春晝長。只此榮華何可並，豈知沙界遍仙鄉。

哀哉塵務苦忙忙，競氣貪財事事傷。千種縈纏無可出，萬端惹絆有爲妨。迴頭掣斷是非鎖，信脚踏翻名利場。好去碧巖泉下隱，安閑養素保純陽。

勸君莫進是非場，萬苦千辛計漫張。豈解利名風裏燭，那知恩愛電中光。貪榮争似貪仙士，趣富寧如趣道鄉。若要躍出塵世網，早歸巖下爇心香。

命汾陰張先生

稽首知音張道人，別來無恙樂天真。征鴻不寄蓬壺信，遼鶴空傳閬苑春。道院寥寥風作伴，禪堂悄悄竹爲鄰。先生莫失詩中約，同賞瓊臺月一輪。

弔馬三首

嗚呼騏驥好傷憫，負我十年今命終。一性飄飄辭世去，三魂蕩蕩别行蹤。空閑鞍轡我無力，不動鞭韁尔有功。蜕殼還源歸去好，春雷一震化飛龍。

傷嗟奇異俊驊騮，思尔無方進步遊。日日遍周巡沙界，時時普應復神州。幾年布德無窮力，今日别恩有徹頭。願汝真靈超物外，却投巨海化蛟虬。

哀哉代步俊驊騮，歷遍山川遐邇遊。今尔去先功已就，奈吾在後行難周。數年穩跨騰飛鳳，今日將亡的化虬。冉冉騰空昇紫府，安閑息步伴仙儔。

安恬養素

道人活計不驕奢，寂净虛無度歲華。默默頤神焉用酒，昏昏保命不須茶。安恬養拙純和素，慎德踈慵閑莫姱。奢也鍊就先天無價寶，乘鸞隱隱去仙家。

寂靜無憂二首

從來可慣皺眉頭，本性安閑有甚憂。明月照人諸業盡，清風過目萬緣休。街前世浪從他滾，門外風波自在流。學得希夷慵懶似，黑甜一枕恣齁齁。

無縈無繫有何求，灑落瀟瀟萬事休。俗態紛紛無惹絆，世情冗冗不淹留。神珠朗朗寧能汙，性月輝輝豈有綢。閬苑不須窮脚力，悟來迴首到瀛洲。

道貴自然二首

一點靈明本自然，何勞脚力覓神仙。雨霽寶山石潤玉，法海雲收火化蓮。覺後不聞獅子吼，悟來屏盡野狐禪。親師太上玄玄趣，躍出陰陽象帝先。

修真不用費功夫，切莫施爲愚騃徒。擺髓摇筋皆是妄，咽津納液轉乖迂。神丹豈有多般作，真氣元無一事拘。可笑諸人向外覓，不離方寸有仙途。

閑中得趣二首

閑中閑趣不安廬，何必雲山巖壑居。默默罷參三教典，昏昏不舉五車書。家風冷淡無還有，活計清虚有不餘。豈在盧都閑打坐，圓明長鑑道如如。

深溪幽處結茅廬，不向市鄽閙處居。不夜宫中無事客，長明殿裏没羈儒。澄澄法海波瀾息，湛湛神潭淵浪虚。罔象獲珠無措意，不勞神思赴華胥。

贈道人李志遇

真箇閑閑李道人，本來一點絶纖塵。慧彰戒定言難説，志覺無爲話不頻。福地林泉皆是友，洞天雲水盡爲鄰。迴光解得長春意，躍出陰陽劫外春。

贈吴道判

老夫慵拈筆硯忙，忽驚不覺鬢成霜。眼前熟景光陰速，物外家風白晝長。好學陳摶三覺睡，勿言杜甫九回腸。休休作箇閑閑老，脱盡塵勞有甚傷。

述懷二首

閑行策杖出茅廬，極目郊原錦不如。鴈列衡陽天淡淡，燕離海嶠雨踈踈。一川好景夭桃綻，滿地春光楊柳舒。日晚歸來無箇事，頤神養素樂無餘。

萬事俱忘不出廬，藏緣無礙體如如。人間利害般般盡，眼底浮華物物踈。興後蒲團盤膝坐，悶來土塌展腰舒。而今已作踈慵叟，樂樂閑閑道本餘。

題王官谷玄通觀

王官遺跡有星壇，名號玄都觀隱仙。山秀雲埋棲鳳竹，土豐霧鎖化龍泉。一峰帝業千年在，三詔仙亭萬古傳。仙帝超凡俱不面，清名勿朽古今宣。

七言絶句

初機

發心容易久長難，一志無移若泰山。割斷愛緣塵不染，自然灑落得清閑。

答王先生問道在何處

忘非泯欲要堅心，道在虛無何處尋。認取本來真面目，拈來放下是知音。

贈張先生不悟

掣開眉鎖抽身出，割斷名纏便是休。性若碧天雲片片，萬緣無礙快心頭。

贈李道人

絶念無爲李道人，般般放下是全真。休休已得長生趣，躍出陰陽劫外春。

詠茶

金童採得靈芝葉，玉女收將閬苑芽。若是有人知此味，清香勝過趙州茶。

神珠

團團無相亦無蹤，萬道霞光射碧空。照耀大千含法界，參天兩地豈能籠。

禪道

禪道無爲道是禪，道禪無二没枯偏。本來一點無分别，湛湛澄澄常現前。

坐净

湛湛寂寂方丈居，凝神默默養神軀。魂寧魄净主賓會，萬慮俱忘一物無。《玄虚子鳴真集》，明正統《道藏》本，文物出版社等一九九四年，第二五册四九七頁。

白道玄

白道玄，涇陽峪口（今陝西省咸陽市涇陽縣）人。大定中，嘗途遇馬鈺，與語若合宿契，遂得真訣。年八十卒。兹輯一首。

自歌

横流四條椽，在世八十年。若要跟尋我，直至白骨邊。清郭元釪《全金詩增補中州集》卷六一，上海古籍出版社一九九四年。

周德清

周德清，號玄静散人，寧海東牟（今山東省煙臺市牟平區）人。早年喪夫。大定八年，與子王處一同拜重陽王喆爲師，重陽爲訓名號。泰和三年（一二〇三）卒，年九十五①。兹輯五首。

失題

坤訣須從静裏求，静中却有動機留。若教空坐存枯想，虎走龍飛丹怎投。
一點靈臺磐石安，任他榮落態千般。陽光本是摩尼寶，箇裏收藏結大還。
心似曹溪一片秋，好從子午下功修。魚龍潑剌波還静，只有長空月影留。
輕煙薄霧障空虚，却使靈明無處居。憎愛榮枯皆利刃，予如傷子怎尋予。
性命先須月窟參，擒龍縛虎莫遲延。陽生之候真陽漏，黍米如何得保全。《道藏輯要》壁集四《三寶心證·群真詩·玄静散人周真人》，清光緒間刊本。

①元劉天素《金蓮正宗仙源像傳·玉陽子》，明正統《道藏》本，文物出版社等一九九四年，第三册三七七頁。

新編全金詩卷一二五

劉處玄 一

劉處玄，字通妙，號長生子，萊州（今山東省煙臺市萊州市）人。大定九年，出家入道，與馬鈺、譚處端、丘處機等師從重陽王喆。重陽卒，與諸師兄弟護喪至終南劉蔣村，守孝三載。十四年，溷跡京洛。十八年，徙洛城雲溪洞。二十一年，東歸萊州，建庵於武官故居。承安二年，召赴闕，章宗問以至道，答曰：「至道之要，爲寡嗜欲則身安，薄賦斂則國泰。」①明年三月，得旨還山，敕賜觀額五道，曰靈虚、太微、龍翔、集仙、妙真。泰和三年卒，年五十七②。著有《仙樂集》五卷行世③。兹輯五百零五首。

劉處玄詩載《仙樂集》，以文物出版社等影印明正統《道藏》本爲底本，校以清光緒《重刊道藏輯

① 元劉天素等《金蓮正宗仙源像傳·長生子》，明正統《道藏》本，文物出版社等一九九四年，第三册三七五頁。
② 元李道謙《七真人年譜》，明正統《道藏》本，文物出版社等一九九四年，第三册三八五頁。
③ 金秦志安《長生真人劉宗師道行碑》，見元李道謙《甘水仙源録》卷二，明正統《道藏》本，文物出版社等一九九四年，第一九册七三三頁。

要》(輯要本)本及其它有關文獻。

白蓮花詞二十九首

百歲人生速悟,三萬六千有數。晝夜忙忙烏兔,限到難趓死路。古今許龐家去,也應都免輪回苦。

別有鉛房汞庫,一點靈明是主。道樂無塵無慮,欣則行歌道舞。古今許龐家去,也應都免輪回苦。

敬道高真祐護,保命身安養素。惡濁消亡作做,聖道難逢難遇。古今許龐家去,也應都免輪回苦。

道救九玄七祖,咫尺蓬萊有路。三教超昇門户,仙道千年一遇。古今許龐家去,也應都免輪回苦。

世外仙宫寶所,得道真靈永住。布德名傳萬古,救死哀生孰悟。古今許龐家去,也應都免輪回苦。

大醮亡魂聖度,亢旱難逢法雨。清静身心餐素,功德圓成仙路。古今許龐家去,也應都免輪回苦。

性焰命油省悟,便是真生妙趣。道氣修成堅固,蓬島仙鄉有路。古今許龐家去,也應都免輪回苦。

意想千頭萬绪，食足衣豐不悟。有日無常獨步，魄散難逃陰路。古今許龐家去，也應都免輪回苦。

有德多謙少怒，莫要嫌貧愛富。萬事包容衆語，感動高天聖祖。古今許龐家去，也應都免輪回苦。

今世爲人貴富，必是前生有悟。恐墮三塗陰府，未盡天元再遇。古今許龐家去，也應都免輪回苦。

七寶過如須彌，道果要成也未。早悟金剛妙理，便是渡河超彼。道全德之也貴，大家總赴玉華會。

未達陰陽看易，覺了通天徹地。厭濁闃然出世[一]，守道古今有幾。道全德之也貴，大家總赴玉華會。

道妙清虛覺慧，應變湧泉得意。只要君心不昧，隱奥五千至理。道全德之也貴，大家總赴玉華會。

欣則看書困睡，洞外松前自喜。保命頤養神氣，抱一免沉下鬼。道全德之也貴，大家總赴玉華會。

秋月澄潭徹底，現出圓光照體。二八無虧真喜，撒手行來無罪。道全德之也貴，大家總赴玉華會。

迷者多生謗毀，戀色貪財競氣。有日無常却悔，五七閻王問罪。道全德之也貴，大家總赴玉華會。

業鏡前來照你，皺著眉兒垂淚。難用在生辯智，到此兒孫難替。道全德之也貴，大家總赴玉華會。

頓悟名山福地，雲水琴書活計。一念無生弗罪，達者古今有幾。道全德之也貴，大家總赴玉華會。

得失上天入地，三寸不來那世。魂魄消亡爲鬼，性命完全仙易。道全德之也貴，大家總赴玉華會。

恣樂清平無比，石畔松間快矣。鶴舞鸞迎唯喜，鍊就丹光殼蜕。道全德之也貴，大家總赴玉華會。

混沌至今萬有，死去生來怎久。一箇真靈不朽，命在南辰北斗。子孫醮緣重遇，敬信全仗高真度。

陰路久沉萬祖，地獄無門出去。上有十方救苦，造業衆生無數。子孫醮緣重遇，敬信全仗高真度。

既有生老病苦，死墮陰司惡處。只爲生前不悟，催上刀山劍樹〔二〕。子孫醮緣重遇，敬信全仗高真度。

牛頭獄卒急怒，到此口難分訴。痛苦無停無住，拔舌生前毀主。子孫醮緣重遇，敬信全仗高真度。

沉在幽冥黑路，陽道天光甚處。萬劫千生受苦，十惡之人有數。子孫醮緣重遇，敬信全仗高真度。

天上人間兩路，只愛貪淫嫉妒。樂極難逃病苦，魄散魂消入土。子孫醮緣重遇，敬信全仗高真度。

曾看北邙塚墓，古往多少貴富。限到怎生趖去，頓悟玄元道祖。子孫醮緣重遇，敬信全仗高真度。

世外仙家樂處，異景都無四序。得道真超寒暑，積行真人救苦。子孫醮緣重遇，敬信全仗高真度。

來謁名山洞府，頂笠携笻信步。認得金烏玉兔，妙覺傻猿縛住。子孫醮緣重遇，敬信全仗高真度。

【校記】

〔二〕闃：原作「閴」，「闃」之俗字。　〔三〕催上：輯要本作「推入」。

狗臺安遠洎衆親靈虚觀助緣酬贈以詩

長生濟度未爲賢，應化人間自肯錢。黄籙醮成通薦拔，靈虚觀就悟良緣。百朝累行明三畫，千日修功敬萬年。上報四恩全道德，無愆保命免幽泉。

疊韻詩

年春後又花殘，景凋零木草全。道慧靈無好醜，了真清意辨愚賢。人背劍遊雲洞，達士携琴住錦川。近終南⿱竹鉤萬頃，好來世外論長年。

年年春後又花殘，殘景凋零木草全。全道慧靈無好醜，了真清意辨愚賢。賢人背劍遊雲洞，達士携琴住錦川。川近終南⿱竹鉤萬頃，好來世外論長年。

藏頭拆字詩

訣希夷無上尊，田鶵鷇守餘藩。雲到處思三孝，午行來憶四恩。覺鉛昇扃地户，明汞降闈天門。分萬法清通海，省揚眉道弗言。

口訣希夷無上尊，寸田鶵鷇守餘藩。水雲到處思三孝，子午行來憶四恩。因覺鉛昇扃地户，自明汞降闈天門。兩分萬法清通海，每省揚眉道弗言。

名徐甲駕青牛，極初分預九州。利天人昇不夜，昏下鬼墮冥幽。明道德無爲好，達玄元没價酬。卯倒顛成化造，乎廉孝侍君侯。

大名徐甲駕青牛，十極初分預九州〔一〕。刀利天人昇不夜，夕昏下鬼墮冥幽。山明道德無爲好，子達玄元没價酬。酉卯倒顛成化造，告乎廉孝侍君侯。

【校記】

〔一〕十：由前句末「牛」字拆得。今按，金劉處玄《仙樂集》卷三《出家冷七翁昇化親族重辦齋道場叮囑道人不得要看經錢》之六：「九天昇入，十極蓬萊。」

談聖教道興隆，去朝元鶴馭通。子愆消常歲稔，真福累永年豐。皮破處黄芽現，樹生時白雪逢。地因緣明化世，輪飛走碧天中。

口談聖教道興隆，又去朝元鶴馭通。之子愆消常歲稔，我真福累永年豐。豆皮破處黄芽現，玉樹生時白雪逢。三地因緣明化世，一輪飛走碧天中。

外修行道性優，真無意謁公侯。通易免三空罪，達難趓九地囚。口明傳人有惠，心化度道無收。聞河上傳文帝，對君王十二旒。

方外修行道性優，憂真無意謁公侯。一通易免三空罪，四達難趓九地囚。口口明傳人有惠，心心化度道無收。又聞河上傳文帝，立對君王十二旒。

峰霞洞度昏朝，射松筠勝柳桃。甲煉丹明異景，虵吞鼉飲香醪。宮玉妃朝賢聖，位金嬰遠貴豪。味羊羶俱盡戒，分清静隱蓬蒿。

高峰霞洞度昏朝，日射松筠勝柳桃。一甲煉丹明異景，小蛇吞鼈飲香醪。羽宫玉姹朝賢聖，王位金嬰遠貴豪。豕味羊羶俱盡戒，十分清静隱蓬蒿。

歷京華厭世塵，龕雲洞性清新。鉛錬就天光瑩，汞修成降氣勻。物有靈明道體，心無想隱真神。申燕坐無憂喜，達昇仙吕洞賓。

少歷京華厭世塵，土龕雲洞性清新。辛鉛錬就天光瑩，玉汞修成降氣勻。二物有靈明道體，曲心無想隱真神。巳申燕坐無憂喜，古達昇仙吕洞賓。

養芝苗覺性開，年真了去無來。閑静看詩千卷，闃時斟酒一杯。遇玄元功行未，逢至道聖賢催。超寒暑陰陽外，旦無雲發迅雷。

田養芝苗覺性開，一年真了去無來。人閑静看詩千卷，天闃時斟酒一杯。不遇玄元功行未，人逢至道聖賢催。山超寒暑陰陽外，夕旦無雲發迅雷。

滚雲濤近碧天，通法海命延年。分玉貌過潘岳，箇金容勝美妍。奼烹鉛成九轉，嬰錬汞結三田。傳祕訣蓮峰去，訪仙家住錦川。

樂滚雲濤近碧天，大通法海命延年。十分玉貌過潘岳，一箇金容勝美妍。女奼烹鉛成九轉，男嬰煉汞結三田〔一〕。口傳秘訣蓮峰去，厶訪仙家住錦川。

【校記】

〔一〕男：由前句尾字「轉」右側之「専」拆得，取其形近。

清鍊意似寒灰，降中央劣傻回。子雲邊石女訪，真洞外木人催。公未悟天中月，性光明雪裏梅。到瑤臺遊閬苑，知仙卉四時開。

門清鍊意似寒灰，火降中央劣傻回。二子雲邊石女訪，一真洞外木人催。山公未悟天中月，我性光明雪裏梅。每到瑤臺遊閬苑，已知仙卉四時開。

後牛形中氣糀，農九六喜生陽。通世外雲煙闊，覺壺天日月長。挂六銖明性燭，消三業爇真香。冥恍惚時時運，子瑤池泛玉觴。

角後牛形中氣糀，莊農九六喜生陽。易通世外雲煙闊，人覺壺天日月長。山挂六銖明性燭，火消三業爇真香。杳冥恍惚時時運，之子瑤池泛玉觴。

長靈芽妙運陽，令風雨散天香。宫殿外三花放，位樓邊七寶糀。芾題詩思太白，華行道鍊中黄。仙聚會談今古，口無争衆樂堂。

土長靈芽妙運陽，勿令風雨散天香。日宫殿外三花放，方位樓邊七寶糀。米芾題詩思太白，日華行道鍊中黄。八仙聚會談今古，口口無争衆樂堂。

真守道永心灰，降陰昇外道回。子靈呼嬰奼到，真道攝虎龍來。回萬偽身心定，轉三空慧眼開。載清軒看古教，華嘲景泛金罍。

一真守道永心灰，火降陰昇外道回。二子靈呼嬰奼到，至真道攝虎龍來。三回萬偽身心定，九轉三空慧眼開。十載清軒看古教，文華嘲景泛金罍。

頭食蜜形無槁，臥煙霞泯萬巧。手難栽不謝花，功易種靈芝草。年鍊已洞天居，道修真塵外好。後午前似一時，常欣欣看莊老。

一頭食蜜形無槁，高臥煙霞泯萬巧。二手難栽不謝花，化功易種靈芝草。早年鍊己洞天居，古道修真塵外好。子後午前似一時，日常欣欣看莊老。

時未卯覺先寅，表俱明預暗陳。海飛烏銜玉汞，天走兔搗金新。光不讓人間景，圃難同世外春。往月來今古事，翁幼稚死生均。

二時未卯覺先寅，八表俱明預暗陳。東海飛烏銜玉汞，水天走兔搗金新。金光不讓人間景〔一〕，小圃難同世外春。日往月來今古事，一翁幼稚死生均。

【校記】

〔一〕金：從前句尾字「新」拆得「斤」，取其音同。

忘名利下高杆，甲金庚包暑寒。九秋前花滿檻，三夏後菓盈盤。斟玉液從朝飲，獻珎羞至夜闌。望碧霄雲外路，乘鸞鳳有清歡。

人忘名利下高杆，木甲金庚包暑寒。九九秋前花滿檻〔一〕，三三夏後果盈盤。又斟玉液從朝飲，自獻珍羞至夜闌。東望碧霄雲外路，各乘鸞鳳有清歡。

【校記】

〔一〕九九秋前花滿檻：首「九」由前句末「寒」字拆得，取其形近。

見晴空潰寸霾，通三二道心灰。遊勝地嘲松竹，隱仙園詠柳梅。見殘春生滅夢，逢缺月暑寒催。君認得圓光照，鏡真明免去來。

人見晴空潰寸霾，貍通三二道心灰。自遊勝地嘲松竹，樂隱仙園詠柳梅。每見殘春生滅夢，夕逢缺月暑寒催。山君認得圓光照，火鏡真明免去來。

迴萬有寶光新，斧開山見玉人。轉三陽黄蘂綻，纏四相雪花春。來月往逢丁卯，禮朝參遇戊辰。掛雲裳藏碧洞，雲鍊出九霄身。

人迴萬有寶光新，斤斧開山見玉人。自轉三陽黄蘂綻，糸纏四相雪花春。日來月往逢丁卯，我禮朝參遇戊辰。衣掛雲裳藏碧洞，水雲鍊出九霄身。

來靈運寶光收，去芒兒白徹牛。地良因闈夕旦，心應變定剛柔。金顛倒蓮峰住，道須知彼岸遊。外逍遥修性命，談范蠡一扁舟。

自來靈運寶光收，又去芒兒白徹牛。十地良因闈夕旦，一心應變定剛柔。木金顛倒蓮峰住，人道須知彼岸遊。方外逍遥修性命，叩談范蠡一扁舟。

餐美膳敬人催，去天厨重造來。見嬰兒先寸悟，聞姹女又頭回。傳玉訣超三昧，射金光現兩腮。道窮通天地外，陽樓上泛瓊盃。

一餐美膳敬人催，山去天厨重造來。人見嬰兒先寸悟，吾聞姹女又頭回。口傳玉訣超三昧，日射金光現兩腮。思道窮通天地外，夕陽樓上泛瓊盃。

人未曉悟其寅，洞仙遊閬苑春。月急催塵景謝，儀閑逐道光新。傳汞藥雲中客，訣丹經物外賓。寶祥光重出現，嬰達了任舒伸。

人人未曉悟其寅，一洞仙遊閬苑春。日月急催塵景謝，身儀閑逐道光新。親傳汞藥雲中客，口訣丹經物外賓。八寶祥光重出現，玉嬰達了任舒伸。

從入理隱真光，見壺中日月長。掛雲裳朝道祖，餐黍米鍊丹陽。通子後明紅燭，降齋前爇川香。杳冥冥唯省悟，思翠竹到凉堂。

一從入理隱真光，兀見壺中日月長。又掛雲裳朝道祖，且餐黍米鍊丹陽。日通子後明紅燭，火降齋前爇川香。杳杳冥冥唯省悟，吾思翠竹到凉堂。

龍蟠虎達其寅，卦抽添應美辰。悟海天雲浪積，明川地雪霜勻。童引翫蓬壺景，奼先遊洛圃春。月走飛生老變，華糇點世塵新。

金龍蟠虎達其寅，八卦抽添應美辰。自悟海天雲浪積，人明川地雪霜勻。二童引翫蓬壺景，小奼先遊洛圃春。日月走飛生老變，文華糇點世塵新。

翁小隱住青城，道人間慈救生。鍊汞鉛明假合，談道德悟真誠。清積行憐貧賤，耀修功愛貴榮。用無高休更下，居出入似量衡。

田翁小隱住青城，成道人間慈救生。人鍊汞鉛明假合，我談道德悟真誠。言清積行憐貧賤，目耀修功愛貴榮。莫用無高休更下，卜居出入似量衡。

仙樂道住雲邊，子閑吟物外編。結垂光超九地，侵艷景達三天。通易曉天元歲，法難明甲子年。有三生真頓覺，知俱泯是高賢。

八仙樂道住雲邊，之子閑吟物外編。糸結垂光超九地，土侵艷景達三天。大通易曉天元歲，上法難明甲子年。人有三生真頓覺，見知俱泯是高賢。

身飄逸到雲軒，馬重來孰悟冤。拽了然恩極害，心相應害生恩。知漢將逢純祖，見扶風遇太原。隱居山真混世，經大度五千言。

三身飄逸到雲軒〔一〕，車馬重來孰悟冤。免拽了然恩極害，口心相應害生恩。因知漢將逢純祖，且見扶風遇太原。小隱居山真混世，一經大度五千言。

【校記】

〔一〕三：由末句尾字「言」之「三横」拆得。今按，所謂三身，指法身、報身、化身，系釋家語，此爲全真道士藉用。

國真仙隱洞賓，遊顯跡喜賢臣。參萬妙全天意，覺千玄用率循。視清平行道德，聞讚上盡修仁。儀養就元初貌，極時增福萬鈞。

金國真仙隱洞賓，少遊顯跡喜賢臣。巨參萬妙全天意，立覺千玄用率循。目視清平行道德，心聞讚上盡修仁。二儀養就元初貌，八極時增福萬鈞〔一〕。

【校記】

〔一〕八：由前句末「貌」字右側「皃」拆得。今按，《仙樂集》卷三《出家冷七翁昇化親族重辦齋道場叮囑道人不得要看經錢》之二：「慧觀八極，撒手東西。」元王志坦《道禪集・再留七十四頌》之十一：「頂門若具全真眼，八極遐觀一體同。」

論京華隱大才，然寒去又温來。明道上如星朗，悟胸中似錦堆。養松筠三季翫，修艷卉四時催。全萬行朝元去，想先賢德妙哉。

十論京華隱大才，自然寒去又温來。大明道上如星朗，良悟胸中似錦堆。土養松筠三季翫，元修艷卉四時催。人全萬行朝元去，厶想先賢德妙哉。

遊雲洞寶光垂，去超塵别有期。滿虛心真弗病，盈實腹口忘飢。緣内外誰人見，悟中邊幾箇知。論天堂并地獄，通無上妙堪宜。

且遊雲洞寶光垂，人去超塵别有期。月滿虛心真弗病，内盈實腹口忘飢。機緣内外誰人見，我悟中邊幾箇知。矢論天堂并地獄，言通無上妙堪宜。

思罕見百年翁，客真昇入碧穹。弩閑時多國富，荒亂後少民豐。明覆載通夷行，運周天達聖功。士農商崇善道，胡欣樂讚王公。

自思罕見百年翁，羽客真昇入碧穹。弓弩閑時多國富，田荒亂後少民豐。一明覆載通夷行，二運周天達聖功。工士農商崇善道，之胡欣樂讚王公。

心通似錦江流，火相交漢勇侯。善一方風雹少，明三界雪霜稠。通廣累三千行，運微傳十二周。訣自然樞要悟，常樂道喜歌謳。

一心通似錦江流，水火相交漢勇侯。人善一方風雹少，我明三界雪霜稠。周通廣累三千行，行運微傳十二周。口訣自然樞要悟，吾常樂道喜歌謳。

下群賢論古今，然達者是知音。烏垂足通天朗，兔搗光悟道心。化意如須彌大，謙靈似巨洋深。雲到處仙家好，種黃芽壬雨霖。

林下群賢論古今，樂然達者是知音。日烏垂足通天朗，月兔搗光悟道心。三化意如須彌大，一謙靈似巨洋深。水雲到處仙家好，子種黃芽壬雨霖。

歸雲路到陽天，道虛無本自然。降玉鑪光易悟，開寶鑑口難傳。修汞藥超生死，達丹書弗黨偏。道貴華仙道實，仙邀我去參賢。

又歸雲路到陽天，大道虛無本自然。火降玉鑪光易悟，心開寶鑑口難傳。專修汞藥超生死，夕達丹書弗黨偏。人道貴華仙道實，八仙邀我去參賢。

聞海市化雲城，按中央道氣生。月有圓壬雨潤，年無缺赤龍耕。通玉汞陰陽結，纏金鉛麻麥成。戟争心歸道善，傳萬古讚清聲。

耳聞海市化雲城，土按中央道氣生。三月有圓壬雨潤，閏年無缺赤龍耕。井通玉汞陰陽結，絲纏金鉛麻麥成。戈戟争心歸道善，口傳萬古讚清聲。

極祥明照夜元，明無上自然還。胡萬行超今古，慧千通達聖賢。寶錢財時愛戀，肝肺腎日光圓。非言是貪無足，我螢飛燒大千。

十極祥明照夜元，二明無上自然還。西胡萬行超今古，一慧千通達聖賢。八寶錢財時愛戀，心肝肺腎日光圓。口非言是貪無足，人我螢飛燒大千。

滅煙消混世居，黄大醮闡縈蒲。雲到處鶉居性，死超離轂食孤。悟伏羲三畫像，明易卦六爻圖。光認得真顛倒，岸無爲有有無。

火滅煙消混世居，古黄大醮闡縈蒲。水雲到處鶉居性，生死超離轂食孤。子悟伏羲三畫像，人明易卦六爻圖。回光認得真顛倒，到岸無爲有有無。

年混世樂恬然，鍊真鉛至行還。子雲中尋小隱，虚物外近高賢。都頂上靈風爽，洞溪邊浩月圓。味要餐仙獻果，然功行仗三千。

十年混世樂恬然，火鍊真鉛至行還。之子雲中尋小隱，心虚物外近高賢。巨都頂上靈風爽，大洞溪邊浩月圓。口味要餐仙獻果，自然功行仗三千。

説真昇去不回，公仙桂月中栽。方艷卉三春謝，外天花四序開。極調龍蟠藥井，真引鶴到丹臺。明真了朝元去，想南華意大哉。

口説真昇去不回，二公仙桂月中栽。一方艷卉三春謝，身外天花四序開。十極調龍蟠藥井，四真引鶴到丹臺。至明真了朝元去，厶想南華意大哉。

西烏墮日難回，説無常意未灰。見淵明來又去，聞丁令去重來。金巽位春前柳，酉同宫臘後梅。到禁煙仙客悟，斟玉液勝瓊醅。

酉西烏墮日難回，口説無常意未灰。一見淵明來又去，二聞丁令去重來。木金異位春前柳，卯酉同宫臘後梅。每到禁煙仙客悟，吾斟玉液勝瓊醅。

見新春寒漸回，談玄理去重來。金間隔靈陽照，水相交癸潤荄。世總迷三月好，今唯省四時催。公入藥圓光應，達玄元悟老萊。

人見新春寒漸回，口談玄理去重來。木金間隔靈陽照，火水相交癸潤荄。一世總迷三月好，子今唯省四時催。山公入藥圓光應，心達玄元悟老萊。

葉花開到海濱，歸相近禁煙春。生日没都迷假，是人非孰悟真。極翠霞常作伴，方賢聖永爲鄰。陽樓望長安道，守希夷萬古新。

木葉花開到海濱，賓歸相近禁煙春。日生日没都迷假，人是人非孰悟真。八極翠霞常作伴，十方賢聖永爲鄰。夕陽樓望長安道，久守希夷萬古新。

分徭盡福緣重，達希夷至理窮。内鍊丹金鼎白，中運火玉鑪紅。從了道朝王母，載成真訪木公[一]。去携雲三清倍，來跨鶴九霄通。遊閬苑觀花錦，紫瑶臺對月風。滅尸亡無四序，常順道氣和融。 金劉處玄《仙樂集》卷一，明正統《道藏》本，文物出版社等一九九四年，第二五册四二三頁。

隔分徭盡福緣重，中達希夷至理窮。穴内鍊丹金鼎白，日中運火玉鑪紅。二從了道朝王母，一載成真訪木公。自去携雲三清倍，人來跨鶴九霄通。走遊閬苑觀花錦，金紫瑶臺對月風。虫滅尸亡無四序，予常順道氣和融。

【校記】

〔一〕成：原作「或」，此從輯要本。

新編全金詩卷一二二六

劉處玄 二

五言絶句頌一百六十一首

念道覺真安，命清勝錬丹[一]。通天全至行，跳出死生關。

昨日似陳團，今朝憂又歡。靈虚齋敬禮，知觀謝尊官。

無争禍不侵，有道聖賢欽。積行生生貴，福真莫外尋。

禪通明釋藏，禪定真無相。禪慧口難言，禪天無缺朗。

無事不貪求，無争不辨休。無言只念道，無喜亦無憂。

一别又經秋，去都過保州。尊官爲念道，寛轉近西遊。

垢盡寶光明，碧天萬里青。真平全至行，應變悟仙經。

輔國置仙菴，捨資道福貪。辯能明萬有，會得却如憨。

積行妙通天，心真泯萬愆。古今明了者，命住寶光圓。

大道本無修，隨緣弗外求。始終無變異，歸去列仙儔。
食葷勿殺生，治政似冰清。無事看莊老，通天至行成。
無竈免煎熬，火坑幾箇逃。清凉福地别，飢後喫蟠桃。
希夷爲道母，赤子是真兒。相見超生滅，昇仙行就時。
真平至行全，保命體延年。三教明真理，未仙也是賢。
看地見飛星，没中聖位靈。兩厢蓋草舍，松檜四邊青。
橋就更修道，無事看聖教。功行兩雙全，了了無生老。
臨水望思山，逍遥出世間。這些幽雅景，不讓古長安。
真通四相忘，頓覺免無常。得道離生滅，蓬萊去莫忙。
莫愛也休憎，真常神氣靈。命清癸耀燦，達理自然昇。
草舍近河山，清居厭世間。晝閑看道德，夜静聽潺湲。
菴傍近會稽，遠却世塵非。道覺真靈瑩，澄光萬耀輝。
西南近黄白，石窟真仙宅。隱道伴松筠，他年蓬島客。
福地靠三陽，山前是道鄉。龍華同一會，旦望預行香。
山聳應天門，清真酬四恩。有人來問道，應對敬其尊。
幽居近北山，無意想塵寰。助道田三段，養真麻麥餐。

臨水蹬山青，碧天萬里平。頓明全道德，歸去大羅行。

前後有青山，甲庚明二關。一真顛倒妙，空外白雲閑。

上善應清清，行通似水平。天青懸萬象，性闃命光成〔二〕。

甲地妙通清，真明道象靈。夷然全至行，歸去碧霄行。

舉意掩他非，希夷泯見知。應機明萬慧，無著亦無離。

茅舍喜清居，閑看三教書。自然明妙理，世外樂無餘。

亂作寄汾陽，願人效馬王。混塵真世外，蜕殼到仙鄉。

祈雨各逐村，衆善天垂恩。莫殺生靈福，香燈茶果存。

頓覺悟金剛，真明四相忘。無形性不老，認得免無常。

敬信辨真齋，清通免去來。始終心不變，蜕殼到蓬萊。

常開方便門，出入敬真尊。日月酬三孝，時時報四恩。

前廳對後堂，冬夏取炎凉。清善崇三教，人間世夢忘。

順尊至孝全，意静勝參禪。四相真忘盡，頓明佛是仙。

恍惚發珠光，回光晃八方。螢明難吐耀，天瑩現真陽。

忘世意休争，心閑看道經。了真無老死，達理自然明。

真趣道眸開，善清無禍災。冲和全性命，蜕殼到蓬萊。

無惡氣清深，忘情覺水金。虚心真混合，抱道鬼神欽。
頓明世夢虚，趓業洞天居。超彼靈峰畔，欣時看古書。
忘塵悟死生，大達意無争。應變明真理，他年功行盈。
日用自然真，冲和氣養神。命清金耀結，歸去了仙人。
出入應環墻，真通動静忘。卦爻明坐卧，陰盡變純陽。
意滅覺真生，微通道眼明。無憎全至行，命住氣神靈。
常似聖賢隨，自然意泯癡，蛾燈聞早悟，真了碧霄歸。
無欲似天青，自然萬象明。亘靈與道洽，應變語如經。
真悟松間鶴，偽迷蛾戀燈。濁清明兩路，就死入油烹。
早早悟骷髏，命清免九幽。金嬰調玉奼，真瑩上雲頭。
清柔神氣靈，盡愛命光成。達理通天道，真昇雲路行。
無物道無傳，真通結汞鉛。要歸蓬島去，功行積三千。
造化隱丹經，天青萬象明。真光非意想，顛倒甲通庚。
冬凜採黃芽，夏炎收白雪。金嬰出玉峰，到此離生滅。
善清修性命，泯慮除罪病。道德自然通，他年朝至聖。
日用善清通，氣神相見功。忘情全命耀，真去與仙同。

物似鏡中形，光通萬象明。應塵無罣礙，覺了行功成。

頓明生死大，常善居塵外。巨海變桑田，亘靈與道在。

念道命光圓，無形性達全。自然通上善，蛻殼是真仙。

明道泯争愛，真通性命大。堅志免輪迴，石爛神光在。

目前萬事假，莫縱猿兒傻。樂道喜松峰，趓僞真脱洒。

身老真無老，修行無忒早。命延道德全，也得歸蓬島。

無我神氣清，忘欲癸光停。覺了希夷妙，自然大道成。

世夢轉頭空，忘塵見亘容。仙鄉真景異，雲路仗修功。

輪迴幾萬遭，達理死生逃。養就真鉛汞，珠光釣巨鼇。

真通泯世機，頓解死生危。道樂松峰下，冲和結坎離。

濁惡變清善，輪迴生滅免。命全光不缺，真了碧霄現。

到岸了無生，靈峰雲外行。樂真隱霞洞，應景對清平。

道善悟無争，鍊真降火生。癸光全法體，蛻殼自然昇。

念色想骷髏，真沉墮九幽。無生全道妙，命住訪瀛洲。

喜怒寸俱忘，真通性有常。氣和全命耀，蛻殼到仙鄉。

日用自然真，冲和氣養神。意清全癸耀，陰盡碧霄人。

損有了真無，孤雲在碧虛。往來何罣礙，全道是工夫。
真明通理趣，垢盡心開悟。抱道樂清貧，自然達萬古。
販骨幾千遭，無生一念逃。自然通萬慧，保命運陽爻。
上士悟無争，冲和道眼明。真通全萬行，覺了自然昇。
至死常清静，忘情完性命。超昇免下鬼，大羅朝賢聖。
念通明道理，真了無憂喜。陽降氣神靈，孤峰覺岸彼。
縛住傻猿用，真明應不動。清通全道德，靈隱華陽洞。
善和道性通，非是聽如聾。掩惡全至道，明知萬事空。
忘貪有甚争，無我覺真明。照見亘初面，功成雲路行。
清真保性命，愛盡心猿定。無罪免沉淪，碧霄朝至聖。
從善悟死生，命清神氣靈。玉峰霞洞隱，應變妙通經。
明虛可奉真，降火變紅銀。清志始終達，修成身外身。
細思生死大，到岸離苦海。樂道免沉淪，隱真遊世外。
日用縛心猿，觸來滅黑煙。真常成善果，歸去號神仙。
明一是修行，寸靈常静清。積行除憎愛，歸去自然昇。
月缺變光圓，命全是了仙。意清通道妙，功行積三千。

書院隱青山，修真厭世間。道免輪迴苦，逍遥松下閑。

無情石變灰，妙理幾人知。這箇真無壞，弗爲應有爲。

學道要真堅，觸來莫發煙。清通全上善，盡愛命光圓。

失道墮傍生，了真全命靈。理明通古教，厭世洞天行。

蛾愛戀燈光，迷陰命怎常。鶴思松悟覺，真去到仙鄉。

堅志了無生，修真有甚争。厭塵霞洞隱，保命悟仙經。

達理真超彼，古今通有幾。清平功行全，昇入丹霄裏。

清通全性命，忘機泯罪病。覺慧自然明，住行如對聖。

販骨死生大，沉淪千萬載。了真得道陽，海變松枯在。

慧過明正理，得道真超彼。天瑩實光圓，寒潭清徹底。

日用去貪嗔，真通得道因。微明神氣結，命外更無親。

泯我無災禍，知空都打過。志堅得道陽，應物全因果。

虚心念正通，應變理無窮。達了明無上，汞鉛交結功。

他非似已過，自是無争我。掩惡揚人美，德全成道果。

降耀覺冲明，自然亘貌靈。塵塵真不染，造化甲通庚。

輪迴生滅大，厭世遊天外。堅志樂清平，松枯性命在。

真通和氣清，天瑩寶光明。妙覺真顛倒，自然鉛汞成。

萬通歸無事，念道超生死。應變合真經，自然明奧旨。

至善真無惡，世空意莫著。清平全道德，了了蓬萊約。

妄滅慧光生，善清道性靈。微通全命耀，達理行功成。

心忘道體存，存三酬四恩。他年功了了，亘容朝世尊。

明道性真常，貪嗔濁念忘。清通三寶結，蜕殼到仙鄉。

清一要真堅，盡貪滅舊愆。洞天修性命，功行積三千。

忘愛命光圓，意清似碧天。真明全道理，歸去步雲軒。

失道近傍生，了真雲路行。命清免販骨，達理自然昇。

真常意似初，世僞悟知虛。認得無形貌，道通運黍珠。

性光命似油，靈焰照無休。頓覺超生滅，清歡天外遊。

明焰悟三元，無虧寶鑑圓。古今幾箇曉，覺了便通仙。

悟道無人我，光通運降火。自然圓耀明，無上應仙果。

奉真清志堅，無物覺先天。汞明全二八，未仙混世賢。

明道掩他非，無憎賢聖知。德全通上善，真去步雲歸。

道用絶貪嗔，冲和氣養神。命清三寶結，蜕殼現真身。

正理自然通，中邊不殢功。慧明鉛汞結，真去與仙同。
日用要擒猿，真如對聖賢。清通鉛汞結，功行了三千。
念道明真用，松峰隱碧洞。清平積行功，性達結鉛汞。
柔弱悟真火，無物通真我。頓覺了真修，應有成真果。
性光命似油，早早悟骷髏。情盡圓無缺，碧霄月正秋。
愛道却憎貪，真通身内三。冲和全法體，達了蜕行菴。
日用運靈珠，寶光晃碧虚。頓然真覺了，三界外無拘。
無生萬業消，清静性逍遥。妙用明真理，命圓喜寂寥。
明一静清常，通微動静忘。德明真應物，道慧運天光。
冲和道性寧，清命漸通靈。達理忘機了，蓬萊雲路行。
滅惡通真善，慧眼開時見。三寶全修鍊，得道輪迴免。
大悟不争空，忘形見亘容。理明全至行，蜕殼住仙宫。
厭世居嶽頂，抱一通壬丙。樂道悟希夷，仙鄉四序景。
抱真悟死生，天瑩萬光明。罣礙心無了，白雲空外行。
退志墮傍生，進真道氣靈。清通全癸耀，平善行功成。
覺了自然常，通微陽養陽。虚無包萬化，至德隱佳祥。

日用理通真，道全物外因。他年功行了，朝聖去携雲。

人我障真修，趓冤福地遊。松筠常作伴，真了訪瀛洲。

頓明通正理，今古人間幾。至德妙清平，靈峰道岸彼。

真覺道眸開，白雲去又來。碧空常自在，鶴引到蓬萊。

大道本無名，地天歸静清。闃通明萬化，達理行功成。

丘劉譚馬敬，忘形修性命。清志有始終，寸盡萬愆病。

丘劉譚馬善，降火明修鍊。結就汞和鉛，勸人依教典。

丘劉譚馬悟，别有祖師度。忘世洞天遊，雲霞爲伴侣。

丘劉譚馬覺，了道蜕凡殼。昇入太無中，亘靈居杳邈。

了真出死生，應變自然平。理洽天心正，雲歸朝上清。

卦盡命光休，忘情好悟修。孤雲野鶴伴，真了到瀛洲。

人我障冲和，善清功行多。命圓全道體，歸去出娑婆。

迷陰沉下鬼，抱道真超彼。清静奼嬰歡，樂安通鍊己。

悟道超生死，真通明奥旨。自然微妙深，行就朝元始。

應變道樞機，冲和覺妙微。真了光無缺，碧空萬道輝。

性命在無中，真空空不空。自然包萬化，今古幾人通。

天元道善時，清志超生死。達理愛憎無，鍊真明奥旨。
妙清靈慧知，道解死生危。依得金剛偈，通真霄漢梯。
覺照見天光，神清道有常。應塵明萬慧，真去禮丹陽。
業盡無煙火，謙柔弗競我。氣神相見靈，道證無爲果。
明道通真用，形忙心不動。垂光照亘靈，結就真陽汞〔三〕。
常搜自己非，達理掩他非。道德真經悟，不言閑是非。
覺了性無争，真清似水平。德通全上善，自是行功盈。

【校記】

〔一〕命：輯要本作「心」。〔二〕闃：原作「闃」，「闃」之訛字。〔三〕汞：原作「未」，刊誤。

三字歌

汾陽解，易象明，通天外。汾陽解，五千明，不言拜。汾陽解，金剛明，真佛壞。汾陽解，萬物盡，惟道在。汾陽解，混世華，無罣礙。汾陽解，性命存，超三界。汾陽解，達希夷，知没賽。汾陽解，古今明，悟法海。汾陽解，近松筠，逍遥快。汾陽解，無價珍，錢難買。汾陽解，樂清虚，常寧耐。汾陽解，了真修，結雯蓋。自然解，世人住，我不愛。金劉處玄《仙樂集》卷二，明正統《道藏》本，文物出版社等一九九四年，第二五册四二八頁。

新編全金詩卷一二七

劉處玄 三

四言頌

述懷

功成身退，清居養浩。臨水依山，閑看莊老。地有松筠，四時常好。洞天深處，要行便到。
修真靈驗，命住見效。舊業消亡，新愆莫造。真崇至道，與世顛倒。歸去淵明，先遊蓬島。
趓了輪回，仙鄉無惱。古今達士，因通三教。

又

無始已來，死沉萬祖。天元將盡，黄籙救苦。千千一二，真心肯悟。意無憎愛，高真見許。
人生百歲，只尋生路。積業如山，難趓陰府。十惡罪重，永居苦處。陽功陰行，怎生作做。

普生敬信，莫起别慮。世財小可，真實之語。要動天地，清静餐素。臨醮幾日，行行住住。暗有吏神，晝夜察汝。察得無私，五師來度。上奏天皇，洪禧廣布。再覩三光，後死難遇。

又

百千禧助，名傳萬古。合宅全家，意如龐許。德孝兩戒，爲人貴富。預修性命，永無病苦。出離生滅，不來不去。大羅仙鄉，得道常住。天光霞彩，化成寶所。六銖衣掛，朝元異路。閬苑蓬山，真仙會處。過了天元，道緣難遇。三教無分，全真門户。無爲應爲，誘人開悟。清平功行，真非捨取。陰陽之外，先天之祖。

又

伺候到來，即合參拜。心交淡常，意想不怪。倏忽門東，相别二載。山水依然，人多不在。命如珠露，怎得無壞。生在中華，數盡難再。寸靈道寶，萬金難買。未盡貪争，都緣恩愛。名利四業，人人都解。却明道德，真通法海。祥煙瑞氣，結成雯蓋。信步松峰，神超雲外。世僞知空，死生事大。洞天清隱，無拘自快。斡運冲和，二儀交泰。達了希夷，真昇陽界。倣傚許龐，無恩無害。

又

百歲人生，七旬稀少。世僞知空，何時有了。大道自然，清平是妙。萬物無愆，勝如作醮。古今世夢，頓明真曉。識破浮生，總歸一笑。性命之外，生前好掉。

又

爲官清正，真無罪病。上有四恩，積行普敬。忠孝治民，静心養性。意不外遊，自然神定。掩惡揚善，非言莫聽。去除憎愛，常行平等。弗戀世華，閑步松徑。緑水青山，洞天仙景。本來面目，鍊磨如鏡。明今照古，守道自省。功德周圓，大羅朝聖。

又

人生七十，古今稀少。世夢知虚，都歸一笑。閑裏尋閑，忘機是了。萬種空華，轉頭虚矯。真崇道德，漸通玄妙。意除憎愛，勝修大醮。身中性命，一事非小。似做清平，陰公難叫。

又

無中明有，妙通神咒。玉液瓊漿，重樓上有。醒時清真，命延福壽。金剛四句，經中慈救。

天道難言，無形不朽。顛倒陰陽，卯昇見酉。希夷自然，三光靈秀。閬苑仙花，勝春花柳。運轉南辰，慧觀北斗。大達無爲，任從飛走。

又

閑念真經，勝言非是。萬事知空，闐然不二。敬真無退，了明仙子。松竹爲鄰，守道清志。始終弗變，天機暗賜。妙覺真常，俱忘動止。亘初容貌，有形難似。陰陽之外，出離生死。

又

子母相逢，自然明道。敬信真心，歸依三教。憎愛去除，應變通奧。意泯貪争，無罪無惱。命似珠露，修行宜早。認得亘靈，永弗生老。頓覺微光，雲路便到。松峰樂道，隨緣一飽。結就汞鉛，養成内貌。功行雙全，真昇蓬島。

又

市用百貫，買樹四株。莫强他求，只助工夫。未見之事，少實多虚。自願結緣，敬信不無。萬中有一，福行有餘。武官仙觀，勅額靈虚。

出家冷七翁昇化親族重辦齋道場叮囑道人不得要看經錢

看經無錢，只吃齋飯。羽衣自願，道場好看。至德洪禧，掩非人讚。未了真修，多少魔難。眼前聲聞，理明虛幻。口心相應，世間希罕。慈救衆生，總超彼岸。覺性沖和，木金相間。鍊就真形，一衝雲漢。

又

父母生前，幾箇真知。人言上壽，中壽者稀。自幼至老，有悟有迷。福愆兩事，逐性相隨。身如月缺，命全無虧。明道弗妄，了真何疑。靈光透出，便見霄梯。慧觀八極，撒手東西。天道難言，實妙希夷。既通福行，鬼使難追。洞天咫尺，閬苑瑤池。自然寶劍，常鎮蛇龜。物物無著，三界超離。蜕殼真去，空外雲歸。

又

名韁利鎖，燒身猛火。冤債恩情，業緣難趓。積禍如山，怎成道果。頓省性命，競甚人我。世爲知空，般般可可。相近六旬，萬種識破。兒孫更多，難替這箇。福來争要，災病自卧。古今生滅，前程會麽。虚空賢聖，怎生謾那。新愆不造，陰公饒過。日没之光，息慮休何。

實心敬信，哩唛哩囉。波波劫劫，弗如閑坐。從前失錯，悔恨摧挫。常行清善，勝施財貨。

又

四面青城，似列圍屏。佛仙隱處，眼界寬明。未能達道，閑看真經。自然萬慧，覺了無生。
無爲至行，無愛無憎。常清常浄，氣錬神靈。古今悟者，依此超昇。閑非閑是，耳畔休聽。
始終敬信，福德雙成。外如愚魯，亘貌惺惺。清虚忘世，意厭浮榮〔一〕。

又

衆生苦海，漂沉萬載。販骨如山，恩極變害。人世忙忙，幾箇悟解。石爛松枯，亘靈常在。
身似浮漚，未了寃債。頓覺希夷，真忘欲愛。命耀光圓，神昇天外。大道無形，古今弗壞。
積寶過斗，妙玄難買。出却陽陰，一無罣礙。二物冲和，自然交泰。養就胎仙，浄清没賽。
永免去來，逍遥真快。水簾洞隱，飛泉千派。松峰樂道，真居陽界。也無生老，亦無成敗。
昔遇王馬，中華曾拜。他年蓬島，相逢又再。

又

太上符籙，二十四階。道藏要妙，寶壇常開。天元傳授，點化仙材。真修性命，偽養形骸。

迷沉六道，悟去無來。虛空賢聖，救世心哀。清魂净魄，抱守仙胎。理明萬慧，至聞真齋。
時時微妙，斡運三台。自然無作，平善無乖。天心正法，不愛人財。弗造諸愆，能消舊災。
一頓通教，二氣難埋。三寶鍊成，四位安排。五行之外，六出咍咍。七情陰盡，八卦明垓。
九天昇入，十極蓬萊。

又

得到七十，更有一紀。得盡天年，古今有幾。頓修性命，好事無比。進真上仙，退道下鬼。
大達清通，無讚無毀。不侵利害，真無憂喜。閑看三教，微通至理。出離苦海，神舟到彼。
累功積行，美之又美。

又

觀今視古，幾人肯悟。休論出家，且如龐許。生在中華，道德難遇。父母之前，真本甚處。
認得希夷，倒顛烏兔。妙達自然，清平仙舉。要修大藥，何方好住。洞天不遠，攜雲閑去。
亘靈不老，幻軀有數。命耀光圓，無來無去。

又

至道希夷，今古誰知。陰陽之外，覺妙幽微。道離空色，無爲應爲。清真弗變，便是霄梯。
自然顛倒，運坎迎離。忘情保命，皓月無虧。白雪來往，信任東西。要調赤鳳，真抱烏龜。
萬僞識破，外似憨癡。只揚人美，常搜己非。頓忘憎愛，意没高低。

又

真仙術用，靈龜調鳳。把握陰陽，虚無妙用。萬景叢中，無静無動。曾住京華，混世忘夢。
道德希夷，古今誰奉。一顆神珠，自然拈弄。都監同監，上呈拙頌。道家清平，所慮辱寵。
大羅聖降，異香風送。

又

近醮人聽，戒葷身静。苦己無私，得些功行。若犯天條，年災月病。應物忘塵，寸靈如鏡。
吏神暗察，念念心正。去憎盡愛，清通平等。要免輪回，歸依賢聖。

又

巨海謙低，萬泒清歸。至道無形，妙出毫眉。湧泉智慧，得意忘知。頤真保命，今古誰依。

寂寥無變，便是霄梯。京華混世，獨樂希夷。自然達理，無悟無迷。頓明三教，更有何疑。藕在泥中，蓮出青泥。應化忘言，無爲應爲。修行真俏，外貌如癡。氣神相見，結坎迎離。世無肯省，却隱清溪。周天十二，閑飲刀圭。昔年雲步，曾歷關西。恰似童稚，白髮來催。神仙未了，鬼使難追。鍊成魂魄，寶鑑無虧。陰陽之外，烏兔常隨。任他人世，説是言非。洞天不遠，到者實稀。萬愆俱泯，永免輪回。

又

知空塵去，無争真悟。念道清平，拂盡愁慮。愛者不愛，高真見許。覺性明常，寸無喜怒〔二〕。莫言非是，閑談今古。生在中華，早尋仙路。忘情保命，清通子母。

【校記】

〔一〕榮：輯要本作「雲」。〔二〕寸：輯要本作「心」。

辛酉歲下元濱州放籙立余爲度師余不從酬贈

聖經符籙，太上爲師。五師假度，萬物無私。深藏三寶，終始一時。古今仙賢，箇箇真慈。道傳微妙，瞬目揚眉。磨開慧劍，靈鎮虵龜。中邊一弗〔一〕，達理無疑。常讚人美，只搜己非。盡除我相，德歸謙卑。真平至行，抱一無離。住行坐卧，運坎迎離。知白守黑，不讓圍碁。

自然萬慧，明者實稀。靈丹一粒，罪病都醫。修完性命，鬼使難追。真無喜怒，碧漢霄梯。
認得真容，勝禮牟尼。鍊成七寶，免販行屍。救生拔死，閑樂希夷。天條莫犯，國法遵依。
了真道貌，似月無虧。隱光混濁，外若憨癡。洞天吟詠，詩曲欣題。松前石畔，神飲刀圭。
因何厭世，無箇真依。休昧方寸，賢聖暗隨。去惡忘貪，更没災危。出離五道，免了披皮。
朝元路上，體掛仙衣。海變桑田，亘貌無衰。陰陽之外，生滅難催。應爲功德，福過須彌。
授傳敬信，下手休遲。清静到頭，功有高低。上昇天堂，下免陰司。世迷情愛，氣斷是誰。
如龐似許，永免輪回。

又

真人大師，未敢容易。久聞至德，清名無比。廣積洪禧，昔年混世。福地洞天，也曾雲水。
磻石松前，烹鉛鍊己。内功預了，古今有幾。頓悟歸依，蓬萊一會。

又

人間世愛，應景芬芳。仙家美景，四序有常。覺花無謝，隱在中央。天香墮落，自然異香。
慧眸能見，别是重陽。蓬壺閬苑，不謝真光。雲亭仙樂，不讓高堂。乘風要去，却到仙鄉。
各全功行，慢慢休忙。

又

處玄到州，不要恁到。各各念道，始終常好。會上每月，不得求告。三請不來，不要有懊。却生嗔怒，死參閻老。無罪歡樂，勝貪苦惱。天元將盡，難逢正教。肯信余言，真遊蓬島。

又

甲辰登郡，黄籙童興。昌陽感應，晝見明星。祖師預顯，下元文登。白龜蓮襯，真異分明。資聖宫題，昇化南京。四友守墳，曾近上清。同居五載，雲水閑行。天元將盡，未得真寧。汞鉛鍊就，别有真形。

【校記】

〔一〕弗：輯要本作「佛」。

上敬奉三教道衆并述懷

萬經頓悟，清静功夫。真要道成，至死如初。寸靈明了，外貌若愚。夏凉冬暖，閑看仙書。松筠石畔，自在清居。萬慾不造，舊業消除。鍊成三寶，蜕下凡軀。趓却輪回，昇入虚無。大羅朝聖，永住天都〔一〕。

又

自揣難當，廣惠道糧。我無功行，勸恁從長。少貪忘欲，增福安康。田蠶要廣，悟璽省亡。時時煎熬，日日無常。不修性命，金寶多藏。惡業將去，財與兒郎。真心頓覺，倣傚丹陽。救生拔死，德徧十方。厭居人世，昇入仙鄉。

又

子孫成行，大限難替。今古人間，悟者有幾。苦海漂沉，無箇超彼。萬中未有，一人無毀。心違道德，只争名利。弗修性命，怎免下鬼。去盡貪嗔，神仙活計。大限臨頭，猶然戀世。

又

名山書院，閑掛琴劍。萬卷聖經，忻時頻檢。自然達理，了真靈驗。松峰霞洞，世偽好閃。高卧蟠石，清居永占。意想名利，難趖巔嶮。古來烈士，磨開一點。迸出靈珠，現出光焰。燒見亘容〔三〕，道有頓漸。八卦微通，色空弗染。揚人之美，醜惡却掩。功行周圓，無思忘念。

又

未能出去，且如龐許。全家了道，名傳萬古。意泯貪争，認得烏兔。自然之道，倒顛子午。達理明真，便知宗祖。頓覺真常，也無捨取。真樂清平，玉皇仙舉。出離生滅，大羅天住。功行未圓，志堅淡素。始終不變，聖賢來度。三教高真，便是師父。

又

普勸諸公，先行孝道。無事[illegible]軒，閑看莊老。今古人間，幾箇明奥。覺了希夷，認得亘貌。蓬萊雲路，行道須到。弗造萬愆，寸無苦惱〔三〕。意洽天心，出言妙教。不論他非，高真許好。不測無常，修真宜早。得道成仙，免參閻老。

又

一别貴縣，十有三年。幻軀衰老，真未成仙。行未八百，功過三千。三教歸一，弗論道禪。見性成佛，鍊汞通鉛。天道無言，聖道暗傳。上士飛昇，中下延全。生在中華，難遇天元。

又

昔年遊歷，曾到嵩陽。達磨面壁，九載真忘。論大包天，微出毫芒。陰陽之外，趖了無常。
松峰霞洞，勝住高堂。壺天日月，晝夜偏長。清平妙用，功行圓方。火坑出了，別有炎凉。

又

尋常交易，念道兩平。應有買賣，莫要相争。行在刀尺，功認斤星。真通好事，出語如經。
和睦孝順，勝似人情。言他醜惡，却要休聽。心崇至德，外應虛名。真生敬信，保命通靈。抱
道真常，免墮幽冥。他年歸去，蓬島遊行。

又

朝參暮禮，常爇名香。清平福德，勝論仙方。戒殺生靈，合宅安康。悟道意閑，迷俗心忙。
不造陰罪，便見天堂。松筠爲伴，四序炎凉。瑶臺閬苑，要去休忘。真無罣礙，得到仙鄉。

又

無能無德，厚禮難當。遠遠相接，又獻瓊漿。尊官二姓，共是重陽。功成名遂，却慕仙鄉。

人間萬事，頓覺俱忘。道性真通，汞庫鉛房。蓬萊雲路，別有清涼。

又

天道難言，命住光傳。休生愛欲，鍊就汞鉛。出離物我，抱道通仙。行全八百，功滿三千。靈峰洞外，閑對林泉。常餐淡素，意遠腥羶。琴書爲伴，高卧雲煙。他年歸去，獨步朝元。

又

明真之醮，所料緊要。薦拔先靈，各願管了。休問使錢，共用多少。收支無私，置曆二道。臨醮衆人，戒欲爲妙。且遠腥羶，縱意壽夭。吏神暗察，罪福非小。近醮朝真，不得喚叫。高功道法，顯揚大教。所篆符簡，衆職明曉。追薦文字，未有別料。百日之功，莫生虛矯。季冬望後，要顯光耀。休分晝夜，俗事除剿。

【校記】

〔一〕天：輯要本作「仙」。　〔二〕燒見：未明所以，或「照見」之誤。《仙樂集》卷五《五言絶句頌》之八十二：「照見亘初面，功成雲路行」；之一百七十六：「天青萬象明，照見元初箇。」今按，此語出自釋氏，「照」是觀察，「見」爲體驗，以般若智慧觀察體驗五蘊等一切諸法之自性皆空，「空」與「有」相反相成，似矛盾而實統一。姑仍之，以備參考。　〔三〕寸：輯要本作「心」。

馬姑到東萊州近二載滿郡奉道之家各見敬愛却要去都下所言有些小事未了中秋旦後相辭信筆數言自知未達曰

大道無爲，真應有爲。無形有相，福行施爲。不造萬慾，頓覺真爲。不貪萬有，物外清爲。不生萬惡，應化善爲。不起萬憎，應化德爲。道闡萬理，應化賢爲。世明萬信，應化經爲。金剛四句，應化禪爲。周易造化，應化卦爲。道德五千，應化修爲。十方三界，三教廣爲。萬法無分，天下敬爲。上報四恩，無爲不爲。

又

無修有修，無爲應爲。無著無離，無大無微。無憎無愛，無是無非。無增無減，無高無低。無收無取，無俏無癡。無中應物，無慮無機。自然顛倒，言東悟西。見喜却怒，許省是迷。道無形體，無想無知。真常無變，無妄無疑。無來無去，霄漢之梯。無動無作，運坎迎離。無情亘貌，嬰姹相隨。無物之象，古今明稀。藕在水中，蓮朵出泥。既超彼岸，丹陽教依。

又

真隱遼陽，敬奉丹陽。萬事無心，漸得道陽。盡惡常善，達理明陽。寸無貪争〔一〕，體變真陽。
碧天青瑩，光顯太陽。寶光無缺，混合陰陽。命清無漏，火鍊靈陽。自然顛倒，微妙通陽。
他年歸去，重禮重陽。

又

守道無愆，慧目觀天。無中妙有，汞結靈鉛。行全八百，功了三千。傻猿縛住，迸出光圓。
沖和黍米，道意如淵。自然達理，雲水溪邊。琴書作伴，自在修仙。各藏雲洞，夏卧松軒。
欣時歌舞，静看詩篇。攜筇頂笠，終始真堅。古今達者，清隱高賢。

又

昌陽石嶺，有塔善敬。茅屋仙居，禮參大聖。道論陰陽，釋明見性。文宣五常，外應百行。
萬法千門，無分平等。盡除憎愛，真無罪病。不犯天條，達理歸正。真齋真戒，身心清静。
只修道德，利名休競。去惡沖和，忘情保命。天瑩光圓，勝如入定。至妙希夷，絶其視聽。
古往今來，幾人頓省。賢聖虛空，化世應影。金剛四句，善通敬頂。了一去朝，上清真境。

又

身似環墻，四面生光。無中明有，真悟丹陽。妙通恍惚，自然真常。口應聲隨，俗念俱忘。世無知音，幽闃潛藏。茅舍清居，勝住高堂。蓬萊雲路，要去休忙。壺天妙景，晝夜非常。花開不謝，閬苑仙鄉。海變松枯，永免丘荒。養成道體，體掛雲裳。大羅歸去，朝現天皇。

又

方寸無塵，靈真如鏡。應物明通，至性保命。調租道氣，念無罪病。苦處争先，一切平等。依此行持，便是功行。縛住心猿，勝似入定。不著有無，俱忘動静。憎愛是非，益真可聽。美言多邪，清一多正。始終弗變，了真朝聖。

又

去惡善生，忘情命生。厭偽真生，意平德生。心通慧生，見道無生。盡濁清生，陰盡陽生。性定光生，敬參應生。大慈救生，道用微生。

又

既慕林泉，耕透靈田。苦形心盡，保養真鉛。松前石畔，趓了熬煎。貪争遠却，達道通仙。

隱居世外，高卧雲軒。自然應變，妙慧觀天。理明釋藏，不讓參禪。閑窮三教，得意忘言。

又

上士無争，應物常平。不貪外寶，道合真靈。理明正教，敬信來聽。方圓隨順，救死哀生。

有心忘世，無意身榮。六銖天賜，换却僞形。完全功行，勝殢聲名。了真歸去，朝現三清。

又

萬事知空，頓忘人我。外應福行，無爲成果。真通柔弱，妙明降火。靈耀常看，金關玉鎖。

自然有作，住行坐卧。剔開道眼，迸出珠顆。閙裏無心，性如蓮朵。理達希夷，古今幾箇。

體變純陽，蜕形無墮。

又

身混世境，不動真静。斡運丙陽，自然焕炳。道慧通天，寶光如鏡。應物德全，達無罪病。

妙覺真常，破妄歸正。氣神相見，命住性定。水善清柔，貫透剛硬。上士無争，非是莫聽。
盡除憎愛，寸靈平等。萬萬學道，一二頓省。弗思美膳，乞覓餘剩。貧裏藏真，他年朝聖。

又

清静真功，應物微通。身似藕根，心是蓮宫。白雲出岫，自在空中。妄言濁氣，口應如聾。
至明樞要，不與世同。弗礴有無，道性和冲。傻猿既定，伏住虎龍。自然了了，彼岸靈峰。
養成三寶，外若貧窮。他年厭僞，閑伴森松。

又

昇降敬奉，莫動人衆。只據會下，錢少爲從。各家艱難，依平儉用。天人暗察，心休錯用。
無私福多，有愆罪重。

又

節欲少病，真平積行。念道忘塵，心猿縛定。萬鎰黄金，難買性命。三教歸依，慧光漸瑩。
倣傚許龐，真昇朝聖。

又

觀名集仙，上敬九天。位列三清，法離二邊。藏經萬達，化愚變賢。自然之道，鍊汞烹鉛。行全八百，功了三千。

又

道念寬慈，世智克狠[三]。積業如山，陰公怎忍。惡病纏身，鬼使喚緊。罪沉幽冥，冤對前引。

又

世僞非堅，莫縱心猿。修真出有，免了熬煎。清平樂道，舉意通天。常善鍊汞，泯情烹鉛。行全八百，功累三千。古今達士，依恁昇仙。

又

念道忘俗，命全無欲。萬慾不造，自然清福。松峰樂性，調和金玉。寶光無缺，烏生三足。希夷明妙，霞友相逐。

又

失墮傍生[三]，得通賢聖。迷沉濁穢，悟全清静。碧天似水，象明如鏡。窮盡千金，難醫心病。服了刀圭，道洽性命。

又

但見女男，如觀父母。意順三毒，身受萬苦。知空厭世，雲霞爲侶。出了陰陽，性超寒暑。氣結神靈，真明千古。道樂清平，無爲仙舉。

【校記】

〔一〕寸：輯要本作「心」。〔二〕克：輯要本作「凶」。〔三〕墮：輯要本作「墜」。

四言絶句十四首

治政清通，爲官忠孝。節欲身安，他年蓬島。

有緣再遇，重到東州。外應因果，内隱真修。

人到如見，難當敬獻。念道思真，閑看經卷。

己未新秋，處暑清旦。卧化超昇，真歸霄漢。

尊體安樂，別有期約。忘塵念道，真通靈藥。
無内修功，應有積行。道意通天，一真得定。
恁助柴薪，我管功匠。塼瓦燒成，再去重訪。
既悟修仙，觸處無煙。心清得道，苦志常堅。
修行日用，去除憎愛。降伏心意，應變通解。
掩非和衆，清通日用。要全性命，傻猿莫動。
氣清無我，妙用真火。燒見亘初，結成金果。
多憎傷行，多事傷神。多欲傷命，多迷亂真。
事少心靈，念少無拘。明少多愚，濁少通書。
妙道希夷，無著無離。自然明了，賢聖皆知。金劉處玄《仙樂集》卷三，明正統《道藏》本，文物出版社等一九九四年，第二五册四三四頁。

新編全金詩卷一二八

劉處玄 四

五言絶句頌一百八十九首

輪回幾萬遭，去愛命清逃。造化無中有，冲和離坎交。

物外逃生死，常如初時志。通真全妙慧，可稱修仙子。

性光命似油，微妙闐中搜。照見無虚妄，碧天皓月秋。

輪回生死大，覺悟通法海。舉意合真經，混塵明世外。

清通神氣靈，上士悟無争。達理全功行，碧霄雲外行。

得道自然真，青蓮出垢津。罣礙心無礙，蜕形身外身。

舉意除憎愛，形衰真性在。頓明道眼開，聖經自然解。

道覺明真趣，慧通達萬古。自然清志堅，性命光圓去。

日用縛顛猿，虚心微妙傳。剔開真道眼，清意見靈仙。

清柔神氣靈，濁惡性無明。悟道超生滅，真歸天外行。
善清脱生死，天瑩萬光明。真通全妙理，歸去踏雲行。
正理掩他非，道通霄漢梯。應緣無罣礙，功了行無虧。
美色悟骷髏，知空意莫留。頓明性命大，真了洞天遊。
到岸了無生，冲和道性靈。命住圓成了，夷然功行盈。
善覺不争空，忘塵見道功。微通三寶結，金光射玉峰。
輪回生死大，保命忘世愛。雲水伴松峰，慧靈觀自在。
無我微光覺，道成免販殼。理明至德全，靈象無中握。
日用六根清，悟真道理明。自然全萬行，歸去碧霄行。
他非似己過，謙下真明我。降火鍊金鉛，行全無爲果。
物盡道真常，夷清至德長。忘言明妙理，命住結丹光。
德全憎愛盡，天道難詢問。覺了自然通，陽純雲路近。
守道真無罪，迷難悟則易。天青萬象明，昇仙免下鬼。
輪回萬萬遭，見道死生逃。出了陰陽殼，冲和離坎交。
大悟不争空，至明萬事容。隱仙真厭濁，洞外伴森松。
清真悟死生，保命氣神靈。行通全萬善，功了到蓬瀛。

違道履薄冰，愛迷性命沉。傻猿擒縛住，積行聖賢欽。

輪回生死大，不悟恩生害。頓覺洞天遊，理明通法海。

日用寸無愆，始終仗志堅。陽純靈耀燦，無缺十分圓。

無争至德全，道覺妙微傳。應變真明了，蛻形蓬島仙。

見道性無争，冲和萬慧明。自然全至行，厭世洞天行。

進真入碧虛，退志有酆都。莫退也休進，遊山混世居。

明真一遇仙，日用汞烹鉛。達了清平行，道玄天地先。

得道不争空，混塵衆垢容。他年真厭世，洞外伴森松。

清虛志要堅，世外好修仙。道免輪回苦，真昇萬古傳。

物盡真無死，清通道慧生。自然明萬化，忘世應緣平。

保命通真福，通天開慧目。明元道寶全，真去朝元速。

靈峰超苦海，覺悟真明解。得意却忘言，道成天地外。

明知世夢虛，幾箇出塵居。達理明天道，真通今古書。

守道悟完顏，自然慧目看。靈虛真弗朽，清徹古長安。

道覺超生死，頓明明奧旨。清志有始終，樞機賢聖賜。

忘貪去罪病，達理修性命。隱道伴松峰，他年朝至聖。

輪回萬萬遭，明道死生逃。清命圓無缺，變通運卦爻。
日用覺清通，無争萬事容。真常明至道，歸去與仙同。
出塵清志堅，道覺養三田。長就靈苗了，真光麻麥傳。
通微道眼開，真了到蓬萊。物外超生死，亘靈没地埋。
頓悟樂希夷，樞機泯見知。天青萬象顯，祥耀透簾幃。
正理悟清平，自然盡愛憎。道明全至行，蜕殼現真形。
念道真無罪，新愆不造異。清通合聖經，保命神超彼。
柔弱氣神靈，松峰之下行。了仙隱福地，達理行功成。
了真清一志，得道超生死。三寶變純陽，昇仙名達士。
清虚悟性命，去住如對聖。厭世洞天遊，隱真積至行。
女男如父母，正念聖賢許。真静姹嬰歡，道成救七祖。
洞天四面青，雲外列圍幈。松峰磻石坐[一]，無事誦仙經。
四假似環菴，翠煙萬頃貪。靈龜隨皓鶴，伴我共成三。
常善氣清深，冲和無垢侵。靈珠明道體，結就水中金。
苦形欲念忘，清命免無常。守道通仙福，真明現實光。
日用愛憎無，超塵入碧虚。真常全道德，歸去到仙都。

正理悟通經，天青道象明。意清祥耀燦，照見亘初靈。
堅志不争空，真明萬慧通。養成無價寶，現出亘初容。
妙道微明用，静通光運動。氣神相見靈，意厭浮生夢。
理明達萬古，清志真仙舉。蟬蜕免輪回，雲歸朝聖主。
萬古死生大，古今幾箇解。清虚了性命，海變松枯在。
守清神氣靈，道理自然明。萬行真平了，語通合聖經。
萬物陰陽外，道堅真不壞。謙清上善歸，應變通元海。
飽暖身閑意，苦形降伏易。命住道通真，陽純免下鬼。
萬劫落輪回，頓明霄漢梯。命全性耀燦，雲步樂希夷。
真通萬慮忘，得道免無常。物外超生死，碧虚現寶光。
道用縛傻猿，形忘真自然。微通祥耀燦，射透九重天。
正理應方圓，道通真湧泉。闡明全萬善，達了行功圓。
抱道通生路，心死命光住。氣神相見靈，至理明千古。
覺了陰陽外，至真明道大。命清無滅生，厭世昇仙界。
清志有始終，明知世愛空。神舟超彼岸，雲步出靈峰。
明我悟謙通，混元虎逐龍。自然三寶結，真了與仙同。

得道免輪回，靈峰霄漢梯。洞天修性命，今古幾人歸。

四假似浮漚，真明月正秋。人牛都不見，光耀照山頭。

限到變骷髏，知空一念休。命生免下鬼，了道去瀛洲。

出有無生死〔二〕，達理明真士。清善始終志，微妙靈中賜。

微通道眼開，覺了見如來。無生路上去，雲步到蓬萊。

雲步到微通，照明似燭紅。世華真拂盡，茶味爽靈容。

日用善清通，住行坐卧功。周天運降火，光照虎隨龍。

萬慾心斷絶，性似中秋月。保命隱松峰，無事看莊列。

日月頓無常，二輪飛走忙。傻猿縛得住，真去從丹陽。

道通明性命，意定真清静。有志免輪回，仙鄉咫尺近。

進道死無怕，如蟬脱下假。都了上青霄，清聲寶無價。

順真無憎愛，萬清通法海。虚明道理解，應緣無罣礙。

心静至真靈，真常道眼明。自然通萬慧，舉意合仙經。

垢盡道明真，冲和氣養神。清通爲日用，命外更無親。

正趣覺通明，命清神氣靈。自然全道慧，應有行功成。

大悟不争空，混塵衆垢容。清平全道德，厭世隱靈峰。

念動想骷髏，真明鉛汞收。道成別有體，蛻殼上雲頭。

謙柔和氣清，無濁命光停。達理全功行，應塵泯愛憎。

頓覺明真我，周天運降火。燒見黃金體，道證無爲果。

世外不争空，身青如萬松。潺湲通似性，道了虎隨龍。

居山遠是非，今古幾人依。得道無生死，命圓霄漢梯。

迷著似燈蛾，油窩焦爛多。孤雲伴野鶴，自在出娑婆。

至德愛憎無，真平萬病除。了心三寶結，道達物難拘。

擒猿志要堅，意定汞明鉛。生滅輪回免，大羅歸去仙。

真清保性命，垢盡如明鏡。照耀自然光，蛻形朝至聖。

心死性光生，忘情覺命停。道成別有體，真去自然昇。

無生泯萬慾，盡愛命光圓。柔弱氣神定，真通道德全。

去除物我心，日用理幽深。覺了真明達，陽純神鬼欽。

覺悟不争空，他非應變容。自然全福行，真了到蟾宫。

物盡道光生，天青寶鑑明。命清圓弗缺，應變自然靈。

販骨死生大，了真通世外。道成別有體，海變松枯在。

守真覺道安，達理悟雙關。微妙通顛倒，垂光鍊大丹。

出家不管家，混俗心無俗。動静兩俱忘，道通消三毒。
氣降至神靈，忘情覺命清。自然三寶結，達理行功成。
修行搜己過，意定勝打坐。世外伴松峰，志堅成道果。
無争全上士，抱道憑清志。動静兩忘常，了真無老死。
苦形濁念無，世夢轉頭虚。清静調嬰姹，雲歸蓬島居。
通善氣神和，去憎道行多。慧靈天地外，萬偽弗能過。
達道自然明，清平功行盈。貪争心意盡，養就氣精神。
販骨死生大，忘塵通世外。命清實鑑圓，抱道真光在。
交錢收領契，依理成交易。未足寫文會，代余便去税。
大悟不争我，德全無上果。周天十二通，丹結運真火。
超塵遠生死，性定自然靈。命住光無缺，理通應變明。
道明真悟堅，空色兩俱捐。達了忘塵慮，人間自在仙。
愛者却如冤，人間第一賢。許龐拔宅去，鷄犬從昇天。
大悟性無争，冲和覺慧明。命清陽耀燦，應變自然平。
厭濁洞天居，了真達古書。清通全萬慧，雲水樂無餘。
無我覺真明，冲和神氣靈。自然金耀燦，道達出陽陰。

迷陰蛾戀燈，就死入油烹。形似丹霄鶴，蓬萊雲路行。

身若草頭珠，頓明世偽虛。萬年松檜下，閑看古賢書。

真明道眼開，清意性無災。趓了無邊業，超昇去弗來。

形病真無病，修行清保命。道成身外身，真了朝仙聖。

天瑩千光懸，心清見本真。寶光圓不缺，命住兩全成。

道全性命大，至理深如海。頓明物我忘，古今幾箇解。

應塵似水平，達道意無憎。養就真三寶，雲歸朝上清。

善光明道禧，世外樂希夷。達理通天行，了真霄漢梯。

蛾燈愛是癡，清命月無虧。下鬼上仙路，昇沉悟與迷。

修真要堅志，學道終如始。虛空賢聖知，性命超生死。

混世隱名山，俱忘動静安。真常性弗變，跳出死生關。

身閑雜念多，迷偽戀燈蛾。早悟雲邊鶴，飛昇入大羅。

念道真無病，住行如對聖。清平至德全，蜕殼光無映。

大道本無修，隨緣莫外求。命全無價寶，真去列仙儔。

正理離中邊，性如出水蓮。碧天雲散盡，秋夜寶光圓。

忘塵覺性明，悟理洽仙經。命耀圓無缺，自然遠死生。

常善縛心猿，真通結汞鉛。道成別有體，蛻殼去昇仙。

敬道了真修，無歡意没愁。筠軒看古教，達理行功周。

趓免恩生害，頓明性命大。黍珠光運轉，海變松枯在。

悟道不争空，真明萬偽容。自然全上善，應變行功通。

美貌想骷髏，善清鉛汞修。道全真弗朽，歸去上雲頭。

知空清志堅，愛者却如冤。蛾戀燈光死，雲閑鶴遇仙。

俗念我人無，真通性不愚。養成金玉體，换了這形軀。

大見悟無争，冲和神氣靈。清平全至德，真去似飛星。

謙清至德歸，雲水任東西。道性明樞要，自然結坎離。

苦體色心消，鬧中悟寂寥。真常忘動静，歸去上丹霄。

清真脱生死，縛住傻猿寧。氣結神靈達，了歸雲路行。

得一真明大，道全通世外。人間混俗塵，罣礙無罣礙。

道免死生危，了真霄漢梯。命光如皓月，愛泯永無虧。

卦盡休争我，功圓成道果。天青萬象明，照見元初箇。

他非如自過，意定勝身坐。不著有形物，無慾成道果。

正理解清平，自然明大成。忘情全命耀，道養氣神靈。

常善運真火，靈通覺無我。廣明萬慧應，性似青蓮朵。

清平妙進明，頓覺氣神靈。達理中邊棄，自然入大成。

真通萬事容，清志碧虚中。汞結神光燦，道全了行功。

無争道性强，保命濁情忘。永免輪回苦，真歸蓬島鄉。

善通覺有明，道闡樂真榮。厭世松峰畔，功成朝玉清。

動静兩俱忘，自然覺性常。汞鉛成大藥，真了到仙鄉。

清善存三一，擒猿意不出。真明應變通，福地去遊歷。

對景省燈蛾，志堅出愛河。松峰霞洞隱，得一行功多。

德平萬垢容，清命與仙同。達理真無變，蓬萊雲路通。

善清争性命，覺了傻猿定。天動氣冲和，陽純朝至聖。

通善滅無明，忘貪有甚争。天條心不犯，歸真道光昇。

無我氣神清，命圓大道成。知明萬慧達，真去住蓬瀛。

忘情覺命堅，達理性明賢。氣順珠光燦，功成蓬島仙。

無我氣神靈，忘情命耀成。始終真在道，歸去到蓬瀛。

志堅明性命，妄盡心猿定。妙覺氣冲和，道成朝至聖。

道明出死生，真養氣神精。達理通靈慧，自然應變平。

念道消三毒，清心忘六欲。
輪回五道轉，不造萬愆免。
苦形忘爱念，命住修真驗。
通經明正理，道覺真無比。
休苦化人錢，結緣任自然。
虚心包大藏，達理湧泉通。
無情命耀圓，無垢性光圓。
蛾燈迷愛光，遠色免無常。
通善滅無明，道全神氣靈。
臭爛變骷髏，迷陰墮馬牛。
通善行清深，自然火鍊金。
守真堅志了，常善通微妙。
無争善氣清，光照似飛星。
先天乃道初，生死物難拘。
垢盡晃空虚，真明棄有無。
性光命似油，忘愛了真修。

志堅全性命，知足通清福。
趓業樂清虚，保命真修煉。
守道有終始，陰消因慧劍。
混世却無心，昇仙免下鬼。
不貪清福廣，守道意無愆。
三教無分别，修真第一功。
無惡黍珠燦，無憎功行圓。
仙伴孤雲鶴，命清得道陽。
命光成補缺，碧耀晃虚清。
清真全性命，蓬壺閬苑遊。
功成真厭世，福地僞難侵。
氣絶命光圓，古今明者少。
混合形神異，碧霄雲外行。
清命圓光瑩，陽純蓬島居。
定光通萬慧，達了古今書。
世戀骷髏夢，千生卧土丘。

蛾戀燈光死，鶴尋雲路生。兩般由自己，天瑩萬輝明。頓明厭世空，高卧白雲中。養就真鉛汞，超昇出寶峰。定光得志寧，覺了亘靈明。達理全功行，命圓脱死生。德全盡愛憎，去濁寸靈明。養就真鉛汞，蜕形朝上清。金劉處玄《仙樂集》卷五，明正統《道藏》本，文物出版社等一九九四年，第二五册四四八頁。

【校記】

〔一〕磻：輯要本作「盤」。〔二〕有：輯要本作「了」。

集外補遺

同范公德裕留題

閑來慧目視靈峰，吟笑人間萬事空。昔日文公忘世貴，如今德裕悟英雄〔一〕。丹成跨鶴青霄裏，行就携雲碧落中。譚馬丘劉歸去後，大羅朝聖謁仙宫。北京圖書館金石組編《北京圖書館藏中國歷代石刻拓本匯編·大基山詩刻》，中州古籍出版社一九八九年，第四六册一九六頁。另，清畢沅、阮元《山左金石志》卷二〇録此詩，題作「長生劉處元同范公德裕留題」，篇末署「大定二十九年季春中旬後記」。《歷代碑志叢書》本，江蘇古籍出版社一九九八年。今按，長生劉處元之「元」，當作「玄」，清人避康熙帝名諱而改。

【校記】

〔一〕英雄：《山左金石志》作「真雄」。

題靈虛宫

離城甲丙藕花鄉，池畔初暄臺榭涼。一郡歡遊垂柳岸，萬華春賞杏花崗。依山臨水亭前碧，聳檜攢筠軒外光。世夢不侵真得趣，忺來雲步訪蓬莊。清畢沅、阮元《山左金石志》卷二〇《劉長生靈虛宫倡和詩刻》，詩前書「上孛术魯驃騎節使，長生劉處元題」；詩後跋「大行皇帝百日，驃騎節使自出己財，同郡中會首于□□、劉□真於德佑觀起明真大醮，以報先皇遺恩。排場精嚴，靈感孚應，百日散。十有七日，節使隨詣長生先生，與醮衆齋於德池臨城亭閣。會罷移坐，縱步德池。先生題詩一章，辭意清逸，懌不揆繼韻。先生因書之，筆力遒勁，節使命工刻之上石，用傳不朽耳。東牟學正范懌謹跋」；篇末署「大定己酉四月十二日」。《歷代碑誌叢書》本，江蘇古籍出版社一九九八年。

臨終留頌示友

正到峥嶸處，争如拂袖歸。我今須繼踵，迴首返希夷。元劉天素等《金蓮正宗仙源像傳·劉處玄》：「泰和三年癸亥正月，東京留守劉昭義、定海軍節度使劉師魯來禮師問道，師曰：『公等皆當代名臣，深荷顧遇。吾將逝矣，不足爲公等友。』復示頌云云。二公覽之愴然。」明正統《道藏》本，文物出版社等一九九四年，第三册三七六頁。

新編全金詩卷一二二九

趙抱淵

趙抱淵，俗名魔哥，號還原子，延安（今陝西省延安市）人。自幼志在方外，事母至孝，鄉黨稱之。初詣劉真人席下，得授心印，心地開通，詩詞歌詠若湧泉之流注。再赴終南山參重陽祖師，大蒙啓證。後游歷名山勝境，自稱太上弟子。晚年還鄉，住坐迎祥觀。泰和六年二月，章宗遣使者奉冠服，召赴闕，固辭，而使者堅索登程。先生遂沐浴，當夜儼然而逝，年七十二。嘗著《混成篇》行世。兹輯二首。

臨終留頌

松梢皓鶴向風吟〔一〕，只有翻雲歸去心。萬里青天一片雪，儘教華表柱頭尋。元張子獻《延安路趙先生本行記》，見元李道謙《甘水仙源録》卷八，明正統《道藏》本，文物出版社等一九九四年，第一九册七九三頁。另，清郭元釪《全金詩增補中州集》卷六一亦録，上海古籍出版社一九九四年。

【校記】

〔一〕吟：原作「泠」，此從《全金詩增補中州集》。

佚句

失題

昨日庵前遇莊列，二人點我長生訣。尋箇知音尋不得，野人獨步下秦川。元張子獻《延安路趙先生本行記》。

王志達

王志達，號玄通子，延安（今陝西省延安市）人。嘗以户殷充里正，徵斂廉平，鄉人敬之。大定十七年，赴終南，師從馬鈺，得其道德性命之傳。後返故里，宣揚全真教派理念。大安二年（一二一〇）卒，年六十一。嘗著《玄通集》行世。茲輯一首。

臨終書頌

一輪紅日耀中天，五色祥雲頂上旋。珍重一聲歸去也，倒騎玄鶴海東邊。元李道謙《終南山祖庭仙真内傳》卷中《王志達》：「一日於市肆中小酌，出門仰瞻天表，還入坐，索紙筆書頌云云。曲肱而逝。」明正統《道藏》本，文物出版社等一九九四年，第一九册五二九頁。

郝大通

郝大通，字太古，號廣寧子。初名璘，號恬然子。寧海（今山東省煙臺市牟平區）世宦之家。大定七年秋，貨卜於市，遇重陽師，得授口訣。八年三月，往崑嵛山煙霞洞謁重陽，入全真道。重陽逝後，乞食沃州，默然静坐橋上，饑渴不求，寒暑不變，志在忘形，三年功成。二十二年，居真定，升堂演道，聽衆常數百人。明昌後，復歸東州。崇慶元年（一二一二），卒於寧海先天觀，年七十三①。嘗著《太古集》十五卷，現存四卷。兹輯三十一首。

郝大通詩載《太古集》，以文物出版社等影印明正統《道藏》本爲底本，校以清光緒間重刊《道藏輯要》本。

金丹詩

虚無之神，統御萬靈。先天地祖，運日月精。列光垂象，造物變形。推遷歲紀，應用生成。

① 郝大通事跡見金秦志安《金蓮正宗記》卷五《廣寧郝真人》；元徐琰《廣寧通玄太古真人郝宗師道行碑》，載元李道謙《甘水仙源録》卷二；元李道謙《七真年譜》，並明正統《道藏》本，文物出版社一九九四年，第三册三六三頁、第一九册七三八頁、第三册三八〇頁。

旁通恍惚，鼓盪杳冥。乾坤布化，導引群情。幽玄奥妙，賢劫聖因。

其一

宇宙之中幾丈夫，惟神惟聖法規模。無爲善入群生性，獨立能開造化爐。不逐東風吹柳絮，休教秋月照冰壺。金丹運至泥丸穴，名姓元來記玉都。

其二

五五純陽足有功，大圓乾象以爲宗。降形直入滄溟窟，混體攸躋窈漠中。有遇坎男騎白鹿，無爲离女跨青龍。當期一遘三千日，鶴化烏龜石化松。

其三

紅鼠黑蛇越世奇，神仙此際泄天機。雷聲一震三山裂，日出同光四海知。見説老人呈皓首，又聞赤子掛青衣。先生謂彼敷真理，報道郎君來得遲。

其四

黄羊化作白猿猴，猛虎留蹤待赤牛。兔在穴中狸在火，玄通妙處道根由。誕靈降跡推遷運，十二春還六十秋。道氣歸身逢至友，蓬萊會上約瀛洲。

其五

一七元中九六年，始知我命不由天。炎風鼎内消紅雪，偃月爐中煉瑞蓮。斜枕曲江方睡覺，海經三度變桑田。南柯昔日黄粱夢，説與崑崙太古仙。

其六

恒星不現即如來，静止安恬别立階。四變艮宫成妙體，返形革命達真胎。學人悟此通心印，覺者知之理性才。解得箇中弧矢意，千經萬論一齊開。

其七

三月雷轟一二聲。始知天下鬼神驚。風乘雲勢三千里，虎假龍威九萬程。萬化門中爲主宰，八紘境裏作經營。震之内象爻俱動，上德皇君具姓名。

其八

鼎器從來六有三，一欹一側一安鐶。金鉉玉質通嘉致，供聖養賢煉瑞丹。風火家人能返照，變形易體改容顔。須知烹飪成新法，傳得鍾離道不難。

其九

兑家有卦號歸魂，返老延齡别有門。少女聘時須待命，長男交日見重孫。口中安口如何説，身外有身豈可論。休道神仙無覓處，蜕形忘跡道常存。

其十

三千甲子一仙人，天地之根造化神。把握陰陽都一指，斡旋萬象統微塵。多應父少兒還老，料想邪魔却是真。解得神機顛倒理，壺中長是笑欣欣。

其十一

蒼龍鬭虎不曾閑，少女驅回六長男。會向黄庭頻俯仰，寧知玉户默包含。寶瓶頻綻紅蓮朵，獅子潛行黑玉潭。力士擒將歸洞府，萬神羅列競來參。

其十二

八卦相乘定主賓，五行生尅驗君臣。青鸞撞入火龍窟，赤鳳飛吞金虎身。夫婦相交調律吕，父男合順得中純。皆因神氣能常守，一息冲融一寸真。

其十三

欲識丹砂分兩齊，西南北位配三奇。九陽宫裏開金户，陰六堂前攬玉池。銖別三百八十四，斤分十六兩須知。午前子後隨時用，萬道霞光罩玉輝。

其十四

鈆汞須分陽與陰，半斤銀合半斤金。火雲飛入牛郎鼻，霜月穿開織女心。神水貯藏金井滿，道源澄照玉泉深。昇沉顛倒明离坎，未悟之人何處尋。

其十五

日精東畔月華西，正是丹天壯盛時。二八佳人呈雅態，九三君子騁容儀。水晶簾掛珍珠砌，瑪瑙幢懸翡翠帷。試問本來歸甚處，七星樓上不曾離。

其十六

刀圭元屬甚人家，赤鳳端眸看落霞。岸上草逢添瑞色，灘頭石遇結靈砂。北溟幾度鋸犀角，南浦屢曾摘象牙。更有一般堪賞處，天池裏面放金花。

其十七

問云何是最相宜，奪得神功造化時。虎踞碧潭風飈飈，龍蟠朱洞雨漦漦。雲英散却雷霆息，露滴成須星斗移。直待東方横素練，彩霞捧出一輪曦。

其十八

淳風高曠世非同，不達幽微止謂空。得意詩情唯自樂，知心道話幾人通。都緣執性迷真性，盡得淳風昧教風。一粒金丹爐内有，料無仙骨卒難窮。

其十九

陽九宫中大覺僧，擎拳端坐誦黄庭。神光射透虚空藏，瑞氣清凝聚寶瓶。遊宴洞天呈手段，遍資法界騁威靈。從兹解得西來意，混沌之前豈有形。

其二十

學仙須是桯金丹〔二〕，鉛汞將來鼎内安。用火周天依次叙，添功歲月莫盤桓。存神先使心頭静，養氣休令舌下乾。十二時中無懈怠，自然性命保全完。

其二十一

五氣同宫共一家，相資運斡務生涯。河車不離長安道，寶貨常留桂月華。鉛汞混融成上瑞，氣神靈慧結丹砂。全真妙用符玄用，爛飲流霞顥彩霞。

其二十二

如何得得飲刀圭，無血羊兒是可封。山澤氣通雲出谷，地天交泰木生梯。坎离匹配知顛倒，龍虎回還顯悟迷。解得於中消息理，管教平地踏雲霓。

其二十三

常聽壺中金石聲，凡情除去道情生。陽神全後渾無寐，陰魄消時更覺清。火裏生蓮猶是可，水中搏塊决然成。圓融二物常相會，穩駕雲車赴玉京。

其二十四

閑引金烏宴月宫，偶然會合便圓融。神光照徹靈空體，妙道衝開造化籠。心識始知蝸舍客，慧眸方見主人翁。從兹啓悟身爲患，不執虚名是大通。

其二十五

學道先須絶外華，修真養素屬仙家。忘情蓋爲烹金液，息慮都緣桯紫砂。一性朝元攢五氣，萬神聚頂放三花。從兹得達長生路，永向清霄混彩霞。

其二十六

出家稟意望求仙，必在真師口訣傳。爐内飛鈆常固濟，鼎中結汞永新鮮。流金作屑銷龍骨，滴露爲霜長玉涎。心鏡一磨明照徹，本來面目自然圓。

其二十七

修行休彊做逍遥，莫向空房守寂寥。紫府不令群虎鬬，丹宫能使萬神朝。遊山每達青霄路，渡水常登刳木橋。採得靈芝頻服餌，何須林下掛簞瓢。

其二十八

三一壺中景異常，長眉翁坐看松篁。六銖絳彩裝金相，十二重樓飲玉漿。白鶴樹邊頻俯仰，烏龜池畔任低昂。靈童款步前來立，獻與先生續命湯。

其二十九

元氣混成清浄體，彩雲突出五方霞。金丹結就純陽子，玉液澆開不夜花。無相門中堆白雪，虚空藏裏産黄芽。長生路上行人少，秖是仙家與道家。

其三十

天風吹綻洛陽花，六合同塗意不差。閑採牡丹烹嫩蘂，静收芍藥桱英華。調和二物清神氣，溉濟三田餌麥麻。携酒宴闌乘興逸，坐騎白鹿入雲霞。以上《太古集》卷四。

【校記】

〔一〕桱：同「錬」，輯要本作「學」。

獻重陽先生

同席諸君樂太古，未明黑白希夷路。今朝得遇達人吟，伏望先生垂玉句。金秦志安《金蓮正宗記》

卷五《廣寧郝真人》，明正統《道藏》本，文物出版社等一九九四年，第三册三六三頁。

韓錦溪

韓錦溪，名字佚，燕臺（今北京市）人。初結茅於林州錦溪，因以爲號。大定中，以父蔭入仕，後棄官入山，究心玄虛，修道煉氣，年七十六卒。嘗著《錦溪集》。兹輯一首。

臨終書偈

七十六年捻怪，供給米囊飯袋。臨行千丈清氣，一點靈明自在。《（民國）重修林縣志》卷一二《人物》，《中國方志叢書》本，臺北成文出版社一九七〇年。

于通清

于通清，字泰寧，道號真光子。河東隰州（今山西省臨汾市隰縣）人。大定十九年，謁馬鈺於祖庭，執役數年，得受真訣。明昌二年，從丘處機居棲霞太虛觀，承命至霤都，環居三載，道緣日興，度門弟子逾千人。興定元年，遷福山縣杏山村修真庵，卒，年五十六①。兹輯一首。

①元李道謙《終南山祖庭仙真内傳》卷上《于通清》，明正統《道藏》本，文物出版社等一九九四年，第一九册五二三頁。

臨終書頌

今朝推倒無根樹，頃刻扳翻煉藥爐。我獨去時無滯礙，杖藜倒曳赴蓬壺。元李道謙《終南山祖庭仙真内傳》卷上《于通清》，明正統《道藏》本，文物出版社等一九九四年，第一九册五二三頁。

吕道安

吕道安，號冲虚子，世爲寧海（今山東省煙臺市牟平區）巨族。大定十三年，棄家赴終南，拜馬鈺爲師。二十年，充祖庭庵主。二十六年，丘處機來居祖庭，從而師之，日親玄訓。承安三年，應玉陽王處一召，赴燕京。後居靈虚觀，掌敕牒，領觀事。興定五年，卒，年八十①。茲輯一首。

臨終書頌

平生不解道詩篇，鍬钁爲朋四十年。稍通陰符三百字，粗明道德五千言。般般放下般般悟，物物俱忘物物捐。此去不遭閻老唤，今朝唯待玉皇宣。金趙九淵《終南山靈虚觀冲虚大師吕君墓誌》，見元李道謙《甘水仙源録》卷四，明正統《道藏》本，文物出版社等一九九四年，第一九册七五九頁。

---

①元李道謙《終南山祖庭仙真内傳》卷中《吕道安》，明正統《道藏》本，文物出版社等一九九四年，第一九册五三一頁。

李大方

李大方，字廣道，號北山退翁，汾西（今山西省臨汾市汾西縣）人。七歲入道，十二歲讀書于趙城天寧道院。積力既久，遂窮藏史之秘，六經百氏之學亦稱淹通。大定初，遊關中，主盟秦雍道衆二十餘年。泰和七年春，奉詔提點中都太極宫事，賜號體玄大師。元光元年秋，避兵清涼山，卒，年六十四。遺山稱其「天質冲遠，蟬蜕俗外。出入世典，而無專門獨擅之蔽；從容雅道，而無山林高蹇之陋。一時名士如竹溪党公世傑、黄山趙公文孺、黄華王公子端，皆以道義締交於君。大丞相莘國胥公於人物慎許可，及爲君作贊，至有『百世清規』之語。」①兹輯八首。

龍翔宫

短架横橋占夕陽，竹間清淺一溪長。庭椿老挹秋霜健，岸石寒埋夜氣剛。花逕幾年新寂寞，林風六月舊淒涼。長春多暇常來此，天放門前底事忙。

竇家溪

齊貫中州截沁陽，渡橋不用借車箱。竹交曉影晴陰合，泉落秋聲晝夜長。藉口銜杯偷暫樂，

---

①《遺山先生文集》卷三一《體玄大師李君墓碑》，《四部叢刊》本。

枕流臥簟取微涼。我來適興忘歸意，更有溪邊月滿床。

五色泉

若道源泉與衆同，誰將五彩濯春風。日華呈瑞餘光外，鳳羽來儀倒座中。柱石潤分湘水底，桃花流出武陵東。祇因此地山川氣，解與崑崙脈絡通。

二色泉

泉生深沼占中林，澗湧輕砂古到今。雲母盤深滴秋露，琉璃鼎薄沸黄金。晨風夜月常相待，亂石横蕪更許侵。只恐俗人來不到，昔遊忘却已歸心。清顧嗣立《元詩選癸集》癸之癸下，撰者署「李大方」，小傳無考，中華書局二〇〇一年，下册第一七七六頁。

題長生道院

長陽鳳嶺可躋攀，道院臨高面好山。竹外煙霞清老眼，松軒藥圃豈人間。元駱天驤《類編長安志》卷五《寺觀》：「咸寧縣長楊坊，有古之長生道院，金朝體玄大師李大方廣道奉敕投大一湫金龍玉簡回，過長生道院，題詩云云。」中華書局一九九〇年，第一五五頁。

題投龍碑三首

宣元投龍使、體元大師中都太極宫提點李大方廣道[一]，同煉師劉道元道奉聖旨，欽詣嵩山靈嶽投送金龍，假道於此，宿仙鶴觀。賴主公鄉友宗人見勞，以清茶談心，終夜不能已。因誦石刻端明侍郎詩天后韻，偶得拙惡，漫次其韻，呈仙鶴主人，以爲後時故事。時大金崇慶改元二月春五十四日也。

故人情話悦無闌，遥夜挑燈語笑間。不意得經緱氏嶺，天教有份看仙山。

嚴鼓冬冬更已闌，炷香危坐静吟間。因思子晉飛仙後，更有何人復此山。

風馬鏗鏗清夜闌，似聞笙韻遏雲間。當年仙馭知何在，不住蓬山即浪山。清武億《郾師金石遺文記》卷下《金投龍記》，跋尾有云：「碑後詩三首，即李廣道所題，婉約得風人之旨，采金詩者尚未收。」原無題，兹據文意擬。《石刻史料新編》本，臺北新文豐出版公司一九七九年，第二輯一四册一〇一六二頁。

【校記】

[一]李大方廣道：原作「李太汝廣道」，當是墓碑文字漫漶，識録有誤，此從遺山《體玄大師李君墓碑》。

陶彦明

陶彦明，字明甫，號無名子、天游老人，平陽襄陵（今山西省臨汾市襄汾縣襄陵鎮）人。年逾三十，渡河而南，訪學問道。大定二十三年，從靈寶縣令許安仁指點，投終南山丹陽馬鈺，賜以名號。服勤三年出關，棲於抱犢山、桃花山、女几山等三十餘年。正大四年卒，年八十六①。嘗著《天游集》行世。兹輯一首。

題熊耳寺

熊山爲一丘[一]，漳水爲一壑。夜眠雲底床，晝登雲外閣。不知如何人，得來饗此樂[二]。自恨塵緣深，不能頓辭爵。明昌六年六月望日，開法寺主僧惠睿立石。北京大學圖書館古籍部藏拓片，著録詩題《天遊老人詩碣》，典藏號三七六三。出自河北涉縣熊耳山開法寺。另，《（嘉慶）涉縣志》卷八《藝文》亦録，題作《題熊耳寺》，從之。《中國地方志集成》本，上海書店出版社二〇〇六年。

【校記】

〔一〕丘：《（嘉慶）涉縣志》作「邱」。　〔二〕饗：《（嘉慶）涉縣志》作「享」。

佚句

①元李道謙《終南山祖庭仙真内傳》卷中《陶彦明》，明正統《道藏》本，明正統《道藏》本，文物出版社等一九九四年，第一九册五二八頁。另，金李俊民《莊靖集》卷八《無名老人天遊集序》未言名字，尊而諱之。《叢書集成續編》本，上海書店一九九四年。

失題

對客談黄卷，呼童烹紫芝。
性似山猿獨，心如野鶴孤。
頤神春寂寂，調息夜綿綿。
俯仰長春景，遨遊不夜鄉。
造化遠離生死外，機關超過有無中。
古木開花春寂寂，寒潭浸月夜澄澄。
但言造化都歸妄，畢竟陰陽總屬私。
千里暮霞蒸絳雪，半林明月搗玄霜。
汞死鉛乾天地静，龍吟虎嘯鬼神藏。
有作有爲皆妄想，無名無字是真常。
願君早悟玄中趣，學我優遊物外修。金李俊民《莊靖集》卷八《天遊集序》

董守志

董守志，字寬甫，號凝陽子。女真朮虎氏，家世隆安（今吉林省長春市農安縣），以祖上宦遊陝右，遂居終南山（今陝西省西安市長安區終南山）。大定二十年，隸軍籍，後入全真道教。正大四年卒，年六十七。嘗著《和光集》三卷行世。兹輯三首。

臨終留頌三首

陸地一法船，舉棹數十年。船棹都撇下，我命不由天。

我有聚神法，真火鍊丹砂。無形亦無心，認得祖阿麻。

通神變化，造物無窮。我命由我，天地難籠。《（光緒）山西通志》卷一六一《方外録》，中華書局一九九〇年，第二〇册一一一三〇頁。

楊明真

楊明真，號碧虚子，耀州三原（今陝西省咸陽市三原縣）人。大定十四年，師從馬鈺，賜以名號，授以還丹溯流之訣。又東遊謁劉處玄、王處一，多蒙指授。嘗爲鄉里病疾者施醫藥，多有痊愈者。正大五年（一二二八）卒，年七十九。嘗著《長安集》行世。兹輯一首。

臨終留頌

八十年來如電拂，一堆臭腐棄荒田。余今去後全無礙，撒手歸空合自然。元李道謙《終南山祖庭仙真内傳》卷中《楊明真》，明正統《道藏》本，文物出版社等一九九四年，第一九册五二五頁。

毛希琮

毛希琮，出處未詳。大道教四世祖，掌教五星有奇。約正大五年（一二二八）卒①，得年三十八。

兹輯一首。

斥丘長春

一把形骸瘦骨頭，長春一旦變爲秋。和濉帶屎亡圊廁，一道流來兩道流。元祥邁《至元辯僞録》卷三，《中華大藏經》本，中華書局一九九六年，第七三册一九頁。今按，原失題，兹據詩意擬。

訾亘初

訾亘初，字子野，號存真子，博州（今山東省聊城市）人。賦性淳厚，寡言笑。大定二十一年，遊濟南，遇丹陽馬鈺，遂入全真教，得法名亘初。明昌初，謁長春丘處機。久之，又拜長生劉處玄，賜號守真子，後避金諱，改守爲存。承安中，南下修行布道。元光間，敕書徵入京師，道價日隆。正大改

①元杜成寬《洛京緱山改建先天宫記》，見陳垣等《道家金石略》，文物出版社一九八八年，第八一八頁。

元，於蔡州創立玄真道院，人稱訾仙翁。天興二年（一二三三）卒，年八十二。兹輯一首。

遺世頌

一念不起，萬緣皆空。拂袖而去，明月清風。元佚名《繹仙傳存真訾仙翁實録之碑》，見陳垣等《道家金石略》，文物出版社本一九八八年，第五一一頁。

李遊仙

李遊仙，出處未詳。嘗讀書鳳臺月院山，有詩刻石。兹輯一首。

鑱詩

溪潭直上孤峰底，怪柏蒼蒼老不死。藜杖長拖嘯一聲，虎豹潛形盡縮耳。須臾有客話無生，旋煮新茶汲冰水。樵歌依約耳邊來，詩情只在煙嵐裏。《（雍正）山西通志》卷二三《山川》：「澤州鳳臺縣：月院山在縣南六十里太行絶頂，下臨天柱峰，有潭深不可測。中挺峭峰。《鑱詩》云云，仙人李題。」又同卷：「高平縣遊仙山，在縣南十里，金李游仙讀書於此。嘗啟地得古鐘，聲徹山下數十里。後年百歲終，人名里爲遊仙坊，山亦名遊仙山。」又卷五九《古跡》：「鳳臺縣。仙人詩跡在月院山，怪石壁立數丈，鐫石其上，署仙人李題。」《文淵閣四庫全書》本。

新編全金詩卷一三〇

王處一

王處一，字玉陽，號傘陽子，寧海東牟（今山東省煙臺市牟平區）人。大定八年，師從王重陽，入全真道教。隱於文登鐵查山雲光洞九年，常偏翹一足獨立煉形，人呼鐵脚先生。二十七年，奉詔赴京。世宗問以延生之理，答曰：「惜精全神，修身之要；端拱無爲，治天下之本。」[①]承安二年，再應召赴京，章宗問以養生之道，賜體玄大師號及紫衣，敕中都修真、崇福二觀俾任便居之。泰和元年，奉詔詣亳州太清官作普天醮。三年，復奉詔作醮，度道士千餘人。興定元年卒[②]，年七十五。著有《雲光集》四卷傳世。茲輯五百二十六首。

① 元李道謙《七真人年譜》，明正統《道藏》本，文物出版社等一九九四年，第三册三八四頁。

② 金秦志安《金蓮正宗記》卷五《玉陽王真人》：「貞祐丁丑歲四月二十三日，有五色雲自東南來，一青衣捧詔而下，旌幢蔽天，衆皆瞻禮。先生告門人曰：『三日已前，衆聖皆至。』言訖焚香，索筆書頌云云。落筆而卧，奄然返真。」明正統《道藏》本，文物出版社等一九九四年，第三册三六二頁。今按，貞祐丁丑即貞祐五年，其年九月壬午改元興定，見《金史》卷一五《宣宗紀》。

王處一詩載《雲光集》，以文物出版社等影印明正統《道藏》本爲底本，校以清光緒《道藏輯要》本（輯要本）及其它有關文獻。

承安丁巳受第三宣於六月二十五日到都下天長觀七月初三日宣見賜坐帝問清浄經師解之次問北征事師答云戊午年即止後果應次問全真門户師一一對答帝深嘉嘆流連抵暮方出翌日賜紫衣號體玄大師仍差近侍傳旨賜崇福修真二觀任便住坐每月給齋厨錢二百鏹時在修真觀作此一篇寄呈老母洎聖水道衆

修真觀下信遥通，往復祥光透碧空。昔遇明師開正教，今蒙聖帝助玄風。玉陽自此權行化，法衆從兹好用功。稽首慈親母少慮，皇恩未許返鄉中。

按察使夫人患病求痊

天生天長順天修，不論塵寰俗骨骰。四假豈能朝鳳闕，三尸那得赴瀛洲。悟真内照忘新觸，達本灰心滅舊憂。無色真空超彼岸，穩乘自在大神舟。

贈祖庵呂知觀

大悟威光朗太空，先天真瑞信匆匆。虚無清净全今古，至道流傳正祖宗。三界十方通一致，千經萬論了無窮[一]。忘情自現天元主，透出陰陽造化中。

【校記】

〔一〕了：原作「子」，此從輯要本。今按，晉葛洪《抱樸子·釋滯》：「空有疲困之勞，了無錙銖之益也。」

贈濰州觀主太夫人

有誰遭遇活神仙，的養靈明透碧天。玉藏抽添真水火，瑶宫凝結瑞雲煙。形神俱妙人難會，空色都除理怎傳。四海迴光齊奉教，自然功德滿三千。

贈助緣道衆二首

深謝吾門廣助緣，始終如一苦精研。存神默默塵無染，養氣綿綿道自然。開關本元清净主，化生玄象舞胎仙。璇璣斡運真三寶，不動慈光滿大千。

固窮守道道無名，全在人心運志誠。一氣循環清宇宙，三光會合聚神明。玉壇瑞象埋仙迹，寶鼎祥輝隱化生。説破内丹真口訣，妙功無住自圓成。

師之舊隱嶠巖朱北玉清觀號曰小聖水實爲勝地故有是詩

此巖勝地古今稀，緩步煙霞晝景遲。三界聖賢垂顧盼，一方道德盡精持。雙雙童子擎花節，對對祥鸞舞玉墀。煉就大丹歸不久，有緣相伴到瑶池。

福山王押司因病求教

綿綿細細養冲和，寂寂修心出愛河。增長谷神常不漏，流傳血脈永無疴。全真發道忘生滅，見性通靈绝障魔。劫劫蓋因功德正，萬神齊捧出婆娑。

留五舍人過夏

好同我處覓清凉，聚结靈砂天外香。四大迴還清氣候，雙泉灌濯玉容光。調神不動災爲福，遇物無私陰復陽。别有生涯閑度日，寶經披論兩三行。

脱世網二首

順天功德化生來，法體光明遍九垓。慧目澄澄無稍著，神珠朗朗绝纖埃。五方靈曜衝天出〔一〕，一朵心花拂日開。浩劫真容重顯現，始知處處是蓬萊。

脱離世網没縈纏，已得丹成道自然。紫府飄飄飛玉雪，瑤臺漸漸吐金蓮。神宫段段圓明結，法性虚虚照耀全。内外煉成金玉體，蓋因一遇大羅仙。

【校記】

〔一〕曜：原作「耀」，此從輯要本。今按，所謂五曜，指金木水火土，全真家已演化爲神靈。

述懷二首

濁酒狂歌數十年，空身放蕩夢遊仙。存心救拔通三界，全體光明徹九天。世外生涯唯我曉，壺中珍寶有誰憐。東方雲海玉陽子，度脱愚迷不妄傳。

我當開化混三陽，屯叠煙霞滿十方。煉出寶珠含法界，化生靈耀接穹蒼。虎龍蟠繞攢金鼎，日月飛騰照玉堂。比及乘鸞歸紫府，太平國裏且和光。

門人張志明問日用事二首

咄假搜真苦琢磨，體天法道養冲和。三光影裏搏心印，萬法門中悟蜜多。兩道清風穿紫府，六天如意出娑婆。無無有有成圓相，指日升騰上大羅。

輝輝玉性晃晴霄，本是無爲福慧招。玄理通融真自在，妙光澄徹恣逍遥。一聲仙樂朝金闕，兩道靈泉灌瑞苗。認正本來真面目，依師且作度人橋。

道理因緣

遇師決破好因緣，與物無私合上天。五道光明攢慧性，萬般霞彩蔟丹田。清音空外傳真趣，苦海波中運法船。無證無修真了了，本來功行自周全。

居塵不染

虚無凝秀結靈胎，雖在塵寰道眼開。酒色氣財佗活計，精神血脈自根荄。都教元海同居住，任使崑崙恣往迴。此箇因緣真得得，無爲清浄到蓬萊。

自詠二首

東方雲海小風風，終日無爲話苦空。一點圓明真了了，兩迴遭遇性融融。三田鍛出留年藥，九載修成越世功。每向朝元仙路看，全真光徹大羅宫。

鉛汞相投結大丹，服之立可變童顔。色身混徹陰陽數，真性超離生死關。八脈通流元氣海，萬神攢聚玉京山。周而復始重羅列，無極天真自往還。

示門人二首

特爲同流指勝緣，始終如一志常堅。清閑暗使真真濟，飽暖須教事事蠲。更向人間爲實行，還同火裏長青蓮。雲霞引步朝元去，功滿三千及大千。

一切高明共結緣，沈沈苦海種金蓮。出塵香艷離諸穢，照體光明射九天。開闡從初真道眼，修成無上大羅仙。騰今跨古真靈性，了了都無一法傳。

仙境

仙境巍巍世莫猜，滿空異馥雜瓊埃。霓旌絳節朝金闕，羽蓋雲旗映寶臺。三界聖真同際會，五方童子久徘徊。古今不改誰能見，除是通靈道眼開。

全真

我師弘道立全真，始遇純陽得秘文。性滿虛空凝皓彩，丹成表裏結祥雲。頓超法界留玄教，傳化人天贊聖君。救拔群生諸苦難，自然寰海普知聞。

遇師傳授

我嘗遭遇活神仙，的養靈明透碧天。心人絳宫冥照耀，氣嘘丹鼎自迴旋。形神俱妙煙霞鎖，動静都忘性命全。普願塵寰通此理，一時同泛渡人船。

贈衆道友二首

清貧柔弱喜顔紅，本性翛然慕正宗。更願全神投内補，便當棄假悟真空。靈源固濟無諸漏，神劍揮騰殺九蟲。煉熟丹砂明火候，坐看烏兔任西東。

天和地理與人安，三教三才共一般。性燭光明常不昧，靈童踴躍自追歡。浮雲消散禪天净，外事含容覺海寬。放蕩逍遥觀自在，本來模樣永相看。

答人問安樂法

虚無大道全真訣，富國安民没可越。解脱靈宫萬化生，冲和氣海千痾滅。定超無漏大神舟，輥出長空秋夜月。一性圓明道自成，周而復始重羅列。

贈新出家

迴頭欲覓長安道，内外全空心上掃。絶盡機關達杳冥，抽添水火明顛倒。煉烹四象與三才，咄出七情并六耗。一性輝輝晃太虚，玉京自有金書報。

示門人校勘功行二首

勸化行緣志在堅，盡心皆與我同然。金闕放鎮玄風透，鐵樹開花大道傳。威攝萬靈齊慶賀，報通三世没災愆。十方衆友宜搜獲，一悟真空總了仙。

天然一境實恢洪，應合希夷理自同。生育無名清净體，變通不壞杳冥宗。旌幢閃閃排雲漢，環佩珊珊下太空。接引圓明真了了，法輪常轉運玄風。

造化二首

妙行真功滿十年，普同法道煉真仙。温温鉛鼎神光綻，赫赫靈砂火候全。兩凑玄風通嶽頂，一溪寒玉降芝田。擘開混沌觀無極，豁達靈根養浩然。

保身清雅虎龍吟，寂寂真慈轉古今。太極本宗開造化，始清玄象走浮沉。神收五臟邪難入，性滅三彭道自尋。一粒大丹成熟後，寶華圓滿出瑶岑。

法眷

玉京仙眷我心交，福注興隆禍不招。地獄變成傳道會，火坑化作度仙橋。閑聽法鼓喧靈嶽，便整雲輿泛紫霄。元始垂光弘救濟，混元三界恣逍遥。

興題

前驅紫鳳舞雲光，後引青鸞入帝鄉。七寶洞天常不夜，九清科法普傳方。五行四象明交泰，萬劫千生滅禍殃。二物混成無漏體，一靈真性達穹蒼。

出塵

跳出輪迴入道來，玄機默默滿胸懷。頓超内外諸塵網，不落周圍衆苦崖〔一〕。一點靈光無缺漏，四般假物任沉埋。他時跨鶴朝元去，復返天宫步玉階。

【校記】

〔一〕落：輯要本作「樂」。

贈益都統軍

本是虚無一點真，降臨中國作賢臣。威加遠塞無邊事，忠佐清朝用至仁。不外玉陽同慶會，每於福地結良因。百年定作神仙客，善德從今日日新。

泰和辛酉詔赴亳州作普天大醮贈衆

聖帝傳符出洞天，金門演教慶無邊。大興妙供因緣普，永保洪基海嶽堅。欣樂太平齊慶賀，尊崇道德悉周全。太清宫下同參事，應是皇恩第四宣。

勸衆化緣二首

聞説諸公廣化緣，莫辭寵辱苦精研。頤神和暢同修煉，養志安恬合自然。開闡清虚觀性月，斡旋造化舞胎仙。了真默默俱無漏，不動慈光滿大千。

立志寧心普化緣，各酬洪願爇香煙。宜搜道理重開悟，好把塵情一併蠲。五臟輝輝生玉蕊，三田湧湧吐金蓮。十方靈寶騰空起，一性通朝不夜天。

勸人棄假歸真

藉形托化仗前緣，宿孽推臨事逼煎。寶鑒神珠遭汩没，風燈石火不牢堅。諸公好把輪迴咄〔一〕，一志宜將性命全。收拾光明投内補，悟真達本復周圓。

【校記】

〔一〕咄：輯要本作「出」。

寄呈母親

子母修真同出家，體天法道作生涯。化緣處處神明助，勸善重重福壽加。俗眷恩情都不論，玄門道德永無差。內靈昇化投真趣，異日功成蓬島誇。

勸衆内外勤修

内超輪迴外救忙，外持内照兩無妨。助緣助教功勳著，扶困扶危壽命長。一朵金蓮離垢穢，兩般玉貌出崑岡。隨時慶賀昇平主，密布慈雲滿十方。

贈濰州千户信道子

往昔重重結勝緣，心香裊裊透諸天。塵中養就真如體，火裏長開不謝蓮。普願搜真登彼岸，各須弘誓滅前愆。丹圓果滿神光聚，總達無爲契自然。

贈内侍局司丞二首

好生濟物道心濃，不必浮華錯用功。自己琢磨心垢净，他時留駐内顔紅。常行忠孝無私曲，應有神明指正宗。不覺脱離生死海，十方三界顯家風。

洪恩不斷古今稀，悟徹塵情總不爲。積行歸依無上道，累功去了自心欺。萬神湧湧超生滅，一性如如弗動移。他日乘鸞遊紫府，六銖衣挂受天禧。

贈遠來道衆二首

同道知音任往還，經遊聖水涉千山。洗心妙論通玄趣，絶慮迴光究内閑。金玉堂前烹鳳髓，煙霞洞裏煉陽關。清風皓月真空體，悟理明宗頃刻間。

咄盡塵根一物無，清清冷冷下功夫。素光渺渺開心月，紅艷輝輝覆性珠。既得元初真了幹，任他四大散無拘。將來功滿承天詔，穩駕祥雲赴玉都。

別道衆

修真道衆囑丁寧，休逐輪迴死復生。一切物情皆可絶，萬般塵事不堪争。身心和暢千痾散，神氣冲融四序平。了了了時無可了，玄玄玄處證圓成。

天壽節作醮

精修黄籙啟真詮，無限官民祝萬年。普運丹誠須薦福，同行真孝必通天。香煙裊裊超三界，功德巍巍貫大千。一切有情登道岸，太平忻樂遇良緣。

仗李壽卿化木植

壽卿貴族莫辭難，仁義通開生死關。大藏因緣非小可，玄門消息好追攀。增添福禄憑具形〔一〕，保養形神使内閑。一志無私天地順，善根光結古容顔。

【校記】

〔一〕具形：輯要本作「真性」。

安丘陳縣君出家求教

來住清朝法海中，去遊蓬島不空空。飢餐内寶真元秀，渴飲丹霞玉性紅。一氣周流清净體，萬神齊會絳霄宫。迴顔换質無衰老，開化人天正祖宗。

請惠先生修殿

惠仙能辨古今文，師曠深聞性不昏。學我逍遥觀寶月〔一〕，願君猛烈斷根塵。兩朝聖帝開仙路，一舉玄科享道恩。四大隨緣遊陸地，闡揚清净好家風。

【校記】

〔一〕逍遥：原作「道遥」，此從輯要本。

贈日照縣水車溝會衆

水車灌出道芽新，漸吐靈光透紫宸。二氣根元成造化，滿天枝葉拂星辰。玲瓏霞彩通三界，踴躍圓明出六塵。結就本來真面目，因師開發悟全真。

贈安丘縣令

安丘山水最清明，特感忠良治此城。和睦人民天地喜，豐收田斛廩倉盈。因公正直無私曲，是處歌歡樂太平。助國愛民功就日，好窮道德了前程。

公姑問修行

公姑皆説道心濃，不可奢華謾落空。且悟真修忘彼我，勿令外覓走西東。氣神欲得朝元海，猿馬須教鎖絳宮。統攝群魔無障礙，逍遥自在了仙功。

贈文山劉彦充王仁美興丹霞觀

彦充仁美各高明，起建丹霞志轉新。東海文山真古跡，西秦師祖舊良因。周全外行含空界，混合玄功出世塵。更把浮華都一撇，迴頭便作箇中人。

贈關西吕清元充寧海威儀

清居寧海列冠裳，絶頂蓬壺是故鄉。密考丹經窮造化，安存靈物免悲傷。焚香祝壽功無失，報德酬恩道自昌。動静應和天地理，他時雲步禮虚皇。

寄萊陽宋二先生

書寄萊陽宋二仙，舊人用事必精專。邇因幾處修齋醮，速可同來結勝緣。莫把勤勞如世務，須知清净種金蓮。全真内外功圓聚，萬里迴光透碧天。

買查山上清觀

東方雲海訪諸公，各願丹成立祖宗。三界十方通一化，普天衆聖演真空。皇天后土垂洪福，吉事遐齡表善功。拯救人倫弘大道，遞相開度好家風。

示衆

修真法會信深洪，布祝先天大道通。無内化生閑活計，有中變煉好家風。清音歷歷衝雲漢，玉性靈靈話正宗。傳報世間明子細，東方雲海證圓融。

贈李節判明威二首

既叩吾門訪道流，勿令愚昧度春秋。日魂月魄依時取，汞髓鉛精用力收。都集神明朝玉帝，重開慧目賞瓊樓。丹成内外齊升降，有個無爲笑點頭。

清光内煉一輪光，演道開真滿十方。積德任教神鬼敬，頤真休被物情傷。陰陽顛倒人難見，性命圓成世莫量。法界靈明俱透徹，亘容天外自飛揚。

贈文山修觀道衆

體天法道做修行，天地人倫一化平。若運肯心常不退，决明玄理悟無生。葛洪萬卷終歸道，惠子千箱謾數程。争似一超真實地，本來功德自圓成。

隨哥問修行

清净身心養氣神，烹金煉玉出迷津。三田暗種留年藥，一旦欣逢不死人。五道天光明閃爍，六陽地氣發逡巡。熏蒸關節透肌骨，定是朝元謁紫宸。

長欄于二郎退道贈之

初入吾門衆盡欽，誰知無分作知音。青霄路遠年光近，黑簿名高地獄深。范蠡張良非易學，鑊湯劍樹不難尋。將來受著無情苦，悔縱顛狂一片心。

盧宣武問道

一氣升沈合大丹，始知靈物自迴還。收藏寶璧歸中位，剔撥天機注内顔。光綻九宫觀世界，道成永劫列仙班。青鸞穩跨騰空去，從此清標鎮海山。

贈卜者

推窮天理甚分明，特與時人决困程。解察陰陽時否泰，能通日月數虧盈。順行九曜災難及，復變三陽禍不侵。莫待無常天限至，和賢盡總落深坑。

商河縣會衆求教

商河真遇自迴光，步步玄風貫故鄉。雲路交參天浩渺，陰魔消散性昭彰。清音歷歷驚山鬼，靈曜團團滿玉堂。一旦出離塵世外，蓬萊永永得清凉。

都下張鎮國問修真

靈明納在性懷中，固蔕深根謹用功。有寶莫令他物盜，無心且與世塵同。包藏微密真如顯，補惜精華法海空。瑞迹仙踪無斷絶，了然直赴大羅宫。

北青州船户張長者有問

一棹空舟越世間，飄飄雲路列仙班。運持靈秀攢金鼎，把握陰陽轉玉環。永出洪波離愛海，就揮利劍劈恩山。蓬壺閬苑仙遊處，一念心灰盡可攀。

贈門人南吕哥

曠劫根源仔細搜，須知此個好因由。千祥丹谷收真彩，萬派銀霞注逆流。金木河車搬鳳髓，癸丁爐竈煉霜球。周天數足神丹結，五色威光蔟十洲。

泗州任哥問性命事大

圓融性命不爲難，孽盡光生道往還。定息綿綿通正理，安神默默鎖玄關。收藏真秀丹須結，打破虛空性自閑。一顆靈光超造化，雲車搬載玉京山。

贈蒲臺縣徐上押

念身四大足虚浮，藉假修真別有由。至道希微無斷滅，元神脱灑不淹。温温鉛鼎金光綻，寂寂靈宫玉焰收。有箇主人當面立，相逢拍手笑無休。

示門人

虚無清浄立金壇，撥剔輪迴生死關。情性調和如止水，氣神交結若回環。靈珠燦燦騰雲外，鶴駕飄飄出世間。直到大羅天界上，恁時歸正好容顔。

寄萊陽長澗孫四翁

書寄賢明孫四翁，微微鍛煉我家風。澄澄察察身心淨，冷冷清清事物空。細細綿綿還大孝，惺惺了了返雲宫。願公齊力弘真教，普化人人悟正宗。

登州會衆遊聖水贈之

法眷知音任往還，雲遊聖水涉群山。暫離百結塵埃網，時叩重玄秘密關。性上發生真智慧，壺中認得古容顔。全身放下無諸念，便是逍遥自在閑。

贈寧海州王一翁化爲醮首

請公目下細斟量，既遇良緣便可當。道家興隆因建德，福星臨注必除殃。願人有幸扶玄教，學我無爲達上蒼。四海存亡都一化，立教地獄變天堂。

寧海太守屢嘗書召以詩奉答

信香不斷累相招，自肯存心養瑞苗。禁制奸邪因德政，恤憐老幼顯歌謠。常蒙帝闕恩光降，足表忠心福行昭。伏望功成名遂日，也來林下論逍遥。

贈明水公殿試

心靈神喜悟真常，日日無私達上蒼。休殢儒林求外顯，好搜道理惜元陽。萬塵根斷超三界，一舉功成貫十方。試把前程相比較，爲官何似到仙鄉。

答沂州趙知法問修行

雲踪不斷瑞陽開，悟徹塵緣心自灰。但覺身中清一氣，漸看鼎内聚三才。青龍白虎鳴哮吼，赤鳳烏龜戰往來。羅列周天同際會，道成自有紫書催。

贈楊都目化緣都下幹當教門

助緣諸物順時來，都下光明轉轉開。不憚辛勤成好事，須逢吉慶遠非災。舊庵拆了重修葺，善氣將殘復接栽。深謝聖恩功德力，願祈洪祚等天台。

別遠來道衆

清晨目下別相知，普化人天處處齊。若解壺中交日月，便超空外步雲霓。未歸蓬島朝真聖，聊向塵寰度執迷。好惡是非都不挂，任他烏兔走東西。

贈修真觀厨張

厨下清河志的端，莫令抛撒謹修完。精嚴每感諸仙喜，節儉能招百行攢。既向福田常潤益，自然心地永舒寬。他時功滿離塵土，一顆神珠始得看。

示門人二首藏頭拆字。

開法眼内無憂，肯精持百行周。吉遇遭金口訣，言叮囑道宜修。田上下通來往，氣循環任自由〔一〕。載仙班雲外列，圭服了恣遨遊。

方開法眼内無憂，又肯精持百行周。吉吉遇遭金口訣，言言叮囑道宜修。三田上下通來往，二氣循環任自由。十載仙班雲外列，刀圭服了恣遨遊。

昇火降内觀修，是人非物物休。性却臨金地旺，魂還向月宮囚。傳丹訣真師見，顯靈光玉液周。慶無涯真得得，絲不昧任優游。

水昇火降内觀修，人是人非物物休。一性却臨金地旺，三魂還向月宮囚。口傳丹訣真師見，目顯靈光玉液周。吉慶無涯真得得，寸絲不昧任優游。

【校記】

〔一〕任：輯要本作「性」。

張五郎問修行 藏頭拆字。

友纔聞真道德，田不覺悟清涼。山玉璞離塵土，性芬芳天外香。裏金鷄常顯瑞，頭丹鳳每呈祥。年成就無爲理，夏金書度五郎。

良友纔聞真道德，心田不覺悟清涼。三山玉璞離塵土，二性芬芳天外香。日裏金鷄常顯瑞，山頭丹鳳每呈祥。羊年成就無爲理，玉夏金書度五郎。

贈楊解元 攢三字。

來問古真宗，相知盡始終。子居塵世裏，我離有無中。信受明真理，三光話苦空。并超真造化，出現赴蓬宫。

三人來問古真宗，四木相知盡始終。一了子居塵世裏，一撇我離有無中。人言信受明真理，川横三光話苦空。二點并超真造化，重山出現赴蓬宫。

徐福店小宫姑毁容截鼻處志慕道贈之

毁容截鼻志彌堅，爲脱塵緣緒道緣。一著根源超等輩，兩通盟誓透青天。三光密照開靈慧，四大冲和道漸傳。光綻五明常不夜，六波羅密吐金蓮。七情除滅圓明聚，八洞神仙同受宣。九曲明珠穿頂過，十方世界任周旋。

海市詩并序。

暫别東牟，西遊登郡，漸叩古黄西臯，遇海市垂光顯異，乃與道合真也。故曰皇天發泄，大道舒張，披三光而下降，稟一氣而上昇，萬化人間莫知其道也。是乃長養諸天，大地冲和，四序炎凉，洞焕太空，化生玄象。混同萬法之根源，符合大羅之眼目。因借東坡韻述懷。

水晶宫殿鎖晴空，萬象澄澄碧海中。月裏垣娥觀寶鑒，日中仙子玩珠宫。乾坤斡運明真理，混沌重開越勝工。萬道毫光攢坎虎，千條赤氣罩離龍。滿空聖衆扶圓蓋，玉女金童策主翁。紫霧紅霞纔綻處，玲瓏七寶現威雄。神風静默驚山鬼，萬化參差世莫窮。光壓水天無勢力，吾真三界得冲融。放心天下無違礙，四大神洲飲幾鍾。雖説東坡真上士，足知大定勝元豐。古今諸勝釣鼇手，不論泥沙碎鐵銅。以道治身功行滿〔一〕，大羅天上一家風。

【校記】

〔一〕治：輯要本作「持」。

復用前韻

混元三界俯觀空，隱隱仙山巨海中。和氣流傳生瑞象，清風明月透靈宮。天男天女從空有，絳闕瓊樓匪世工。滚滚波心生玉虎，炎炎火裏走朱龍。泥丸公子鳴天鼓，紫府真人舞醉翁。聚集萬靈同慶會，飛騰八極示清雄。掣開今古神方秀，劈碎虚空理不窮。永永長生超造化，明明無相自圓融。上令百代登霄漢，遂享洪恩過萬鍾。助闡玄門扶内教，方今清世樂真豐。仙胎道骨居塵境，恰似良金混錫銅。直待紫書親詔唤，恁時顯出我家風。

守道

金精玉髓結神胎，夾脊光明兩道開。灌頂醍醐生萬象，一輪日月射瑶臺。

綿綿若存

認得虚無動静功，流精寶璧賞無窮。周而復始重羅列，仙韻琅琅聒太空。

返樸守拙

本源無漏定長生，千葉金蓮耀日明。心性了然同一體，希夷大道自圓成。

温温鉛鼎

一氣清虚攝萬靈，萬靈都會見圓明。明明内外天光結，决證蓬萊没死生。

光透簾幃

純陽開化上衝天，放出神光養瑞蓮。道氣周流通子午，桂花吐焰照無邊。

造化争馳

兩腎堂間風雨吼，龍虎争馳烏兔走。刀圭入腹鬼神驚，大地群魔齊拱手。

虎龍交媾

五色天光聚本容，虚無運度杳冥中。玉陽到處仙歌聒，隨步金蓮晃太空。

清濁兩分

順氣流行觀自在，迎風歌曲醉冲融。清涼境裹神光燦，漸轉虛無大道通。

王公問如何學道決了生死

虛無元氣結神丹，開闢輪迴生死關〔一〕。拔度十方三界苦，一靈真性自歸還。

【校記】

〔一〕闢：輯要本作「闡」。

又問如何體天法道

大道不離開化數，迅雷無失自然功。推窮此理皆同體，應變人天弗落空。

贈門人王哥

修行拍碎我人山，脱俗超凡絶往還。平等常持心正直，他時昇入碧霄間。

張公問頓悟

達道空無一物形，隨機應感度群生。重逢浩劫天元主，了了輪迴十萬程。

遊行

閑觀山水遊蓬島，滿地白雲風自掃。暗想浮生極苦辛，誰能修此無衰老。

得物

烏飛兔走入中央，恍惚靈源得妙方。一粒刀圭通九轉，昇騰變化滿穹蒼。

悟真

悟來切切認真歡，灌頂醍醐一氣寬。大道冲和通子午，内靈光輥出泥丸。

辨道

清濁浮沉復往來，昏昏默默口難開。雙眸不欲觀乾象，耳鼻通靈吸秀胎。

順化

顛倒循環似醉人，不憂不喜内全真。精神動處靈波滚，三界清虚絶點塵。

歸真

悟徹根源一點深，靈臺頤養紫芝金。金光湧湧超生滅，玉性輝輝了古今。

救生

會救空身一大災，輪迴生死不能該。靈源神水透玄谷，四序仙花火裏開。

養道

昔年東海會初真，多謝明公管顧恩。却返仙都聽紫詔，斡開玉户入金門。

傳善

功圓行足自朝元，莫越清時結衆緣。普願愚迷歸至道，助修真福滿無邊。

通光

衆立丹陽顯異碑，端文仙迹妙雄威。包藏微密超今古，補惜先天造化機。

達本

虚心實腹志精專，捉馬擒猿覓了仙。清浄無爲行大道，不須苦苦問青天。

識諱忌

十二時中善惡童，録抄名件覆天公。校量功行無虧失，決補仙階不落空。

黄縣女冠劉志妙問日用

搜詳日用苦精研，觸目迴光百行全。損己煉真弘大道，前程自可滅諸愆。

四會開化

七寶金蓮瑞氣濃，玉華平等我家風。三清上帝通真德，一派光明處處同。

答文登七寶會下見召

深蒙寵召布橋梁，講論無生不死方。七寶金蓮同結秀，諸天慶會滿空香。

劉公求三寶真訣

全身光結紫金丹，須得靈明認內閑。會合玉田真口訣，聚神一撞過三關。

金蓮會衆求教

法會因由道自然，沉沉苦海種金蓮。温温鉛鼎神光綻，輥出丹砂射碧天。

復和

復本還元達自然，虚無清浄變金蓮。通融四大心丹結，萬道霞光出洞天。

了真

黄金藏裏翻身出，玉秀瑶池一點開。風月飄飄天外境，住行坐卧是蓬萊。

贈福山仁壽保柳姑〔一〕

今古真慈設大功，三天始遇信匆匆。欣榮漸漸通玄妙，得一方知道合同。

【校記】

〔一〕姑：原作「枯」，此從輯要本。

大定十五年有門人初志常欲往關西參丹陽公師曰何必遠去他日此處相見然不可慢汝之志作是一絶寄呈丹陽公到彼展視言泄天機後果東還

山東東路有真修，木德爲鄰自免愁。一二三連一二，九陽光滿向東流。

觀遊歷道衆

道行仙功心上求，莫隨波浪逐輪流。愛河苦海翻身出，一點靈光達岸舟。

登州李會首乞孝道頌〔一〕

天地虚無生育恩，出家須認道之根。龍吟虎嘯明真秀，女奼嬰嬌惜至尊。

【校記】

〔一〕登州：原作「登舟」，此從輯要本。

贈門人于了一

宿無靈骨謾修仙，達本方知道自然。緘口忘機絶視聽，亘初面目可周全。

楊先生索守道詩

始初守護日精華，暗種芝田養瑞芽。漸透玄關衝頂過，滿空光結紫金砂。

敬三教

三教同興仗衆緣，真空無語笑聲連。放開法眼全玄理，蓮葉重重作渡船。

捨俗投玄

絶盡塵情一點無，自然無相下功夫。明收四序先天景，混沌三光結六銖。

詠查山石芝

日月精華結瑞苗，玄光真氣内含包。能滋五臟生金液，暗補全身肌骨牢。

贊黄籙精嚴

星壇月殿溢香風，走鳳飛鸞閒玉龍。贊動三天諸聖降，度魂皆得步仙踪。

贈樂安藥鋪王二翁

神農本草非爲貴，天上芝蘭味莫窮。好把神丹超世藥，山頭醫取主人翁。

門人初小仙乞守一法

一點靈明認的端，一輪皓月永相看。一身神氣呈祥瑞，一性騰騰萬化安。

贈北青州道衆

出家道衆謹參詳，皆可蓬壺認故鄉。攢聚精神離苦海，放開心月養和光。金王處一《雲光集》卷一，明正統《道藏》本，文物出版社等一九九四年，第二五册六四八頁。

新編全金詩卷一三一

王處一 二

大定丁未十一月十三日初奉宣詔

上騰和氣徹三台，下布祥雲徧九陔。化出空中清雨降，道横四海一聲雷。

到滄州無棣縣新豐村皇親四官人道庵盤桓續奉聖旨委天長觀大德宣至十七日復委棣州七駙馬支起發錢二百貫臨行贈衆

諸天仙眷滿空浮，帶我容光西北流。統攝萬靈澄浩渺，翠光撥弄紫雲頭。

入天長觀

入得天長正位宫，交參殿宇映重重。金壇玉壁朝元像，七寶玲瓏顯聖容。

朝真

香散雲霞接太空，祝延震動絳霄宫。群仙共集煙深鎖，大德清朝講正宗。

入静位

法門玄教鎖雲空，四大和光静位中。門化諸天真妙道，收神明月與清風。

宣詔

恭惟悚息定神光，閉目祈聞聖語詳。伏願天皇萬萬歲，迴心三寶結嘉祥。

賜小童侍伴

天恩不斷降宣差〔一〕，特賜靈童運聖懷。仰謝吾皇功德力，敕修道院謹修齋。

【校記】

〔一〕降：原作「尺」，此從輯要本。

賜紫登壇作醮

飛龍走虎下天來，光滿金壇紫宴開。八洞瑶池空裏降，昇沉天地一齊迴。

戊申八月告假還山復經滄州皇親四官人請爲黄籙濟度

恰如殘雪遇春光，一切諸靈罪已亡。萬物欣榮逢道化，瑞雪洋溢滿穹蒼。

在聖水本觀夢中得此一絶後經七日重宣

紫府真人玉路催，諸仙雲集走輕雷。滿空光顯瓊瑶象，策命金書自往迴。

世宗寢疾因憶特差近侍内族詣聖水玉虚觀傳宣令乘駟

馬車速來

八月中秋得暇迴，洞天遊賞忞徘徊。戊申臘月重宣至，駟以輕車晝夜催。

至己酉正月初三日到都世宗已於初二日崩少主即位宣

使不敢奏見遂乃還故

先帝昇霞泣萬方，洪恩厚德豈能忘。公卿不敢當今奏，却返雲蹤入故鄉。

衆官員索

清廉正直應仙方，福注興隆壽自長。一一雲收心月現，寶光攢聚紫芝香。

黄籙滿散贈衆醮首二首

性靈空界别行香，上祝皇恩徹萬方。欣樂太平齊設教，寶華圓滿自清涼。
亡者生天更不疑，見存姻眷受洪禧。既知真聖垂加護，莫作欺謾度歲時。

隨朝衆官員索

清時一氣静乾坤，萬壽無疆祝至尊。四海盡修無上道，普天俱報聖明恩。

贈劉先生

萬般方術都歸假，千種機關總是空。唯有靈明常不壞，百年隨手一團風。

贈崑崙山東華契遇二庵道衆

東華悟得謹修持，契遇方能種紫芝。目下不離清淨境，將來一會赴瑶池。

内照

一點靈明自得知，莫從外假恣驅馳。住行坐卧心無病，有個真人緊厮隨。

三人同志住庵學道

三人同志叩玄關，認徹無爲煉大還。功滿脱離生死海，各携雲朵赴仙山。

了道後經半月空中忽現真異

仙語靈靈報下方，想知決是馬丹陽。飛神救拔諸州難，滿國欣榮坐道場。

似期

龍轉洪波去便休，虎奔巖下是程頭。凡人證果神仙位，行滿功成没戀留。

黄籙醮抄亡靈

遞相隨處廣抄靈，正直無私絶愛憎。孝子順孫同薦福，拔亡解苦盡超昇。

贈膠水孫哥〔一〕

咄假搜真自琢磨，精持無漏養冲和。萬愆滅盡靈珠現，穩躡祥雲上大羅。

【校記】

〔一〕膠：輯要本作「勝」。

乳山巡檢丁憂告别贈之

哀書一到痛悲傷，千里區區返故鄉。我即昌陽當濟渡，不能攀送亦回惶。

寧海于公處乞錢買酒得四十六

買酒乞錢四十六，通流五藏潤玄谷。三田滋養妙精華，般運周天萬顆玉。

福山張會首告出家

脱塵仙路好追尋，背境觀心絶外音。業盡道生通秘密，周天閑採紫芝金。

示遊走道人

無限機籌總是空，先天真瑞不相同。本源覺性成拋廢，謾打輪迴一夢中。

范用之索

輪迴苦海何時徹，即可回頭持猛烈。愛子憐妻度歲華，百年冤苦空凄切。

王六翁問學道

父母元陽謹謹留，休教潑水再難收。深根固蒂無生滅，暗解黄泉萬古愁。

釋門張善友索二首

一點真陽混始初，仙家還有世人無。神光萬象皆羅列，日月飛騰大藥爐。

晨參夜禮轉金經，雪白蓮花心土生〔一〕。更願悟真投内補，進修百行證圓成。

【校記】

〔一〕土：輯要本作「吐」。

偶題

修真暫請别雲耕，無質心香噴九天。光發内靈除染滯，玄功妙行滿三千。

焚燒船網

救生戒殺契真修，百禍消亡福注留。心上化成玄妙理，自然神氣得通流。

贈鄧庫官

支收諸物細區分，處正無私没一文。養浩又能通秘密，始知内外總超群。

文登李公問真日用二首

聚集靈烟入玉壺，鍛迴鉛錫出神爐。剔開玄道金關節，火候仙丹過尾閭。
悟真暗把内丹燒，寂寂玄風養瑞苗。漸透靈臺穿頂過，了知平地上青霄。

詠桃園

紅芳映日賞桃花，此是人間景没加。奉勸諸公歸物外，洞天深處更堪誇。

黄籙大醮破用無私

支收買覓事紛紜，各體無私抱正真。内外都教忘懈怠，存亡方得出沈淪。

登州染韓一翁索

會染紅青皂與黄，其餘雜彩壓同行。不如内煉真顔色，赫赫天光晃十方。

大定癸卯季冬二十二日丹陽蜕質昇霞故題

走電飛雷擊太空，先天大器恣威雄。妖精魔怪隨風散，獨顯圓成道德功。

登州京王三翁出家贈之

不露玄機不出家，出家心冗像塵沙。本源覺海空抛廢，怎得冲和發道芽。

棣州崔殿試索

玄元大道不難通，横志清剛萬法空。一氣包含天地髓，了真直赴大羅宫。

牛殿試施簡板求教

物物洪纖總合真，都緣方寸得良因。從教混迹浮華境，透體金光不染塵。

田殿試索

虚閑境裏種芝田，撮集精華結瑞蓮。萬化内投清浄主，洞觀無礙了真仙。

濱州高官人索

欲脱輪迴生死關，始初一點絶迴還。忘情内煉真三寶，贏取逍遥出世閑。

樂安藥鋪王二翁索

仙藥蓬壺不遠深，時時内煉水中金。寶光發散衝三界，便是靈明了古今。

濱州七官人病愈贈之二首

虚無元氣結成胎，清浄光明轉往來。會合三田無漏泄，遇真一點可迴骸。

米麥精華發道芽，玉堂烹煮紫金砂。三才四象空輪轉，九載携雲蓬島誇。

贈萊州李孔目

事物洪纖總必知，官司堆裏縱施爲。前程若到身危險，悔不學他張令資。令資乃唐時吏人，遇純陽出家了道是也。

嘆世

貪愛欺謾不歇心，心無真用禍須臨。本來神氣都消散，虚打輪迴戰古今。

鄒郎哭妻求教

深藏内秀朝仙闕，敗散靈根落土丘。兩路教君知損益，了身方術細尋搜。

贈于宅結怨無勸和

結成大怨如山嶽，萬禍臨頭猶不覺。累子害孫坑祖先，輪迴苦海争頭角。

贈福山由官人〔一〕

倏忽經年二紀餘，外容減乏内精枯。無常催逼頭如雪，悔不修完大藥鑪。

【校記】

〔一〕由官人：輯要本作「白官人」。

萊州劉大官人索

悄悄心停萬事休，凄凄無相把根收。澄澄觀察無中有，穩穩孤乘般若舟。

關西董先生索二首

搬精載髓過關來，夾脊光明萬道開。灌頂醍醐生瑞象，二輪日月射瑤臺。

這箇靈明不外求，玉堂絶學萬神留。烏光兔静重羅列〔一〕，赤鳳青鸞笑點頭。

【校記】

〔一〕静：輯要本作「影」。

夢遊仙

醉卧高空玩大羅，誰人會我養冲和。瑶宫紫府親曾到，玉印常持剿萬魔。

贈萊陽二將軍

將軍遭遇活神仙，返禍成恩福慧遷。更願收神投内補，本源清淨得延年。

丹陽致鍊無上道

丹陽致鍊無上道，東海西秦通受教。復返雲宫度歲華，這迴了了全真效。

化俗

頓抛俗海慕仙風，掃蕩塵緣萬法空。道遇先天清淨主，如如不動自威雄。

化六親

物物般般盡打迴，勿思寵辱自心灰。情忘愛絶瓊花綻，靈寶光明一點開。

化薊州玉田縣田先生

玉田靈寶結神胎，天地光明内往來。四大無生真了了，方知處處是蓬萊。

贈在都修真觀大衆

固窮守道苦叮嚀，觸目無私絶愛憎。一切女男如父母，自然心地得澄澄。

出身

三界空虚一主人，脱離天地俏難倫。常垂萬化欽玄德，普釣鯨鼇出苦津。

福山姜姑問修鍊

學道猶如火鍊金，真金鍊出紫光深。玄宫運用身三寶，一顆圓明了古今。

贈李趙白三人作道伴

各悟浮華到底空，三人同志積真功。通誠内論希夷趣，以道相傳正祖宗。

嘆人未悟

人人不悟道根基，日用張羅没盡期。耗散圓明無倚托，死生災厄緊相隨。

贈于公在家修行

萬般塵境任鋪張，千種浮華莫論量。正己存心行大道，性靈何處没三光。

贈聖水山脚

聖水周圍奉道流，好於法會細搜求。修成内寶仙無老，洗滌身乘般若舟。

贈李講師手鑪

禀邀真聖祝三光，發散祥煙滿十方。攝化本源無有性，虚无浩浩自馨香。

會真

始青縣象在其間，聚散三神一粒丹。元是大羅天上得，有時相會各欣歡。

詠治

二氣沉沉在混冥，五光浩浩運無停。剛風摇動紅鑪熾，鑄就人間萬物形。

兖本州黄籙濟度贈李講師

九朝法事謹宣揚，供獻諸天禮十方。士庶官僚同薦福，立身行道爇心香。

濟南府張哥索

濟南西北藥山間，陽氣昇騰合大丹。何不故鄉餐玉秀，却來我處覓芝蘭。

中都張鹽副問躲生死

本無衰老與來生，只爲塵寰染俗情。惹絆精神留苦海，性靈無路得圓成。

贈本觀高道人

玉洞收藏真玉髓，金鑪鍛鍊紫金丹。三田既濟誰能悟，五臟通明自得看。

謝人寄物

公書香果已親收，迴奉俱無闕拜酬。有相因緣當絶盡，無形富貴好搜求。

戲題鄉人多不信事

金蓮七寶我封栽，光貫清朝處處開。非是玉陽無道德，靈山尚不重如來。

因丹陽一聯續成

清浄斡開壺内境，無爲踏碎洞中天。靈明混合諸天地，大道空無一法傳。

謝于公惠炭

二氣炎涼萬物昌，三秋鍛鍊去皮傍。玲瓏五色騰空起，滅盡塵緣性骨剛。

因别欒安空中忽有靈異響報

三界雲輿聒洞天，經於耳目不凡然。慧人把握玄鈎綫，釣出輪迴決了仙。

隨姑問心王

心是諸塵大法王，莫教顛倒逐飄颺。自然内外真空結，却返蓬萊認故鄉。

贈濱州大妙堅

清浄仙功決不難，損心物物事休干。神宮運度真三寶，七返圓融换骨丹。

贈無棣縣林孔目

黜辯藏輝道自生，内停真遇性靈靈。氣神交結還元海，寂寂無形出有形。

贈蒲臺徐上押

保持精秀骨中砂，引虎調龍養瑞芽。無相寶瓶晶火聚，冲和四大步煙霞。

登州小謝在病以此寄之

汝可頻頻進飲湯，滿懷貧樂絶悲傷。苦緣受盡天開眼，有分徐聞仙路香。

勸衆道士

寬著肚皮弘大教，放開心月轉虚空。任從一點空昇降，不打輪迴無有中。

贈劉從真

修真劫劫劫重修，累積玄功得岸舟。大志衝天無罣㝵，漸通仙路任悠悠。

贈沙河道友

妙道真空塞世間，俗流不認是還丹。生身立性因元氣，養浩都離萬苦端。

贈蒲臺劉四官人

吾官福德已清高，更接雲根固濟牢。海底火行天上水，虎龍交媾列仙曹。

贈鹿嶠山會衆

鹿嶠會衆莫沉埋，内照三光性燭栽。真化自生無苦厄，寶華圓滿上天來。

小心

幼慕清虛學軟柔，無心世路問踪由。只憂生死無門躲，獨倚空山覓徹頭。

遇師

驀聞高道抵山州，三教通連一路搜。萬法塵情俱絶盡，草衣木食契真修。

投師

宿契心交見便休，了真師弟勿言留。玉堂同會無生忍，不露玄機笑點頭。

述懷二首

大道元無一法傳，悟來拍手指青天。性靈密與虚空合，始覺光明滿大千。

化生天道恣逍遥，玄谷嘉祥舞六么。日用循環清宇宙，了知平地上青霄。

臘月二十二日齋憶丹陽

奔迸玄光宇宙空，大丹一粒醉雲峰。仙兄今日朝元去，圖畫昌陽顯異踪。

赴滄州朝元公請二首

黄河泛溢接諸方，隨處生靈盡被傷。即赴朝元同會話，急修黄籙禱穹蒼。

孤心一點接知交，方外清名轉轉高。通闡内丹光滿後，道成宗祖出天曹。

功成

大丹光滿自通天，守假盈軀待聖宣。三界之上，玉帝宣也。外濟十方三界苦，内朝無上大羅仙。

寄雲中録並此一絶獻金紫夫人

清音妙行無私曲，滴水之恩難忘足。密向仙宫遷紫陌，姓名預備雲中録。

王妙真索

透骨綿綿道進程，静中時遇性靈靈。兼修百行無迴轉，獨舞胎仙宴玉庭。

太原張哥問收心

心生心滅在心休，心上光明謹謹收。心性了然同一體，虚無大道自圓周。

贈道衆

了心心外顯真修，敢把紅塵一拂休。搜正本源清净主，同舟法海大神舟。

徐公告救治

昨宵來日與今朝，催促輪迴福禍招。不若澄心常默默[一]，依時養種玉芝苗。

【校記】

〔一〕澄心：輯要本作「澄澄」。

贈蒲臺胡四翁二首

先天之道細精搜，全體光明上下流。煉就圓成遭濟度，便乘丹鳳入瀛洲。

孝無不順上天知，更爇心香透骨肌。救拔陰囚離苦厄，志誠自得道扶持。

莒州王哥索二首

一氣潛通萬化榮，滿空吹散紫霞輕。摸開天地真心藥，拍碎虛無道自成。

仙韻琅琅出洞庭，桂花香散滿空馨。迴顏換質無他事，服了刀圭自有靈。

勉劉三立身

人天之道立身難，莫與凶邪共往還。百行不離真孝道，未明如隔萬重關。

贈萊州路會首二首

蓬島蓮宫没托生，亘初一物怎通靈。三田九鼎光難聚，七寶金容豈見形。

透骨流光心月香，心香流注結真祥。三災五苦隨風散，百煉冲和晝夜涼。

馬大翁索

扶持内教性靈靈，五色金蓮葉葉榮。日用脱離諸苦厄，道芽仙福自然生。

朝元公索

黑水紅雲化度真，冲盈血脈益精神。龍蛇蟠繞光明聚，白馬嘶鳴身外身。

贈招遠三寶庵道衆二首

三寶騰輝出土來，暗中换却舊形骸。仙風道骨端嚴秀，有分朝元步玉階。

勿違國法莫欺心，三寶光明白照臨。認正本來無相物，一輪圓耀出瑶岑。

徐公求口訣

日落西山性命枯，速修速鍊下功夫。灰心漸得無衰老，陰盡陽純藥一罏。

夏悟真

本來面目向心開，黑白金精盡點迴。顛倒循環真火候，無中自覺産嬰孩。

龐哥説道贈之

一團頑(礦)未曾磨，雪刃冰鋒講蜜多。臭爛皮囊呼不二，腥膻臟腑作天和。

濟南張悟真索

不在頻頻問玉陽，大家性命自搜詳。玄宫仙樂朝元訣，法海心珠了道方。

外人相嚎

登萊濰密謾稱揚，悟達賢明在裹廂。日用進修真大道，普宣教法滿諸方。

贈牟平胡村劉大翁

時時用意細看詳，心友無過擇善良。參透玄關真實事，立身行道免災殃。

嘆趙守一業重

業通三世罪冤深，急急修真小著心。禍滅九陰除外假，福生十地善緣臨。

周抱一問生時候

保生煉出水中金，迸擲神光妙行深。抱一無離澄正覺，九陽都會盡除陰。

自詠二首

超世清閑自得知，了心同達上天梯。虚无靈寶圓光現，照破昏衢永不迷。

教門喜事一重重，法會因由漸漸通。信士往來常不斷，遞相傳授演真空。

宫哥索

玉鼎金鑪鍊道芽，翻騰今古小仙家。萬神集嚮無生路，異日功成蓬島誇。

萊陽望石神廟户孫大翁

市民不住送名香，薦福祈恩降吉祥。昔日真仙留古跡，引人登此望仙鄉。

每年季春三月三日聖水聚會是日道友請説教遂作

聖水二三聚貴豪，志誠祈福不辭勞。爲憂生死同參論，演大因緣化一遭。

李大翁年老言日前錯了修行

欲把枯根復接栽，世間萬事便心灰。從前邪氣離身去，無限神光入腹來。

謝王六翁惠香茶二首

深蒙頒惠好香茶，同願迴光養瑞芽。雷震一聲分造化，瓊漿玉液溉丹砂。

三紀迴還訪故人，十無八九可傷神。光光水渌重明秀，道化依前日日新。

寄長春丘公

身心内外結真祥，杳杳玄科透骨涼。凡聖同源真喜慶，人天寬布降仙方。

贈内族縣丞

功臣内族格清高，無限天恩同遇遭。孝道雙全人罕及，他時林下訪仙曹。

贈陳内奉

古今立法莫虧公，念念無私演正宗。澄察本來真面目，不違天理道相同。

福山請主醮二首

長春高薦請書來，便可奔馳免復催。官吏市民同會話，莫知心印有誰開。
吾鄉信士遞相傳，糾率名公结勝緣。孝子順孫同薦福，新亡遠化盡生天。

贈宋解元

擲鈎曾釣大鯨鼇，摇蕩滄溟滚怒濤。但願有緣相濟會，從之無不列仙曹。

勸出家小童

第一須親德行人，殷勤進道勿辭辛。争功奪行存終始，方可通靈悟本真。

福山高萬户被差北征索

存忠竭力發威雄，一撞麾闢顯大功。收得江山歸聖主，嘉名稱贊滿寰中。

贈文牟新出家衆

傳報清音滿故鄉，文牟法會愈恢張。遞相弘闡真空理，七寶金蓮處處香。

贈關西王遇真戒乃丹陽公小仙

戒付開西王遇真，好憑妙理養靈根。有緣靠着真師範，代代流傳道德恩。

文登小崔欲出家二親雖許不放

出家彼此福星臨，争奈頑愚不盡心。一點俗情無斷制，故違天道罪根深。

本觀三清暖帳化緣

興修須假衆因緣，故嚮人間立福田。更願迴光搜密妙，方知内外普周全。

贈楊都目

都目精持道念深，教門有分做知音。添神補壽光明聚，退志違余禍必臨。

禪門求教二首

真禪真道發真功，真善真慈真苦空。真樂真閑真自在，真修真鍊顯真風。

真心真覺得真歡，真行真功做一攢。真悟真玄真了了，真空真化永真安。

本觀書催還鄉

他方緣厚迴程晚，到處因深起發遲。大抵不離弘教化，此身行止任推移。

中秋二首

八月中秋晝夜涼，周而復始本真常。明開天地無瑕寶，一氣清寧顯玉陽。
秋雲消散碧天晴，一顆寒光海内生。照透玉壺神彩結，三田流注自圓成。

了真

了真決作大羅仙，却向人間普化緣。搜覓鯤鼇朝上帝，蕩摇浮世降重宣。

贈張先生饋醬

陰陽精秀發神光，得法調和一味長。普勸人間依此做，若還食了永清涼。

贈鄭先生

塵緣物物莫推窮，用度千般總是空。搜正本源清浄主，倐然猶見自家風。

丘王焦三小童頑劣以此示之

忽起狂心覓出家，愚頑乖劣度年華。因何恣縱難調伏，都爲根源福不加。

贈古縣陳公三首

萬法皆空莫亂猜，元初一點絶塵埃。還同出水青蓮朶，時吐幽香遠遠來。

道化三才天地人，誰能達本復全真。休迷陋舍空衰老，下手修完身外身。

出世登真本不難，萬緣無礙肚皮寬。三宮運度留年藥，七寶圓成换骨丹。

贈嶗山鄭先生

志堅心穩住嶗山，華蓋古時真人。曾兹鍊大丹。無限峰巒深掩映，自然塵事不相干。

按察使夫人因疾求教

古今生育道之常，争奈人皆背此方。不惜本來清浄主，色身那復得安康。

述懷十三首

大道無形生育我，運行玄理出崑岡。三光潑潑流真彩，一氣炎炎化玉陽。

無無有有道真常，寸步香花貫十方。大悟靈明滿天地，住行坐臥覩三光。
一點靈光空裏開，空來空去没輪迴。懷包日月通今古，混沌無名任去來。
浩劫容光不動移，體天法道道無爲。自然變鍊真三寶，生育乾坤萬化垂。
頓覺冲和發道芽，漸凝真氣結丹砂。三才四象通顛倒，方信蓬萊是我家。
載般靈物體真閑，把握圓明認内顔。躍出元神超造化，飄然一撞過三關。
無相容光内照真，先天先地作良因。清心裏面神明會，一顆金丹出六塵。
跳出輪迴造化間，滿空真聖列雲端。十方三界堪遊賞，隨步天光輥玉壇。
認得元初一點靈，無修無作了無生。混同大道真空體，步步逍遥赴玉京。
本源覺海聚神靈，萬物同歸一化生。要復本源歸覺海，無爲功滿自圓成。
光明攢簇一神靈，千葉金蓮襯足生。出離十方三界苦，不勞修習自圓成。
悟真達本慧根通，應化丹誠演苦空。般若波羅無罣碍，希夷大道悉圓融。
寶光圓滿欲情枯，一切浮華過眼虚〔一〕。鍊就金丹無打筭，神仙何處不如如。

【校記】

〔一〕虚：原作「空」，於詩韻不合，此從輯要本。

題濰州石橋

七竅玲瓏凑玉泉，法橋大度我同然。搬今載古誰能悟，爲向人間接有緣。

對月

真空境内現青霄，寶鑒何曾有動摇。若解憑斯爲體用，方知神性本昭昭。

題雲光洞二首

昔日雲光鍊大丹，丹成頃刻變童顔。上祈浩劫天元主，下拔輪迴生死關。

日月交飛射紫霞，清虚朗朗徹天涯。明開道眼人難識，頓覺蓬萊是我家。

門人韓道温往鄉中給公據求教

金花玉蘂結神胎，横志清剛别有階。金骨鍊開真玉性，化生無相不沉埋。

贈福山牟城柳二翁

一點真空没處猜，個人心上把芝栽。周圍種下金蓮子，自有良時道眼開。

贈門人王守正

輕骨迴顔立本初，清音妙行達無餘。還元一點開真性，躍出神靈晃太虚。

贈李志詮住白龍洞

白龍入腹化生來，萬派天光浩劫開。日月昇沉當日下，坐觀依約見蓬萊。

庚午年師在薊州玉田縣因醮罷謂衆曰北方道氣將迴空中有神明往來刀劍擊觸之象莫非生靈將受苦邪作詩與官民爲别繼乃北邊有事

大道光明一併迴，十方雲陣走星雷。皇天后土垂真象，世務浮華一點灰。

憫世

世凡不悟道根基，生化乾坤應物機。會得此般玄妙趣，自然神氣達幽微。

贈莒州千户二首

一炷心香達上清，無爲妙道漸圓成。高懸寶鑒塵難昧，照透前程萬劫明。
虛無一氣化生來，天地陰陽結秀胎。浩劫真容超造化，碧空懸象絶纖埃。

聖水洞南澗下澡浴請衆去垢作二首

大衆皆當赴浴池，脱離塵垢絶昏疑。各持精爽成修錬，千古如如不動移。
脱垢明清出浴時，人人方表没瑕玼。滌除内外身心净，一點真空步步隨〔一〕。

【校記】

〔一〕真空：輯要本作「真真」。

赴山前醮

苦海奔波出離難，了真隨處布香壇。登山涉水無辭訴，拔度存亡此願寬。

謝辛公惠鄆州薄荷煎丸

灌頂醍醐一粒丹〔一〕，滋開千古好容顔。芳華鬱暢靈明顯，撞透輪迴生死關。

【校記】

〔一〕灌：原作「濯」，此從輯要本。今按，唐顧況《行路難》三首之二：「豈知灌頂有醍醐，能使清涼頭不熱。」見《全唐詩》卷二六五。

無争

古往今來幾變更，難逃生滅契無争。無争自是人稀悟，若悟無争道即成。

靈童三首

出家一片始終心，遍體光明照古今。漸透靈臺衝過頂，迴還妙道罕知音。

玲瓏玉焰一丸丹，都出心田萬化關。補足仙功通道行，太平端坐赤城山。

喘息冲和萬化通，真空迴出有無中。冥符道德真常理，都在巍巍一性宗。

别登州

雲收霧卷好閑遊，已入圓成又復周。明有大羅真指示，便承此理别登州。

贈萊州李節判有意出家二首

脱俗搜玄自得知，亘初一點合天機。吾門自有修仙訣，顯武先生依不依。

證明三寶作生涯，天地冲和養日華。蓋世功名都绝念，玄霜結就紫金砂。

本州同知覓蒼术贈之

日月流光秀結成，補添肌骨漸輕清。能收四季神光聚，奪得仙丹變化生。

和張殿試詩

萬塵漸斷志剛刀，真行真功造物饒。鍊就寶珠超世網，大羅天上恣逍遥。

贈修真堂女衆

無論老幼作真修，各闡清閑到岸舟。光滿十方離苦厄，永居天外最風流。

勸門人校量心地

心目澄澄内校量，物情堆裹别真祥。收神養氣爲功行，塵事般般任短長。

文山郭解元求藥贈之

欲覓長生换骨丹，旋除塵事放心閑。閑中認得真消息，脱了輪迴生死關。

查山宋少翁施經作醮

修齋設教復抄靈，拔罪消愆自有憑。普濟亡魂資道力，盡離冤苦得超昇。

空有

縹渺雲霞空復空，内師天道本源宗。依空又被空漫昧，從有還遭有蔽蒙。

嘆迷惑

東來西去覓真詮，自己靈明總未全。萬法萬緣如萬象，須知同是一般天。

贈大策楊先生

一點無生混杳茫，托胎順化養和光。緣深悟得全真理，法道開宗處處香。

因門人不語

百行樞機總總常，不言之教滿空香。潛心觀察真玄妙，默默昏昏理最長。

憶萊陽宋二先生

鶴馭雲軿信不通，幾時迴步玉虛中。松窓雨過琴書静，終日無人話本宗。

勸行孝道

一心孝道順三光，苦志精研滅舊殃。今古昏魔都絶盡，鍊真去假變清凉。

本州醮罷贈衆道友

雅命相邀入本州，醮筵預備廣圓周。志誠修累真功德，同往蓬壺看十洲。

密州千户請爲黄籙濟度師醮罷贈之

清廉孝道鬼神驚，上祝諸天攝萬靈。聖水甘膏同普濟，沈魂滯魄出幽冥。

密州官員市户舉請修完佑德觀

佑德興隆總不難，預觀和氣已回環。始終如一功圓就，有分仙階列上班。

勸化大衆興修

併力齊心勿訴難，興修福地會仙壇。争功奪行遷雲職，觸目無私暗結丹。

贈密州李都目

都目先生厭世塵，丹誠佑德結良因。其間供養蒙周備，福慶從來賜吉人。

嘆人未悟

十類群生苦海中，痛嗟誰肯立仙功。指迷幸有全真理，隨處修完道合同。

諸生醮罷示衆

無相無爲一點真，普同供養大羅尊。萬靈慶悦承超度，出離陰因五苦門。

示門人

透體光輝照室明，一輪圓相没虧盈。方知便是真元祖，永脱沈淪應化生。

密州崔道常猛烈出家贈之

捨俗投玄悟道常，迴心保護内容光。鍊開萬古真靈性，不謝仙花處處香。

答人問三寶

古之三寶氣精神，都會元田别有因。光滿十方丹就也，大羅天上列仙真。

大衆求教四首

道本無名絶外求，靈臺丹谷細精搜。五情六欲都消散，萬道光明顛倒流。

大悟賢明事事除，脱離塵網達元初。三田靈寶光圓聚，一泒清歌聒太虚。

物情堆裹絶沈埋，正覺心珠漸漸開。照見本源清浄體，悟真達本應仙材。

全體光明合大丹，冲和返老變童顔。逍遥自在真歡樂，便覺升騰碧落間。

趙德静索

德静心清樂出家，頓更凡骨養丹砂。玉堂結聚真三寶，産箇靈童天外誇。

贈楊殿試二首

千古雲收朗太空，先天真瑞信匆匆。内靈光散丹無漏，一指清虚大道通。

生生世世善根芽，悟理明真度歲華。功行無虧通道德，他時歸去步雲霞。

宗州海陽縣張二郎出己錢物買觀額度牒告立知觀遂令門人魏志明充當

戒付灤州魏志明，體天布德順緣行。清心建立諸方所，救物哀人道自成。

登州郭下小王仙在病求教二首

心香芬馥接青霄，法海通光養瑞苗。若悟真空清默默，千災萬禍一齊消。

玉鼎金鑪鍊日華，飛騰真秀走河車。萬神集向泥丸裏，撞透天門未足誇。

贈萊州西海鄭村李道義

慧燈明射古容光，悟理通真達上蒼。今日重重叮囑爾，别聞天外紫芝香。

指迷

心地光明變化深，盡隨緣業極升沈。人人不悟無生理，謾打輪迴戰古今。

病者索

人間若要識仙方，休縱塵心向外狂。愛念憂愁都絶盡，全身永永得安康。

大安己巳七月師在北京華陽觀時久旱在城官民懇禱於師曰苗將槁矣安得重蘇師乃閉目良久復謂衆曰虚空許雨一尺降於來日衆未純信翌日果驗官民致謝作此絶以示之

騰騰瑞氣接穹蒼，化育群生大道昌。光變十方常不夜，一時普濟滿空香。

泰和癸亥詔赴亳州作普天大醮

無作無爲出洞天，普天法道薦良緣。東方雲海玉陽子，特授皇恩第五宣。

外國使謁辭不相見

只倦心拘身不安，百骸上下聚成團。這迴不話人間事，全體光明都内觀。

贈通真散人

通真萬事喜顏紅，養氣全神不落空。海納百川諸罪滅，自然地獄變天宫。

贈鄧先生

保惜雲霄火一團，一身全德四肢安。温温鉛鼎神光綻，萬里靈明悉併攢。

贈蓬萊浦裏于先生

悄悄心停福注留，冥冥無相把根收。澄澄悟徹無中有，穩穩孤乘般若舟。

贈萊陽高姑

心是菩提大法王，莫成顛倒逐波忙。自然一點靈空結，却返蓬萊入故鄉。

贈李都監

倦隨塵俗恣矜驕，一志清剛別立標。內藴靈光含慶悦，功成天外永逍遥。

謝人惠李果

大道元和莫損傷，萬靈真秀競芬芳。自然滋益精神別，百味玲瓏透骨香。

贈贛榆縣徐福店酒監

不捨塵情去又來，拔亡救苦免凶災。化緣濟度開心月，四序金蓮火裏栽。

贈陳守元

青鸞赤鳳火雲飛，集向玄宫飲玉池。奪得陰陽真造化，方知脱了死生危。

棣州張姑求教藏頭拆字四首。

生大道自然香，有真師細校量。路上通仙信息，灰方得性舒長。

長生大道自然香，日有真師細校量。一路上通仙信息，心灰方得性舒長。

唤高庵主二首

傳要訣道懷包，覺心田真遇遭。日化公休隱迹，登雲步轉清高。

一傳要訣道懷包，已覺心田真遇遭。日日化公休隱迹，亦登雲步轉清高。

人空裹稟真搜，把靈煙玉露收。喜神丹俱内結，系不斷道圓周。

吉人空裹稟真搜，手把靈煙玉露收。又喜神丹俱内結，糸系不斷道圓周。

贈關西老馬先生

公切切認予交，母恩深萬古牢。絆馬牽離苦海，恬浪淨運風騷。

馬公切切認予交，父母恩深萬古牢。牛絆馬牽離苦海，水恬浪淨運風騷。

登州姜權問心地藏頭叠字三首。

地光明變化深，窮内煉水中金。鉛玉汞真三寶，滿朝元因了心。

心地光明變化深，深窮内煉水中金。金鉛玉汞真三寶，寶滿朝元因了心。

鞠四翁問傳授口訣

然妙理不能傳，化人間外結緣。福合和真大道，生光滿大羅天。

天然妙理不能傳，傳化人間外結緣。緣福合和真大道，道生光滿大羅天。

又問初會修真若何

友初知大道源，流神彩結芝田。園盡是三光秀，氣燒丹決了仙。《雲光集》卷二。

仙友初知大道源，源流神彩結芝田。田園盡是三光秀，秀氣燒丹決了仙。

新編全金詩卷一三二

王處一 三

贈李局令

立德崇三寶，修真括萬方。化生真水火，攢聚内容光。混沌明交泰，塵凡任短長。他時功行足，歸去赴仙鄉。

搜玄立功

四海搜真趣，三山擇妙玄。禀持心解悟，和合道因緣。浩浩升仙職，明明出洞天。玉虚通一化，隨步結金蓮。

玄通

人事都除盡，修真賞一陽。運行常道德，變現舊嘉祥。性月輝三界，神珠耀八方。妙玄通正覺，浩劫噴天香。

太上出現像回奉陽信縣道士李仲達兼請往中都

功德迴將去，李公早早來。道恩無斷絶，仙位穩栽培。法性通天悟，玄光拂日開。闡弘真大教，處處是蓬萊。

悟理

金容超造化，白首跨青羊。大道因緣普，玄門況味長。三才歸鼎器，一點出崑岡。浩劫仙花綻，隨風處處香。

贈畢道判二首

道判行慈孝，吾心恰一般。若能明運度，全勝外相看。悟理精神爽，通真道德安。光輝無不遍，歸去跨青鸞。

熟境重重滅，靈光漸漸生。清神除罪苦，静性補圓明。玉液時時潤，心花葉葉榮。丁真超造化，風月滿蓬瀛。

贛榆縣諸王村下元黃籙醮贈衆

謹設三元醮，同興祝聖筵。香煙騰碧落，法事禮諸天。薦福遵黃籙，修真步白蓮。存亡皆快樂，功德普周全。

述懷五首

一點真空性，虛無自往還。根源深洞達，動靜悉安閑。處世頭頭悟，迴光事事删。飄然歸物外，端坐上方山。

累世無邊業，今生入道場。魔軍皆潰散，心地現嘉祥。四海騰金液，三山發紫光。鍊成真玉體，雲步泛穹蒼。

法法盡歸空，心真萬化通。棲神虛曠裏，付性杳冥中。升入圓明藏，完全無漏功。度生超萬類，了道體皆同。

四大任天然，真空妙東傳〔一〕。二儀分造化，一氣自周旋。赤鳳窺金鼎，青鸞飲玉泉。前程明了了，撞透九重天。

一顆清心鏡，光明塞兩間〔二〕。度生緣且立，悟理事都删。消盡多生業，唯存浩劫顏。時時堪內賞，龍虎正交關。

【校記】

〔二〕柬：輯要本作「不」。〔三〕兩：輯要本作「世」。

宮先生問修行事

大道無移變，生成自有時。三花空裏結，一點世難知。寶鼎存真性，瓊漿滿玉池。指迷還悟解，只此更何疑。

徐法師索

認取此良因，空飛日月輪。玄關通造化，寶藏積珠珍。混沌潛真火，崑崙出至神。一時超世外，萬劫景長春。

王遇仙索

玉樹瓊花綻，青童笑語傳。結成真慶會，占得好因緣。一鼎光明聚，三身智慧全。碧天風月下，證果大羅仙。

登州高左衙索神靈詩

靈靈無相物，悄悄獨歌歡。默默重玄悟，停停萬化安。盈盈離九地，了了入三壇。浩浩朝元去，騰騰跨彩鸞。

贈田小二好事

先祖皆修德，兒孫必定賢。善根隨氣長，家道逐時遷。吉慶常招集，神明暗報傳。昨朝真聖過，今日復迎仙。

郝官人索

物物了然休，般般絶外求。虚名皆是妄，實行最堪修。煉氣超雲外，頤神到岸頭。靈芽穿紫府，心月輥空流。

灤州劉悟真問疑心

隨物捉心鬼，觀空入妙玄。調神投内補，見性滅前愆。默默流瓊液，冥冥綻碧蓮。全真功德備，光耀滿無邊。

答人惠笋菜

宿賦玲瓏性，清虚絶點埃。純陽明運度，天道化生來。玉洞傳真秀，金壇發迅雷。片時分造化，萬劫不輪迴。

勸辛先生再出家

辛公曾出家，日望跨雲霞。争奈俗緣重，翻成道理差。速回前過犯，再接善根芽。達者無先後，功圓蓬島誇。

勸善

正直神仙會，皆逢化誘權。惡緣宜省減，善事好周圓。秉住三光秀，修成一點鮮。遇師親決破，迤邐道相傳。

銅嶺姜二翁施法鼓贈之

法鼓會群仙，人天喜化緣。身心同捨施，福德自升遷。響拔阿毗獄，聲開大洞天。顯揚真孝道，功滿步雲軒〔一〕。

【校記】

〔一〕軒：原作「輧」，此從輯要本。今按，雲軒與雲輧俱指車駕，而「輧」於韻不合。宋柳永《巫山一段雲》：「六六真遊洞，三三物外天。九班麟穩破非煙，何處按雲軒。」見《全宋詞》第一册二三頁。

全道

養道千痾散，修真萬法空。氣神交結處，性命杳冥同。光發玄元體，精持罔極功。撮收真造化，明月與清風。

謝齋

十方諸道契，清信布香齋。正念時時接，真功密密排。百靈含慶悦，千載起枯骸。了了超生滅，朝元步玉階。

中都蔡校尉索

達道超生死，輪迴自執迷。瑶花開紫府，仙藥滿曹溪。龍沼存金虎，蟾宫看日鷄。些兒還悟得，只此上天梯。

勸堂下道衆

堂下諸局次[一]，精持日用功。内真須灑落，外行亦圓融。老幼相提挈，朝昏各敬崇。盡能弘孝道，揭諦悟真空。

【校記】

〔一〕局：輯要本作「君」。

請諸處道衆

蓋造玉虛觀，須當各用功。同流心至懇，施主力深洪。段段如鋪錦，層層遠接空。共揚真正道，方外顯家風。

復示衆二首

一點古容光，人人不忖量。生身因造化，迴首是無常。悟道心神秀，開真壽命長。運期天地淨，物外紫芝香。

頓曉希夷趣，無爲守内顔。飛騰浮世外，混合大羅間。日用攢金鼎，精神聳玉山。道同師弟訓，一撞萬重關。

早秋勉衆二首

出伏漸秋凉，清神轉骨剛。一靈寬自在，二氣順舒張。四大俱調攝，三關結瑞祥。五明重運度，六臟自安康。

有個妙玄方，諸般罪業亡。神丹俱内結，出世更和光。表裏無形跡，虛空顯道常。本來真面目，法界自清涼。

詮道

玄元傳大道，靈寶結芝田。水火符升降，乾坤合倒顛。澄神觀性月，隨步舞胎仙。千日真功就，光明射九天。

寄長春丘公

趙州團正覺，商水贊希夷。玉陽不能去，長春自得知。

門人劉悟真問疑心

萬事都休想，千魔總是空。布修真德行，仙佛體皆同。

棣州三清觀上元醮作

一就上元節，消災拔苦亡。照臨天地靜，福禄自然昌。

勉衆

既作出家兒，功行莫延遲。盡心真復實，勤苦道相隨。

勸衆助緣二首

側近諸堂下，相煩共救忙。建興真古跡，磨鍊内容光。
世世善根芽，生生福力加。神天同救助，功滿步雲霞。

回李講師

書信匆匆急，真心不轉移。雅懷無彼我，雲外作交知。

贈濱州店户趙會首

來迎三島客，去送五湖賓。教遇重陽會，嬉遊四序春。

張廣威施宅修庵贈之

公宅改仙庵，清心絶外談。内靈含慶悦，知命不貪婪。

都下柴庫官索

正覺悟心王，情枯萬慮忘。神光穿紫府，丹熟滿空香。

修内司馬校尉索

心善性舒寬，包容内化安。靈空清默默，忘假得真歡。

重陽節齋後會衆求教

法界同真會，齋餘歇晚涼。千門簪瑞菊，萬户慶重陽。

文登縣張村邢四翁久别再會

舊友重重喜，真容漸漸開。昏魔宜遣去，静性可收來。

贈朱解元

好繼丹陽業，了真四大安。九玄登上會，一點跨祥鸞。

三州五會

七寶金蓮子，三光從玉華。常持平等行，步步是仙家。

文登王會首問道術

精持真大道，達理性飛騰。一默通今古，金光自降升。

贈密州孫悟明

一壺藏萬化，二物鍊神丹。悟得超生滅，携雲步玉壇。

萊陽縣東長直庵結冬

印經買紙墨，結冬在長直。補接日精華，搜藏玄妙理。

贈設貧會衆

老幼一般看，扶緣道德寬。始終無變異，所履自平安。

睡中有感

五色祥雲裏，三天聖衆詮。神明側耳聽，勸化謹修仙。

張小仙求教

捂破塵勞網，跳出是非坑，寶鼎存真秀，心花吐月明。

房志明索

補惜真空體，炎精煉玉堂。倒顛離坎位，續續紫芝香。

李大達索

認正本元道，般般心上掃。靈明透肌骨，寶鼎祥光罩。

敕修新道院與衆嘗李果

此果美甘香，靈空真味長。虚心非冷淡，惟願衆仙嘗。

董官人問如何通悟

大道不難通，心灰丹自紅。抽添木上火，補塞蘂珠宫。

萊州張志真問收神定命之理

收神定命基，方可應玄微。進火添丹鼎，朝元指日歸。

霍會首問三教歸一

無生真妙道，達本體同然。吾教冥歸一，通融理自全。

孫一翁見于出家大哭故贈之

販骨如山嶽，時來暫托生。保朝不保暮，出離是前程。

題丹陽百不歌

百不如意處，茅廬士穴潛。静清消舊業，一味道中恬。

誡睡語

一氣號玄精，全真自降靈。迴還無漏泄，步步到天庭。

贈劉真一

巧使千端計，陰功暗折磨。不施平等行，迴首夢南柯。

贈中都趙知觀

頓忘天下欲，漸赴大羅鄉。日月交光綻，靈明滿十方。

于周問吉凶

逐處有凶吉，心乖躲避難。百年隨手過，覺則道中看。

自在

處世如虛空，浮生似夢間。悟真超造化，步步出塵寰。

楊公出藥求教

壺中一粒丹，心腎兩相關。水火真加減，服之見本顔。

于志常問清閑

平等元神定，逍遥玉性閑。心空觀自在，一脱萬重關。

孟知常合藥索

性若金剛利，心如大藏寛。結攢元氣髓，和合紫金丹。

買文登七寶堂觀額

七寶丹霞觀，通光結勝緣。萬靈同慶會，百福自周圓。

買寧海州金蓮堂觀額

寧海龍祥觀，金蓮順化生。福星都結聚，道德自然成。

禪師問道

悟達真空體，無生自往還。物情俱喪滅，唯現亘初顔。

贈濱州高官人

天堂非路遠，俗眷豈能長。悟道歸真理，全神納伯祥。

勸棣州崔殿試入道二首

存心養道芽，尤勝度仙槎。聚合真三寶，丹成步彩霞。

催行真大道，遇理起生涯。一片清虚境，逍遥度歲華。

贈福山劉一翁

善惡兩還報，賢愚不並酬。百年隨手過，都在眼前頭。

贈道士張守道

歸依無上道，守得水銀紅。性命還元主，清音聒太空。

謝人施物

善性崇三寶，真恩徹九霄。全家重志慶，似我樂逍遥。

中介于少翁命禄盡禱余接壽

大海無根樹，令余苦接栽。捨身難用力，石火豈迴來。

讚火德星君

混元一氣主，化生天地人。明真超法界，濟物妙通神。

明天道

恢恢天道大，不與物情同。悟達真如理，歸源却返空。

行化

東海西秦去，南京北闕來。客塵都不染，端坐是蓬萊。

嶗山採藥

放蕩真如性，逍遥養内丹。寸靈無彼我，百草變芝蘭。

太古郝公昇霞門人送道袍不受以此贈之

彼物迴將去，分文没往還。一靈真性在，脱盡死生關。

述懷

亘初無相物，默默獨歌歡。動静還元主，玄風幸得觀。

文登擇福地作昇霞觀二首

三寶興緣地，諸公可察祥。不唯身富貴，更得性清凉。

萬事信天然，隨方結善緣。一壺藏造化，四序景新鮮。

順天者昌

好事如山嶽，精持每用功。立身弘大道，法性自圓融。

逆天者亡

姦懶心機巧，頑情不順天。教門真患害，地獄苦因緣。

出塵

一點真如性，居塵不染塵。虛無元體段，脱灑度天人。

頌

昔在牟平縣沽水莊遲二翁宅説教大露天機全家跪聽皆如聾者及見遲公壽數不長故以言警之

休把黄泉戲弄，全體内懷珍重。違天百禍臨身，達道萬靈感動。

宣在都下衆官贈衣物並鞍馬不受

欲趓生老病苦，叮囑宜修仙舉。忘情絶了塵緣，萬化還歸本主。

朝元子劉公精誠奉道施惠過多欲因此頌激勵出塵之心

欲求長生之因，休心。欲了自热之道。拂袖。欲修真實福田，濟人。欲作扶緣演教。和光。

泰安州王稟告全家入道

異哉王稟全家，各修清静根芽。分別争逃死路，烹鍊日月精華。

述懷

昔日區區守道，今時真聖應報。大羅玉簿名句，後學修仙早早。

盧宣武索

大道開闢以來，無相化生萬類。人還物我同觀，返照深根固蒂。

行化至蒲臺縣失馬寄呈朝元公詳察

失馬虚空一化，的望朝元清雅。懽心體用仙機，別有祥鸞穩跨。

贈棣州防禦七駙馬

爲官王事所拘，學道虚空掌管。四民各藝争忙，達者不論長短。

贈馬悟真

悟真全然去假，縛住心猿意馬。寶宫虎鬭龍蟠，赤鳳青鸞穩跨。

馬智真索

内鍊本容變化，一氣冲和上下。脱塵認得圓明，皓月清風會話。

寄東鄉道衆

稽首東方法會，道要真心不退。各懷一志精專，照破萬緣無昧。

因小輩訕謗作

小兒尖唇利舌，不欲人前分别。皆因泯絶是非，故得出離生滅。緣兹加遇三宣，獨步清風明月。莫待拂袖雲歸，的有含悲哽噎。

贈諸處道衆

既作同流，莫學奇怪。四序炎涼，三光否泰。清净教風，勿令懈怠。道弟道兄，洗心寧耐。竭力奉公，事緣洪大。外謝神天，内持真戒。全體光明，併除陰債。絶盡舊業，洞觀無礙。入衆妙門，鍊真無壞。箇箇投真，人人悟解。昇入無形，徧含法界，一點靈光，古今常在。

贈老王先生二首

龍虎坎離，鉛汞嬰姹，異像無窮，一氣自在。龍行雨施，拂座香隨，人懷道德，萬化扶持。

得道二首

大道本宗，天地否泰。出離我身，混元三界。靈寶金丹，顛倒循環。壺中日月，輕骨迴顔。

勸緣

伏望諸公，好事推窮。一心齊力，大教興洪。

楊先生問本來模樣

無形無相，化生心上。趂有著空，本來模樣。

初守道住庵求教

學道同初，抱守神珠。證明三寶，不動如如。

于了一問心地

心是汝師，莫放東西。其中一點，蓮出青泥。

姜哥問住庵三首

獨坐茅廬，般若靈虚。手搏日月，安在鼎鑪。

世事一撥，推窮本末。物外全真，心死命活。

修真體道，洪護正宗。三教萬法，普濟無窮。

贈濱州李四郎七首

心是道，道是心。心合道，通古今〔一〕。

心辦道，性然香。真一點，出崑岡。心了悟，性靈明。真自在，達圓成。心無影，性無形。神光綻，輥金精。心守道，性持齋。行與坐，是蓬萊。心了了，性休休。真無漏，住悠悠。人我死，物情休。真大道，了無憂。

【校記】

〔一〕通古今：原作「古今通」，於韻不合，此從輯要本。

金丹訣

酒色財氣絶，世事般般徹。三尸陰魄消，六賊十惡滅。魔山竭底摧，都休亂扭捏。乞食紙布衣，頓把心猿歇。一意不真常，慧刀分兩截。動静兩俱忘，不得誇清潔。性命穩栽排，深藏精氣血。萬神自歡諧，靈風透骨節。上凑朱靈宫，下通龍虎穴。保養氣精神，慎勿輕心泄。四海發雲光，三山落白雪。際會玄元宫，緜緜無斷絶。水火自抽添，周天自擺列。神氣自然靈，真師自提挈。百骸自豁暢，容貌自然别。日月自循環，金丹自然結。嬰兒自然欣，姹女自歡悦。五氣自朝元，四大俱調攝。玄理自然通，萬神自超越。大道自然成，陸地自然别。

定正箇中真，暗把心香爇。光散化成神，神光如電掣。鍛鍊大丹成，現出家家月。一撞過三關，仙班雲外列。開廓天地清，陰靈飄蕩徹。日月交光轉，參羅碧凜冽。圓光滿世間，說中非有說。九轉大丹成，永永超生滅。清歌聒太空，浩浩朝金闕。混元三界中，囑付叮嚀切。東牟王一書，傳此金丹訣。

歌

朝元歌

靈寶堂，金剛纂，不假浮沉空漫漫。默運天心不動移，棲神一點空無絆〔一〕。輥金精，自澆灌，湊聚煙霞天外伴。開闢純陽運化生，玄宮法界都穿貫。喜顏紅，真無亂，萬古精魂都著岸。混沌重開顯正宗，玄元寶璧時堪翫。感皇恩，明詔喚，兩帝三宣功德案。紫衣師號朝聖明，萬靈慶會都來竄。透三光，昭洞煥，一體通融無間斷。杳杳虛空道自然，五明攢罩清涼館。走雲光，金雷散，諸地諸天呈手段。赫赫神光晃太虛，亘容浩浩超雲漢。皓月堂，圓明觀，玉象金獅遊內院。下振黃泉竭底清，太平湧湧神交換。歸去來，無打筭，三界十方光漸滿。四大空無一點塵，留傳大道誰當管。

【校記】

〔一〕棲神：原作「投神」，此從輯要本。今按，漢高誘注《淮南鴻烈解》卷二〇《泰族訓》：「今夫道者，藏精於內，棲神於心，靜漠恬淡，訟繆胸中。」

會真歌

會真歌，會真歌，宿骨靈光事若何？不論物情真富貴，無窮無漏道根科。真一點，没言多，空色色空莫問他。心滅情忘離幻境，撮挐性命上高坡。真妙用，養冲和，抱一無離謹琢磨。混洞赤文超造化，無形水火出娑婆。真内寶，絶沉痾，暗度清琳九曲河。二十四鎚金鎖骨，尾閭關節枕鼇峨。頻烹鍊，莫蹉跎，日月流光出黑波。顛倒循環清宇宙，須知迴首看南柯。重清爽，滌昏魔，一顆圓明世莫過。守殼盈軀隨分飽，不親世上假僂儸。金雷吼，玉人呵，脱體全空一刹那。無極諸天洪正教，十方三界普周羅。

普救歌和丹陽韻攢三拆字。

三人遭大遇，性命安閑處。清裏得真歡，相投真實語。真實語，鉛散漢鍾吕。結就紫金丹，汞中得真趣。重陽道論量，仁馬居環堵。神氣永緜緜，明中自歌舞。自歌舞，出現真龍虎。回光三界中，下方來濟度。我度出幽冥，從此離塵土。鍾聲更莫言，問之歸紫府。歸紫府，信受没爲拒，聞説我宗風，天人無譬謦。

川横三人遭大遇，心生性命安閑處。三水清裏得真歡，四木相投真實語。真實語，金口鉛散漢鍾吕。糸吉結就紫金丹，水工汞中得真趣。千里重陽道論量，二人仁馬居環堵。巳申神氣永緜緜，日月明中自歌舞。自歌舞，重山出現真龍虎。雙口回光三界中，一卜下方來濟度。我找我度出幽冥，五人從此離塵土。千里鍾聲更莫言，門口問之歸紫府。歸紫府，人言信受没爲拒。爾們聞説我宗風，一大天人無譬謦。

吟

得道吟

自從一得長生訣，萬里天光如電掣。日月精華補漏源，真空水火凝交結。運行真氣結靈砂，道骨仙風碧凛冽。七寶金蓮晃太虚，三宫朗照秋天月。頓開萬法没言詮，浩劫之家莫可越。蓋古騰今一點真，諸天濟會同參謁。

養浩吟

虚無一氣浩然新，四假包羅無價珍。仙命莫令塵惹絆，苦空不得話艱辛〔一〕。頤真養性存精秀，聚汞烹鉛守谷神。一氣昇騰超造化，二儀變煉會初真。周天加減留年藥，全道滋榮妙色身。斡運內丹憑火候，載般烏兔走蟾輪。三田應化靈宫雪，五臟冲和甘露津〔二〕。內寶完全無漏果，純陽混合古今因。清音歷歷動山鬼，雲宴喧喧聒海濱。會遇諸天弘大教，時逢聖帝御嚴宸。惟祈忠佐千秋歲，仰祝皇基萬萬春。大德大功成大道，大羅重會舊交親。

【校記】

〔一〕空：輯要本作「功」。今按，苦空爲釋氏語，謂人世皆苦，凡事俱空。《蘇軾集》卷三七《勝相院經藏記》：「不假言語，自然顯見，苦空無我，無量妙義。」〔二〕津：原作「律」，此從輯要本。

妙化吟

普化清心公，清心道合同。般般心上掃，物物莫推窮。定性存今古，頤神續祖宗。遇師親説破，默默步雲蹤。妙物騰空起，玄珠落絳宫。緜緜調玉虎，細細運朱龍。赤鳳舒金翅，青鸞舞太空。神爐烹玉貌，金鼎鑄朱容。表裏光明結，丹臺雪暖紅。了真超造化，明月與清風。

開化吟

無爲清浄內修完，始遇天元道不難。自得無生相混合，玄都靈物鎖幽關。炎炎大氣空昇降，赫赫天光輥玉壇。寂寂萬神空裏墜，亭亭元寶接崑山。攢攢玉姹投玄谷，聚聚金嬰列瑞班。

處處青蓮開滿日，空空玄象始歸還。騰騰五色圓光颭，燦燦流霞萬化攢。細細神風輕縹緲，靈靈金相自妝鑾。清清寶璧盤桓住，浄浄靈砂透骨歡。默默了真非有説，明明全道事都删。玄玄守護真三寶，妙妙功成一顆丹。浩浩銀霞常覆罩，輝輝玉性自追攀。飄飄舞袖超三界，混混朝元顯内顔。朗朗閑如秋夜月，煒煒常在玉霄間。惺惺了了仙家樂，湛湛澄澄道性閑。曠劫真容離苦海，古今圓象出波瀾。大羅一會同歸去，悟理明真子細看。

顯道吟

芸芸懸象滿空飛，應報人天萬化機。絶妙神仙留秘訣，須知父母未生時。陰陽造化全直理，一點靈光總不知。混沌變通超物外，内靈隨步躡雲梯。先天圓覺真空體，性命含光天地齊。百骨通靈心悦樂，無情童子笑微微。洗心法雨明澆灌，開道光明出污泥。般運珠珍通上下，抽添水火併東西。玄元四大開心印，秘典靈文越世奇。句句只敲心髓病，言言直指達無爲。逍遥叮囑長生理，暗合天真不動移。傳道洪緣玉陽子，濟危拔苦度愚迷。

真一吟

真孝真慈真校量，真心真遇聚真涼。真師真訣通真鍊，真行真功真道場。真静真清真大道，真玄真妙結真祥。真明真悟真無漏，真語真言合上蒼。真虎真龍真造化，真山真水養和光。

真閑真樂真無染，真聖真賢滿十方。真性真容真灑落，真禪真道顯真常。真天真地布真德，真聖真仙處處香。

青童吟

寂寂寥寥一醉中，蕭蕭灑灑喜顔紅。清清静静全真理，默默虚虚守内容。細細緜緜吞紫瑞，澄澄察察飲霞風。盈盈聚聚天光結，杳杳冥冥立祖宗。遇遇遭遭超彼岸，端端的的話真空。靈靈俏俏仙家樂，喜喜歡歡度歲豐。

回光吟

告假得回歸〔一〕，修真不動移。化緣離苦厄，賢友作交知。隨處同參論，人天度衆迷。六塵通舊塞，三寶妙精持。空外玄光聚〔二〕，神明不敢欺。清風貫四大，皓月整容儀。白首全今古，金身括四維。儒童皆拱手，真相等頭齊。法本空無住，真功自不虧。運朝天地静，烏兔任東西。變化真靈性，朝元自有期。諸天來稽首，三界悉歸依。悟者投真趣，修仙絶妙機。無生出混沌，道俗顯尊卑。

【校記】

〔一〕告假：原作「告暇」，此從輯要本。今按，宋王禹偁《小畜集》卷二三《求致仕第一表》：「近因歲暮，轉覺形羸，雖云告假之中，仍列鈞台之上。存問頻勞於聖慮，優容實玷於公朝。」〔二〕光：輯要本作「元」。

玄真吟敕修新道院住持作

宣住真仙院，情乾絶外非。恩童賜一小童，侍奉作伴。供兩飯，靈物飲刀圭。四大俱調攝，三光不暫離。六塵無染著，八脉自通微。一句金丹訣，都超萬化機。七明通一聚〔一〕，九轉不難知。十地圓明結，真空話祖基。大通觀自在，一點鎮無爲。放曠天衣禄，逍遥絶世羈。化生真水火，日用兩交飛。悟徹先天理，昇騰自有期。冲融明了了，道德實希夷。

【校記】

〔一〕一：輯要本作「五」。

授教吟

師遊東海道方行，從此玄門日日興。至教人天扶聖化，法言空外契黄庭。壺中密鍊全今古，斡運璇璣宇宙清。氣化本源無漏體，神真一點碧霞精。衝開玉藏通三寶，放出圓光射五明。洞達虚空方自在，回還養拙漸神靈。慧風飄蕩千痾散，真一冲和萬化生。寶璧流輝投玉海，真祥變鍊結朱嬰。純陽加減天光綻，水火浮沉道進程。灌頂醍醐人怎曉，出塵手段世皆驚。

山鳴谷吼連天喜，揭地轟雷發笑聲。得道無爲真了了，周而復始自圓成。

搜真吟

浩然無極真空體，落在迷因不辨真。酒色氣財摧本性〔一〕，憂愁思慮喪元真。悟來掣碎眉間鎖，省後修完性内真。玉洞雲封堪養浩，丹臺雪暖漸全真。千重寶焰攢神室，萬道天光罩本真。皓月清風同一體，無爲無漏自朝真。

【校記】

〔一〕性：原作「柄」，此從輯要本。

脱塵吟

大道留傳小小真，下方雲海遇良因。仲尼藴行同成侣，白首金容可作鄰。三界十方歸一化，千門萬法妙通神。蓋因緘口清心地，運轉精光日日新。萬萬靈明常守護，千千鸞鶴自相親。諸天諸地皆通徹，未肯輕傳與世人。

元命吟

真一善人，唯德是輔。廣演慈悲，拔亡濟苦。養浩通靈，真祥反哺。積慶無涯，福星臨注。

俗契恩深，投胎父母。化成身體，補修根祖。苦行實心，包懷今古。接衆指迷，百靈加護。内鍊真空，普施甘露。混世光陰，瑩然而住。萬變定基，俱無作做。地獄天堂，從人所慕。解脱羈繮，誓無回顧。日月流光，每遭真遇。養火投玄，祥光敷布。透入晴空，展開雲路。法界周旋，萬神攢聚。跳出輪迴，滿空歌舞。洞煥太空，我之門户。玉簿書名，一聞千悟。上達諸天，下開冥府。法道通真，皇天后土。金液還丹，洗心堅固。擬學神仙，莫存能所。自遇真師，專憑養素。皓月知音，清風伴侣。朗照無邊，欣逢正主。四大五常，迴光返補。了了無爲，盡朝元去。《雲光集》卷三。

集外補遺

臨終書頌

躍出乾坤造化權，神光晃朗遍諸天。飄飄鶴馭超三界，喜受金書玉帝宣。金秦志安《金蓮正宗記》卷五《玉陽王真人》：貞祐丁丑歲四月二十三日，「先生告門人曰：『三日已前，衆聖皆至。』言訖焚香，朝禮十方，索筆書頌云云。落筆而卧，奄然返真。」明正統《道藏》本，文物出版社等一九九四年，第三册三六三頁。

新編全金詩卷一三三

丘處機 一

丘處機，字通密，號長春子，登州棲霞（今山東省煙臺市棲霞市）人。大定六年，棄家學道，隱於崑嵛山。七年九月，謁王重陽，請爲弟子，與馬鈺等從師往來文登、寧海、福山、蓬萊、掖縣等地傳道。九年冬，遊汴梁。十年春，重陽卒，與諸兄護送靈柩至終南劉蔣村，廬墓三年。十四年秋，居磻溪。二十年，徙隴山龍門。二十八年，詔赴闕，兩承世宗召見，「剖析天人之理，演明道德之宗，甚愜上意」①。明昌二年，東歸棲霞。貞祐中，金、宋俱遣使來召，不赴。歲己卯（蒙古太祖十四年、金興定三年、一二一九），鐵木真自西域命近臣持詔求之。次年正月，率弟子十八人西行，至六年四月抵行在。數承延問，「大略對以節欲保躬，天道好生惡殺，治尚無爲清静之理」②。歲癸未（蒙古太祖十八年、金元光二年、一二二三），東歸，賜號「神仙」，命掌天下道門事。歲丁亥（蒙古太祖二十二年、金正大四年、一二二七）七月，卒，年八十。時人評曰：「師於道經無所不讀，儒書梵典亦歷歷上口。又喜屬

---

① 金秦志安《金蓮正宗記》卷五《長春丘真人》，明正統《道藏》本，文物出版社等一九九四年，第三册三五九頁。

② 元李道謙《七真人年譜》，明正統《道藏》本，文物出版社等一九九四年，第三册三八六頁。

文賦詩，然未始起藁，大率以提倡玄要爲意。雖不事雕鐫，而自然成文。」①兹輯四百二十五首。

丘處機詩載《磻溪集》、金李志常《長春真人西遊記》，以文物出版社等影印明正統《道藏》本爲底本，校以《北京圖書館古籍珍本叢刊》本《磻溪集》（影金本）、清光緒《道藏輯要》本《磻溪集》（輯要本）、《藏外道書》本清王國維《長春真人西遊記注》（王注本）等有關文獻。

秦川

秦川自古帝王州，景色蒙籠瑞氣浮。觸目山河俱秀發，披顔人物競風流。十年苦志忘高卧，萬里甘心作遠游。特縱孤雲來此地，煙霞洞府習真修。

磻溪

故人別後信天緣，浪迹西遊住虢川。宛轉風塵過萬里，盤桓巖谷洎三年。安貧只解同今日，抱樸疇能繼古仙。幸得清凉無垢地，棲真且放日高眠。

---

① 金陳時可《長春真人本行碑》，見元李道謙《甘水仙源録》卷二，明正統《道藏》本，文物出版社等一九九四年，第一九册七三五頁。

磻溪鑿長春洞

峨峨峻嶺接雲衢，古柏參差一萬株。瑞草不容凡客見，靈禽唯只道人呼。鑿開洞府群仙降，鍊就丹砂百怪誅。福地名山何處有，長春即是小蓬壺。

幽居

臺邊水谷尤清曠，野外山家至寂寥。絶塞雲收天耿耿，空林夜静月蕭蕭。揚眉瞬目開懷抱，散髮披襟遠市朝。自解偷生巖嶂窟，誰能闡化法輪橋。

春曉雨

雨晴春色倍光輝，風引泉聲出翠微。宿鳥繁吟朝鬥巧，遊人遠適夜忘歸。參差緑樹初騰秀，浩汗青苗乍長肥。洞口時聞三島鶴，天隅來訪一蓑衣〔一〕。

【校記】

〔一〕天隅：影金本作「天涯」。

堅志

吾之向道極心堅，佩服丹經自早年。遁迹岩阿方十九，飄蓬地里越三千。無情不作鄉中夢，有志須爲物外仙。假使福輕魔障重，挨排功到必周全。

自詠

自遊雲水獨崢嶸，不戀紅塵大火坑。萬頃江湖爲舊業，一蓑煙雨任平生。醉來石上披襟臥，覺後林間掉臂行。每到夜深雲霽處，蟾光影裏學吹笙。

答甘北鎮孟秀才乃處州也。

一别家鄉整十年，飄蓬雲水入秦川。衣寬放蕩秋來補，食飽蕭條夜處眠。陝右不干浮世事，天涯曾遇大羅仙。功虧未得長生信，坐待嘉音曠峪前。

答李四秀才邀住渭北彼有詩云〔一〕：「前曾許過河來。」

本來今歲合雲遊，性劣那堪道未周。故我身心隨日月，與他巖壑度春秋。深承虢邑多才士，還訪磻溪遁跡流。不在相邀居北郭，此中亦可論真修。

【校記】

〔一〕云：原脱，據影金本補。

道友邀游磻溪太公廟以詩辭之

自無狂興不追遊，識破諸餘萬事休。誰向磻溪消鬱悶，閑居巖壑且淹留。昔違海上三千里，曾涉途中二十州。看盡名山無限景，大都身外没堪酬。

磻溪廟覓駞馬

聞説磻溪隱太公，巖高樹密壯祠雄。花朝石窟龍吟霧，月夜山門虎嘯風。萬載熊羆名不朽，三春駞馬獻無窮。將詩爲覓千餘疋〔一〕，染翰聊爲度日功。

【校記】

〔一〕爲：影金本作「謂」。

答宰公子許秀才

森森緑檜鎖天涯，峭壁中藏野客家。碧洞經年無火燭，青山終日有煙霞。虚心實腹唯求飯，待客迎賓不點茶。自樂安閑微得趣，門風何足向人誇。

答清河氏

神明雖是落凡胎，氣直終須有道材。只恐丹砂臍下去，重教白雪耳邊來。如何脱免紅塵境，似我登臨碧嶂臺。步步嬉遊天漢出，時時騰踏野雲開。

贈涇州踿趺郎中暨劉解元

凡爲道友欲相尋，不用浮財禮數欽。俗物光輝難買道，人情拘束易勞心。疏慵寡學文章淺，淡泊幽居歲月深。格外閑愁都絶想〔一〕，雲中來聽一高吟。

【校記】

〔一〕格：輯要本作「相」。

贈王周二生見訪

二公何事挈槃餐，出郭嬉遊草莽間。宛轉尋村來訪道，因循樂道暫偷閑。深知舊有逍遥志，遠看虚無崒嵂山。盡日開懷恣談笑，夜深同步月明還。

衆道友問修行

余今踪迹任蹉跎，寧論修行事若何。道眼無光慵入市，天心難合且隨波。飢時只解巡門乞，飽後兼能鼓腹歌。除此一身愚作外，萬般餘事不知他。

寄道友覓敗布故履余在西虢六年未嘗一新衣履每至中秋唯完補褐衲耳

秋風忽起雨天涼，木葉蕭疏草漸黃。褐衲懸鶉唯補闕，芒鞋伏兔不能狂。有身易着饑寒苦，無福難逃日月長。但願諸公懷惻隱，扶持同步入仙鄉。

次韻銀張八秀才

鬱鬱烟霞滿谷中，冥冥心迹體虛空。長歌愛屧臨春水，獨坐看雲對曉風。遠害誠能依道力，施恩未解接神功。經書突奥君常究〔一〕，返照何須更繫束〔二〕。

【校記】

〔一〕突奥：輯要本作「窔奥」。今按，《漢書》卷一〇〇《敘傳上》：「守突奥之熒燭，未卬天庭而睹白日也。」〔二〕束：輯要本作「躬」。

號縣銀張五秀才處借書

盛族文章舊得名，芝蘭玉樹滿階庭。光輝代代生豪傑，講論時時聚德星。顧我微才弘道晚〔一〕，知君博學貫心靈。嘲吟不用多披覽，續借閑書混杳冥。

【校記】

〔一〕弘：輯要本作「宏」，清人避乾隆帝名諱而改。

中秋不見月

幾年明月不昭彰，玳席虚勞設萬方。每恨他時遭雨隔〔一〕，那知今夜復雲藏。仙娥莫是簪花睡，玉兔還爲搗藥忙。世俗歡娱無所益，冥冥物外且韜光。

【校記】

〔一〕恨：輯要本作「憾」。

見月

沉沉雲退晚風幽，皎皎蟾光奮九州。萬里碧天清照夜，四郊黄葉冷飛秋。高空似睹蝦蟆現，大野還知魍魎囚。脱灑圓明孤且潔，飄飄塵外不淹留。

王宅月桂借其義也。

太原門下景幽深，一簇仙花壓古今。根幹發從雲上面，祖宗來自月中心。香苞灼灼披紅粉，茂葉重重鎮緑陰。朶朶精神皆異俗，飄然特使衆人欽。

又栽月桂

匠手親封月桂栽，幽人自植寶花臺。靈根妙絶非凡種，秀氣冲和是道材。日月交流千古異，乾坤獨王四時開。英賢好顧長春景，莫把群芳一類裁。亦作猜。

山居三首

龍門峽水浄滔滔，南激朱崖雪浪高。萬壑泉源争湧凑，千巖石壁競呼號。周流截斷紅塵境，宛轉翻開白玉膏。勝境無窮言不盡，臨風時顧一揮毫。

不怨深山自採樵，山中别有好清標。幽居石室仙鄉近，不假環牆世事遥。飲食高呼天外鶴[一]，摩雲仰看峽中雕。時時皂白浮沉景，顯貫真空慰寂寥。

獨自深山搵音隘寂寥，閑雲作伴屏喧囂。耽慵不念生涯拙，好静唯便熟境銷。著假空貪齊李杜，明真何必等松喬。研窮壽算文章力，豈奪虚無造化標。

【校記】

〔一〕食：影金本作「水」。

芭蕉隴山也。

一葉青箋仰掌開，三湫白浪散花迴。山有禹廟，下俯三湫。日中有客頻來賞，月下無人獨自陪。

造化乾坤難比大〔一〕，草木之中，唯蕉葉最大。尋常風雨莫教摧。留君日日當金案，與客時時慶玉杯。茅君翠道於齊，不見使人，而金案玉杯自來人前。

【校記】

〔一〕難：影金本作「無」。

贊丹陽長真悟道

馬氏譚君達聖朝，疑情萬古一時超。雲中採藥烹金鼎，火後收丹貯玉瓢。手握靈珠常奮筆，心開天籟不吹簫。看看跨鶴乘風去，海上人間影迹遥。

鶴

一種靈禽體性高，丹砂爲頂雪爲毛。冥冥巨海遊三島，矯矯長風唳九皋。灑落精神超俗物，飛騰志氣接仙曹。摶風整翮雲霄上，萬里崢嶸自不勞。

嶺北西京留守夾谷清臣索〔一〕

東海踈狂猶目斷，西京留守未心開。去年奉勑三冬往，今夏齎書九月來。北地官榮何日罷，南山道隱幾時迴。直須早作彭城計，燕國家風自不隤。彭城乃海蟾公也。

【校記】

〔一〕夾谷清臣：原作「夾谷清神」，諸本如之。今按，夾谷清臣本名阿不沙，大定二十六年，由陝西路統軍使兼知京兆府事，「改西京留守」，《金史》卷九四有傳。

易州西山睒公堂

高高雲外睒公堂，閃閃雲霞照洞光。千仞峰巒排左右，萬株松柏互低昂。山翁不解談今古，野客時來講混茫。休道一生空打坐，也勝塵世走忙忙。

福山縣黄籙醮感應并序

明昌甲寅秋九月，建黄籙於福山縣〔一〕。二十八日午後，將傳符受戒，有鶴十一翺翔乎壇上〔二〕，終夕不去。越一日，設醮，聞天關震響，北極下紅光燭地〔三〕，可辨纖悉，士民靡不見者。

華燈照耀積金山，人在蓬壺咫尺間。下士傾心開地府，高真威力動天關。千門列祭嚴香火，萬口同聲啟笑顔。三界十方功德備，彩雲仙鶴自迴還。

【校記】

〔一〕建：影金本作「作」。〔二〕自二十八日午後至翺翔乎壇上：影金本作「二十有八日午後將傳符受戒有鶴十一盤自西北翺翔乎壇之上」。〔三〕北極下紅光燭地：影金本作「紅霄光燭于地」。

承安丁巳冬至後苦雪時有事北邊

冬前冬後雪漫漫，淑氣銷沉萬物乾。出塞馬驚山路險，防邊人苦鐵衣寒。雖愁海北生靈苦[一]，幸喜山東士庶安。日費國資三十萬，如何性命不凋殘。

【校記】

〔一〕生靈：原作「邊靈」，此從影金本。

平山堂四首棲霞太虛觀也。

年年三伏上平山，山上遊人絶往還。目視青霄雲澹澹，身横碧落性閑閑。孤高迴出林巒表，曠望殊非海岱間。白日紅塵車馬客，誰能到此一凭欄。

山堂高潔倚天涼，天外清風入坐長。青鳥有時來顧盼，白雲終日自飛揚[一]。金壇玉宇知何在，絳闕瓊樓古未詳。争似山家休歇去，身心不動到仙鄉。

山堂晝静客來稀，匝坐亭亭列翠微。碧漢無瑕紅日轉，青山不動白雲飛。參差萬有彰神化，渺邈三靈合範圍。終始蓋由清净道，人能天地悉皆歸。

三竿紅日眠猶在，十里青山坐對閑。不覺人來幽圃外，時驚犬吠白雲間。無心自得成長往，了一何須問大還。只恐逡巡下天詔，悠揚無計樂平山。聊戲之耳。

【校記】

〔一〕揚：原脱，據影金本、輯要本補。

海上觀濤

大風時起北溟寒，萬里驚濤輥雪山。怒色衝天昏氣象，雷聲出地駭塵寰。江神洶浪潛輸款〔一〕，河伯威靈溢汗顔〔二〕。白馬素車空有勢，非仙無路可躋攀。

【校記】

〔一〕浪：影金本作「湧」。〔二〕溢：影金本作「益」。

題諸潘庵

登郡西南十里餘，大開泉石致幽居。山深海闊相依映，地僻雲閑任卷舒。夾道清池通熠耀，倚天高柳挂蟾蜍。鳴琴坐對煙霞客，笑指勞生一夢虚。

中秋日與道友遊諸潘時有將赴秋闈者

爽氣清高暑氣闌，園林欲變錦紋斑。長風渡海來沙漠，短晷經天下玉關。設席邀賓龍樹側，鳴琴待月虎溪間。良朋自得真佳趣，不待蟾宫把桂攀。

秋旦與蓬萊道友遊西溪

臨水登山跨曉風，虛心瞪丈證切目俯秋空。雲迷海嶠沉沉碧，日射天輪燦燦紅。遊興不隨他物轉，和光聊與世塵同。三年四度乘嘉會，又到山西漲海東。

途中作

明昌二年十月，余到棲霞。三年五月，蓬萊道友相邀度夏。自後數年爲例，五月相邀耳。

年年五月到蓬萊〔一〕，麥秀金銀花也次第開。野客充飢饒紫葚，行人止渴待黄梅。雲頭勃勃連山聳，雨脚涔涔拍海來。朱夏勝遊多壯觀，情如天網亦恢恢。

【校記】

〔一〕年年：影金本作「三年」。

送陳秀才完顏舍人赴試二首

六合之中萬物生，人於萬物最高明。能窮物外陰陽數，解奪人間富貴名。自昔丹砂唯九轉，而今天路只三程。謂今三試。謫仙才調無留滯，坐看飛騰上太清。

丈夫高節氣凌雲，十載潛看萬卷真。滿腹詩書雖合道，出群頭角未驚人。奔牛計策元無敵，立馬文章自有神。異日成功心爽悟，黄粱驚覺夢中身〔一〕。

【校記】

〔一〕粱：原作「粱」，刊誤，此從影金本。

泰和辛酉清明後三日霜

雨後方看麗景韶，風前忽耳萬花凋〔一〕。園林一夜無顔色，氣候三春太寂寥。正遇東君時作巧，那堪青女勢還驕〔二〕。生靈跋扈知難免〔三〕，造化根源尚未超。

【校記】

〔一〕忽耳：影金本如之，輯要本作「忽見」。〔二〕那堪：影金本如之，輯要本作「那看」。〔三〕跋扈：影金本如之，輯要本作「拔扈」。

落花

昨日花開滿樹紅，今朝花落萬枝空。滋榮實藉三春秀，變化虚隨一夜風。物外光陰元自得，人間生滅有誰窮。百年大小榮枯事，過眼渾如一夢中。

赴蓬萊狄氏醮踏曉登山

鷄鳴喔喔動精神，閉息登山上湧身。路惡纔分瞥竊道，林深不辨往還人。披雲直下觀東海，絶頂孤高映北辰。日用孳孳爲善者，虚心牢落且同塵。

赴濰州北海醮温迪罕千户請。

北極陰風渡海扇，海山風物盡蕭然。山陰積雪寒鋪地，海上層冰凍接天。鴻鵠預辭千里塞，蛟龍深卧九重淵。道人守拙何爲耳，酷冒冰霜赴醮筵。

昌陽黄籙醮

十月昌陽五穀饒，追思黄籙建清標。華燈羽服羅三殿，絳節霓旌下九霄。法事昇壇千衆集，香雲結蓋萬神朝。從兹降福穰穰滿，一縣潛推百禍消。

過蓋公峴山

峴石崎嶇馬不禁，溪風蕭颯虎難尋。山横劍戟參差大，氣鬱煙霞晻藹深。道衆不遊閑景色，天涯都是好叢林。因循北海修黄籙，宛轉東萊謁翠岑。

避事過蓋公峴

乘閑策杖躡仙蹤〔一〕，度石穿林望蓋公。西海有雲波慘澹，東山初日氣濛鴻。崎嶇萬壑深潛迹，牢落三州暗轉蓬。出處自非心染著，從教著棒打虚空。

【校記】

〔一〕策杖：原作「杖策」，此從影金本。

驟雨

萬叠濃雲靄靄屯，千尋白雨下山門。陰陽氣激風雷急，草木聲號宇宙昏。鳥獸相迷煙慘慘，魚龍交錯水渾渾。一時造化驚天地，咫尺中間孰見根。

季冬八日大雪二首

昨夜南風又北風，曉來天地一濛鴻。零珠碎玉隨高下，萬壑千巖合異同。日月不知安頓處，山川塞在杳冥中。返觀性命陰陽理，始識虚無造化功。

昨夜南風又北風，曉來天地一濛鴻。山村野店家家異，柳絮梅花處處同。石室松堂雲斂後，瑶臺瓊榭月明中。何須更問豐年瑞，秖此深嘉大道功。

酬同知定海軍節度使張侯雲中見訪二首

法宇沉沉不下幃，清齋兀兀坐忘機。紛紛滿地天花落，浩浩盈山海月微。淡日悠揚金殿曉，衝風散漫玉塵飛。三冬瑞雪真嘉慶，萬古何人識是非。

瑞雪飄飄野興濃，開門杖策久從容。貪看六出瑶花墜，不覺三清寶殿封。暗釋郊原彰玉馬〔一〕，斜拖闕角隱金龍。高人冷冽寒巖下，莫辨遥山第幾重。

【校記】

〔一〕暗釋：原作「暗室」，此從影金本。

竹軒太虚觀也。

小軒幽檻不栽花，只種琅玕度歲華。直節自非凡草本，虚心真合道生涯。風吹瑟瑟香還冷，雨洗涓涓浄更嘉。不待歲寒方見重，吟窻朝夕思無邪。

登臨有感

陟彼高崗馬足蹺，觀乎大地我心摇。山河氣象連天闊，洞府神仙避世遥。白玉黄金終莫守，春花秋月固難饒。百年一覺浮生夢，萬事俱非恨寂寥。

定海軍節度使致政劉師魯挈其子見訪於棲霞太虚觀

數騎翩翩出郡城，西風摇蕩菊花清。吟詩馬上無横槊，訪道人間暫濯纓。露下天高秋氣爽，金聲玉振曉霞明。山堂盡日蕭然坐，似覺浮生夢且輕。

師魯先生有宴息之所榜曰中室又從而索詩

一陰一陽之謂道，太過不及俱失中。道貫三乘玄莫測，中包萬有體無窮。高人未悟猶占僻，下士能明便發蒙。儒釋道源三教祖，由來千聖古今同。

次韻答奉聖州節度使移剌仲澤佳什

忘機不用苦清談，大隱何煩住小庵。海印發光吞寶月，天心燭物邁寒潭。黄庭雅弄琴三疊，紫府高吟酒半酣。西北文章賢太守，肯將珠玉寄東南。

送萊州節度使鄒應仲移鎮兗州〔一〕

人生七十古來稀，不夜功成賦式微。便欲休官栽菊去，還令杖節與心違〔二〕。行藏未出陰陽數，夙夜難逃變化機。異日挂冠須在早〔三〕，莫教林下有人譏。

【校記】

〔一〕萊州：原作「蓬萊州」，此從影金本；「應仲」原作「應中」，刊誤。今按，鄒谷字應仲，《金史》卷一〇四有傳。章宗朝仕爲「定海軍節度使」，治所「萊州」，即所謂「萊州節度使」。當時地理行政區劃地名無「蓬萊州」，見《金史》卷二五《地理志》。〔二〕杖：輯要本作「仗」，古同「杖」。〔三〕在早：影金本如之，輯要本作「及早」。

讚道

造物悠揚氣勢雄，三光日夜轉鴻濛。冥冥會合陰陽秀〔一〕，矯矯神奇幻化叢。春去秋來生殺異，天長地久古今同。靈臺有箇真消息，未悟那堪性不通。

【校記】

〔一〕陰陽秀：影金本作「陰陽數」。

達士

隨機接物外同塵，應變無方内入神。心地出離三界苦，洞天遊賞四時春。金丹大藥經年久，火棗交梨逐日新。一服定超生死海，不知誰是有緣人。

靈虚觀賞梨花

妙景從來説武官，周天迴斡暮春看。千株白錦凝霜雪，一泒香風吐麝蘭。羽客徘徊昇月榭，高真依約下星壇。神功暗結靈虚秀，化作無邊碎玉團。

舊遊

秦川渭水好行程，不問長亭及短亭。西嶽雲開仙掌白，南山雨過佛頭青。丹霄仿佛舒晨彩〔一〕，碧岫參差列畫屏。海上交朋聞我道，虚心側耳盡來聽。《磻溪集》卷一，明正統《道藏》本，文物出版社等一九九四年，第二五册八〇八頁。

【校記】

〔一〕丹霄：影金本如之，輯要本作「丹霞」。

新編全金詩卷一三四

丘處機 二

七言絶句

關中土民純質嚮善者甚衆道門尚七釋氏轉八每至年交各大集其衆午後於聖前禮誦經懺謂之禮正至一月終方畢

雪霽春光顯太平，風和日暖倍鮮明。高歌合會休懷悶，大煮圓焦作禮正。

答樊生

莫問天機事怎生，唯修陰德念常更。人情反覆皆仙道，日用操持盡力行。

劉二道友索其人愛飲酒弈棋

歡來日飲千鍾酒，静處時抨一局棋。白髮流年當遠鑒，紅塵閑事莫多知。

警涇陽强居士二首[一]

隋何陸賈總歸空，千古惺惺一夢中。争似忘機合著口，潛心提住九天風。

百年萬事一場空，急景渾如過隙中[二]。浮世奈何人不悟，痴心剛待撮春風。

【校記】

[一]强居士：原作「强居」，脱「士」字，此從影金本補。 [二]過隙：影金本作「一夢」。

寄楊五信士

題詩欲寄紙還無，檢帙搜文得故書。書後殷勤題一絶，囑君行善莫踟躕。

還楊五所惠紙扇

謝公惠我白芭蕉，山谷多風不用招。城市炎天無爽氣，請君執捧自閑摇。

答喬生彼新喪偶欲休心入道

物外歸心絶大魔，閑中遺興益高歌。靈臺著欲於今少，健骨乘風已後多。

題楊五紙扇

突兀高峰上倚天，巉嵒绝壁遠含煙。披襟自古嵩陽客，傲世從來華嶽仙。

題王生紙扇

自愛寥天夏日長，誰憎酷暑火雲昌。三焦毒熱多年盡，一握清風萬古涼。

題喬生紙扇

炎炎赤日火雲飛，路上行人汗浴肌。碧洞深山無事客，優游松下正抨棊。

題王二紙扇

蕤賓節後轉加炎，毒熱薰蒸無處潛。唯有長春碧巖洞，清涼終日自安恬。

題周道全紙扇

谿風颯颯如霜下，澗水泠泠似雪翻。盡日殊無勞役重，何時更有鬱蒸煩。

題龐氏藤扇

纖纖妙理織銀絲，習習輕風散玉姿。秋後雖然飈運爽，待君應也不多時。

灤裏陳氏草堂

茅堂高結半原陰，喬木參差翠竹深。車馬不聞名利遠，安閑終日好棲心。

段生放筏值水漲漂没空身還歸

段生放栰下西山，時值波濤盡出關。回首無心怨河伯，高歌且喜脚輕還。

飛仙

蓬萊方丈及瀛洲，三島神仙一處游。混合九天無罣礙，飛騰八極信周流。

鍾呂畫

無我無人性自由，一師一弟話相投。談經演法三山坐，駕霧騰雲萬里游。

景福山居二首

虎嘯烈風潛獸愕，魔交長夜睡魂驚。何時樸直道心顯，慧日開張天眼明。

景福淹沉人事少，龍門閑澹虎溪清。時聞結果加咤語，似聽鉤輈格磔聲。山間一種紅雞，作結果加咤聲，入山樵採者戲語以雪妥也。下去轉之鉤輈、格磔，鷓鴣鳥聲也。

述懷四首

我道欲求神自放，龍門時復虎相干。山頭烈火三冬熾，澗底陰風五月寒。

清虚妙理横天下，大樸淳風滿世間。至道有名那見實，通人無語自知還。

入道根源唯自許，出塵消息有誰知。南華始遇逍遥樂，北海終投汗漫期。

野鶴孤雲閑活計，清風明月道生涯。千山磊落收雲氣，四海光明耀日華。

隴州楊氏携月桂栽見訪四首

汩没塵埃甚可憐，追隨俗態幾經年。偶因上士遊山水，得遇高真伴聖賢。

一枝孤秀倚寒山，四海群芳懷靦顔。若遇清風佳氣會，天香飄落滿人寰。
遊初禀氣得真詮，續艶聯芳似火傳。世上百花難逮月，人間唯此可窮年。
樹密山高隱地蟠，風多露少怯天寒。他時復向蟾宫裏，五嶽雲收四海觀。

放鴈

放去欲齊支遁鶴，籠歸寧效右軍鵝。雖符莊子能鳴義，恐學茅君著愛魔。

隴州堂下清夢軒

清夢軒中清士居，清閑高卧養真如。真如養就清無夢，無夢清歡樂有餘。

答隴州蕭防判書召因事别隴山過亭川届石灰寺盤桓數日趦趄未决公書忽至欣然乃還

俄聞寵命發汧涯，便欲安閑卧隴西。黄鵠不思千里舉，白雲猶戀故山棲。

自亭川回路次望龍門山

南望龍門一豁開，東還鶴馭再頭迴。深知此域因緣重，未許他方道德該。

答曹王妃休休道者書召

山㵎洞壑非高尚，自揣襟懷寔蔽蒙。無益虚名相混雜〔一〕，不教閑坐養盲聾。

【校記】

〔一〕無益：影金本作「無奈」。

答京兆統軍夾谷龍虎書召

休休道者方歸去，赫赫王侯又到來。自愧中心無道術，空教外跡播塵埃。

贈雲外子孫可道西州行化

歷歷西州向道多，道人行止足乖訛。公當策蹇尋山郡，糾察無令外道魔。

寄扶風榮宰

原心自得魚鱗大，用指何妨馬骨高。居室有誠還可信，下堂無智亦徒勞。

惻隱

狗病無人煎粥湯，驢寒倒地四肢殭。爲人不解修陰德，轉殼何由免禍殃。

下手遲

日月匆匆頂上飛，光陰忽忽眼前移。回頭返顧即成老，下手速修猶太遲。

聰明

修行大抵要聰明，秖恐聰明向外呈。外假内真兩相尅〔一〕，一邊敗後一邊成。

【校記】

〔一〕兩：影金本作「所」。

棄本逐末

一念無生即自由，千災散盡復何憂。不堪下劣衆生性，日夜奔馳向外求。

進呈世宗皇帝

九重天子人間貴，十極仙靈象外尊。試問一方終日守，何如萬里即時奔。

答寧海書召

雪滿群山路不通，天教車馬不西東。可憐寧海官民意，目斷西山一望空。

聞詔起玉陽公戲作

三竿紅日自由睡，萬頃白雲相對閑。只恐虚名動華闕，有妨高枕卧青山。

春晚登眺

殘花冉冉飛紅雨，落日依依散白毫。遥望西山官堠子，倚天孤聳一拳高。

春寒

海上春風日日顛，山頭春色幾時妍。清明過了朱明近，未有紅芳到眼前。

陽九百六

劫運天災不可當，高真上聖救無方。直須受盡豐年孽，再得昇平入道場。

公山十四首余鄉公山之陽，故作是詩〔一〕。

公山隱隱插蒼穹，松影森森鎖碧空。頂戴松花喫松子，松溪和月飲松風。

松風習習透松煙，習習松煙散九天。天外輕盈籠萬象，交光日月共迴旋。

千尋瀑布清明秀，一泒嵐光氣勢雄。時被祥風吹作雨，瀟瀟溟漠灑虚空。
青城華嶽與天台，怎比吾山至大哉。一簇峰巒千萬仞，威儀真不讓蓬萊。
公山高隱白雲宫，宫壓公山第一峰。峰上白雲飛不斷，悠悠來去惹青松。
參差山色有無中，半入幽溟半入空〔二〕。依約天涯尋不見，飄飄常被白雲籠。
公山自古白雲多，結蓋層層入大羅。出没群仙常不見，雲中唯聽洞仙歌。
仙歌縹緲入公山，漸入公山太一壇。壇上諸仙安藥鼎，時時燒出大還丹。
撞開天漢拂星辰，獨坐蟾宫抱日輪。夜牧靈龜朝引鶴，飢餐松實冷披雲。
山頭點起一輪燈，天下妖魔盡不生。唯有堂堂圓覺士，松間獨弄寶珠行。

公山春

閑遣青龍耨月華，同驅白虎種黄芽。黄芽欲發雷霆震，迸出青龍白虎牙。

公山夏

陽光潑潑火雲凝，海底蛟龍即上昇。徧撮山頭三伏暑，却教化作一團冰〔三〕。

公山秋

雲興霞爍映天衢，松密山高壓地圖。絶頂崢嶸人不到，昭昭獨放月輪孤。

公山冬

同雲漠漠雪霏霏，凜冽寒風刮地威。吹起山中無限景，瑤花瓊蕚滿天飛。

【校記】

〔一〕詩題原作「公山余鄉公山之陽故作是詩十四首」，此從影金本。〔二〕幽溟：影金本作「滄溟」。

〔三〕却：影金本作「都」。

東萊即墨之牢山三圍大海背俯平川巨石巍峩群峰峭拔真洞天福地一方之勝境也然僻於海曲舉世鮮聞其名亦不佳予自昌陽醮罷抵於王城永真觀南望煙靄之間隱隱而見道衆相邀遷延數日而方届遂閑吟二十一首易爲鼇山因清暢道風云耳

卓犖鼇山出海隅，霏微靈秀滿天衢。群峰削蠟幾千仞，亂石穿空一萬株。道祖二宮南鎮海，謂上清宮、太清宮也。王明三嵓北當途。謂太平興國觀道南也。是知物外仙遊境，不向人間作畫圖。

初觀山色有無時，十日遷延尚未之。咫尺洞天行不到，空餘吟咏滿囊詩。

浮煙積翠繞山城，疊嶂層巒簇畫屏。造物建標東枕海，雲舒霞卷日冥冥。

三圍大海一平田，下鎮金鼇上接天。日夜潮頭風輥雪，彩霞深處有飛仙。

佳山福地隱仙靈，萬壑千巖鎖洞庭。造化不教當大路，爲嫌人世苦膻腥。

牢山本即是鼇山，大海中心不可攀。上帝欲令修道果，故移仙跡近人間。

重崗複嶺勢崔嵬，照眼雲山翠作堆。路轉山腰三百曲，行人一步一徘徊。

松巖鬱崛瑞煙輕，洞府深沉氣象清。怪石亂峰誰變化，亘初開闢白天成。

因持翰墨寫形容，陟彼高崗二十重。南出巨平千萬疊〔一〕，一層崖上一層峰。

四更山吐月猶斜，直上東峰看曉霞。日色麗天明照海，金光射目眼生花。

天柱峰也。巍峨獨建標，上穿雲霧入青霄。不知日月星辰謝，但覺陰陽氣候調。

洞有佳名號白龍。洞也。不知何代隱仙蹤。至今萬古人更變，猶自嵌巖對老松。

洞有仙名喚老君，洞也。神清氣爽獨超群。憑高俯視臨滄海，守静安閑對白雲。

華蓋真人宋太祖時得道者也。上碧霄，道山從此鬱清標。至今絶壁幽巖下，尚有群仙聽海潮。

修真野客非才子，行到鼇山亦有詩。只欲洞天觀海日〔二〕，不勞雲雨待青詞〔三〕。

白髮蒼顏未了仙，遊山翫水且留連。不嫌天下多官府，只恐人間有俗緣。

修真却似上山勞〔四〕，脚脚難移步步高。若不志心生退怠，直趨天上摘蟠桃。

鼇山三面水浮空〔五〕，日出扶桑照海紅。浩渺碧波千萬里，盡成金色滿山東。

山川皆屬道生涯，萬象森羅共一家。不是聖賢潛制御，乾坤那得久光華。

可嘆巍巍造化功〔六〕，山河大地立虛空。八荒四海知多少，盡在含元一氣中。

【校記】

〔一〕平：影金本如之，輯要本作「屏」。〔二〕海：影金本作「曉」。〔三〕青詞：影金本作「清詞」。〔四〕却：影金本作「恰」。〔五〕水：原作「海」，此從影金本。〔六〕造化：影金本作「造物」。

大安己巳膠西醮罷道衆相邀再遊鼇山復留題二十首

上清宮十首

醮罷歸來訪道山，山深地僻海灣環〔一〕。棹船即向波濤看，化出蓬萊杳靄間。

群峰峭拔下臨淵，絶頂孤高上倚天。滄海古今吞日月，碧山朝夕起雲煙。

青山本是道人家，況此仙山近海涯。海闊山高無濁穢，雲深地僻轉清嘉。

怪石嵌空自化成，千奇萬狀不能名。斷崖絶壁無人到，日夜時聞仙樂聲。

曉日朦朧漸起雲，山色慘澹不全真〔二〕。直須更上山頭看，似駕天風出世塵。

巨石森森嶺上排，巔峰岌岌到無階。三秋水凍層冰結，九夏雲寒叠嶂霾。

海上觀山勢轉雄，清高突兀倚虛空。朝昏磊落生雲氣，變化皆由造物功。

陜右名山華嶽稀，江南尤物九華奇。鼇山下枕東洋海，秀出山東盡不知。
重重叠叠互相遮，簇簇攢攢競鬪嘉。眼界清涼心地爽，神仙自古好生涯。
五嶽曾經四嶽遊，群山未必可相儔。只因海角天涯背，不得高名貫九州。

太清宫十首

煙嵐初別上清宫，曉色依稀路徑通。纔到下方人未食，坐觀山海一濛鴻。
雲煙慘澹雨霏微，石洞留人不放歸。應是洞天相顧念，一生嗟我到來稀。
雲海茫茫不見涯，潮頭只見浪翻花。高峰萬叠連雲秀，一簇園屏是道家。
松風澗水兩清幽，盡日清音夜未休。野鶴時來應不倦，閑人欲去更相留。
溪深石大更松多，鬱鬱蒼蒼道氣和。不是歷年樵採衆〔三〕，浮雲蔽日滿巖阿。
貫世高名共切雲，遊山上士獨離群。仙卿貴重三茅客，仕族尊榮萬石君。
西山仰視刺天高，山上仙家種碧桃。桃熟幾番人换世，洞中秦女體生毛。
清歌窈裊步虚齊，月下高吟鳳舞低。談笑不干浮世事，相將直過九天西。
煙霞紫翠白雲高，洞府群仙醉碧桃。鼓透碧巖雷震駭，滿山禽獸盡呼號。
道力神功不可言，生成萬化獨超然。大山海嶽知輕重，没底空浮萬萬年。

【校記】

〔一〕地僻：影金本作「路僻」。 〔二〕山色：影金本作「山光」，輯要本作「山容」。 〔三〕衆：影金本如之，輯要本作「重」。

八月十日自昌樂縣還濰州城北玉清觀作中秋詩十五首

西縣東來至玉清，金風一掃暮天晴。開懷便賞中秋月，只恐臨時晦不明。

萬木西風徧九州，嚴光一夜向西流。出塵爽氣清人骨，是處歌歡不解留。

初離海嶠有餘清〔一〕，萬國歡心賀太平。但願寶光無晦朔，不教天質有虧盈。

渾金璞玉上天衢，抱雪凝霜耀太虛。四海百川無不鑒，群生萬象悉安居。

一片清光萬里開，無分茅屋與樓臺〔二〕。家家盡得閑吟賞，更有清風助快哉。

有客徘徊望太虛，開尊專欲賞蟾蜍。蟾光不解留人意，澹澹青霄只自如。

金波晝夜不曾閑，淡蕩清輝出海山。素魄高昇游物外，恩光下照滿人間。

碧漠峥嶸自有期，天光照耀本無私。却憂下土昏魔重，不見金輪出現時。

團團皓月挂空虛，百鍊青銅鑒不如。一切水中皆影現，群魔摘膽盡消除。

桂影朦朧下照人，縱橫萬古不知因。何當跨鶴雲霄上，俯視青天白玉輪。

雲去雲來不暫停，朝昏恍惚變陰晴。今宵幸對嬋娟質，剩作新詩暢道情。

年年此際殺生多，造業彌天不奈何。幸謝吾皇嚴禁切，都教性命得安和。
聖主登基萬物安，仁風滅殺自朝端〔三〕。邦君士庶皆修德〔四〕，好放蟾光與衆看。
静夜迢迢起黑雲〔五〕，衆生無分樂天真。空中自是雲遮眼〔六〕，天外何曾月避人。
百歲光陰瞬息間，中秋幾度得開顔。不如鍊性如秋月，晃朗身心自在閑。《磻溪集》卷二。

【校記】

〔一〕初：影金本作「月」。　〔二〕茅屋：影金本作「多少」。　〔三〕滅殺：影金本作「戒殺」。
〔四〕皆：影金本作「能」。　〔五〕静夜：影金本作「萬里」。　〔六〕眼：影金本作「月」。

新編全金詩卷一三五

丘處機　三

青天歌八首[一]

青天莫起浮雲障，雲起青天遮萬象。萬象森羅鎮百邪，光明不顯邪魔王。
我初開廓天地清，萬户千門歌太平。有時一片黑雲起，九竅百骸俱不寧。
是以長教慧風烈，三界十方飄蕩徹。雲散虚空體自真，自然現出家家月。
月下方堪把笛吹，一聲響亮鎮華夷[二]。驚起東方玉童子，倒騎白鹿如星馳。
逡巡別轉一般樂，也非笙兮也非角。三尺雲璈十二徽，歷劫年中混元斲。
玉韻琅琅絶鄭音，輕清徧貫達人心。我從一得鬼神輔，入地上天超古今。
縱横自在無拘束，心不貪榮身不辱。閑唱壺中白雪歌，静調世外陽春曲。
吾家此曲皆自然，管無孔兮琴無絃。得來驚覺浮生夢，晝夜清音滿洞天。

【校記】

〔一〕青：影金本作「清」，詩中如之，不另出校記。〔二〕鎮：影金本作「震」。

吟六首

先天吟

空山静夜微雲作，淡月踈星寒氣錯。忽見長庚耀太虚，迴觀北斗潛寥廓。乾坤舒慘即時改，宇宙紛綸何所託。必有機關默動摇，憑虚反覆相酬酢。大哉無極玄元道，何者不蒙靈應藥。點化三光轉碧空，滋榮萬物開花萼。騰今跨古未嘗壞，歷險衝艱殊不弱。浩浩洪流自激揚，紛紛大化誰斟酌。混元一氣首興變，無上至尊唯獨惡。踏碎虚空出杳冥，擘開混沌生揮霍。陰陽升降作門户，日月縱横爲鎖鑰。暑往寒來晝夜分，時通運塞興衰各。既而上立乾坤鈕，復乃下鳴師範鐸。建德隨方料物宜，因時設教從人樂。三皇五帝皆宗祖，六道四生咸唯諾。至聖文才尚發蒙，猶龍道德何其博。

度世吟

山深路僻行人少，盡日幽巖聽啼烏。無客相陪皓月中，有時獨立青雲表。雲表孤吟百邪遠，天涯一覽群山小。調高風急韻悠颺，清絶步虚神縹緲。憶昔重陽泛天角，清吟欲序乾坤樸。

釣拔扶風人不知，測量大海余先覺。入神妙致應難辨，出俗玄談非所學。返觀今日道崢嶸，始得他年功卓犖。首及東牟演仁孝，未能化俗開籠罩。五會軒軒立五名，寧海金蓮，登州玉華，萊州平等，文登七寶，福山三光。三州衮衮崇三教。出神入夢人驚駭，擲蓋投冠予計較。師居東海乃猶龍，馬入西秦還變豹。丹陽弘道，隆於陝右也。大定己丑夏四月，余與丹陽等數人從重陽師自文登如寧海，時邁龍泉，日氣稍熾。師令余等前己，執傘在後。距半里許，余忽迴顧，見傘騰空而起。余急返走問之，云：「摶扶搖而上，不知其然而然。」初，傘起東北，望之冉冉墜於沙間，指其方而覓之，了無所也。時余法眷邳陽子王公隱于東海隅之查山，山到文登一百一十里，文登到傘起處又七十里。傘起，乃辰時，及脯，墮邳陽公庵前柄內。邳陽子道號，往賜之焉。邳字，篇韻本無，乃師之所撰。傘自後查山下翟公家藏之，本寧海范明叔家借用者。范後知，往取之而弗肯，予投冠者。初，師之登城北觀海，頭上竹皮冠忽墮水漂去，已而復還。邳音竹。

逍遥吟

十洲三島兮巨海之中，瓊樓絳闕兮參差半空。松陰密鎖兮無畏日，紈扇不摇兮有清風。流金熱，佩玉真仙未嘗説。水晶宫殿開，寶座星辰列。碧虚懸象遶樓臺，清净化身非骨血。本來身，自通神，談笑忽驚天上人。

自在吟

瑶臺閬苑兮碧漢之中，祥雲瑞炁兮盈盈滿空。群仙出没兮灑清雨，萬化開坼兮動香風。炎蒸熱，那裏人家不曾説。煙收洞府開，門倚星河列。九天時復會嘉賓，萬里不須乘汗血。物外身，自清神，誰羡登樓摇扇人。

望海吟

余觀天下形勢壯觀，自潼關以東、淮水以北，無出登州，因作《望海吟》，用紀其實。

蓬萊僻東隅，壯觀天下絶。地鄰仙聖域，山枕魚龍穴。憑高望羲和，目極猶未徹。蒼蒼天水迴，泛泛雲霞泄。長風起波濤，萬里卷霜雪。憑凌登島嶼，滉漭失丘垤[一]。有時靈氣和，變化非常别。森羅無限景，欲辨難措舌。大哉百谷王，沉沉洞清徹。隨時潮有信，歷代旱無竭。人間頃畝池，是處廣開列。比之鯨波大，壯若蛙井劣。望平音。洋不見端，瀰天自嚴潔。衆流莫渾濁，萬古超生滅。

【校記】

〔一〕滉漭：影金本作「滉漭」。

仙游吟

閬苑紅塵外，瑶臺碧漢間。洞中仙不老，雲外客長閑。赤鳳吟丹穴，紅猊吠藥欄。青衣傳詔下，白鶴送書還。宴赴瓊林會，詩裁羽客班。浩歌金母殿，長嘯玉龜山。果結三千歲，樓高十二環。穆王何日到，方朔幾時攀。姑射肌猶潔，雙成皃更般[一]。飛瓊投月窟，弄玉弹華鬟[二]。命駕遊三島，摶風過百蠻。周旋窺海嶽，奮擲上天關。蕩蕩空無極，滔滔興未闌。恢然超法界，不復戀人寰。

【校記】

〔一〕般：原作「殷」，影金本、輯要本如之，於詩意詩韻不合，形近刊誤，茲改。〔二〕鬟：影金本作「鬘」。

頌三首

讚道

前賢後聖無差別，異派同源化執迷。太一混元開户牖，玄真直指上天梯。

去惑

他人之言不可聽，自己之心但可正。若憑他口是非言，壞却自身功德性。

示衆戒色

勞生有萬種，最大無過色。不唯喪命根，復乃銷陰德。還能戒此一，酷勝其他百。慕道修仙人〔一〕，從來是標格。

【校記】

〔一〕道：影金本作「佛」。

步虚詞二首

曠蕩修真教，飄飄出世門。先師開户牖，歸馬動乾坤。陋室迴仙觀，高名軋帝閽。雲朋霞友會，朝禮太虚尊。

寶炷成雲篆，華燈簇夜光[一]。星河初焕爛，鐘磬乍悠颺。醮主承嘉會，虔心禱上蒼。諸仙來顧盼，接引下虚皇。

【校記】

〔一〕簇：影金本作「蔟」。

世宗皇帝挽詞并引[一]。

臣處機以大定戊申春二月，自終南召赴闕下，蒙賜以巾冠衫繫，待詔於天長觀。越十有一日[二]，旨令處機作高功法師，主萬春節醮事。夏四月朔，徙居城北官庵，越二日己巳，奉聖旨塑純陽、重陽、丹陽三師像於官庵，彩繪供具，靡不精備。後五月十八日，召見於長松島。秋七月十日，再召見，剖析天人之理，頗愜宸衷，薄暮言歸。翌日，迨中使賜桃一槃[三]，處機不食茶果十有餘年，過荷聖恩，即啖一枚。中秋，以他事得旨，許放還山，仍賜錢十萬，表而辭之。逮己酉歲春，途經陝州，遽承哀詔。時也風塵澒洞[四]，天氣蒼黄，士庶官僚，盡皆素服[五]。處機雖道修方外，身處世間，重念皇恩，寧不有感？謹綴挽詞一首，用表誠懇云。

哀詔從天降〔六〕，悲風到陝來。黄河卷霜雪，白日翳塵埃。自念長松晚，天恩再詔迴。金槃賜桃食，厚德實傷哀〔七〕。

【校記】

〔一〕詩題原無「皇帝」二字，據影金本補。〔二〕十：影金本作「卅」。〔三〕追：影金本作「上遣」，輯要本作「遣」。〔四〕澒：原作「瀕」，輯要本如之，影金本漫漶。今按，「瀕」於字書未見，當是「澒」之訛。所謂澒洞，意猶彌漫、綿延。漢賈誼《旱雲賦》：「運清濁之澒洞兮，正重沓而並起。」《全上古三代秦漢三國六朝文·全漢文》卷一五。〔五〕素服：影金本作「戴白」，且此句下另有文字：「嗚呼！生死之大□□，萬乘富有四海，不能終乎古年，□□何哉？」〔六〕天：影金本作「燕」。〔七〕實：影金本作「亦」。

古調十五首

速修

一日一日復一日，短景渾如電光疾。天長地久磨古今，春去秋來變時律。大夢沉沉無晝夜，浮生衮衮差勞逸。人情不斷猶著空，我志雖高尚憂失。殼昧游魂如陷穽，心懷嗜欲同憐蜜。蜜甜有味何日忘，穽黑無明幾時出。出拔須憑高尚行，修治平音不假虚憢術。但能物我却親踈，自然神鬼難凶吉。吾身道性未開眼，土塌紫扉且容膝。和光同塵隨是非，化聲相待無相詰。

時八月間令人持詩於縣中覓破布衲衣西號也。

白露將殘寒露潔，山家冷淡觀遊絶。樹頭黄葉墜千林，身上麻袍聯百結。舊布重煩七里市，到城七里也。衲衣復待三冬雪。城中豪富各仁慈〔一〕，庶在磻溪長守拙。

【校記】

〔一〕仁慈：影金本作「仁心」。

隴山松

我居西山時六年，山西上有松孤然。朝雲霏微接關塞，暮雨淅瀝交洞天。天生此境爲吾伴〔一〕，隔澗相陪遠相看。鬱鬱蒼蒼氣色佳，蕭蕭瑟瑟風聲貫。連枝合抱垂重陰，受命已經千載深。如何今歲上春月，平地忽遭樵斧侵。斧聲丁丁響溪谷，松煙慘慘愁山麓。也知天意我將歸，故遺靈巖爾先覆。有夏禹廟甚靈。景亡人散復何陳，空山黯淡悲遊人。白鶴高飛失行止，蒼龍偃卧無精神。亦知物象終難固，凡百有形皆有數。高歌物外歸去來，大隱鄽中益開悟。

【校記】

〔一〕此境：影金本作「此景」。

贈濰陽唐括姑乃故丞相之女弟也予時在隴山京兆統軍夾谷公專人書召姑尋至

東萊之姑性玄遠，藴德含章自超拔。未能撈漉今古原，西出長安載脂牽。殷勤邀吾於隴山，余時杖策徐東還。還到長安舊遊處，故人不死多蒼顔。迴頭爲報姑明取，百歲光陰一寒暑。速抛家業違物情，早作閑人伴仙侶。壺中自遊日月長，身外不復衰殘殃。跨古騰今別無事，只由大德心開張。

因旱作

玄元大道統陰陽，造化乾坤萬物昌。高下如能各處分，始終即得免罹殃。今之曷故多烖障，蓋爲人心胡縱放。美食鮮衣器用華，狂朋怪侶邪淫王。陰陽交錯古來傳，恩害相生本自然。迤邐不能廉度日，因循直致旱經年。青霄碧落常無雨，紫陌紅塵唯播土。鑠石流金萬物焦，鎔腸裂背群生苦。有時率衆取湫祈，臠肉粧槃自噎飢。侮慢加之傷物命，喧呼何足動神祇。哀哉俗態荒聲色，箇箇傾危身反側。安得人心似我心，免遭痛切臨頭厄。

贈華州沙澗寨劉校尉

劉公滿室皆行善，供養閑人心不倦。巧行謾天我不爲，至心奉道人皆羡。殷勤種德養靈芽，闔郡生民有幾家。佇看異日功夫到，共躡祥雲阿母家。

愍物二首比歲飢疫相仍之故也。

天蒼蒼兮臨下土，胡爲不救萬靈苦。萬靈日夜相凌遲，飲氣吞聲死無語。仰天大叫天不應，一物細瑣徒勞形。安得大千復混沌，免教造物生精靈。

嗚呼天地廣開闢，化出衆生千百億〔一〕。暴惡相侵不暫停，循環受苦知何極。皇天后土皆有神，見死不救知何因。下士悲心却無福〔二〕，徒勞日夜含酸辛。

【校記】

〔一〕千百：影金本作「千萬」。〔二〕下士：原作「下土」，輯要本如之，此從影金本。

六月庚午喜雨

我聞東山雨，千載無西行。胡爲閲今夏，屢及滂沲霶。昨日午時後，一洗芽甲生。今日申時前，再傾車軸烹。千山日慘慘，四野雷轟轟。平地湧三尺，大河侵五更。蛟龍出池沼，旱魃填溝坑。雲漢復何有，天衢從此亨。

題劉節使所藏顯宗御畫莊子〔一〕

顯宗好道富年壯，手筆南華古形狀。南華去世千載餘，狀貌風格知何如。只是今人重古道，仿佛氣象加襟裾〔二〕。至人胸中本無待，萬竅吹噓任天籟。楊韓嵇阮心不同，到了各歸於大塊。

【校記】

〔一〕劉節使：影金本作「節使劉侯」。〔二〕裾：原作「据」，刊誤，此從影金本、輯要本。

冬日郊外閑步

草木既凋殘，冰霜何凜洌。長空鳥飛盡，大海魚遊絶。商旅不行舟，昆蟲皆閉穴。誰能豐足外，解把孤貧設。

秋風海上

蓬萊有客無家鄉，身擬學仙遊大方。大方洪水浸天闊，東極萬里青茫茫。曉來雨過西風急，策杖憑高看呼吸。鴻鴈連天剥棗晴，魚龍戲水操舟入。千尺絲綸直下垂〔一〕，碧波深處釣鯨鯢。紛紛魚鼈不肯食，鑯鑯波瀾空自迷。挂席未能超彼岸，乘槎再欲浮天漢。天漢高高萬象明，白雲誰是長生伴。

【校記】

〔一〕絲綸：原作「絲輪」，影金本、輯要本如之，刊誤。今按，絲綸指釣絲。唐無名氏《漁父》：「料理絲綸欲放船，江頭明月向人圓。」見《全唐五代詞》卷八《無名氏詞》。

登州修真觀建黄籙醮

渾淪至道急如箭，反覆陰陽自交戰。太極茫茫造化開，平空落落神奇見。群生萬象參差出，六合八紘粧點遍。跨古騰今逐日新，流形返樸隨時變。有情無情不可窮，大智小智交相攻。不有聖賢開教化，那知動植本虛空。千經萬論垂方便，寶笈琅函興衆善。自昔根源發杳冥，迄今道德猶光顯。邇來天下教門興，達士隨方化有情。我亦周流三十載，還鄉復到海邊城。城南磊落修真觀，氣勢清高接河漢。俯視滄茫渤澥深，仰觀卓犖星辰煥。城中信士往來多，物外交朋意氣和。承安四年冬十月，大興黄籙演金科。赤書玉字先天有，白簡真符破邪久。三級瑶壇映寶光，九卮神燈摛星斗。巉嵒破錢鄷都山，列峙昇仙不可攀。四夜嚴陳香火供，九朝時聽步虛環。千門萬户生歡悦，六街三市齊鋪設。金花銀燭相輝映，表裏光明自通徹。忽聞空外顯嘉祥，蕭索輪囷有異常。玉帝傳宣行大赦，仙童騎鶴下南昌。幽魂滯魄皆超度，白叟黄童盡欽慕。天涯好事未嘗聞，壓盡山東河北路。

濰州城北千户新觀

清閑不在苦幽棲，心上無塵到處宜。北海葱葱郡城角，地多花木景多奇。昔年車馬空撩亂，今日翻爲玉清觀。觀中遊戲是何人，天下往來都散漢。池塘寂寂鎖煙霞，大寶蓮開十丈花。借問經營誰施主〔一〕，襲封千户太均家〔二〕。

【校記】

〔一〕施主：影金本作「作主」。　〔二〕太均：影金本作「太君」。

題萊州招遠縣雲屯山觀

雲屯山上雲冥冥，天風蕩摇飛雨零〔一〕。神奇幻恠不可測，千變萬化無常形。雲收雨霽杳無跡，但見群山羅翠屏。山高谷深復何有，白石磊磊松煙青。春游浩蕩滿山谷，直上似欲趣天庭。心虚目極淡天闊，俯視漠漠環滄溟。昔居庵地走三郡，登、萊、寧海人多朝拜。今爲洞天朝萬靈。虚空舊基作新觀，人呼舊址爲虚空也。萬世不朽傳佳銘。

【校記】

〔一〕蕩摇：影金本如之，輯要本作「摇蕩」。

五言短句

警世

粉黛與珍玩，繁華虚熱亂。欲知萬事空，須作百年觀。

登膠水北山

憑高望南海，極目天蒼蒼。天際白雲起，凌空飛杳茫。

雪霽

澄澄東海月，皓皓西山雪。殘夜忽嚴凝，清光何皎潔。

五言長篇

示衆

性逐無邊念，輪迴幾萬遭。五行隨變化，四大不堅牢。暫假因緣活，空貪歲月勞。不知身是患，徒競物爲高。在事雖能幹，於身大没操。六塵飛冉冉，三界走嗷嗷。眩惑疲雙眼，貪求逼二毛。刳心無膽氣，戀色有脂膏。白首渾如雪，蒼顔不似桃。未能從教化，尚自騁兇豪。勁捷穿雲鶻，顛狂挂壁猱。有時生狡猾，無事起波濤。罪孽如山積，精神似海淘。無由伴松柏，直待掩蓬蒿。

海上述懷

海上風清冷，天根水杳茫。冰山雖斷絶，暑氣自銷亡。雅志横高節，虚心適大方。披雲遊汗漫，鼓櫂泛滄浪。獨立明千古，周行視八荒。天星非有落，地脉杳無疆。幻化漚千點，浮生夢一場。精神隨手變，花木暫時芳。百歲光陰短，三山道路長。求仙悲漢武，失道歎秦皇。採藥童應老，乘槎客未詳。空餘三島跡，時復顯嘉祥。大竹山、小竹山、車牛島爲之三島，嘉祥即海市也。

秋日艾山

秋風蕩山嶽，曉日驅雲煙。嫩菊黄鋪地，明霞翠埽天。登臨思海嶠，游戲挹山泉。巨石危猶壯，寒松老更堅。巖花香馥馥，澗草緑緜緜。遁跡潛行道，虛心不坐禪。觀空雖自在，遇景且留連。放筆紅塵外，馳名紫府邊。猶慚金母訣，敢道玉皇宣。住世過三樂，安時邁七賢。韜光終返樸，應物且隨緣。蝶夢驚千古，神游待百年。人人還得遇，口口自相傳。

武官梨花

白帝離金闕，蒼龍下玉京。地神開要妙，天質賦清英。色貫銀蟾娟〔一〕，香浮寶殿清。參差千萬樹，皎潔二三更。艷杏無光彩，妖桃陪下情。梅花先自匿，柳絮敢相輕。最好和風暖，尤佳麗日晴。游人期放曠，羽客賀昇平。未許塵埃染，常資雨露榮。郭西傳舊跡，山北耀新聲。爛熳鶯穿喜，扶踈鵲踏驚。琳宫當户牖，芝室近簷楹。綽約姑山秀，依稀華嶽精。會看年穀熟，普濟法橋成。

【校記】

〔一〕蟾媚：清畢沅、阮元《山左金石志》卷二一《長春子梨花詩石刻》録此詩作「蟾娟」。

登道士谷山

淡蕩春風暖，暄和曉日遲。褰裳登詰屈，絶頂翫幽奇。北海洪濤闊，南山大澤危。東風青鳥下，西嶺白雲垂。眼界空濛極，煙光縹緲隨。精神何灑落，道德自扶持。仿佛丹霄外，參差碧漢涯。那煩採芝術，直赴上仙期。《磻溪集》卷三。

新編全金詩卷一三六

丘處機 四

五言律詩

博州戰姑庭楸詩并序。

聊城之南、鄒氏之室有戰姑者，本蓬萊人。生含巧思，以彩縷紉結烏獸魚蟲花草之類，隨物變態，不待規模而應之於手，其精理過於生者遠甚〔一〕。自中年後守寡，信道甚篤，建庵設食，以待四方煙霞之侶，且有日矣。無何，佻薄者構成謗讟之私，用浼松筠之操。姑知不易明辨，即會其戚屬〔二〕，指庭下枯楸而祝之曰：「今仙聖在上，妾身若無毫髮過，願樹復榮。苟或不然，是妾自負矣。吾誓不與若等共天日！」祝後，歲幾半，窅無眹兆。里人笑而嘲之曰：「翳樹若生，不特爾之貞，而我亦富且貴矣。」姑聞之春夢，然彼楸樹者，以大定庚子歲始植，既植即死，風摧雨剥，殆幾五稔，形質朽殘，固無生理。越明年，建巳之夏，即姑始禱之月也，忽爾靈芽筍發於枯樹之下，狀如朱草，日引修條茂葉，蔽於堦砌。予初在陝右，屢聞是說，然未詳所見。逮明昌辛亥，塗經此州，閭閻里讚道。及寓宿於姑之家庭，而後悉其事爲不誣。自樹之復榮，于今六載矣。高可倍尋，枝幹扶疎，異於凡木。其傍枝四出，偃蹇遒勁，森然有拔俗凌云之氣象。長春先生曰：「至誠感物，明德動天，戰姑之謂乎！孰謂道之云遠，人病不誠其德耳。」因得四十字，用紀不神之應〔三〕，時某年月日。

外口生非謗〔四〕，虚心禱證明。長楸根已爛，朽枿筍重榮。孟氏悲黄竹，田真嘆紫荊。昔年聞孝義，今日表忠貞。

【校記】

〔一〕精理：輯要本作「精神」。〔二〕戚：影金本作「親」。〔三〕不神：輯要本作「天神」。〔四〕外口：影金本作「於口」。

答虢縣猛安鎮國

酷愛無人境，高飛出鳥籠。吟詩閑度日，觀化静臨風。杖策南山北，酣歌西坂東。紅塵多少事，不到白雲中。

答虢縣李四秀才

嚴冬極瀟灑，短晷急周旋。獨立紅塵外，孤吟碧嶂前。側身窺洞口，明目注山巔。遥望青峰雪，皚皚白映天。

訪終南懷道村寧之道留宿竹園

懷道訪之道，攄情遠世情。安居神自爽[一]，欲睡夢還驚。仙院風光雅，瓊林月色清。儒生真得趣，奚戀紫袍榮。

【校記】

〔一〕安居：影金本作「安閑」。

讚長生先生

法眷我昏耳，仙儔誰福乎。東萊高士傑，西洛大名殊。後獲宗乘教，公最後出家。先開道德模。深知童子力，乃感聖賢扶。

讚玉陽先生

故國真仙子，東方大達人。清高何異俗，爽邁不同塵。表裏天俱賜，行藏世絶倫。時時期禍福，徵驗默通神。

寄題磻溪太公廟

一景通高下，三峰鎮古今。路穿雲洞滑，祠隱釣溪深。出竇飛泉迸，參天古柏陰[一]。快哉清絶地，堪暢野人心。

【校記】

〔一〕古：影金本作「隆」。

春日登覽

時出碧雲堂，迴旋望八荒。雲收千里淨，風散百花香。欲海愁思遠，春山興味長。楮笻登眺罷，深入醉中鄉。

初雪

昨夜雨成雪，今朝地變銀。窓明不是曉，野暗即非塵。出海金波淡，彌天玉樹新。乍觀清入眼，堪動作詩人。

秋雨

信宿天飛雨，清秋地湧波。沉陰韜日月，滹潏漲江河。紫塞歸鴻恨〔一〕，青山隱士歌。不防居石室，高枕詠煙蘿。

【校記】

〔一〕恨：輯要本作「憾」。

出都

乍出皇都外〔一〕，高吟野興馳。開籠鸚鵡俊，展翼鳳凰奇。白馬翩翩驟，青山隱隱移。長安一片錦，指日到無疑。

【校記】

〔一〕乍：輯要本作「年」。

登易州西山

褰裳步不毛，絶頂望秋毫。深谷杳冥峻，亂山重叠高。森森骨髓戰，睆睆目睛勞。自笑無心客〔一〕，何如挂壁猱。

【校記】

〔一〕客：影金本作「字」。

題艾山

一朵黑雲寒，亭亭杳靄間。天垂滄海闊，地鎮白雲閑。五嶽名雖隱，三神道可攀。時觀觸石化，甘露沃塵寰。

望崑嵛

舊隱崑嵛地，東南一望嘉。玉峰排海嶽，雲錦散天花。氣鬱鍾三秀，神清邁九華。時當春雪霽，盈眼白朱砂。

登蓬萊閣

一上蓬萊閣，虛心瞪目遥。雲移山自長〔一〕，水到海還消。俯視蛟龍窟，傍觀烏鵲橋。何憂遠輕舉，咫尺近丹霄。

【校記】

〔一〕雲移：影金本作「雲依」。

望海

海色吞天色，風聲雜水聲。雲翻魚鼈駭，雷動鬼神驚。射激千巖險，汪洋萬里平。時無釣鼇手，擲犗引長鯨。

山堂雨霽

曉日三竿麗，千山一望平。高吟神愈暢，遠眺目增明。雨後簷前潤，風來座上清〔一〕。心非同道者，不使過門行。

【校記】

〔一〕座：影金本作「坐」。

夜深對月二首

耿耿中宵月，無人獨自行〔一〕。下連滄海白，高滿太虛清。奮跡離三島，游空照萬城。城中多少客，睡重不能驚。

耿耿中宵月，無人獨自明。天邊維斗暗，地上百邪驚。野鶴依稀辨〔二〕，群龍夭矯鳴〔三〕。寻常三五夜，未有一般清。

【校記】

〔一〕行：影金本作「明」。〔二〕影金本此句下有小字注：「中士聞道，若存若亡。」〔三〕影金本此句下有小字注：「上士聞道，勤而行之。」

初冬括馬值雨[一]

十月滂沱雨，三更洶湧聲。浮雲連海嶠，激水灌山城。野暗風波急，泥深道路傾。行人兼走馬，一夜到天明。

【校記】

[一]影金本詩題下有小字注：「承安二年也。」

初雪

行看十月盡，偶見六花飛。散漫迴風急，繽紛入夜微。山川淡屏帳，星斗失珠璣。曉色衝天淨，銀霞爛目輝。

遊春

一夜春風暖，三竿曉日華。有山皆著錦，無地不開花。金谷人多感，桃源路易差。迴頭皆是夢，説與道人家。

春夜雨二首[一]

山光猶冷淡，景色未鋪陳。細雨偏霑物，輕風不著人。融和三月暖，次第百花新。静夜軒中卧[二]，閑吟海上春。

春色來何晚，清明不見花。開軒觀翠竹，撥土認黄芽。夜雨微微作，光風漸漸嘉。參差三月盡，桃李滿天涯。

【校記】

〔一〕影金本詩題作「泰和壬戌春夜雨」。〔二〕卧：影金本作「邸」。

雲峰

九夏時炎赫，千山氣鬱蒸。翔空初漠漠，變態復層層。岌嶪真堪畫，孤高不可昇。何當仙去也，跨鶴上憑凌。

修殿乏材令工師栰木海北至濱阻風殆十餘日秋八月有九日方西南風栰木乘之始達膠東

日落金風順，潮平栰木開[一]。雲帆争岸急，曉日映天來。海北雖多難，膠東幸少災。不憂成大厦，已見得良材。

【校記】

〔一〕栰木：影金本作「木栰」。

自述

白髮年來長，紅顔日漸凋。未能明道術，欲去問松喬。罔象如何覓，還丹著甚燒。欽依三洞訣，得使萬緣消。

五言絶句

藍田

萬壑舒紋錦，千峰列畫屏。雨餘藍水白，雲斷玉山青。

復歸隴山二首

鶴性還山好，雲峰當夏奇。避風權過海，得雨不留池。

獨坐長松下，孤吟亂石邊。夜騎朱頂鶴，時訪白雲仙。

愍物二首

皇天生萬類，萬類屬皇天。何事縱陵虐[一]，不教生命全。

陰陽成造化，生滅遞浮沉。最苦有情物，難當無善心。

【校記】

〔一〕陵虐：影金本作「凌虐」。

秋夜二首

露氣含秋爽，天光照夜明。隴頭殘月暗，溪上曉風清。

玉露夜漫漫，銀河秋耿耿。風含水谷清，月耀天衢冷〔一〕。

【校記】

〔一〕天衢：影金本作「天下」。

清曉二首

銀河初變色〔一〕，星斗欲翻空。殘月半輪白，曉霞千丈紅〔二〕。

舞鶴夜初曉〔三〕，游仙夢始驚。月銜山轉大，風度水偏清〔四〕。

【校記】

〔一〕銀：影金本作「江」。〔二〕千：影金本作「十」。〔三〕夜：影金本作「庭」。〔四〕水：影金本作「泉」。

清興二首

三冬遊海上，六出滿天涯。爲訪神仙窟，經過道士家〔一〕。
酒傾金露滑，茶點玉芝香。神爽得三昧，清和消百殃〔二〕。

【校記】

〔一〕清畢沅、阮元《山左金石志》卷一九録此詩，題作「題王重陽畫像」，末署「壬寅仲夏月丙午日萊州丹陽觀立石」。〔二〕清：影金本作「氣」。

造物三首

造物通神化，流形滿大千。群迷長受苦，萬聖不能悛。
太混一時剖，空花千古繁。神奇億萬變，道德杳冥存。
萬化隨時出，三光合度明。九霄常運轉〔一〕，八極自生成〔二〕。

【校記】

〔一〕常：原作「宫」，此從影金本。〔二〕自：影金本作「合」。

示衆三十七首

色身元有限，情欲浩無涯。痴似蜂貪蜜，狂如蝶戀花。

六根誰是主，貪欲自招殃。一念色心動，百骸秋氣傷〔一〕。
外物於身患，狂心不自監。病深方省欲，禍極始知貪。
最愛三田寶，難禁五欲情。後生須自重，元氣莫相輕。
四大本無託，百年還有期。衆人皆不悟，三教莫能規。
失道本無命〔二〕，得時元有期。有無皆自定，貪愛復何爲。
紅顔若春樹，白髮似秋霜。俯仰一時過，驅馳三界忙〔三〕。
繁華媚春雨〔四〕，衰草淡秋煙。日月暗相逼〔五〕，古今經幾遷〔六〕。
羅綺千箱滿，金珠萬斛盈。只知他物好，不覺自心縈。
廈屋千間峻，良田萬畝平〔七〕。自心非實相，他物是虚名。
世事無窮變，悶愁不測來。志心行言之〔八〕，門户少凶災〔九〕。
禍福相生滅，榮枯遞獻酬。不窮天外樂，那免世間憂。
精神多削弱，機巧益巉巖。未及開籠鳥，還同作繭蠶。
遇戰皆奔北，逢迷孰指南。身心多自役，道德有誰參。
物裏光陰促，人間興廢多。覺來渾似夢〔一〇〕，貪得又如何。
彼此衆生性，朝昏雜念魔。静觀無以救，長歎復如何。
假饒身富貴，不及性圓通。道德希夷妙，春秋殺伐空。

大夢何時覺，浮生曠劫迷。乾坤無晝夜，日月走東西。
妙理無由得，狂心不奈何。念隨空變化，精自欲消磨。
愛欲時光短，前程地獄深。莫教空度日，切要緊降心。
寬容無怨害，柔弱勝剛强。滿口齒先落，終身舌未傷。
江海無拘客，乾坤自在人。子陵猶傲帝，王霸不稱臣。
石髓能延壽，丹砂解駐顏。葛洪遊大海，王烈遇深山。
觸情常決烈，非道莫參差。忍辱調猿馬，安閑度歲時。
真陽加滿腹[一]，遐壽可齊天。世事皆虛耗，心神莫倒顛。
像教終難入，名言不可求。心中無雜念，境上得閑游。
浮華皆是夢，外物豈能堅。若不通三一，如何出大千。
可畏風前燭，堪嗟水上漚。百年如反掌[二]，千古暫迴頭。
衆生多患難，大道苦希微。不有神仙福，難明造化機。
衆生皆爲口，終日苦勞心。目眩空花亂，身隨萬物淫。
衆生心不盡，大道理難明。若要開天眼，須當滅世情。
日月交加迫，朝昏返復催。光陰留不住，生死突將來。
自然生有漏，誰解入無餘。不見眼前欲，方知心上虛。

有情知道遠，無事覺心寬。造化開天窟，精神奈歲寒〔一三〕。

茫茫三界闊〔一四〕，混混百邪深〔一五〕。萬古常存道，群生不了心。

五福唯高壽，三靈獨配人。優游閑卒歲，放浪不拘塵。

聖賢非道遠〔一六〕，功德在人修。不向此心覓，更於何處求。

【校記】

〔一〕秋：影金本作「行」。〔二〕失：影金本作「天」。〔三〕三界忙：影金本作「苦奔忙」。〔四〕繁華：影金本作「春華」。〔五〕逼：影金本作「迫」。〔六〕經：影金本作「能」。〔七〕良：原作「淚」，此從影金本。〔八〕言之：影金本作「志善」。〔九〕門户：輯要本作「善事」。〔一〇〕渾：影金本作「深」。〔一一〕加：影金本作「如」。〔一二〕反：影金本作「返」。〔一三〕奈：影金本作「既」，輯要本作「耐」。〔一四〕茫茫：影金本作「渺茫」。〔一五〕深：影金本作「淫」。〔一六〕聖賢：影金本作「高賢」。

修道二十首

眼耳離聲色，身心却有無。自然通造化，何必論精麤。

鍊氣清心士，干雲拔俗標。心如山不動，氣似海常潮。

萬緣如嚼蠟，三毒似銷冰。既出陰陽彀，那論大小乘。

五眼元同體，三身共一枝。寸心無我後，圓覺照空時。

自生還自滅，無淺亦無深。不悟身非我，難明物是心[一]。

踏碎虚空界，崩開造化權。浮雲收静境，慧日照禪天。

一言何所在，萬事不相干。造化開天窟，精神耐歲寒。

眼根雖有用，心地了然休。且向一生夢，聊隨萬化游。

身猶方丈窄，心若太虚寬。四海千山隔，三靈一體觀。

寂滅無心地，光明耀太虚。琉璃含寶月，網絡貫天珠。

登真無濁氣，邁俗有清標。急急離長夜，冥冥上太霄。

玉鼎丹砂沸，金壺碧酒香。鬼神心莫測，天地壽難量。

夢斷華胥國，神游紫府天。興邀三島客，閑訪十洲仙。

道因無事得，法爲有心生。若解除三毒，應當出五行。

道自無爲顯，心因有法生。混元含萬象，太一起虚名。

有動緣無動，無爲即有爲。三光不照處，萬象顯明時[二]。

本自無心得，何勞用意思。五行不到處，萬化總歸時。

月上中天皎，風來半夜清。洞天人不到，閑客自相迎。

藥圃芝田浄，金壇玉宇新。壺中天不夜，物外景長春。

十洞高真列，三天上聖居。白雲能送客，青鳥解傳書。

【校記】

〔一〕物：影金本作「我」。〔二〕萬象：影金本作「萬化」。

讚道十首

大道元無極，長生豈有涯。劫終權返實，時運復開花。

道德元無象，丹青畫不真。聖賢潛濟物，今古默通神。

道德三綱啟，乾坤萬象陳。山河蟠地軸，日月走天輪。

恍惚神爲幹，氤氳氣是芽。乾坤如長葉，日月似開花。

道運陰陽秀，天成造化功。鬼神精不見，山海氣潛通。

道運陰陽秀，天垂雨露精。三光同照耀，萬化悉生成。

道運陰陽秀，人沾雨露恩。幽明隨日月，造化出乾坤。

大樸含元氣，無方稟至神。至神通造化，元氣合經綸。

大聖開天地，長空布日星。迴還分晝夜，今古照生靈。

日月騰光彩，風雷震杳冥。含弘無作用，變化有神靈。《磻溪集》卷四。

新編全金詩卷一三七

丘處機 五

答宣撫王巨川

旌旗獵獵馬蕭蕭，北望燕京渡石橋〔一〕。萬里欲行沙漠外，三春遽別海山遥。良朋出塞同歸鴈，破帽經霜更續貂。一自玄元西去後，到今無似北庭招。

【校記】

〔一〕燕京：王注本作「燕師」。

跋閻立本太上過關圖

蜀郡西遊日，函關東別時。群胡皆稽首，大道復開基。

以偈示衆二首

雜亂朝還暮〔一〕，輕狂古到今。空華空寂念，若有若無心。

觸情常決烈，非道莫參差。忍辱調猿馬，安閑度歲時。

【校記】

〔一〕雜亂：王注本作「離亂」。

寄燕京士大夫

登真何在泛靈槎〔一〕，南北東西自有嘉。碧落雲峰天景致，滄波海市雨生涯。神游八極空雖遠，道合三清路不差。弱水縱過三十萬，騰身頃刻到仙家。

【校記】

〔一〕槎：原作「楂」，此從王注本。今按，晉張華《博物志》卷一〇：「近世有人居海渚者，年年八月有浮槎去來，不失期。人有奇志，立飛閣於查上，多齎糧，乘槎而去。」

遊禪房山初入峽門

入峽清遊分外嘉，群峰列岫戟查牙。蓬萊未到神仙境，洞府先觀道士家。松塔倒懸秋雨露，石樓斜照晚雲霞。却思舊日終南地，夢斷西山不見涯。

平地有湧泉清冷可愛往來其間有詩

午後迎風背日行，遥山極目亂雲横。萬家酷暑熏腸熱，一派寒泉入骨清。北地往來時有信，東皋遊戲俗無争。耕夫牧豎，堤陰讓坐。溪邊浴罷林間坐，散髮披襟暢道情。

醮後題詩

太上弘慈救萬靈，衆生薦福藉群經。三田保護精神氣，萬象欽崇日月星。自揣肉身潛有漏，難逃科教入無形。且遵北斗齋儀法，南斗北斗，皆論齋醮。漸陟南宫火煉庭。

八月初應宣德州元帥移剌公請遂居朝元觀中秋夜有賀聖朝二曲復作二絶

長河耿耿夜深深，寂寞寒窗萬慮沉。天下是非俱不到，安閑一片道人心。

清夜沉沉月向高，山河大地絶纖毫。唯餘道德渾淪性，上下三天一萬遭。

十月間方繪祖師堂壁是月果天氣温和如春絶無風沙由

是畫史得畢其功有詩

季秋邊朔苦寒同，走石吹沙振大風。旅鴈翅垂南去急，行人心倦北征窮〔一〕。我來十月霜猶薄，人訝千山水尚通。不是小春和氣暖，天教成就畫堂功。

【校記】

〔一〕北征：王注本作「北途」。

十八日南往龍陽道友送别多泣下以詩示衆

生前暫别猶然可，死後長離更不堪。天下是非心不定，輪迴生死苦難甘。

十一月十有四日赴龍巖寺齋以詩題殿西廡

杖藜欲訪山中客，空山沉沉淡無色〔一〕。夜來飛雪滿巖阿，今日山光映天白。天高日下松風清，神遊八極騰虚明。欲寫山家本來面，道人活計無能名。

【校記】

〔一〕空山：王注本作「清夜」。

十二月以詩寄燕京道友二首

此行真不易，此别話應長。北蹈野狐嶺，西窮天馬鄉。陰山無海市，白草有沙場。自歎非玄聖，何如歷大荒。

京都若有餞行詩，早寄龍陽出塞時。昔有上牀鞋履别，今無發軫夢魂思。

復寄燕京道友

十年兵火萬民愁，千萬中無一二留。去歲幸逢慈詔下，今春須合冒寒遊〔一〕。不辭嶺北三千里，皇帝舊兀里多。仍念山東二百州。窮急漏誅殘喘在，早教身命得消憂。

【校記】

〔一〕今春：王注本作「今年」。

辛巳上元醮於宣德州朝元觀以詩示衆

生下一團腥臭物，種成三界是非魔。連枝帶葉無窮勢，跨古騰今不奈何。

出明昌界以詩紀實

坡陀折疊路彎環，到處鹽場死水灣。盡日不逢人過往，經年時有馬迴還〔一〕。地無木植惟荒草，天産丘陵没大山。五穀不成資乳酪，皮裘氈帳亦開顔。

【校記】

〔一〕時有：王注本作「惟有」。

至魚兒濼始有人煙聚落多以耕釣爲業時已清明春色渺然凝冰未泮有詩

北陸祁寒自古稱，沙陀三月尚凝冰。更尋若士爲黄鵠，要識修鯤化大鵬。蘇武北遷愁欲死，李陵南望去無憑。我今返學盧敖志，六合窮觀最上乘。

西南接魚兒濼驛路又行十日以詩叙其實

極目山川無盡頭，風煙不斷水長流。如何造物開天地，到此令人放馬牛。飲血茹毛同上古，峨冠結髮異中州。聖賢不得垂文化，歷代縱横只自由。

至蒙古營宿拂廬旦行迤邐南山望之有雪因以詩紀其行

當時悉達悟空晴，發軫初來燕子城。撫州是也。北至大河三月數，即陸局河也。四月盡到，約二千餘里。

西臨積雪半年程。即此地也。山常有雪，東至陸局河，約五千里，七月盡到。不能隱地迴風坐，道法有回風隱地、攀斗藏天之術。却使彌天逐日行。行到水窮山盡處，斜陽依舊向西傾。

大風傍北山西來黄沙蔽天不相物色以詩自嘆

丘也東西南北人〔一〕，從來失道走風塵。不堪白髮垂垂老，又踏黄沙遠遠巡。未死且令觀世界，殘生無分樂天真。四山五嶽都游遍〔二〕，八表飛騰後入神。

【校記】

〔一〕丘：王注本作「某」。〔二〕都：王注本作「多」。

因水草便以待鋪牛驛騎數日乃行有詩三絶

八月涼風爽氣清，那堪日暮碧天晴。欲吟勝概無才思，空對金山皓月明。

金山南面大河流，河曲盤桓賞素秋。秋水暮天山月上，清吟獨嘯夜光毬。

金山雖大不孤高，四面長拖拽脚牢。横截大山心腹樹，干雲蔽日競呼號。

過沙陀途中作

高如雲氣白如沙，遠望那知是眼花。漸見山頭堆玉屑，遠觀日腳射銀霞。横空一字長千里，照地連城及萬家。從古至今常不壞，吟詩寫向直南誇。

其夜風雨作園外有大樹復出一篇示衆

夜宿陰山下，陰山夜寂寥。長空雲黯黯，大樹葉蕭蕭。萬里途程遠，三冬氣候韶。全身都放下，一任斷蓬飄。

因述詩贈書生李伯祥

三峰並起插雲寒，四壁横陳繞澗盤。雪嶺界天人不到〔一〕，冰池耀日俗難觀。人云，向此冰池之間觀看，則魂識昏昧。巖深可避刀兵害，其巖險固，逢亂世堅守，則得免其難。水衆能滋稼穡乾。下有泉源，可以灌溉田禾，每歲秋成。名鎮北方爲第一，無人寫向畫圖看。

【校記】

〔一〕界：王注本作「届」。

至阿里馬城自金山至此以詩紀其行

金山東畔陰山西，千巖萬壑攢深溪。溪邊亂石當道卧，古今不許通輪蹄。前年軍興二太子，修道架橋徹溪水。三太子修金山，二太子修陰山。今年吾道欲西行，車馬喧闐復經此。銀山鐵壁千萬重，爭頭競角夸清雄。日出下觀滄海近，月明上與天河通。參天松如筆管直，森森動有百餘尺。萬株相倚鬱蒼蒼，一鳥不鳴空寂寂。羊腸孟門壓太行，比斯大略猶尋常。雙車上下苦敦攧〔一〕，百騎前後多驚惶。天池海在山頭上，百里鏡空含萬象。縣車束馬西下山，四十八橋低萬丈。河南海北山無窮，千變萬化規模同。未若兹山太奇絶，磊落峭拔加神功。我來時當八九月，半山以上皆爲雪。山前草木暖如春，山後衣衾冷如鐵。

【校記】

〔一〕敦攧：王注本作「頓攧」。

復南望大雪山而西山形與邪米思干之南山相首尾復有詩

造物峥嶸不可名，東西羅列自天成。南横玉嶠連峰峻，北壓金沙帶野平。下枕泉源無極潤，上通霄漢有餘清。我行萬里慵開口，到此狂吟不勝情。

至邪米思干大城因暇日出詩一篇

二月經行十月終，西臨回紇大城墉。塔高不見十三級，以甎刻鏤玲瓏，外無層級，内可通行。山厚已過千萬重。秋日在郊猶放象，夏雲無雨不從龍。嘉蔬麥飯蒲萄酒，飽食安眠養素慵。

故宫中書詩於壁二首

東海西秦數十年，精思道德究重玄。日中一食那求飽，夜半三更强不眠。實跡未諧霄漢舉，虚名空播朔方傳。直教大國垂明詔，萬里風沙走極邊。

弱冠尋真傍海濤，中年遁跡隴山高。河南一别昇黄鵠，塞北重宣釣巨鼇。無極山川行不盡，有爲心迹動成勞。也知六合三千界〔一〕，不得神通未可逃。

【校記】

〔一〕知：王注本作「和」。

司天臺判李公輩請遊郭西宣使洎諸官載蒲萄酒以從是日天氣晴霽花木鮮明隨處有臺池樓閣間以蔬圃憩則藉草人皆樂之談玄論道時復引觴日昃方歸作詩

陰山西下五千里，大石東過二十程。雨霽雪山遥慘淡，春分河府近清明。邪米思干大城，大石有國時名爲河中府。園林寂寂鳥無語，花木雖茂，並無飛禽。風日遲遲花有情。同志暫來閑睥睨，高吟歸去待昇平。

復遊郭西園林相接百餘里雖中原莫能過但寂無鳥聲耳遂成二篇以示同遊

二月中分百五期，玄元下降日遲遲。正當月白風清夜，更好雲收雨霽時。帀地園林行不盡，照天花木坐觀奇〔一〕。未能絶粒成嘉遁，且向無爲樂有爲。

深蕃古跡尚横陳，大漠良朋欲徧巡。舊日亭臺隨處列，向年花卉逐時新。風光甚解流連客，夕照那堪斷送人。竊念世間酬短景，何如天外飲長春。

【校記】

〔一〕照天：王注本作「際天」。

三月二十九日作

志道既無成，天魔深有懼。東辭海上來，西望日邊去。鷄犬不聞聲，馬牛更遞鋪。千山及萬水，不知是何處。

出峽復有詩二篇

水北鐵門猶自可，水南石峽太堪驚。兩崖絶壁攙天聳，一澗寒波滚地傾。夾道横屍人掩鼻，溺溪長耳我傷情。十年萬里干戈動，早晚迴軍復太平。雪嶺皚皚上倚天，晨光燦燦下臨川。仰觀峭壁人横度，俯視危崖柏倒懸。五月嚴風吹面冷，三膲熱病當時痊。我來演道空迴首，更卜良辰待下元。

及奉詔而回四月終矣百草悉枯又作詩

外國深蕃事莫窮，陰陽氣候特無從。纔經四月陰魔盡，春冬霖雨，四月純陽，絶無雨。卻早彌天旱魃凶。浸潤百川當九夏，以水溉田。摧殘萬草若三冬。我行往復三千里，三月去，五月回。不見行人帶雨容。金李志常《長春真人西遊記》卷上，明正統《道藏》本，文物出版社等一九九四年，第三四册四八〇頁。

宣差李公東邁以詩寄東方道衆

當時發軔海邊城，海上干戈尚未平。道德欲興千里外，風塵不憚九夷行。初從西北登高嶺，即野狐嶺。漸轉東南指上京。陸局河東畔東南望，上京也。迤邐直西南下去，西南四千里到兀里朵，又西南二千里到陰山。陰山之外不知名。陰山西南一重大山、一重小水，數千里到邪米思干大城，師館於故宫。

過河中異其俗作詩以紀其實

回紇丘墟萬里疆，河中城大最爲强。滿城銅器如金器，一市戎裝似道裝。剪鏃黄金爲貨賂〔一〕，裁縫白氎作衣裳。靈瓜素椹非凡物，赤縣何人搆得嘗〔二〕。

【校記】

〔一〕鏃：王注本作「簇」。〔二〕搆：似當作「購」，姑仍之，以備參考。

當暑雪山甚寒煙雲慘淡乃作絶句

東山日夜氣濛鴻〔一〕，曉色彌天萬丈紅〔二〕。明月夜來飛出海，金光射透碧霄空。

【校記】

〔一〕濛鴻：王注本作「洪濛」。〔二〕曉色：王注本作「晚色」。

在館賓客甚少以經書遊戲復有絶句

北出陰山萬里餘，西過大石半年居。遐荒鄙俗難論道，静室幽巖且看書。

中秋抵河上其勢若黄河流西北乘舟以濟宿其南岸西有山寨名團八剌山勢險固三太子之醫官鄭公途中相見以詩贈云

自古中秋月最明，凉風屆候夜彌清。一天氣象沉銀漢，四海魚龍耀水精。吴越樓臺歌吹滿，燕秦部曲酒肴盈。我之帝所臨河上，欲罷干戈致太平。

東行書教語一篇示衆

萬里乘官馬，三年別故人。干戈猶未息，道德偶然陳。論氣當秋夜，對上論養生事，故云。還鄉及暮春。思歸無限衆，不得下情伸。

六月二十一日宿漁陽關明日度關而東五十餘里豐州元帥以下來迎宣差俞公請泊其家俞公以繭紙求書書之

身閑無俗念，鳥宿至鷄鳴。一眼不能睡，寸心何所縈。雲收溪月白，炁爽谷神清。不是朝昏坐，行功扭捏成。

有鷄鴈三七夕日遊郭外放之海子中少焉翔戲於風濤之間容與自得賦詩二首

養爾存心欲薦庖，逢吾念善不爲肴。扁舟送在鯨波裏，會待三秋長六梢。

兩兩三三好弟兄，秋來羽翼未能成。放歸碧海深沉處，浩蕩波瀾快野情。

至雲中宣差總管阿不合與道衆出郭以步輦迎歸於第樓居二十餘日總管以下晨參暮禮雲中士大夫日來請教以詩贈之

得旨還鄉早[一]，乘春造物多。三陽初變化，一氣自冲和。驛馬程程送，雲山處處羅。京城一萬里，重到即如何。

【校記】

〔一〕早：王注本作「少」。

至宣德入居州之朝元觀道友敬奉遂書四十字

萬里遊生界，三年別故鄉。迴頭身已老，過眼夢何長。浩浩天空闊，紛紛事杳茫。江南及塞北，從古至今常。

於龍陽住冬旦夕常往龍岡閑步下視德興以兵革之後村

落蕭條作詩以寫其意二首

昔年林木參天合，今日村坊徧地開。無限蒼生臨白刃，幾多華屋變青灰。

豪傑痛吟千萬首，古今能有幾多人。研窮物外閑中趣，得脱輪迴泉下塵。

甲申之春二月朔醮於縉山之秋陽觀觀在大翮山之陽山水明秀松蘿煙月道家之地也以詩題其概二首

秋陽觀後碧嵓深，萬頃煙霞插碧岑。一徑桃花春水急，彎環流水洞天心。

群山一帶碧嵯峨，上有群仙日夜過。洞府深沈人不到，時聞巖壁洞仙歌〔一〕。

【校記】

〔一〕巖壁：王注本作「巖壑」。

遠方道人繼來求法名者日益衆嘗以四頌示之四首

世情無斷滅，法界有消磨。好惡縈心曲，漂淪奈爾何。

有物先天貴，無名不自生。人心常隱伏，法界任縱横。

徇物雙眸眩，勞生四大窮。世間渾是假，心上不知空。

昨日念無蹤，今朝事亦同。不如齊放下，度日且空空。

寒食日作春遊詩二首

十頃方池閒御園，森森松柏罩清煙。亭臺萬事都歸夢，花柳三春卻屬仙。島外更無清絶地，人間唯有廣寒天。深知造物安排定，乞與官民種福田。

清明時節杏花開，萬户千門日往來。島外茫茫春水闊，松間獵獵暖風迴。遊人共歎斜陽逼，達士猶嗟短景催。安得大丹冥换骨，化身飛上鬱羅臺。

登壽樂山顛四顧園林若張翠幄行者休息其下不知暑氣之甚也因賦五言律詩

地土臨邊塞，城池壓古今。雖多壞宫闕，尚有好園林〔一〕。緑樹攢攢密，清風陣陣深。日遊仙島上，高視八紘吟。

【校記】

〔一〕尚有：王注本作「猶有」。

陳公秀玉來見出示七言律詩

蒼山突兀倚天孤，翠柏陰森繞殿扶。萬頃煙霞常自有，一川風月等閑無。喬松挺拔來深澗，異石嵌空出太湖。盡是長生閑活計，修真薦福邁京都。

丙戌正月磐山黄籙醮三晝夜是日天氣晴霽人心悦懌寒谷生春將事之夕以詩示衆

詰曲亂山深，山高快客心。群峰争挺拔，巨壑太蕭森。似有飛仙過〔一〕，殊無宿鳥吟。黄冠三日醮，素服萬家臨。

【校記】

〔一〕過：王注本作「至」。

一日有吴大卿德明者以四絶句來上復次韻答之

燕國蟾公即此州，超凡入聖洞賓儔。一時鶴駕歸蓬島，萬劫仙鄉出土丘。

我本深山獨自居，誰能天下衆人譽。軒轅道士來相訪，不解言談世俗書。

莫把閑人作等閑，閑人無欲近仙班。不於此日開心地，更待何時到寶山。

混沌開基得自然，靈明翻小大椿年。出生入死常無我，跨古騰今自在仙。

題支仲元畫得一元保元素三仙圖

得道真仙世莫窮，三師何代顯靈蹤。直教御府相傳授，閱向人間類赤松。

奉道者求頌以七言絶句示之

朝昏忽忽急相催，暗換浮生兩鬢絲。造物戲人俱是夢，是非嚮日又何爲。

仲冬十有三日夜半振衣而起步於中庭既還坐以五言律詩示衆

萬象彌天闊，三更坐地勞。參横西嶺下，斗轉北辰高。大勢無由遏，長空不可韜。循環誰主宰，億劫自堅牢。

雨後遊東山庵與客坐於林間日夕將還以絶句示衆

西山爽氣清，過雨白雲輕。有客林間坐，無心道自成。

小暑後大雨屢至暑氣愈熾以七言詩示衆

溽暑熏天萬里遥，洪波拍海大川潮。嘉禾已見三秋熟，旱魃仍聞五月消。百姓共忻生有望，三軍不待令方調。實由道化行無外，暗賜豐年助聖朝。

七月九日午後留頌〔一〕

生死朝昏事一般，幻泡出没水長閑。微光見處跳烏兔，玄量開時納海山〔二〕。揮斥八紘如咫尺〔三〕，吹嘘萬有似機關。狂辭落筆成塵垢，寄在時人妄聽間。金李志常《長春真人西遊記》卷下。

【校記】

〔一〕清張謙《道家詩紀》卷二四《元紀一》録此詩，題作「題寶玄公塋」。〔二〕玄：《道家詩紀》作「元」，清人避康熙帝名諱而改。〔三〕紘：《道家詩紀》作「絃」。

集外補遺

題天壇

四面諸山若附庸，突然中起最高峰。每看晴日移壇影，常説寒潭卧黑龍。沆瀣要和千歲藥，茯苓先斸萬年松。擬尋活計參真趣，又隔煙蘿第幾重。清顧嗣立《元詩選》二集《丘真人處機》，中華書局一九八七年。今按，此題原作「二首」，其一已收入《磻溪集》中，題作「磻溪鑿長春洞」。

神清觀十六絶并序。

姑餘之西、蒼山之東，全道庵者，形勢之地也。氣象恢宏，峰巒巉絶，大石長松，莫知其數，蓋貞祐元年東牟彭城先生首創也。大定六年，予自棲霞而來；洎八年，重陽尋至，後因西邁，偶歷關中二十餘年。重遊此地，睹其嵚崟突兀，千變萬狀，亦不可名目。選其磊落孤高出群者，標以名耳。全道庵北，東西横岗曰長松嶺，嶺之東角曰望海臺，臺之下一大石曰葆真巖，巖之西曰海潮巖，巖之西南有石曰昇仙臺，臺之西南曰風雲石，石之西南曰雲陽洞，洞之前絶頂曰连雲峰，洞之西北隅嵯峨大石曰落霞石，洞之背曰瑞煙巖，洞之東半里許有一大石曰獅子石，庵之東横崗曰卧龍坪，庵之前横崗曰仙遊嶺，大澗之東，半峰并起，曰天門山。其餘群峰深秀，不能盡舉。

我昔抛家住此山，潛身幽谷大定間。六年捨俗來遊洞，九載隨師去入關。

不到山家十五年，山中何事不更遷。故人迤邐消磨盡，獨有群峰上刺天。

山雲勃勃湧驚濤〔一〕，海水漫漫浸巨鼇。極目下觀千萬里，扶桑依約見蟠桃。

陝右真仙到海涯，海山豪傑盛參隨。居庵化作神清觀，大教流行滿四維。

謖謖長松匝坐圍，峨峨怪石吐雲飛。雲飛下入東洋海，導引靈仙鶴駕歸。

白石磷磷繞澗泉，青松鬱鬱鎖寒煙[一]。碧桃花發朱櫻秀，別是人間一洞天。
松風別有一般清，入耳何人不快情。高卧碧巖懷抱冷，遊仙時復夢魂驚。
麻姑不自蔡經傳，只是東方後學仙。仙骨至今身尚在，三洲敬奉一千仙。
碧洞煙霞苦不深，紅塵車馬卒難尋。清溪道士無人識，坐嘯雲中閱古今。
海上名山不可名，山饒草木及黄精。崑崙峭拔連雲漢，地產松巢與伏苓。
羅列群山培塿多，姑餘高聳出陂陀[三]。太平直與揩天翠[四]，五嶽高標未見過。
東海周流如碧環，三洲蟠屈幾多山。不知此地多靈顯，解使他州悉往還。
雲旗冉冉下清都，羽蓋飄飄出太虚。直至洞前山頂上，坐觀溟渤講天書。
西北神光燦爛關，金仙阿母下瑶臺。靈幡絳節東南指，頃刻祥雲又到來。
蓬島仙家住處深，燕昭漢武不能尋。忽聞上帝雲輿降，控鶴齊來聽法音。
海曲山阿洞府低，蓬壺閬苑海東西。仙人玉女時迎集[五]，不讓桃源過客迷[六]。

《（民國）牟平縣志》卷九《文獻志》，詩題下原有小字注「貞祐年作」。《中國方志叢書》本，臺北成文出版社一九七〇年。另，《（雍正）山東通志》卷三五《藝文一》僅録其中第三、六、十一、十六等四首，題作《煙霞洞》，《文淵閣四庫全書》本。

【校記】

〔一〕湧：《（雍正）山東通志》作「擁」。　〔二〕青：《（雍正）山東通志》作「蒼」。　〔三〕聳：《（雍正）山東通志》作「峻」。　〔四〕揩：《（雍正）山東通志》作「稽」。　〔五〕迎：《（雍正）山東通志》作

「遊」。

〔六〕讓：《(雍正)山東通志》作「許」。

雪峰

雪峰，姓名及出處未詳。約爲長春丘處機同時人。兹輯一首。

長春真人贊

乾坤作堂屋，曰月爲燈燭。棲霞一老仙，俯仰於中宿。對衆口談天，語句噴冰玉。開啟玄微機，潛享高穹祿。煅煉神何清，神光炫二目。起立身何輕，清風生健足。大道興不興，到處人心服。金丹成未成，白雲滿巖谷。金秦志安《金蓮正宗記》卷四《長春丘真人》引雪峰贊云云。明正統《道藏》本，文物出版社等一九九四年，第三册三六〇頁。

新編全金詩卷一三八

于道顯 一

于道顯，號離峰子，文登（今山東省威海市文登區）人。初隱觀津女几山桃花平，師從長生子劉處玄，傳道齊魯間。貞祐南渡後，道價日重，名士雷淵、元好問等與之交遊。正大中，被旨提點亳州太清宫，賜號紫虚大師。天興元年，避兵盧氏，以疾終，年六十五①。著有《離峰老人集》二卷。兹輯三百二十四首。

于道顯詩載《離峰老人集》，以文物出版社等影印明正統《道藏》本爲底本編録。

七言律詩

懷八首

翠巖西畔道人家，門外閑田徧野花。蝴蝶紛紛猶是夢，遊蜂忽忽未忘衙。雲間童子擕靈藥，

① 金元好問《離峰子于公墓銘》，見元李道謙《甘水仙源録》卷四，明正統《道藏》本，文物出版社等一九九四年，第一九册七五〇頁。

空裏仙人步彩霞。閑想紅塵名利客，不知壺內有天涯。水冷霜清魚不食，
漠漠青煙鎖翠微，瀟瀟落葉四簷飛。紅塵事少夢魂好，碧漢雲横星斗稀。
山窮木瘦樹無衣。道人度日疏慵裏，門外紛紛總是非。風來藥圃清香細，
紅塵汨汨幾時休，去作逍遥物外遊。好水好山行不盡，奇花奇果景何幽。
月到芝田紫艷浮。閑向林泉佳處隱，世間何事上眉頭。人間興廢成今古，
南山一望勝天平，天宇浮嵐入眼清。自古神仙多隱跡，至今羽士學長生。
雲氣翻騰變晦明。只有老松并怪石，青青不改四時榮。冥冥內照靈明主，
達人生死莫能拘，解著神機應萬殊。顯即恰如雲綻月，晦時還似蚌含珠。
赫赫融開造化鑪。鍊就金丹無晝夜，萬條紅焰晃冰壺。物外雲朋忽相訪，
暑往寒來氣自然，西風又是桂花天。山空木落鳥依樹，霜降水寒魚在淵。
洞中幽客正高眠。杖藜輕觸琅玕響，喚起華胥夢裏仙。一枕閑眠芳草畔，
不學參玄與問禪，一庵瀟灑寄林泉。空中天籟宫商意，物外家風道德篇。
數聲樵唱夕陽邊。此身未得驂鸞去，且作逍遥陸地仙。三竿日底齁齁睡，
傍人笑我太風魔，這箇風魔會得麽。已與沙鷗盟蓼岸，更隨山鹿上煙蘿。
一曲人間踏踏歌。歸去吾鄉安穩處，看他平地起干戈。

偶書

翩翩風袖碧雲端，曾伴洪崖到洞天。去馭華芝鸞下界，來棲琪樹鶴千年。紫霞吐焰籠丹鼎，明月生光罩瑞蓮。蒼佩一時低拂地，金童傳下玉皇宣。

煙霞亭

危亭縹緲出雲宵，十二攔干眺望饒。迴首塵寰如撮土，有時天籟自吹簫。遠山木末重重翠，細柳風中萬萬條。咫尺煙霞人不到，蓬壺仙路信非遥。

示人

爲佛爲仙在寸心，可能塵世廢光陰。蹉跎望道期程遠，迤邐勞生歲月深。已醉利名濃似酒，不將神氣惜如金。琴心三叠胎仙舞，欲作玄門座右箴。

因迷人索路作

六窓通達見天光，徹去藩籬是大方。至道有歸皆坦直，迷人著處自彷徨。程程盡是長安路，在在無非廣漠鄉。博塞挾書都撥置，更於何處覓亡羊。

答人二首

有人向我問玄珠，一點靈光照玉壺。亘古亘今長不滅，先天先地幾曾無。六塵堆裏存真宰，七寶山頭弄假軀。此箇家風人會得，不勞足力駕雲輿。

悟時拂散利名塵，作箇逍遥自在人。閑向溪頭盟水鳥，偶來林下睡莎茵。紛紛俗事終無限，擾擾愚人不識真。只見目前生與滅，那知壺内有長春。

寄郎大師俗隱

已别經今十有年，歲華易得道依然。韜光晦跡潛真士，接物隨機應世賢。鄭圃生涯畦隴外，漆園意氣水雲邊。百年拔宅超雲漢，人世清名萬古傳。

示張都監

莫戀浮華悟此身，好將恬淡養天真。眼前便是夢中夢，覺後方知身外身。壺内好栽無影樹，洞中先得未萌春。紛紛俗輩應難辯，赫赫天光日轉新。

幽居

門外清流屋上山，偶來此地寄安閑。書因遮眼有時讀，名惡爲賓無意攀。修竹種成千萬箇，茅廬結就兩三間。幽情猶有雲相友，暮卷朝舒數往還。

示小張仙

兒童笑指布袍寬，上界仙衣總一般。鶴唳青霄雲冉冉，鸞鳴鳳闕月團團。金童紫府分瓊屑，玉女丹臺輥魄丸。昨日玉皇忙詔下，已書名字上仙班。

示玉溪庵主

道人脚底片雲生，欲作逍遥物外行。盡把黄塵衣上拂，却將明月杖頭横。數峰平地畫圖起，一見使人毛骨清。便欲終焉謀此地，儘他世上利和名。

示石碢楊庵主

落魄誰知却丈夫，人間富貴視如無。居鄰雲水安常静，委分簞瓢不强圖。但得物來心似鏡，從他人笑貌如愚。虚空蕩蕩無遮障，萬里青霄一顆珠。

寄張官欲出家

丈夫臨決莫徘徊，好念棲真早早來。大道悟時須寂滅，浮生識破盡塵埃。亦憑假合修丹藥，暫借精神結聖胎。脱了陰陽無造化，先天一物照靈臺。

寄李庵主

心地逍遥氣自和，從他人世自風波。玉輪欲見清光滿，寶劍猶須利石磨。斫却孽蟊閑障礙，會看丹桂復婆娑。爛然一色成金界，塞滿乾坤不厭多。

寄嵩州劉二官

蓋世功名身外事，掀天富貴世間榮。覺來只是須臾夢，悟後元無寵辱驚。寶月天心人共見，驪珠海底獨增明。人間上士懷仁惠，正好將心進一程。

示韓會首

力命窮通各有因，不須呻訴笑聲頻。恢恢天網踈無漏，密密樞機暗有神。日月虧盈皆運數，陰陽生殺豈踈親。我觀造化南柯夢，誰作蘧然睡覺人。

示劉姑

跳出紅塵須做徹，心清意静添決烈。寶劍騰輝萬焰寒，瓊花開滿群芳滅。紫府真人下玉京，雲車月席旌幢列。手掌還丹晃太虛，比時不用黃金屑。

示朮虎萬户

功成名遂早歸山，落得身安心更閑。返視紅塵真墨夢，竟無靈藥駐朱顔。居連蓬島何由俗，門寄煙蘿不用關。忽有一丸金彈出，飛騰來往照人間。

示夾谷都統

得失窮通任自然，不須欣喜與憂煎。今生富貴前生種，見在修持過去緣。廣武坡頭些子快，杜郵亭下幾多愆。一還一報何年盡，學我同修物外仙。

寄張副使

莫戀浮華慾境侵，蓬壺仙景轉難尋。丹臺神鑑浮埃翳，月殿靈芝野草深。試問窮他無盡事，何如悟取本來心。殷勤下手三千日，鍊就壺中一井金。

示道人

學道先須泯見知，衆中緘口最相宜。休憑六六爲玄妙，莫論三三做執持。澄徹靈源觀隱奥，剔開慧眼認希夷。深根固蒂長生術，以至無爲無不爲。

示張庵主

昔日曾聞上古仙，巢居穴處到今傳。民如野鹿那知謝，上若標枝亦自然。善惡兩忘遊廣漠，死生一貫泯諸緣。折衡剖斗知何日，再變鴻濛作此天。

示翟監丞浩然

野客今逢翟浩然，幾時相伴住林泉。功成名遂身須退，跡晦光韜地自偏。混沌鑪中燒大藥，鴻濛鼎内煮金鉛。丹成服了朝元去，得處華陽不夜天。

示衆會首

光陰有限風中燭，身世無憑水上漚。當念朱顔須改色，休教白髮早臨頭。貪中愛慾消磨盡，妙裹希夷仔細搜。身入大方圓覺海，太平國裹信遨遊。

贈温迪罕明道

往日聞名今日逢，坐間忽爾起春風。氣和面上桃花色，神定鑪中丹藥紅。嬰姹綢繆歸紫府，虎龍交媾入離宫。逍遥海上求玄訣。路入蓬萊一線通。

寄紇石烈先生

兀兀騰騰自在身，相將談笑出紅塵。修程穩入三山路，和氣融開十月春。洛下香分梅蕚破，水南青入柳梢新。肯來此處同修鍊，不作勞生夢裏人。

示翟浩然

大覺纔知大夢休，便乘物化恣遨遊。神如霄漢離籠鶴，身似江湖不繫舟。玄理却於枯木得，繁華都付落花流。而今不復行藏問，蠖屈鯨掀信自由。

繼人韻

雲海相逢得道人，料應秋水作精神。來乘白鹿遊三島，去跨青鸞謁五真。鼎内鍊成千歲藥，性中消盡六根塵。先生已獲神仙術，德不孤兮必有鄰。

贈王大夫

鶴髮霜髯世異人，肯來此處話長春。好栽月裏枯根樹，便鍊壺中無價真。但得修完天地缺，何須陶鑄秕糠身。蓬萊要到君須到，可與群仙作近鄰。

示司天臺判

擾擾塵中悟一真，飄蓬便作自由身。青雲放鶴心無繫，赤水藏珠道不貧。壺内樓臺三島景，洞中花木四時春。青鸞白鶴翱翔處，金碧寥陽一様新。

寄顔小仙

後生可畏我憐渠，血氣方剛汝畏無。暫向紛華留視聽，便於熏鍊費工夫。心如鐵石愆初志，景逼桑榆失後圖。但著此心相警戒，暗中自有聖賢扶。

示李道人

清虚可鍊道心堅，寂寞能熏智慧圓。金玉滿堂終棄物，丹砂一粒却延年。人間貪作紛華夢，物外那知道化緣。此理若能迴首得，會看箇裏起飛仙。

勸世

浮名浮利總悠悠，繫縮人心早晚休。一向經營忘了日，幾曾富貴到骷髏。寶山有分空迴首，苦海無涯强出頭。性命懸絲如傀儡，不知入戲作風流。

過連昌

連昌宫闕已平沙，不見乘鸞只見鴉。依舊嵩峰横木末，無窮洛水去天涯。霓裳曲罷山禽語，端正樓空野草花。千古繁華留不得，幽棲今屬道人家。

示史道人二首

區區名利古今情，得亦驚來失亦驚。蝴蝶夢中無至覺，白駒隙内競浮榮。銅山罷詔千年調，金谷危樓一旦平。争似道人休歇去，水邊林下過平生。

遊仙枕上夢初醒，竹屋風來拂面清。已聽漏聲煙外轉，更看斗尾樹梢横。塵凡消盡渾無跡，龍虎交時自有聲。放出紫毫金一粒，飛騰上下鬼神驚。

寄郭庵主

浮生忽忽葉辭柯，百歲光陰已半過。塵外青山空悵望，鬢邊白髮轉添多。歲云暮矣能無感，君不歸兮可奈何。我與沙鷗盟已了，此迴休更負煙波。

示渠知觀

一氣寥寥出杳茫，已先剖判統陰陽。區分造化群靈祖，囊括虛無萬彙昌。動處玄機酬物變，静來虛室發天光。學人切莫尋踪跡，認取真空是法王。

示亢官人

爲官何似學神仙，真静真清養浩然。日日玉爐燒大藥，時時金鼎鍊紅鉛。蒸生瑞氣騰清漢，種就金蓮罩紫煙。功滿朝真廣寒去，相隨同赴大羅天。

寄張提控

幾年與我約林泉，卻爲虛名一旦牽。沙塞雖遥猶有志，瑶池非遠尚無緣。棲遲雲壑道家事，指顧英雄將士權。直待功成名遂日，退身復證大羅仙。

示嵩州蒲察知觀

玄元至道本無言，恬淡清虛盡自然。壺内一天新世界，洞中三島别山川。丁公未娶離宫汞，玉姹深藏坎户鉛。混沌等閑休鑿破，免教鍊石補青天。

示郭知觀

一瓢饘粥是生涯，與道相爲友者耶。静似澄江浮日月，動隨冥鶴去煙霞。青生霜鬢星星髮，黄吐丹田寸寸芽。更待七還功了後，九陽宫裹看金華。

示趙先生

澗水金山可隱居，我來此地作蘧廬。道鄉著脚程程穩，世事迴頭日日踈。架上塵書三兩卷，門前煙柏幾千株。邇來泰定天光發，一段靈明结寶珠。

示樂經歷二首

寵辱於身事若何，一端著處損冲和。光陰迴首漸將少，金玉滿堂誰厭多。不向壺中尋日月，空嬴心上起干戈。争如早悟無生計，刼外靈光壞得麽。

四大身爲造化鑪，五行真火鍊虚无。炎炎海底生紅焰，昧昧塵中顯太虚。有相形軀終假合，無生法性是真如。靈童鑿透崑山玉，價直連城買得無。

寄張提控

白髮忽忽已滿頭，紅顔忽忽暗中偷。神仙有分須輕舉，世事無涯莫苦求。幻影不禁風裏燭，浮生非久水中漚。功名總是何樓物，謾過聰明人不休。

示人

誰識人間自在仙，飢來吃飯困來眠。一庵避地堪容膝，半紙虚名不值錢。明月當空正端正，清風爲我每周旋。堂前不種閑花草，自有琅玕翠接天。

贈嵩州王押司

子細分明舉似賢，道之一字屬塵緣。至虚至寂那容叩，精妙精微不許傳。静裏光明天有眼，玄中造化火生蓮。大千歷徧俱無礙，一顆神珠處處圓。

示寧海郝縣令

説與人間大丈夫，人人都有夜明珠。昔年愛欲塵深昧，今日磨礱垢自無。一段光明如寶鑑，十分皎潔若冰壺。崑崙頂上靈泉降，澆灌瓊花永不枯。

太和贈孫提控

莫戀浮華誤此身，好於静處養天真。人生到了成何濟，世事從來欺得人。積德何愁仙路遠，忘情自是道緣親。華胥夢斷陽神出，化國同遊不夜春。

遊角子山

流行坎止信閑緣，角子山遊亦偶然。已作浮萍常泛泛，不妨風袖又翩翩。數峰平地如圖畫，百鳥幽林自管絃。咫尺七還功了畢，人間勝處盡飛仙。

示元道人

虚名終日謾區區，借問流光駐得無。只見浮雲蠅競血，不知幻夢月驚烏。多生貪愛塵緣重，迤漸摧殘玉性枯。説與聰明端記取，身中惜護夜明珠。

誡厨

齋厨薪爨日忙忙，糊口都緣臭穢囊。千食一耕非易致，百鞭匙飯已多傷。惜如腦髓人間物，不自鋤耕道舍粮。忘却息心常減戒，披毛戴角與他償。

自詠二首

海上飄蓬四十年，年來年去久翛然。春風自遠無生地，秋月長臨不夜天。定起肘邊猶有柳，景忘脚底已無蓮。殷勤寄語塵中友，早晚雲溪結此緣。

落魄雲溪一散人，小窗高卧養天真。夢中既悟終無夢，身外方知更有身。寒月挂空千歲朗，韶華著物片時新。争如認取長生理，無古無今一樣春。

繼孫伯英韻

孤身到處便投棲，踏碎煙霞路不迷。翠鳥天邊誰信息，白雲風外自東西。玄霜搗出蟾中兔，真火驅來日内鷄。收向玄中成久視，一靈真性與天齊。

贈孫伯英四首

高人久已厭京華，却憶仙山卧彩霞。竹杖芒鞋爲伴侣，藥鑪經卷作主涯。飢餐橡實和山芋，渴飲松黄與石茶。彼是此非都不校，只知身屬大方家。

應物隨機信自然，自然之内隱真仙。不須斷簡窮經論，已向拈花悟祖禪。心定儘他閑伎倆，神安得此好因緣。箇中便是全真趣，何處雲山覓洞天。

學仙大抵要叢林，舉動無令熟境侵。名利場中休著脚，聖賢分上好留心。既從一簣成千仞，須把微陰作寸金。神氣結成無漏體，煙霞別有好知音。

美目修容得幾秋，忽然枯骨卧荒丘。生前伎倆千般巧，到此英雄一旦休。迷後悲歡爲實相，覺來生死若浮漚。箇中靈物何嘗壞，留與行人作悟頭。

贈鄭令史

可憐鬢髮已蒼蒼，牒訴堆中盡日忙。世利既如湯沃雪，筆尖剛甚薑摇芒。甘肥適口全家樂，冤債臨頭一己償。顧我此言如藥石，願君服了也心涼。

贈張庫副

紅塵早晚賦歸休，作伴逍遥雲水遊。了却一生容膝計，勝如三載抱官囚。壺中自有延年藥，世上終無不死由。異日功成超達去，瑶池會裏列仙儔。

寄王縣令

是非場上好抽身，作箇無憂自在人。藜杖便遊雲外路，芒鞋不到世間塵。舉頭明月堪爲友，到處青山總是鄰。卜箇小庵安穩地，松窗高卧養天真。

寄嵩山季先生

遥望東南翠萬重，先生高卧此山中。紛華識破塵緣盡，微妙蒸開法眼通。世上有書都拂却，目前無法可牢寵。殷勤更與含靈便，完取垂成一簣功。

寄西山董道人

出家鍛鍊藉叢林，切忌離群快此心。試問浮雲憎不義，何如流水覓知音。曾經巧琢方成玉，吹盡殘砂始見金。見説蓬瀛多益友，更休取次廢光陰。

梁老姑告

學人莫事苦熬煎，大道元來本自然。真静真清成運用，不雕不琢就方圓。五明宫内生芝草，七寶山頭長瑞蓮。折得一枝歸縹緲，瑶池會裏薦諸仙。

示王庵主

仙風只合住林泉，識破塵緣覓道緣。拂盡紛紛心上境，修成默默性中玄。天光發泄迷雲散，法眼開通慧月懸。更把銀河顛倒捲，洞中澆溉紫金蓮。

示梅仙

天然道骨慕真修，自是紅塵不得留。野馬已知窗日短，醯鷄肯向瓮天遊。壺中鍊得長生藥，海上從他不繫舟。更好暮天歸去後，一輪明月碧江秋。

示嵩州張倉使

要作全真門下客，便携筇杖出紅塵。磨開寶鑑生光焰，鍊就丹砂伏鬼神。萬染悉除心上境，一言唤覺夢中人。迴頭返顧區區者，盡爲聰明喪本真。

題石碣庵

極目煙嵐鎖翠微，道人來此便忘機。眼前總是真清静，耳畔全無閑是非。遠岫雲邊横翡翠，細泉門外滴珠璣。紅塵咫尺如天遠，寂寞松陰晝掩扉。

贈石碣趙繼先

識破浮生水上漚，一塵不許到心頭。有時黄卷拈來罷，無限青山興便遊。莫笑一瓢成活計，却令千古仰風流。有人來問修行法，食飽無餘事事休。

寄張倉使

此身有限莫蹉跎，百歲光陰撚指過。正憶黄金囊裏少，不知白髮鬢邊多。臨頭生死誰能免，滿眼兒孫不奈何。争似閑身强健日，早邀明月赴煙蘿。

示楊會首

休言火裏長金蓮，莫説家中有洞天。大抵出家離愛慾，直須絶慮造幽玄。磨磚作鏡終無假，拂石成羊亦是權。若到神通無礙處，便教平地也爲仙。

秋日示完顔道人

朝來白帝作霜威，似與乾坤助殺機。木杪不禁群葉下，天涯更促亂鴻歸。紅塵遠客愁絲鬢，紫塞征人病鐵衣。唯有仙家無箇事，一杯饘粥掩柴扉。

太清宫述懷

睡起逍遥閑放意，瘦筇扶我到棲真。風中紅紫時時落，雨後琅玕日日新。勝地自然生瑞氣，蒼天不住走紅輪。仙翁忘却人間世，卧聽晨鐘恰轉身。

示趙道人

收拾精神向内觀，莫教窮賊外相瞞。六門玄鑰塵根斷，七返還丹道氣攢。玉露降時珠顆顆，金霞飛處月團團。水精樓閣真人位，赤鳳烏龜上下蟠。

張姑告

一鑪春雪下工夫，鍛鍊須成顆顆珠。萬道銀霞光錯落，千般瑞彩色模糊。嬰兒採得靈芝草，姹女偷開造化鑪。有箇真人閑作戲，杖挑明月弄虛无。

贈清平李道人

老大看書目不禁，只宜静處養虛心。百骸和暢神無夢，四體冲融息自深。鑿破荊山搜璞玉，撥開丹鼎覓真金。我今説與神仙訣，可付諸人惜寸陰。

王副觀告

説與人間烈丈夫，時人都有夜明珠。昔年埋没諸塵昧，今日蠲除片意無。一段光明如素練，十分皎潔若冰壺。崑崙化作靈泉液，澆灌瓊花永不枯。

贈師會首

釋氏拈花猶示現，達麽面壁正遲留。本來靈物無圓缺，自是人心妄贅瘤。大道忘言非有説，谷神不死覓無由。至人一得慵開口，渴飲飢餐萬事休。

贈張會首

淵默雷聲各自如，箇中消息本虚無。蘧廬生死非由智，土木形容不是愚。數息區區閑伎倆，餐霞屑屑淺工夫。要知世外神仙訣，奪取驪龍頷下珠。

五言律詩

寄洞霄宫完顔提點

寄語洞霄客，天姿幸有餘。善行本無跡，處世不如愚。念此膏然燭，輸他蚌隱珠。光明休外現，惜此養殘軀。

寄郎大師

寄語西山老，山居亦樂哉。萬緣俱嚼蠟，一念自寒灰。去鳥楮頣送，新詩信手裁。高真多愛惜，不放出頭來。

述懷二首

麻衣與葛巾，天地一閑人。蕩蕩超三界，巍巍出六塵。洞中仙不老，壺内景長春。走上崑崙頂，回頭看北辰。

道念堅彌熟，人情自遠踈。清虚爲活計，寂淡養真如。鉛汞烹金鼎，玄霜鍊玉鑪。功成歸去後，永永住仙都。

示中京賀會首

冷翠嵩峰逼，幽棲澗水依。人情漸踈薄，道念益精微。鸞鶴丹庭聚，雲霞寶殿飛。解蘭亦何者，一去不來歸。

繼雷公韻

信步入林泉，蹉跎四十年。月中不用指，魚後已忘筌。歲月行如此，情懷亦淡然。仙山未歸去，應物且隨緣。

五言絶句二十二首

世事般般了，浮生事事休。頓然三界外，不挂一絲頭。

大道極幽玄，清虚合自然。撥開三昧眼，别看一重天。

有相明無相，真空混色空。有無俱不染，一點太虚中。

欲作無礙身，還却輪迴債。剔正性中燈，照破虚空界。

茅廬寄城角，誰識是仙鄉。地僻人行少，心清道味長。

頭頭俱是道，物物緫爲明。未敢全相許，忘言自太平。

颯颯秋風起，飄飄亂葉飛。這些端的事，全體露玄機。

世外養高士，塵中異俗人。放開清静眼，看破利名塵。

解脱本吾事，死生非我關。心如空月朗，身似野雲閑。

白雪性中真，百紛那得塵。撥開無縫鎖，跳出自由身。

色身元有屬，實性豈無根。試向中間覔，依然主宰存。

伎倆都休盡，聰明白到來。形難鏡中遁，節向刃邊開。

愛滯凡情重，心澄道味真。兩全無是理，一割正須人。

大巧元如拙，囊錐莫出頭。一朝原兔盡，良犬汝無憂。

渤海一遊遨，千重雪浪高。試將山餌擲，若箇是神鰲。

生者本無生，死者亦非死。悠悠生死中，無人知此理。

四大作神奇，五行爲臭腐。改换百千般，翻騰一萬古。

世情元有限，大道即無邊。苦悟浮生夢，心如出水蓮。

既作逍遥客，須尋物外人。相逢無一語，目擊道先親。

紅塵不到處，此地養踈慵。説與同心友，浮生總是空。

功名何日盡，富貴幾時休。識破浮生夢，還如水上漚。

我欲抛香餌，神鰲不上鈎。却回孤棹去，月冷碧江秋。

六言絶句二首

道本無言無説，只要君心猛烈。撥開萬里閑雲，推出一輪明月。

黑汞鍊成白雪，赤鈆結就黄芽。燈下手親分付，深藏自己靈砂。金于顯道《離峰老人集》卷上，明正統《道藏》本，文物出版社等一九九四年，第三二册五三〇頁。

新編全金詩卷一三九

于道顯 二

七言絶句

偶得

寂寥雲水幾星霜，收得神仙不死方。二物都來十六兩，跨將赤鳳入仙鄉。

鍊心

道人方寸已寒灰，無限塵紛境自迴。總把乾坤爲妙用，此身到處即蓬萊。

贈移剌大師二首

壺中仙景本非常，萬象森羅自發光。清静鍊成無漏體，冲和養就法中王。

談人説我何時盡，競利貪名有底愁。若悟此身還有限，蠅頭蝸角一時休。

王道人告

口訣叮嚀舉似賢，飢時吃飯倦時眠。靈臺瑩静塵難染，寶鑑無痕性自圓。

寄德順州移刺答節副

功名未了心先了，塵俗俱忘性不忘。更著慧風吹萬籟，真空獨現一輪光。

贈門使

煙霞堆裏有知音，名利場中少用心。但得一枝棲宿處，何勞苦苦覓深林。

贈太一宫姜大師

靈杖剔開名利鎖，慧刀割斷是非繮。天然世外騎鯨客，自是神遊不夜鄉。

寄郎大師三首

雲溪高枕卧煙霞，栽接長生不謝花。可與群仙爲領袖，已調和氣徧天涯。

山南瑞氣騰騰長，水北金花蕊蕊開。時有靈音傳好信，玉虚殿上選仙材。

淡淡煙霞淺淺山，此身長在翠微間。白雲空谷無人到，贏得身心竟日閑。

睢州吴道人請住庵

隱跡雲溪數載間，隨風偶爾到人間。黄塵著脚非吾事，却領白雲歸故山。

示鄢陵縣劉會首

看錢虜與抱官囚，擾擾塵中甚日休。有數光陰銷易盡，無涯歲月去難留。

洺州寨尼院主告頌

頭頭盡是西來意，物物全明祖佛心。心意兩忘成妙用，不須浄裏苦沈吟。

合流鎮朮夾録判索

一衣一食莫剛求，但得隨緣過便休。贏得省心兼省力，更無閑事上眉頭。

示西華縣李庵主

山頭滚滚湧靈泉，海底炎炎結瑞蓮。既濟陰陽丹自結，水晶宫裏會諸仙。

西華縣胡會首告

若悟輪迴早早迴，金蓮休向火中栽。縱然栽得根苗活，到底全無一朵開。

西華縣張庵主告

不戀空華與世華，道人活計淡生涯。興來兩卷閑文字，困卧松軒看晚霞。

西華縣賈道人告

斷鶴續鳧忘分與，夷山盈壑昧生緣。一瓢自足幽人樂，寸地常虚大覺仙。

示陳州吕姑

道人心地冷如冰，不假營求道自生。萬籟無聲心泰定，一輪秋月皎然明。

陳州完顔舍人告

抽添間隔炎炎火，既濟陰陽旋旋燒。鍊就純陽神自出，無生路上恣逍遥。

陳州完顔姑姑告

盡日窮年無處尋，得來元不費光陰。靈明一點真消息，爲佛爲仙是此心。

陳州孫姑告

掃蕩群情事事無，莫教塵土翳冰壺。胸中一物神光現，萬道紅霞罩寶珠。

贈息州蒲察從宜相公

功成名遂早歸山，策杖逍遥到處閑。明月光中融妙用，白雲深處錬神丹。

陳州完顔大哥告

剪除荆棘開心地，掃蕩荒蕪種瑞蓮。颯颯清風生玉葉，輝輝新月照壺天。

贈陳州坐圜張道人

六慾遣回身自在，一塵不染性逍遥。栽成火裹無根樹，放出靈葩永不凋。

徐姑告

功名恰似石中火，富貴渾如水上漚。撒手便登雲外路，是非人我一時休。

寄劉三仙

睢陽相別久徘徊，望斷春雲不到來。惜取龍泉無價劍，寶光休使染塵埃。

贈湖頭宋庵主

此身天地一孤蓬，信意蹉跎西復東。不及草庵閑打坐，歸來高卧養吾慵。

長平郭官人告

火風地水没來由，聚則成形散即休。半紙功名虚費力，百年撈摝水中漚。

合流鎮王妙堅告

一片閑心志莫移，疑團打破證無爲。胸中記取全真性，亘古常存幾箇知

臨潁縣王會首告[一]

老却春光人倦遊，花殘蝴蝶更添愁。不知桂影無凋謝，香滿人間甚日休。

【校記】

[一]潁：原作「穎」，刊誤。今按，金置臨潁縣，隸南京路許州，見《金史》卷二五《地理志》。本卷它詩所涉如之，徑改，不另出校記。

臨潁縣邵會首告

不會擒猿鎖馬顛，飢來吃飯倦時眠。冥然一枕華胥夢，始覺壺中别有天。

寄和典史

幾載持竿釣巨鰲，鯨鯢白眼戲波濤。絲綸收拾西歸去，空渡滄溟又一遭。

贈舞陽縣烏古論縣丞

神仙活計苦無多，滌慮忘情氣自和。欣則携笻尋野徑，困來高枕卧煙蘿。

示完顔姑姑

松窗石枕惟便睡，竹徑人來尚未知。驚覺披衣時斂坐，形如槁木眼如眉。

孟寨張會首告

頓抛世網復全真，洗滌靈宫養谷神。常要清虚無箇事，桂花開徹月邊新。

贈禹知觀

隱隱遥山鎖翠煙，亭亭碧嶂近林泉。鑿開混沌些兒景，偷得壺中一點天。

南陽縣俎道人告

三界有牆猶恨窄，四維無處不爲圜。黄華翠竹皆吾事，雲即雲兮山即山。

贈程庵主

手執絲綸四十秋，但逢波浪便抛鈎。鯨鯢不肯吞香餌，空駕虚舟獨自遊。

贈朮虎夫人

人生只解念彌陀，自己彌陀會得麽。認得本來無相祖，不須身外苦奔波。

贈亢官人

莫比山高與海深，學人空費遠搜尋。目前自有長生道，凡聖皆由一寸心。

贈洛陽薛會首

近水臨山鎖翠微，利名著脚却忘歸。此身不屬紅塵客，卧看白雲天外飛。

移剌答道人告

道人行止莫蹉跎，心鏡須憑一志磨。痕垢盡時光自現，不離方寸見彌陀。

貴姑告

踏徧天涯覓也無，得來元不用功夫。百年抛却紅塵事，有箇真人駕得車。

姬磨樊會首告

有相緣中無礙身，古今誰解識踈親。百年抛下娘生袋，一箇真人駕日輪。

陳州唐括提控告

世網掣開身自在，凡籠跳出性尤閑。携笻直入煙霞路，驚起白雲滿故山。

馬會首告

既爲學道好參同，秘訣傳來便有功。一點靈明清似水，鍊成丹藥鼎中紅。

陳會首告

身居苦海休言道，頭戴恩山莫論禪。若是兩家俱放下，不須掘地去尋天。

史都監告

郭外之田數畝園，絲麻饘粥保殘年。不圖跨鶴乘雲去，且向人間應幻緣。

曹會首告

大道無言在寸心，不須千里遠追尋。胸中自有圓明鏡，莫使塵埃昧得深。

寄馬文卿

悟來休得廢光陰，一寸光陰一寸金。愛海波中留不住，亂雲深處覓知音。

宿州紇石烈問前程

于氏高門元有漸，燕山丹桂豈無因。不須若問前程事，真正無私是吉人。

贈蕭縣宋大師

先生策杖便從容，把握靈珠在掌中。好向雲山棲隱去，閑窗高卧飲松風。

懶窩自詠

懶漢今來住懶窩，禁持意馬已蹉跎。飯餘只解堆灰坐，更有慵人似我麽。

贈高姑

誰識當場傀儡身，一重皮肉一堆塵。百年線斷無消息，去了當場把戲人。

示獨吉監丞夫人

四象合成癡肉塊，五行結就臭骷髏。狀同傀儡親曾看，箇箇能言解點頭。

贈劉姑

水晶宫裏結紅蓮，證果無爲大覺仙。冉冉便登雲外路，騰騰飛入紫微天。

贈奥屯經歷夫人

七十光陰已半過，勸人進道莫蹉跎。無常一旦臨頭逼，兒女雖親替得麽。

樂道人告

若論修行萬事休，胸中不挂一絲頭。寂然萬籟無聲跡，有箇靈童駕火牛。

小楊姑告

道人無礙鐵心腸，躍出三山混渺茫。遥指白雲深處去，蓬萊元是舊家鄉。

贈大楊姑

五行結就臭皮囊，一顆神珠裹面藏。静即心花通體瑩，動時無處不輝光。

徐道冲告

道人真實最相宜，食飽無餘步翠微。困即和衣溪上卧，覺來收拾亂雲歸。

仝姑告

人能清静绝熬煎，恬淡虚無養浩然。腦後剔開三昧眼，心中明徹自家天。

門人問如何是了達

你來問我求了了，世事紛紛都盡勦。一輪明月正當天，萬里無雲光皎皎。

示高仙

從來劣性要提防，舉動靈苗已損傷。且把芒繩牢繫守，待他心境兩俱忘。

劉姑告

長生路上逍遥客，不夜鄉中自在仙。逗引靈童歸紫府，調和玉女種金蓮。

贈孫天和二首

慧刀割斷利名繮，物外逍遥萬慮忘。撒手便登三島路，程程都是白雲鄉。

無名窟裏毒蛇藏，舉起頭來物便傷。寄語行人須著意，往來常切要隄防。

贈尚道人

半紙虚名空似響，百年短景疾如梭。鬢邊白髮新添甚，臉上紅顔暗换多。

贈高都監

清風古道少人行，濁水淤泥抵死争。可笑一般愚蠢物，枕糟藉麴過平生。

徐道冲問道

你有真師更問誰，同茶同飯幾曾離。我今指破知端的，舉念生心總是伊。

贈小張仙

從來伎倆都除盡，亘古靈明倒過來。拾得這般真受用，世間無處不蓬萊。

展姑告

了得真源萬事無，塵緣不許污靈珠。水源澄净全身現，雲散寥天月自孤。

博志堅告

修行非易亦非難，下手先除人我山。鍛鍊真空同一體，自然心似白雲閑。

李姑告

漠漠春煙日漸長，江梅猶帶返魂香。洞天先得真消息，催逼東君造化忙。

初春

臘盡春回白晝長，洞天先得好風光。東皇來約群仙會，歸去碧雲衣袂香。

臨潁李縣尉告

風裏微聞松桂香，山堂明月冷輝光。道人夜静翛然坐，萬籟無聲一味凉。

李姑問行程

渺邈蓬壺咫尺間，行人迷隔萬重關。牧童不指襄城路，黄帝猶尋大塊山。

贈周姑

勢利看來冷似冰，道人於世已忘情。昨宵一枕遊仙夢，隱駕金鸞朝玉京。

贈移剌答院

心灰冷落無煙火，枯木形骸不放芽。直待三陽真火降，堂前鐵樹也開花。

尼長老問修行二首

你來問我修行訣，我今與你叮嚀説。掃盡群陰現本真，青霄挂起一輪月。
去住逍遥信自然，龜長蛇短祖師禪。山頭一片清凉境，始見壺中别有天。

董志源告

慧刀舉處散群迷，迸出銀霞萬道飛。滅却陰尸多目鬼，蓮花帳裏露希夷。

贈會首薛六郎

先天靈物有無中，動即隨機静即空。萬物之中常作主，千般運用應無窮。

春遊

年老心嫌衣帶長，强携笻杖看春光。滿園桃李皆相羡，都道肌膚似沈郎。

厨張問生死事

昔時死者何曾死，今日生來有甚生。生死到頭元有甚，安時處順要分明。

遊雲溪

衆仙邀我探春來，縷縷春紅相間開。悞入桃源即非夢，人間何處覓蓬萊。

張悟真告

壺中一粒紫金砂，鍊就光生萬道霞。服了不知浮世隘，頓然身在大方家。

周姑告

般般識破都爲夢，事事諳來總是空。悟得不空安分過，從他烏兔走西東。

張懷遠告

物物般般總不迷，迴頭參破老禪機。莫教流落人間世，無相天真要執持。

劉令史告

真清真静逍遥客，無執無持自在仙。策杖便歸雲外去，草鞋踏破洞中天。

贈孫大師

惜神養氣固靈田，境静心閑道自然。赫赫光中生瑞草，炎炎火内結紅蓮。

石碣玉溪庵閑遊三首

道人策杖看西山，心似白雲到處閑。一枕困來仙闕夢，豈知身在翠微間。

忽憶逍遥物外遊，便携藜杖步林丘。騰身直上三峰頂，虚徹靈源萬慮休。

昨憶仙遊到此山，箇中景物共閑閑，白雲出岫亦無意，幽鳥與人皆偶還。

辛先生告

道人心定寂寥居，皎潔圓明似玉壺。雲去雲來俱不礙，無生無滅證無餘。

劉先生告

大道虚無本自然，不勞苦苦用多言。但教心上無塵垢，一點靈明光自圓。

亳州太清宮陞堂

我是雲溪懶大夫，祖庭羽客强相扶。無疆聖壽祝延外，看有金鱗上釣無。

太清宮棲真庵述懷四首

清風招我到棲真，境界翛然斷世塵。猶有歲寒君子竹，窗間横影弄精神。

竹裏啾啾百鳥喧，竹齋呼起日高眠。將迎不斷人如織，我自胸中獨悄然。

踈懶從來百不拘，披襟閑看老莊書。忽然讀到忘言處，枯木形骸等太虚。

西郊火老暫開顔，頓覺幽庭枕簟寒。萬里碧天清似水，那堪梳月半啣山。

讀忘意論

檢徧南華覓也無，得來元不費功夫。須知自有天真在，一點靈明常湛如。

記夢二首

夢中親睹聖賢來，白鶴青鸞下玉臺。一簣大還功未就，瑞雲繚繞復重迴。

寒窗寂寂枕書眠，覺後檠燈尚儼然。簷外月華明似晝，風停煙静太平年。

示時官

一行作吏莫傷民，百計施恩與日新。入則敬親出則悌，外全仁義内全真。

張姑告二首

世務多般不可窮，人間事事轉頭空。迴頭記取先天物，劫壞長存無始終。

世上功名不可求，人間富貴轉頭休。争如早作歸山計，一片白雲天外遊。

勒姑告

水南水北路交相，人去人來有底忙。争似一庵閑打坐，寸心無事自清凉。

霍道人告

假軀六十過半百，蒼顔已老髯鬢白。擾擾紅塵已倦遊，雲山且作煙霞客。

康國寶殿試至

迢迢溪上水雲平，岌岌山間道路生。但得秋風片帆至，扣門一見眼增明。

石碣贈石道人

欲求罔象得玄珠，既得玄珠事事無。切莫法中尋有相，須知無上證如如。

杜鵑

青山靄靄亂雲低，切切幽禽晝夜啼。啼得血流誰解意，聲聲猶道不如歸。

示杜道人

緑葉陰陰障久陽，白雲片片渡秋塘。道人不解紅塵事，隱跡林泉寵辱忘。

贈曹道人

我愛林泉景最幽，白雲深處水東流。道人不管興亡事，一片身心得自由。

懷州高姑告

道人活計不憂貧，冷淡家風不染塵。雲散月華明似晝，迴光得見箇中人。

石碙董七郎告

古道家風不可求，翻騰故紙幾時休。争如撇下歸家去，月白青霄水自流。

寄田户店曹孔月其人以水牛自稱

寄語曹家老水牛，芒繩穿鼻拽迴頭。時時更與加鞭箠，白到全身得自由。

仝道人告

人間莫得辯癡愚，辯得愚癡却是迷。要識清虚端的理，白雲深處悟希夷。

嵩州李姑告二首

萬路千差獨往迴，靈山採得寶珠來。春風莫露閑消息，箇裏雲苞尚未開。

萬水千山路不差，蟾宫先得桂枝花。殷勤爲獻丹陽父，許占蓬萊第一家。

嵩州張姑告

悟取無言理最深，不須遠走訪知音。忽然放下頭頭是，一片清虚冷淡心。

贈嵩州獨吉太守

碧山深處白雲閑，却憶雲閑偶到山。鳥道暗通煙樹外，木人還過翠微間。

王道人告

勤磨慧劍斷愚癡，吐出靈光泯見知。從此身心無罣礙，元君到處自相隨。

郎十二先生告

萬水千山路不差，山迴路轉景尤嘉。故人相見無他語，坐對群峰看彩霞。

贈石碢馬道人

山村寂寂近林泉，春盡無人柳帶煙。别後欲知何處去，蓬萊閑看玉壺天。

贈張仙

道人著力向前修，海角天涯作盡頭。踏破鐵鞋方省悟，千山萬水一齊休。

鄆城縣賀先生告

道人真實是功夫，不用丹經與子書。悟得一言行不盡，端然静坐背盧都。

爲唐庵主姑姑壽

劫外靈芝不假春，壺中境界更無塵。天邊爍爍榆長白，月裏團團桂自新。

王道人告

跳出紅塵身自在，箇中生死轉分明。縱横無礙逍遥性，何必飛騰十萬程。

小李姑告

洗滌塵情事事無，靈臺瑩徹似冰壺。不須更問祖師意，拍塞虚空一顆珠。

示邊大郎

七十年來老滑頭，談禪論道幾時休。直饒萬法俱明徹，不到灰心冷似秋。

常姑告

尋師訪道苦參求，籠絡身心不自由。無限玄談都拂却，一輪明月出山頭。

贈韓會首

躍出紅塵萬事休，已將身世付虛舟。碧波深處抛香餌，未信金鼇不上鈎。

贈朮虎都統

策杖飄蓬恣意閑，雲朋來謁水雲間。相逢一席無生話，不覺紅輪西下山。

趙道人告

一夕秋風萬葉凋，道人活計轉寥寥。煩襟洗盡塵勞事，咫尺蓬壺路不遥。

示許姑

修仙先要除人我，學道須防較是非。七寶山頭煙火滅，五明宫裏證牟尼。

贈張副使二首

身是飄飄一葉舟，不辭風浪故來遊。煙波深處抛香餌，不得神鰲不肯休。

布袍策杖飄飄去，一片孤雲天地間。到處不能爲雨露，却歸林下伴青山。

贈張小一郎

秋風掃蕩乾坤静，萬里無雲點太清。唯有一輪無相月，先天先地轉分明。

示瀘陽馬姑

東西行脚天涯客，南北求玄自在仙。參得祖師劫外眼，歸來却見自家天。

示王姑

十載諸方負杖藜，豈知行住自相隨。却於販骨聰明鬼，唤起先天先地師。

示周道人

磊磊男兒七尺軀，刀頭舐蜜卒非夫。須知自有天然寶，枉向驪龍覓頷珠。

寄沔池納蘭縣令

爲官公正勝爲道，此語宜書仕子紳。莫謁麻衣方外客，且將良藥濟殘民。

贈宋大師

不看丹經與子書，快來心上一塵無。此身便約雲爲友，去住與之同卷舒。

元道人告

大道虚无本自然，從渠委曲且隨緣。窮通貴賤俱由命，巧拙賢愚只在天。

贈中京張孔目

久戀紅塵來往頻，林泉豈識有高人。貪看日上花梢露，失了壺中不夜春。

王會首告

鑿開混沌見天真，跳出紅塵自在人。聊向鏡中觀物化，莫教化却自家身。

贈張副使

我本持竿釣巨鰲，從渠風惡起波濤。但教神物吞香餌，萬里扶摇不憚勞。

贈司天臺判

高人策杖扣荆扉，來訪簞瓢一布衣。目擊道存忘意論，虚心而往實而歸。

柴姑告

身中寂寂閑機少，境上融融和氣多。兩袖清風常左右，一條紅練出煙蘿。

寄張道人

已向絲綸脱此身，百端香餌不相親。長江好在無邊浪，莫使風塵到錦鱗。

贈趙會首

春光屈指又經秋，販骨何時是盡頭。恩愛結成他活計，此身作下馬和牛。

贈偃師縣趙散人

悟時咫尺是蓬萊，迷後重重不盡埃。一點孤燈纔剔正，莫教油盡暗還來。

贈老史道人

壺中金碧好樓臺，月裏瓊花爛熳開。鶴唳青霄丹鳳舞，彩雲深處有蓬萊。

贈趙道人

靈臺一點本無塵，幻出空身即法身。道在性中休別覓，隨機應物即天真。

示龍窩張會首

吾家門户幾人知，知者須明造化機。清静之中含妙用，無爲之内隱玄微。

仝姑告

割烹誰忍能鳴及，斤斧終難擁腫施。才與不才俱是用，此生木鴈復何爲。

田道人告

學道先須達自然，自然然後得真仙。濃妝淡抹空顛倒，想爾鑽冰不得燃。

示南京三相公廟寇姑

真清真静永綿綿，鍊氣先須識自然。一粒丹砂功九轉，瑞霞萬道罩金仙。

示元仙

初心入道戒蹉跎，正好叢林細琢磨。莫遣新塵侵寶鑑，更防舊墳損天和。

示梁道人

皎潔玄珠映太陽，水晶宫裹發輝光。身中有此無窮寶，却爲浮生抵事忙。

過孟津

滔滔煙浪向東流，浴日浮雲是幾秋。若得靈槎遊大海，扶桑國裹看瀛洲。

示木匠楊仙

走徧千山與萬山，此身猶似白雲閑。歸來卧看青霄月，聒耳松風徹骨寒。

董知觀告

大悟纔知無做作，玄言秘語齊拂却。撒手東西信自然，策杖逍遥遊廣漠。

贈嵩山田道人

得到逍遥謁故人，依然雲隱養天真。西風吹落松梢月，坐待扶桑輥日輪。

告縣楚會首

全真門裏選仙材，踏破雲山特地來。吾道易行不虚語，世緣倒過即蓬萊。

詠雪

朔風凛冽亦雄哉，吹落天花徧地開。桃李未知天意動，臘梅先覺化工來。

偃師縣税務李都監告

解出無涯欲浪來，聰明端勝選仙材。先天靈寶人難覓。寄向南宫無影臺。

示史道人

衆妙之門日日新，家風冷淡絶纖塵。閑招雲外長生客，同賞壺中不謝春。

自樂

風過庭松喚午眠。覺來石鼎尚沈煙。不求羽化乘雲鶴，且作人間陸地仙。

辭太清宫

去去西風吹道衣，祖庭未得遂真依。他山猿鶴閑緣了，管領白雲容再歸。

寄尚仙

冥中鬼趣時時遣，物外玄門日日開。墨子悲絲元自染，楊朱泣路未歸來。

李官人告

萬里煙波一葉舟，輕帆短棹泛中流。蟾光影裏閑垂釣，那計鯨魚不上鈎。

寄陳州道友

功成名遂好抽身，作箇林泉自在人。採得日魂爲大藥，鍊成月魄現陽神。

寄費莊李官人

學仙未到棄塵緣，海嶽涓埃積漸然。更向玄門輕進步，蓬萊别有洞中天。

寄白沙道友

猿馬輕狂牢鎮閉，休貪世樂心如醉。悟來跳出死生關，一靈真性無凝滯。

贈李道友

仙人五畝小蓬瀛，四面秋波分外清。視聽不須關耳目，希夷路上坦如平。

示吴善友

人人只解念彌陀，自己彌陀會得麽。記取本來無相祖，不干般若與波羅。

李會首告

衆妙之門日日開，家風峻古絶纖埃。雖然淡薄無餘事，不許等閑人入來。

示任姑

打破疑團笑一場，不須來往徧諸方。胸中有物明如月，却覓他人夜燭光。

示史道人

物外玄微世上名，一邊敗後一邊成。從來蓬島洲中客，不在邯鄲路上行。

示陳會首

一灣流水繞雲溪，晝夜泠泠説道機。多少往來名利客，貪觀風浪隔玄微。

示王道人

直鉤不鉤波中月，數罟難撈水底雲。用盡身心離道遠，諸緣放下許傳君。

寄隴西老人

遥望東南木葉飛，滿空秋氣逼人衣。仙翁已達丹霄景，閑對青松吸翠微。

小李姑告

出家須是學神仙，好與長生作善緣。但肯此中留一念，瑶池會裏結金蓮。

示劉令史

紛華塵外三山客，苦海波中一葉舟。試擲絲綸深浪裏，游魚若箇肯吞鉤。

示姬磨李道人

息慮忘機任自然，不須訪道與參禪。因循一片閑雲起，礙却壺中不夜天。

示峽石縣冀會首

夢中又説夢中事，覺後纔知夢已休。拂石南溪觀物化，滔滔依舊水東流。

寄陝州會首

神丹常在掌中握，玄鑑只宜心上安。照破世間虚幻境，自然身似野雲閑。

示玉溪庵王道人

人生何處不逍遥，論甚山村與市朝。但得寸心諸畏盡，虎狼群裏也囂囂。

示費莊夏會首

我家門户本幽玄，寂寂寥寥任自然。修短纖洪都莫話，飢來吃飯倦時眠。

太清宫退堂二首

我本桃花峰上客，忽遺塵跡在人間。祖庭雖好因緣早，且放白雲歸故山。
風馭飄飄來祖庭，瑞煙芳草桂花馨。因緣未合須迴首，却入伊川卧錦屏。

還長生觀

識破從來古面皮，千非萬謗任從伊。輕煙薄霧空遮障，依舊遥山不皺眉。

自詠

截斷當頭竅不鳴，玄珠收入寶花瓶。從今更不矜愚智，閑了將軍便太平。

遊老君山

飄飄風袖出山門，迴首青山似老君。試聽清泉山伴語，分明説盡五千文。

示雉岔山胡道人

亂山深處結茅齋，萬頃雲煙撥不開。採藥仙童風袖裹，異香隨得紫芝來。

示張會首

爲仙爲佛要功夫，塵念塵心子細除。待得靈明光宇宙，始知糟粕世間書。

蒲察提控夫人告

我愛林泉景異常，天風吹散桂花香。行人欲去還迴首，笑殺浮生有底忙。

蒲察夫人壽

道人亦欲祝渠壽，世事冥然總不知。一粒仙丹煩領略，松齡鶴筭未爲奇。

贈孫太師夫人

功名未了身先老，白髮蒼顔下手遲。頓悟此身非我有，真空不動片雲飛。

田會首告

炳煥靈明是此心，片言遮障作重陰。清虚自有真消息，莫向諸方法上尋。

馬姑告

造化無窮盡自然，不須身外更求仙。天光發處凡情滅，寶鑑明時道眼圓。《離峰老人集》卷下。

新編全金詩卷一四〇

長筌子

長筌子，龜山（今山東省泰安市新泰市）人。金末士人，遁跡全真道教。正大八年，爲避兵亂而寓河南泌陽①。著有《洞淵集》五卷及《太上赤文洞古經注》《元始天尊説太古經注》等。兹輯四十四首。

長筌子詩載《洞淵集》，以文物出版社等影印明正統《道藏》本爲底本編録。

和朗然子詩并序。

伏聞修真玄路者，理非一揆，術建多門。或因凡而入道，或從道以化凡，事迹不同，將何以辯？庠曰：「蓋悟有頓漸，學明淺深。」何謂也？況語發精微，文垂詼詭，燦然昭彰，殊無疑矣。故昔有莊

①《洞淵集》卷四《幽居》：「正大辛卯歲孟春望日，時有龜山長筌子逃干戈於古唐之境，避地於泌陽畎畝之中。」明正統《道藏》本，文物出版社等一九九四年，第二三册八七二頁。

列文亢之書，陶鑄天地，乘履風雲，御六氣之辯，遊八極之表，槁騎日月，旁通宇宙，雕琢群品，澤及昆虫。敷揚道德，羽翼玄元，揮斥古今，率循造化。鉗百家之辯口，剏萬法之樞機，開登真之捷徑，演大聖之徽音。蕩蕩乎此四真人，豈不從道而化凡者哉。若論因凡而入道者，歷劫已來，數實夥繁，難可具載。昨因閑玩唐朗然子先生唱道詩三十一篇，乃文辭簡略，旨趣幽深，外明恍惚杳冥之理，内達泝沿胎息之源。覩此真功，安可忘矣。嗟僕性非土木，寧不見賢而思齊焉。是以不愧狂斐，恪續貂尾，豈敢望補於後人，且放任蕭閑自適者也。

其一

夢斷黄粮正少年，便歸林下枕雲眠。不因跳出塵勞窟，又更深通微妙權。慧劍剔開千聖路，靈光射透九重天。從兹放蕩遊寰海，誰識逍遥陸地仙。

其二

有時壺内玩長春，照見元初面目真。物外已知無上道，寰中未遇有緣人。閑栽玄圃瓊瑶樹，渴飲華池瀲灎津。一任桑田隨海變，仙家景色四時新。

其三

道委吾身太素中，萍蹤殊不論西東。靈臺静與天人和，雅操豈憐俗士同。玉洞吹簫千聖喜，紅爐烹雪百關通。些兒妙用親言破，不是塵緣斷色空。

其四

修行須要解其紛，吹散靈臺萬劫雲。一點閑閑忘嗜欲，六門寂寂絶聲聞。胸中妙有神明志，手内深藏橐籥紋。鍊就金身超達去，不爲陰鬼泣孤墳。

其五

不貪塵世是非財，大悟天真絶往來。善發靈芽生槁木，能教紅焰起寒灰。既通妙道虚無理，豈怕韶光晝夜催。堪笑浮生空老却，暗中兩鬢雪皚皚。

其六

凡籠打破便休休，任運清閑不記秋。酒色氣財非活計，冲和恬淡好根由。人間設施長生藥，海上搜尋出世儔。鉤得金鰲歸去後，坦然高卧白雲頭。

其七

落魄寰瀛數十春，天生不愛屈侯門。綿綿氣母如龜養，湛湛心淵似谷存。火熾丹田金菊秀，烏飛鉛鼎玉漿温。天機奪得憑誰話，深謝三光賢聖恩。

其八

玄珠收得遂平生，應用隨機處處明。兩手擘開生死網，一身跳出利名坑。若將兑户深能塞，自覺谷神永不薨。高枕洞天塵垢外，悲嗟飯蟻競浮榮。

其九

不羡金章極品官，有緣悟道得非難。氣神和暢命能固，情慾不占身自安。貝闕擊開三要鎖，玉爐鍊就九天丹。這些滋味元無價，不共尋常藥一般。

其十

莫説山林與市廛，野雲何處不安閑。崑崙霧斂龍蟠穴，洞府風生虎嘯山。有志能餐金鳳髓，無功難養玉童顔。玄元至道人知悟，大樸仙鄉穩步還。

其十一

欲傳秘密與誰論，盡是凡夫俗態存。只解恩妻并愛子，孰能固蒂更深根。内虧五臟精神本，外負三才道德恩。覩此人人好愚昧，不修仙界自沉坤。

其十二

仙路瑶宫非遠深，學人不悟本來心。玄霜丹桂何曾識，劣馬顛猿不自禁。足躡青梟遊帝闕，身騎白鹿玩瓊林。天然法界須明了，莫逐迷徒向外尋。

其十三

處順安閑臃腫居，不侵人事結交踈。匣中閑放七星劍，架上深藏三聖書。冰雪肝腸輕富貴，水雲節操傲虛無。蓬窗一枕清風足，豈羨紅塵寵辱夫。

其十四

洗除愛欲速歸淳，認取從來自己真。莫戀宅中紅粉態，好隨方外赤城人。玄爐鍊就長生藥，寶藏修成不壞身。月殿星樓常自在，金容萬劫愈清新。

其十五

不居僧俗不爲儒，一味閑閑樂有餘。性命已知方外了，榮華何慮分中無。心如朗月輝高下，身若孤雲自卷舒。放適乾坤真快樂，免教塵事把心驅。

其十六

服却冲虛妙藥丸，自然神彩顯童顔。輝輝靈慧如晴晝，怗怗身心似泰山。芝草四時常馥郁，天光萬劫永清閑。世人日用還能此，快活騰騰宇宙間。

其十七

不著邪門外法迷，學人幾箇悟無爲。剪除情慾常清淨，休苦肌膚忍凍飢。默默修成無漏果，綿綿產出化生兒。功成事遂辭凡世，鶴馭朝元赴聖期。

其十八

學道切休尋外丹，精陽耗散不能還。五千言内明天理，十二時中保玉顔。志樂簞瓢親淡泊，性同雲鶴愛虚閑。市朝名利誰知我，坦蕩優游天地間。

其十九

隨緣過得不剛求，日日殷勤向内修。洞府簫韶非律吕，壺天光景不春秋。蟠桃金液香瓊宴，霞帔霓裳賜羽流。大道豈擇貧與富，塵寰誰肯萬緣休。

其二十

勘破年華春復秋，縱人妬我不爲讎。鑿開大道長安路，尋箇知音出世流。純素樓臺閑賞玩，杳冥宫闕慶歸休。醍醐飲罷醺醺睡，酩酊不知人世愁。

其二十一

冰哂蠅頭蝸角名，丈夫有志悟圓成。滿襟風月酬三樂，萬頃煙霞遂一生。青眼錦心天上客，紅塵芳草路傍情。撒然歸去玄都日，高邁鵬飛九萬程。

其二十二

神光晃朗射蓬瀛，三島誰知別有程。深密雲房無污染，靈明覺海自澄清。寶花爛熳通身秀，真火薰蒸遍體行。此段功夫如到得，相邀五老看元精。

其二十三

任他軒冕石崇財，難免羈縻役本來。薄利浮生從妄想，天機秘訣莫胡猜。神通至理超今古，氣結純陽蔑禍災。行滿決疣何處去，穩乘彩鳳看瑶臺。

其二十四

晦迹田廬結白茅，大羅天界姓名抄。欲遊海上施玄寶，争奈人間無故交。火棗瓊漿難出示，金鈎香餌謾垂抛。塵寰不是安人處，收拾煙霞歸鳳巢。

其二十五

操持田産望榮家，不念蒼顔兩鬢華。拔苦濟貧無粟米，懣心造惡過河沙。不修智慧遊仙島，故縱貪嗔騁夜叉。一失人身再難遇，空中賢聖暗悲嗟。

其二十六

莫迷花酒戀浮榮，點檢身心物外行。見在生涯常潔静，從前機巧盡除更。時時煆鍊丁壬甲，日日調和神氣精。休説修真無應驗，九天仙部暗添名。

其二十七

悟却黄庭兩卷書，返觀身命妙資於。空中卓立擎天柱，壺内明安偃月爐。醉飲流霞眠絳闕，閑持慧炬玩靈虚。上天捷徑人皆有，不信因他識見愚。

其二十八

推延歲月懶修持，萬慮攻心業所爲。陽界不能行至德，冥司受苦更何疑。棲遲混沌絶災禍，出入圓明無老衰。回首家山雲路坦，華胥國裏赴佳期。

其二十九

切勸學人休亂尋，頭頭認取妙真心。自家宫殿非爲小，大地山河未是深。滿腹風雲成瑞象，一壺星斗化精金。峥嶸四海無知友，獨聽寥陽不鼓音。

其三十

閉其地户敞天門，鐵樹花開别有根。白雪黄芽三際會，金烏玉免兩飛奔。任從愚濁人空滅，依舊清虚道固存。慈忍廣施方便法，歸來紫府報師恩。

又

朗然昔日達重玄，功滿飛昇入洞天。秘語數篇誰悟得，佳名千古謾相傳。乘風白晝非爲道，玩月青霄未是仙。了徹希夷無相理，混成一段好因緣。

次淵明歸去來詞韻

歸去來兮，無何有鄉倏然歸。悟希夷而道要，免尤怨而心悲。慎片言而不出，惟駟馬而難追。掃蝸蠅之軌轍，滌古今之是非。樂鶉居而鷇食，任葛屨而麻衣。防未兆而居實，明先見而知微。天地爲輪，四時運奔。步乎寥廓，潛乎妙門。敦兮若樸，湛兮或存。既飽以德，既醉以樽。動之以禮應機，悦之以道解顏。捨慈儉而焉保，非澹漠而何安。深息能固其踵，善閉不用其關。每自寬以三樂，常無欲以獨觀。挾宇宙而出入，笑蓬蒿而往還。稟姑山之風雅，向寥水之盤桓。歸去來兮，莫隨臧穀交遊，從任真而養素，故知足而勿求。歎幻漚而妄起，得真樂而忘憂。勘破莊周蝴蝶夢，高抗志節田疇。採芝翠麓，釣月扁舟。獲玄珠兮象罔，遇知音兮壺丘。斷疑網於慧劍，濯塵纓於清流。達其生而若浮，了其死而若休。已矣乎處其順兮，安其時寸陰過隙難以留。誰能清浄以成之廉矣，而不劌信矣而不期。一點靈光自然，萬頃雲田何耔。隳支體而坐忘，感鬼神而爲詩。齊萬物於一府，遊乎大方更奚疑。

柱杖

這柱杖，非塵俗，不是尋常藤翠竹。冲虚端正好新奇，應用分明無損曲。撥煙霞，敲嵒谷，穿雲點破春光緑。横拖順擔顯靈威，打破虚空神鬼伏。遊山海，引鸞鵠，剔出靈芝香霧簇。斡開玉洞鳳凰枉，冷蘸醍醐醒醉目。甚枝苗，無相木，天地星辰權養育。七寶林中覺樹生，五明宫内瓊波浴。收採得，没皮肉，般若形容難近觸。自然秀氣本圓成，放下淳風三界足。一條清瘦玉龍寒，物外神仙真眷屬。

悟真

覺中覺了悟中悟，一點靈通没遮護。放開烈焰照娑婆，法界縱横獨顯露。這些消息至幽微，木人遥指白雲歸。此箇玄關口難説，目前薦得便忘機。不是葛藤老婆舌，端的慈悲真妙訣。一輪明月杖頭挑，一爐紅焰盛春雪。我本元修大覺仙，有緣悟得祖師禪。歸來雪曲無人應，翠竹黄花體自然。畫堂一炷沉煙細，空嘆文殊問疾意。曹溪月朗風自清，金蓮開遍祇園地。横擔虎錫便歸來，雪閉寒山路不開。瀟洒此時誰會得，知音唯有數枝梅。自從認得長安道，不愛閑華并野草。夜深枝上子規啼，壺内樓臺春正好。到家自在樂無爲，觸處頭頭顯聖儀。不是大悲千手眼，玉人拈出古摩尼。將何法寶明此物，杳杳冥冥及恍惚。衆生不識這如來，三世諸佛獅子窟。真閑真樂向誰誇，盡是鷦鷯與井蛙。一曲空琴彈罷處，青山依舊鎮煙霞。

真空妙色

真空妙色非粧飾，亘古亘今人不識。一團素艷顯祥輝，萬道清光神莫測。明三界，照諸天，玲瓏精粹體新鮮。應物隨機無所住，祖師會得號金仙。常瑩静，常皎潔，不增不減無生滅。衆生不解這些兒，空恁外邊胡扭揑。遊山川，覔賢哲，盡是愚頑怎分説。歸來獨自舞春風，安閑一枕梅梢月。

酒

我愛酒，愛真酒，不用世間花共柳。做時須要好真材，靈明都料神通手。玉壺中，和卯酉，加添水火按時候。造成美味號瓊漿，飲之萬古無衰朽。注童顔，增福壽，酩酊不知天地有。醒來獨坐太虚中，撥散迷雲看星斗。恁時作箇醉中仙，身與海山同堅久。

色

我好色，好真色，時時身腹添精液。常教赤鳳抱烏龜，五明宫内同歡伯。無絃樂，八音和，風流喜殺老黄婆。夫婦團圓成九轉，功全産下玉嬰哥。好容儀，黄金相，偏愛絳綃紅錦帳。刹那長大便朝元，變化神通難可量。華胥國内享無爲，逍遥自在玄歌唱。

財

我貪財，戀真財，得之有益絶輪迴。石崇金谷園非貴，吾家珍寶少人猜。銀霞洞，碧雲堆，無量玉帛此中培。綉褥錦裀珠翠間，那堪鸞鳳遶亭臺。建一宅，號天台，百般花木滿庭栽。蟠桃丹桂靈芝草，長春日月四時開。驅龍虎，引風雷，五湖四海賞瓊梅。置成家計尋知友，物外神仙作往來。

氣

我争氣，號真氣，不是尋常補脾胃。昏昏默默守冲和，保養綿綿爐鼎沸。通造化，發陰陽，滋榮萬物秀芬芳。浩然一點通天地，壺内氤氳顯瑞祥。至清虚，至剛大，薰蒸法體常安泰。空中五色聚玲瓏，鍊就純陽超物外。收藏歸去赴何方，混元堂上龍華會。

牧童

荷笠春風野，堆蓑向晚晴。團沙閑取戲，擊瓦笑相迎。鬪草尋幽勝，騎牛倦步行。髟松頭卓縮，飽飲肚膨脝。歌舉五七里，笛横三兩聲。招呼來小徑，聚集撲飛蝱。只解逡巡樂，焉知寵辱驚。指途同牧馬，起石效初平。睡枕嵐光翠，歸吟久照明。穿林收兔罟，掬水濯塵纓。草莽喧終日，樵歌遂一生。宣王曾曆卜，帝業復興榮。

木香

春光將欲老，繁卉乍離披。羽客能幽植，木香正及時。瑞雲凝蓓蕾，緑葉秀纍垂。似雪還多萼，如酥却有姿。粉囊開小檻，玉蘂映疎籬。旖旎風前異，鮮明月下宜。芬芳招勝覽，點綴更無私。偏稱賢良賞，不須蜂蝶知。精神因淑景，標格壓繁枝。香氣沾人袂，清陰勝繡帷。何人憐寸晷，獨我赴佳期。奇奇奇莫比，尋常紅紫闕。

嘆世

君不見年華促，晝夜相催如轉轂。百歲忩忩彈指間，俄爾桑田變陵谷。又不見葉辭柯，過隙人生能幾何。石火電光風裏燭，水上浮漚争甚麽。竟蠻觸，披紅緑，浮名浮利濃如粥。疲役身心早晚休，直待雲陽遭耻戮。殢花酒，弄精神，如蚕作繭自囚身。家計置成誰受用，眼光落地一堆塵。嘆蟪蛄，這朝菌，忽然生兮忽然泯。却被春秋暗折磨，不成一事空凋殞。蚍蜉夢，傀儡棚，百般伎倆杖頭呈。片時線斷無消息，贏得高人笑一聲。歷周書，考唐傳，致身喪命難窮筭。古代英雄竟若何，北邙山下狐狸伴。争似我，傲煙霞，鏌鎁三尺斬妖邪。籬落幽栽陶令菊，圃園閑種邵平瓜。冰雪心，松筠操，勘破黄粮真可笑。蓬窗一枕囉哩唛，瓦鼎沉水常知道。此風味，豈虚言，萬疊遥山鎖翠煙。莫怪洞庭歸去晚，野雲何處不家天。

樂睡

蕭閑逸志聊樂寢，時或曲肱而爲枕。謝他天賜一身閑，豈羡錦堂官至品。泠然飯了自從容，萬事皆忘衲被蒙。放曠松亭在茅室，此間偃仰甜如蜜。簾前秋梢弄梧桐，塌下任教鳴蟋蟀。優游清邁邊孝先，當時晝寢競思賢。知命樂道忘貧諂，藥匳書笈消流年。大哉昔日周公夢，湮沉思慮神無用。形朽木兮混杳冥，性死灰兮忘雅頌。籐床好寐頓無愁，不聞耳畔溪清流。須臾再又昏昏默，魂遊華胥放春色。人間無限冗如麻，齁齁旦暮同迷惑。柳映亭臺冰簟凉，嫩荷泛緑點池塘。風光空變年華换，功名未遂黄粮散。長嘆希夷老逸者，三峰隱迹誰知也。古洞雲埋傲市朝，至今美譽光天下。不如聞早卧雲溪，榮枯利禄奚足爲。歸去來兮三徑在，相呼童稚居東籬。宰予何寵今何辱，杜户雲房穩安宿。虚窓瑩徹月光寒，助我平生眠意足。

固窮

野叟固窮吟，何人敢授傳。甑中蛛結網，釜内蟻生蝝。睡噲能安分，胼胝奚怨天。整冠簪朽木，沽酒借榆錢。爆背聚螢火，涉津横芥船。採薇登遠岫，拾穗趁荒田。窐窬難冥迹，蘧廬適自然。塵埃盈空壁，莪菽度殘年。席地眠芳草，齋心絶爨煙。老藤爲虎錫，折篠裊吟鞭。唯有貧三樂，殊無土一廛。外身居陋巷，洗耳近清淵。坐泣仍知此，行歌尤可憐。季倫非益友，原憲是同肩。履缺莎針補，衣零木索穿。寒泉澄古鏡，落葉寫佳篇。不得監河力，深蒙裹飯緣。錦堂忘緬想，華輅任陶甄。自得如斯病，經今猶未痊。箇人來問我，只此是終焉。

逍遥

處順適逍遥，全生遠俗囂。狎鷗泳滄渚，鼓瑟會漁樵。轗軻心無恥，尊榮志不驕。收綸忘晚釣，信步興春翹。完矣豐絺綌，沛然澤蓼蕭。黄庭消百慮，紫芋待終朝。放逸開三徑，扶摇玩九霄。暢情横短笛，握固返垂髫。寵賜非憑據，清閑足富饒。儘他便副墨，惟獨貫參寥。遂智浴沂水，嫌喧棄許瓢。虚壞躅斵斫，挫鋭混芻蕘。時否潛知止，歲寒節不凋。九思從接揖，五柳任蕭條。伉儷或耘篠，歸休懶折腰。灌畦甘抱瓮，忘味喜聞韶。除害輕金玉，聿修光祖祧。高奔邁騏驥，奮翼笑鷦鷯。絶學遊玄壺，頌聲歌聖朝。觀鵝臨曲沼，覆鹿用枯蕉。塞兑徒居實，深根匪揠苗。解紛須侃侃，養素樂夭夭。塗隙藏深密，如愚匿懋昭。彖蟬稽佝僂，摳瓦巧靈潮。齊物真何礙，封戎世可超。悲嗟蝸競角，坐看鳥遷喬。但且同耕叟，焉能屈下僚。鳳笙雲外聽，春色杖頭挑。刻木鳶誰放，無絃琴自調。摶空歸去日，不必借鸞鑣。

金長筌子《洞淵集》卷三，明正統《道藏》本，文物出版社等一九九四年，第二三册八六六頁。

新編全金詩卷一四一

尹志平 一

尹志平，字大和，號清和子，萊州（今山東省煙臺市萊州市）人。年十四，遇馬鈺，潛往入道，爲父所阻，凡再三而得遂。明昌初，拜長春丘處機爲師，又受《易》於太古郝大通，自是道業日隆。興定四年春，從長春師赴西域謁蒙古成吉思汗。歸燕後，長春逝，嗣主長春宫事。辛亥歲（蒙古憲宗元年、一二五一）卒，年八十二①。著有《葆光集》三卷行世。茲輯二百六十六首。

尹志平詩載《葆光集》，以文物出版社等影印明正統《道藏》本爲底本，校以清光緒重刊道藏輯要本（輯要本）等有關文獻。

①元弋彀《清和妙道廣化真人尹宗師碑銘并序》，見元李道謙《甘水仙源録》卷三，明正統《道藏》本，文物出版社等一九九四年，第一九册七四一頁。

七言絶句

金山三首自宣德州至田相公營約七八千里，乃金山之北也。

西北行程近八千，却成南下過金山。金山更向西南望，纔見陰山縹緲間。

曾從神仙日下遊，五千里外水分頭。時人只解東溟注，不見長河西北流。

西出陰山萬里多，一重山外一重河。大河五次親曾渡，餘外山河未見他。

過大石林牙契丹國二首大石是契丹語，學士名林牙，是小名，中原呼大石林牙爲國號。

遼因金破失家鄉，西走番戎萬里疆。十載經營無定止，却來此地務農桑。

群雄戰力得農桑，大石林牙號國王。幾帝聚兵成百萬，到今衰落亦城荒。

西域物熟節氣比中原較早故記之

止渴黄梅已得嘗，充飢素椹又持將。時當小滿纔初夏，椹熟梅黄麥亦黄。

師適有他往而雲水高人踵門者日無一二因作此

師去交朋來往稀，知心還似不相知。胸中有志忘人事，與我真情正所宜。

唯太守家李提控日逐一過

此道難行步步高，時人見者謾徒勞。隴西道友知何意，忙里偷閑日一遭。

自詠

世念如今已不生，惟思道德未精誠。蒙師訓教經千百，是處無過苦己行。

段公覓得小魚放生

乞得纖鱗免受烹，放歸溪水任遊行。莫言他日成鯨去，目下從容也暢情。

寶玄堂作

出門開眼見西山，只爲緣輕未得還。身在葆光雖散誕，此心常憶白雲間。

和陳學士

西山終日有雲煙，只爲人心未了然。誰肯迴頭林下問，本來面目是真仙。

和趙講師

休向心田挂一毫，囑君四句記來牢。衆中不見他人過，便許先生道德高。

劉宣差病索詩

欲求輕健得安然，試伴長春向寶玄。百日消踈如肯受，他年骨壯自神全。

蒙師旨去山東別燕京偶得一絶

西域歸來萬里餘，區區尚未得幽居。他時若到安閑處，静掩柴扉不出廬。

和王道録二首

物物知空任去來，頭頭心上覺花開。是非過耳休重問，道德終身莫下懷。

教風普振遇長春，豈擇官寮與士民。箇箇携將歸紫府。人人點化出紅塵。

真人有天上人間四絶依韻奉和四首

天上真仙無事忙，人間愚昧自相妨。不知心是根源主，終日空勞禮十方。

天上群仙心本同，人間萬法總虚空。不知道德渾淪妙，猶自談西與説東。
天上莊嚴道力成，人間法像善經營。不知上聖垂方便，執性昏昧幾箇明。
天上真功達者稀，人間立像要歸依。若人頓悟無生理，便是吾門最上機。

燕京會首問作福

作福須從損己求，修真只要肯心休。古今賢達無多事，福慧雙全第一流。

自詠三首

自顧微軀劣弱多，尋常五臟却安和。雖然未達青霄去，幸免今生苦戰魔。
人羡剛强是俊英，我憐柔弱得全生。試觀舉世貪名者，盡在塵中苦戰争。
受教師真三十年，幾迴責我不周全。暗中速改即成老，死上頭來尚未圓。

寶玄堂下得房二間六首

兩間静室一間空，片席安眠樂在中。莫怪忘貧隨分過，都緣造道未精通。
暖室明窗我則眠，返思天下有餘寒。三冬誰得優游過，多被刀兵歲歲殘。
静室安居明更清，等閑不惹世間情。從他外景魔千遍，一片真心不解驚。

本來一點最孤靈，染着人情萬事生。欲要歸根清浄去，應須返樸入圓成。
用時行道學長春，捨則潛心默契真。一性既通非内外，兩般消息没踈親。
苦思奇句竟何争，無礙狂吟信筆成。樂性發言聊暢道，興來自得不求名。

禪子出示墨竹圖索詩

收得黄山三兩竿，展開付與道人看。任他塵世光陰急，不識榮枯與歲寒。

道友索茶

爽氣自生常灑落，睡魔戰退得清涼。有爲終是歸生滅，無事天然定久長。

登高

白露零時秋意深，紛紛紅葉墜寒林。黄花亭上三般樂，把酒高歌遣興吟。

自省好静二首

從來辯正在人先，覩事徵求訪妙玄。今日始知當日錯，忘言忘我性方全。
每見恣情招横禍，未聞至道惹非災。古今仙分緣何得，都是存心静處來。

寶玄堂月下聞鴈二首

燕山空闊夜彌清，坐聽征鴻一兩聲。豪客營營心有着，幽人寂寂耳偏明。
寶玄秋後轉加清，静夜沉沉聞鴈聲。默坐睡魔難着摸，月光心竅兩分明。

看鷄冠花

群紅十日多零落，純紫三秋尚耐風。莫似閑花看一例，性根禀受不相同。

談論各處見解未知實際贈陳學士

人間口鼓未能窮，出世清談與箇中。誰解窗明猶紙隔，外頭裏面兩般風。

吴學士呈真人詩五篇和之[一]

幸爲男子長中州，好占仙標第一儔。學取龐君并許氏，全家輕舉免荒丘。
一身本分樂幽居，免却人間虚過譽。性静自然通正教，心閑何必苦看書。
修真無志望天然，推了明年又一年。只待陰公傳的信，此時何處覓神仙。
人無决烈不能閑，暮去朝來鬢漸斑。都道林泉堪養道，古今幾箇到家山。

【校記】

〔一〕詩題「五篇」云云，僅録「四篇」，姑仍之，以備參考。

天長觀作

浮名輕染即成魔，況復人情事轉多。看景因循無決斷，前程終久待如何。

陳學士覓冠簪詩

愛與人交心見心，等閑未肯許冠簪。先生骨相非塵俗，林下何時肯重尋。

燕京劉會首出家要住西山上方雲峰觀贈詩二首

教在幽燕大闡開，度人千萬會中來。唯君得味心先覺，静住西山更莫迴。
入道彭城最有緣，專投誓狀叩重玄。而今便作雲峰主，未到蓬萊已是仙。

寶玄堂偶得

看破身空萬法空，寂然不動感而通。真常應物渾無礙，變化神靈顯聖功。
日逐東生西復沉，浮雲短景更相侵。行年六十老將至，但向虚齋寶寸陰。

捉住無明

莫縱無明業火生，無明起處是真情。觸來看破無明妙，便把無明作我明。

修行五更頌五首

晚參罷後一更初，收拾靈光入太虚。耳内不聞塵事亂，性中寂寂樂無餘。
二更寂寂樂真閑，一氣綿綿任往還。行滿三田陰鬼滅，功成九轉列仙班。
三更三點一陽生，六甲三元五氣清。不是性根超造化，如何命寶得圓成。
四更魔退罷驅兵，穩睡安眠賀太平。夢里分明無所著，覺來依舊有餘清。
五更五點五更殘，一志堅剛静若山。休道神仙無處覓，長生只在寸心間。

苦辭真人往縉山

大劫紛紛尚未安，辭師别衆鐵心肝。道人決烈將何喻，死到頭來更是難。

甲申年十一月二十四日辭師會劉便宜留數日以數騎送至縉山道院三首

數騎翩翩別古燕，北關已渡興無邊。飄飄得遂終身願，馬上閑吟入洞天。
便風送我到嘉山，枕石眠雲自在閑。耳内不聞塵市鬧，心中乘興憶西關。
三九嚴凝雪滿山，東風送我過庸關。人情却盡天垂祐，莫是前程有分閑。

秋陽觀作三首

聞説秋陽景物幽，神仙親到此巖頭。長春詩句真堪畫，處處流傳早晚休。
我今信步亦閑遊，詩賦長吟興未休。遥想天長名重客，幾人再得到巖頭。
名山曾度無窮數，不似秋陽一景幽。去歲真仙曾此過，今冬閑客也來遊。

春日二首

秋陽地僻遠皇州，未覺東君造化幽。莫訝春光來覺晚，和風咫尺到巖頭。
一身無繫任天涯，蓬轉萍浮度歲華。不問故鄉安且樂，因緣静處便爲家。

龍陽觀清明日述二首

物上施爲不動情，六根安泰自和平。三田氣滿千魔盡，一點光通萬法明。
物外閑吟格調清，爽人胸臆豁迷情。慧風飄蕩迷雲散，放出從來皓月明。

山後暮春雪

春盡寒雲忽作雷，北山玉屑已成堆。妖桃艷杏何曾見，只有梨花幾樹開。

西關外與大使華宗選庵地二首

數騎翩翩關外來，洞天遊戲散心懷。不求親戚人情厚，唯願相知道眼開。

關外閑居景甚幽，山深河遠水長流。不須洗耳心常靜，誰望聲名繼許由。

龍陽觀新成後園可五畝有老松一株周迴種瓜日耘其苗因憩於老松之下呈同道

隨師福薄未同塵，供養難消便退身。自笑不能成大器，龍陽甘作種瓜人。

龍陽觀後有老松一株馮君贊其孤秀長久不更變耳

龍陽可羨古松青，柯葉經冬不變更。孤秀亭亭堪作伴，豈同花草片時榮。

濼陽東至縉山可二百里所產之物他處未可及也

懷來玉液德興花，未讓中原景物嘉。更有閑人真受用，一川麻麥是生涯。

重午日與德興府道衆遊白貼山靈境寺二首

爲求出世遠塵寰，一上西峰六十盤。得到洞天清絶處，使人特地覺心安。
白髮蒼顔學道流，觀山翫水且優游。少年門下多勤苦，老後身心得自由。

無所取實自然可用心耳

對月臨風最愛吟，拈來放去不勞心。自知出語皆空相，惟遇通人是賞音。

仲夏過武川道友以詩留過夏答云龍陽七月間立殿有瓜已熟因作是詩耳

因緣到處是生涯，功滿三千結實花。來日龍陽曾有約，上梁已許啖新瓜。

五夫人宅見怪柏禪床作

古柏禪床稱道家，相逢真箇好生涯。終朝共坐忘言論，各守清貞度歲華。

堅辭道友欲赴龍陽

武川住夏勝龍陽，六月軒窗風自涼。只恐無功辭去早，不能待得好瓜嘗。

退居巖穴忽一日潘士送師號賜清和大師人迴有詩上謝四首[一]

降心學道出塵魔，決要修真上大羅。三十年來功未就，虛名賜我號清和。

昔日玉清曾挂紫，今朝巖下肯披羅。幻身任使經千變，且保安閑一氣和。

克己修真較少魔，從來本分可張羅。如今潦倒加師號，有愧神仙張志和。

糲飯充腸戰退魔，弊衣遮體勝紈羅。浮名浮利忙中亂，實行實功静處多。

【校記】

〔一〕詩題之「迴」原作「迵」，刊誤，兹改。

山中雨過賞月三首

雨霽西山瑩静天，分明寶鑑碧空懸。道人賞翫中宵坐，爲愛靈光一點圓。

雨過西山月最明，中秋共賞稱幽情。寒光照破昏魔膽，一夜無眠徹骨清。

山静雲收入夜清，月光澄徹九霄明。照人肝膽無他慮，惟有詩情與道情。

借道録段公詩韻述

行盡千山及萬山，觀來無處可開顔。唯餘關外煙霞景，却在虚無縹緲間。

寶玄堂西齋號曰觀妙堂以段公詩韻偶得一絶

獨坐玄宫觀妙堂，忘言默默内韜光。有朝養就渾淪性，塞破乾坤没處藏。

和衆賢赤石詩韻二首

赭石頻磨不讓朱，解開疑句樂真如。秖因剖析群經旨，一點能通萬古書。

美石精金總在山，未同此物代朱顔。點開玉訣分明處，疑惑都忘咫尺間。

自嘆虛名於身何益

昨日名卑心不樂，今朝名重復如何。人情未解平常足，空惹貪求罪業多。

詠今古

太古玄風事若何，無爲無作自清和。嗟嗟衰世人情厚，種下無邊業障魔。

人求題架鷂圖

靈明俊健貼天摩，降伏機關保太和。常似目前休歇去，等閑不放過新羅。

深入峽裏遊團山道院留題二首

滚滚長河千里來，亂山重疊峽門開。勢隨曲屈無窮數，流入東洋幾去迴。

二峽峥嶸氣象雄，團山水浸畫屏中。眼前妙景紅塵外，疑是蓬萊第一宫。

武川送道友至樊山縣回三絶

武川别後却歸燕，際會應難仗有緣。早是琳宫催督緊，那堪石炭鬬生煙。

只爲吾師葬古燕，蹉跎應物且隨緣。修真最怕傷和氣，養性休生火與煙。
雪嶺皚皚南接燕，穿山渡水我因緣。一朝得達長春境，香滿琳宮結瑞煙。

庚寅年正旦閑吟一韻十絶

談玄論妙話頭清，意曲心迷轉不明。盡道利他全至德，何曾損己半分行。
劫運殘傷氣未清，天開衆善漸分明。群生普化歸真教，萬象光輝合度行。
萬籟沉沉一氣清。三陽赫赫九光明。人間榮顯非吾願，頗愛存心静處行。
寸心不昧氣長清，舉意無私道漸明。十載行周三界上，一時功滿九天行。
物外閑吟別是清，磨開慧刃道心明。萬花叢裏披衣卧，百尺竿頭進步行。
至道夷然極目清，縱横無礙四方明。時人未信真空路，試與閑人作伴行。
仙宮紫府有餘清，閬苑瑶臺眼界明。六六洞前乘鳳過，三三天上步雲行。
天無覆翳朗然清，聖帝真王日月明。共喜鬢斑該詔下，太平國内自由行。
長春景物自然清，西閣東臺四望明。羽客仙官交互轉，蓬頭丫髻往來行。
了道真仙萬古清，垂言立教訓聰明。上人得意忘言坐，終日騰騰獨自行。

庚寅年通仙觀醮罷復迴以詩别道友元帥監軍六首

久厭人間酷愛山，山中分薄又東還。功虧未免隨緣轉，猶自區區不放閑。
徘徊數日戀西山，書疏相邀便索還[一]。自嘆鬢斑年已老，人情仍未許教閑。
千里縱横一帶山，數年留意幾來還。行時不避崎嶇險，指望終身永占閑。
燕中邀我出嘉山，數騎翩翩東復還。不是白雲香火冷，本心縱意且清閑。
疊疊重重無數山，道人遊歷不知還。未通下手全真妙，誰得逍遥自在閑。
五絶新吟别此山，此山别後幾時還。若將動静能雙遣，到處無心便得閑。

【校記】

〔一〕書疏：輯要本作「書數」。

留别河山道衆會首三首

水聲山色本無情，山水之間神自清。不是此間人事重，重來憶望樂平生。
樂道忘機適本情，遊山翫水眼偏明。老來不得安閑處，却使東西南北行。
玄教開迷遠世情，世情絶盡道心明。當初來後無多事，只爲情深有死生。

跋十老圖

十箇閑人閑又清，清閑眼看甚分明。教君試向閑中坐，閑裏功夫是怎生。

礬山先天觀住夏因時勸衆五首

西南仍有大兵荒，東北安居夏月涼。宜向此間行吉善，勸修道德爇名香。

大劫紛紛到處荒，幸然此地得清涼。勸君加志修真福，漸覺無爲清淨香。

曾從先師歷大荒，歸來惟喜此清涼。干戈未息先康泰，蓋爲人淳德行香。

人人未悟性多荒，安得逍遥心地涼。識破機關歸物外，自然道德自然香。

錬性通真意不荒，任教造物變炎涼。功成跨鶴歸蓬島，留得高名萬古香。

别礬山道友三首

物外逍遥遠世魔，無爲無作保清和。我來幾度人情熟，大理推窮善者多。

抱一無離物外遊，飄飄獨駕大神舟。茫茫苦海人無數，誰肯灰心上釣鈎。

忠言普勸早回頭，勸不回頭陷九幽。大聖無由提得出，目前認正早吞鈎。

詠先天觀殿後湧金池作木牌於池面戒物觸穢耳

滾滾靈泉歲月深，分毫垢穢莫教侵。世人只見無涯水，唯我看時不盡金。金尹志平《葆光集》卷上，明正統《道藏》本，文物出版社等一九九四年，第二五册五〇一頁。

新編全金詩卷一四二

尹志平 二

道過燕臺清水村馬公宅宿滯雨

扶風邀我動天心，一夜雲生雨作霖。萬物西成將有信，千金難買一知音。

述懷二首

學道年深始得成，一番魔過一番新。頻逢魔處心休變，魔盡才明一點真。

七真修德動天顏，一舉玄風過玉關。水調歌頭明有驗，大開門户倚燕山。

崞州赴供三絶

常足軒居恰一年，身心自覺稍安然。教門使我知難免，不避迢遥赴醮筵。

嶺北風寒自古傳，三冬遠涉鴈門川。道人慈惠堪爲寶，度死哀生作善緣。

暫别燕城處順堂，代師行化歷他方。本非留意攀緣動，醮主誠心不可忘。

題墨竹

墨君寫就四時春，葉葉枝枝迥絶塵。奪得化工權在手，一番拈出一番新。

常足軒中自述二首

常足軒中山海全，更兼風月伴流年。人求見者無他語，盡唤長春小洞天。

小軒山海盡方全，常足爲名佚老年。好向此間閑自在，更於何處覓壺天。

過晉安府南新莊贈杜道人

六歲出家九十一，一真明透四三七。今朝幸遇宿緣深，法法俱忘事事畢。

偶得三首

收拾輪竿罷釣鈎，諸緣頓息便休休。情忘意滅無多事，彼岸高登不用舟。

不迷香餌不吞鈎，便得安閑事事休。雨笠煙蓑常作伴，清江穩駕一孤舟。

好把諸緣一筆鈎，修真須向死前休。茫茫苦海波濤急，歸去來兮得岸舟。

示衆三首

塗川九夏清涼坐，崇義三冬自在眠。只爲從來懷道念，雲遊到處得安然。

莫慮年深功未全，一朝行滿自忘眠。修真非是尋常事，要識然中然不然。

普勸高明後學仙，莫貪嗜慾恣高眠。時時道德相參問，自證元初合自然。

和寂通居士韻

修真功果若機梭，不是虛頭且恁麽。頓悟寂通無慾處，箇中消息自然和。

通仙觀作寄燕山馮公輩二首

一帶西山總屬燕，燕山堪可度殘年。吾門本即修真客，來向山中便是仙。

也無香餌也無鈎，空設輪竿傍釣舟。目擊無言知這意，何須苦口勸同流。

贈石殿試

我有清閑欲付人，人無分量敢全真。石中懷玉還能保，物外逍遥别是春。

過高家鋪三首

大山心裏小庵兒，暫過何曾一日期。却愛洞天人不到，遷延住了許多時。
三三兩兩小孩兒，也會擎拳作禮儀。到處善緣天意順，前程不遠太平時。
只因静處見嬰兒，試問行人何日知。功滿三千方際會，行程八百遇佳時。

過渾源亂嶺關三首

下冬一日出礬山，三九初行亂嶺關。會衆送迎多嘆息，道人難處也開顔。
時當歲久歷西山，纔過關來又一關。寒氣着鬚真老相，朔風吹面似童顔。
九九嚴凝雪滿山，恰如韓子渡藍關。一行道衆真堪畫，雪鬢霜髯變老顔。

岳神山小亭詩二絶

萬仞峰前一小亭，横眠正坐眼中明。目前大道人難見，終日逍遥自快情。
萬仞峰前一草庵，終朝興味坐偏甘。有人來話人間事，閉目無言到晚參。

懷仁縣年日作

去年崇義添新歲，今日懷仁換舊年。更過周天十二度，賀正甚處再團圓。

崞州南陽村紫微觀和移剌中書陳秀玉韻

三教雖同人不同，既言西是必非東。目前便是分明處，了一真通不二宮。

崇真觀劉講師請齋

初過鴈門逢地角，漸臨滹水見天涯。如今反作中原地，四海和同即一家。

乙未暮春因過交城縣秀野園有詩三絶以廣其秀野之意

秀野新城當亂離，覃君好事特然奇。園中花木俱非俗，家内兒童盡賦詩。

暮春秀野正當時，桑下妖紅別是奇。兩事不偏誰得悟，圓明消息少人知。

因遊秀野過踈籬，入眼堪憐錦樹奇。若解村東王老意，請公休記百花詩。

因得平遥縣清虚觀

每求淡薄念深山，却得清虚佚老顔。古柏静觀堪作伴，無心無慮四時閑。

潞州東北吴兒谷口黎涉二縣長官會首接送往來不致有失兼立觀同積福行耳書來以詩迴答

南北縱横千里山，君當要路涉黎間。幸臨權勢宜方便，接引行人出險關。

贈靳寶童

蓬頭日用道心堅，好伴高公作小仙。外學應緣除四相，内修活業保三田。

忻州張同知見請未能即應以詩答之

平遥暫别到平陽，一箇身軀幾處忙。常憾功虧無變化，不能普照應諸方。

乙未季秋至介休縣洪山明霞觀作

洪山佳景洞天幽，下枕清巖瀑布流。更上高原三四里，興來閑步到泉頭。

過汾州義常村靈源觀土埪宿

土洞彎跧可避乖，寒冬打睡日高齋。有時暴客專相訪，更入深埪不出來。

太原平陽兩路經遊迎送者無間斷

兩路應緣春復秋，來迎去送暫無休。人心不讓汾陽水，伴我西南直到頭。

詠河津紫金山老君峰

我來親筆記行蹤，四顧山河是要衝。仙境清高名自古，至今呼作老君峰。

過河津士庶求詩

洪波三面北圍山，中建津城禹稷間。道過相邀連信速，滿川香火盡開顔。

與西巖張閑話

莫問林泉莫問山，清虚都在片心間。若能常把人情遠，遠盡人情便是閑。

題新張村庵

身輕豈慮天涯遠，性静何愁地角賒。京兆歸來當仲夏，清庵快意日將斜。

答楊漢卿

青霄有路果能攀，要識真閑非等閑。情性磨礱離四相，調和真息透三關。

題馬谷觀音閣

馬谷來時正暮秋，一溪雲水好程頭。衆人不解予心樂，飯罷從容獨上樓。

儒士郭公以詩求安樂法

浩然一點要方圓，直養無私滿大千。變化往來三界外，何愁耳順不延年。

登前高山

地角天涯在目前，前高堪作畫圖傳。有人來問予名字，無數松間一散仙。

前高山得平遥衆官請書遂寄

新得前高代嶂西，松巖密茂數難知。幼時常慕山中樂，老也閑居正合宜。

身退三絶寄燕山同道

心退應當即有年，而今身退兩俱全。玄玄妙妙忘談論，淨淨清清合自然。

承教行緣數十年，燕山宫觀稍周全。終南再舉皆天意，恰正歸來事了然。

學道隨師三十年，功虧尚自未能全。風波世路經千險，誰解心頭只坦然。

示衆二首

松風入耳昏沉少，世事經心濁亂多。幸遇洞天清絶處，勸君休縱睡魂魔。

莫問修行淺與深，道人影子道人心。既知道理分明處，可惜輕狂廢寸陰。

寄平遥縣馬會首

馬公向老認前頭，識破人間便好休。且向太平尋久計，閑人相伴度春秋。

長春宫同袍策馬於前高山下爲雪阻故賦一絶以寄耳

湛湛清虚不立言，報人氣象應無偏。迢迢千里來相訪，雪擁山門馬不前。

前高山連日雪戲題

雪霧濛濛不暫休，青松緑檜也添愁。更因書疏東來急，一夜青山盡白頭。

沁城龜山遊憩得三絶

銅川已見可開顔，闔郡民蘇山水間。更有清高堪賞處，興來閑步上龜山。

上得龜山四望明，世間觀透快人情。我今幸遇清涼地，唯願諸方早太平。

每到龜山照四方，四方何處不窮荒。從今覺徹人間世，酷暑來時心也涼。

閑中三首

體性玄虚感處通，還能應感便玲瓏。玲瓏養就無中妙，妙體真空空不空。

修真要解祖和宗，宗祖時時顯聖功。借問祖宗在何處，能言能語性玲瓏。

默地悟時識祖宗，邱劉譚馬好家風。門中志士聽予勸，努力勤修要始終。

丁酉歲中秋沁城寄燕山道衆

燕山已别恰三秋，萬丈風波到岸頭。更謝衆真憐我老，銅川米麥勝他州。

因看子瞻壁間録偶得一絶

道人兀兀三盃酒，禪客昏昏一覺眠。似是似非誰可辯，勸君休聽俗家言。

贈馬會首

逢人未話形容老，見者先云道德高。虚室只宜常自在，灰心莫掛一絲毫。

重午日别平遥縣李酒使

寂静身雲任往來，從教世俗有心猜。時當重午離仙院，滿檻葵花不見開。

答大名府請在路染疾不赴

昔日曾聞師受魔，而今傳付老清和。前頭無限真遊境，不許功虧得見他。

贈牛山

學道須憑識見高，遇魔不退轉堅牢。若能悟得無生滅，免向人間更一遭。

濰陽住時有清逸庵數與閑上尋閑三十年後領衆興緣至今七十却返本矣

昔在濰陽三十年，今年七十罷玄談。静中記得真閑處。却似當初清逸庵。

道人劉志希獻雕木七真小像

一點靈光用處真，精窮衆妙自通神。還能更悟元初妙，刻出從來無相身。

五華山道院三首

五華真本是林泉，萬木峥嶸接水源。試問往來遊歷者，山庵幾處得周全。

五華見者盡開顔，平路行來便是山。道院清幽仙境界，林泉静處勝人間。

玉蓮池上玉蓮亭，對水臨山眼界清。走遍人間歸計晚，五華堪可寄餘齡。

游五華五絶答王子正

從師應詔起濰萊，教在燕山次第開。昔日鍊丹修養處，今朝閑客又重來。

青荷柄柄出方池，正闕陶潛金菊籬。盛夏栽培香漸吐，重陽相待未爲遲。

五華再變類蓬宮，一片清涼眼界中。天賜老身閑自在，五華池畔快哉風。

何人通得内雲遊，八表縱横不解憂。清淨境中無盡藏，問君何處是程頭。

絶盡人情見道情，道情仍是强安名。若人能悟無生妙，越過南華與赤城。

五言全章

贊清净經

三能清淨理，知者悟真情。上德本無我，下愚元好争。湛然遺所照，應物轉分明。至妙從何入，真常性自平。

戒不足

有衣能禦寒，有食可充飢。兩事如虧一，使人心意欹。還如衣食足，猶自縱貪癡。忽尔業盈滿，臨危更怨誰。

處順堂中秋作

處順中秋静，雲朋和氣添。魔精潛海角，明月出山尖。萬國同歡賞，千門共喜瞻。相看終夕坐，都覺性安恬。

礬山先天觀作二首

先天終有意，雲水已無心。隱跡唯求遠，埋名恨未深〔一〕。秋陽辭益友，春暖訪知音。爲慕西山静，免教人事侵。

守道忘塵累，安居慕德鄰。坐中無俗客，席上盡高人。養氣若龜息，鍊形如石皴。爲求真實相，認取本來身。

【校記】

〔一〕恨：輯要本作「憾」。

縉山秋陽觀乙酉正月上元木凌降

垂柳千條白，華燈萬盞紅。上天呈異瑞，厚地顯神功。碧樹開瓊蘂，青山變老翁。滿巖諸草木，盡化玉玲瓏。

自乙酉六月至丙戌四月八日尚無雨時在山後龍陽觀因有是詩

秋無三寸雨，春有十分風。冬雪又太薄，夏苗焉得豐。何曾求己過，都只罪神功。我已西關去，猶嗟歲計窮。

與隴西翁相别二十年識時未及心交今會話間乃知其心同往西山故録之耳

昔時曾見面，今日又論心。共約西山去，同登北嶺吟。逍遥出京市，放曠入山林。萬疊峰巒遠，前程步步深。

屢有請疏仍加以真人號偶得五言長嘆

爲慕真人行，人因唤我真。真功若果足，何慮不長春。學道非虚妄，修真仗實因。常如七祖志，報應豈虧人。

王禪師病以詩贈之

古道雖能執，今時亦可通。修真合要妙，康泰自和冲。法盡身輕舉，丹無體茶癃。本來圓相現，不許一塵蒙。

題南庵

閑步南庵去，南庵最適情。門前溪水緑，窗外竹風清。處險常知足，忘貪總不争。只因身自在，一片道心明。

木林老久病過歲今年辛卯成就下元醮事

幻身雖久病，道念愈精誠。黄籙通幽府，赤書達上清。死魂忻濟度，生命賀圓成。至道非由廣，如何出死生。

木林老仙去以詩弔之

子已返真去，予今爲子來。知心十載外，同伴二年迴。來後身如夢，歸時火作灰。死生常理耳，何必苦傷哀。

崞州神清觀有道判莊公談玄之次因贈言激發之耳

入夜談玄教，神清坐二更。門中無列子，席下見莊生。性静塵難染，心通行易成。能窮方外義，一片道心明。

五華山喜雨

四月風方息，五華雨有餘。群生皆喜悦，我亦保安居。夏種苗將足，秋成事不虚，往來遊戲樂，時駕小雲輿。

己亥歲四月陰霧七日始覩日月之光耳

四月陽方壯，忽然陰氣昇。昏迷天地暗，黯慘鬼神驚。七日如混沌，太陰不放晴。一朝雲霧斂，日月一般明。

答王子正

幸然逢正法，便是宿根深。勿逐古人跡，唯搜自己心。目前甚易見，身外果難尋。清淨一言了，勝如萬鎰金。

五言長篇

辛卯東路鹽場醮過景州贈東方道衆

不得西山去，天教東路行。心空常合道，性僻未全明。觀妙入無相，逐邊屬有情。全真修實德，着假戀虛名。見色如空色，聞聲悟寂聲。動時無少欠，静處有餘清。縱欲道難悟，收心行易成。幻身元係假，實性本來平。莫覓鉛汞法，休教煙火生。同流聽苦勸，别有好前程。

出京寄長春宫道衆

離京五十日，紙寫百千張。信士盈郊接，沉煙滿路香。隨方皆道化，無處不仙鄉。鍊性通三界，馳名遍十方。有心棲静定，無意戀聲揚。行道因師訓，立身須自剛。民安修善路，國泰誦經章。應命無高下，隨緣任短長。七真開正教，萬聖助明王。行住由天意，奈何無處藏。

重修五華觀喜題

昔日燒丹院，今爲養老庵。愛山非謂景，慕静不名貪。四海水雲定，五華歸計堪。採薪墻脚北，汲水竈頭南。食粥渾身暖，啜茶滿口甘。一真離妄想，萬法更何參。有客不迎送，無賓罷接談。任教人見怪，自喜老來憨。

葛洪山周姑書來以詩答之

古燕相别後，乘馬入山東。有意尋王烈，無緣到葛洪。書來知隱遯，人去表行蹤。鍊性青松下，棲真碧落中。修成高士體，養就達人風。異日功圓了，應同竹化龍。

盤山棲雲觀

盤山路不深，道院正當心。一谷水流細，滿山松布陰。庵前閑散髮，亭上静披襟。羽客朝春藥，幽人夜操琴。雲生添瑞景，風動轉清音。此地全真樂，予知勝萬金。

五言絶句

段道録數載始會面因出衆人詩卷繼韻二絶

莫覓塵中景，好尋方外春。含光成大德，出語自驚人。

恰似初相别，又逢幾度春。滿懷風月事，分付箇中人。

長春宫警世十首

劫運陰陽數，天災人自招。一心常吉善，百禍永潛消。

性正出言直，心偏口自訛。正邪皆自定，議論復如何。

心平憎愛少，意曲是非多。逐惡沉幽境，歸真潛大羅。

降心知罪福，縱性屬邪魔。上士塵情少，愚人嗜慾多。

好辯機關惡，無争滋味長。欺謾成地獄，平等是天堂。

有欲般般着，無情事事休。明心知道妙，見性悟真修。

寂寂元無染，迷迷自有情。悟來絕四象，覺後現三清。

般般心地濁，句句話頭清。得勢欺人重，失時禍不輕。

澄神知道大，絕慮覺身空。了見元初妙，慧光無不通。

三田丹寶實，四海自馳名。吾道千年遇，先師萬里行。

題山水石硯屏

妙有神通化，虛無含至靈。能知天地始，元氣自分形。

因魔示衆六首

逢魔無動念，臨事易安心。叮囑門中士，再三惜寸陰。

天魔難改節，人事易勞心。叮囑門中士，再三惜寸陰。

魔深重發志，事淺愈防心。叮囑門中士，再三惜寸陰。

因魔成實德，過境見真心。叮囑門中士，再三惜寸陰。

却魔憑有慧，滅我用無心。叮囑門中士，再三惜寸陰。

千魔無濁行，百煉盡凡心。叮囑門中士，再三惜寸陰。

五華山寄王子正三絶

未明三島約〔一〕，且喜五華春。雖則近人世，幸然已出塵。

暮年知短景，度日謝長春。訓我離三毒。應當出六塵。

五華觀不足，四季盡如春。終日翛然坐，却無一點塵。

【校記】

〔一〕未明：輯要本作「未尋」。

古調詩

同道友遊大山寺

山重疊，河灣環，道友邀予上大山。山上雲庵三兩間，坐中無箇不開顔。

乙未清明過晉祠

今太原，古太原，今古相參事杳然。唯有晉祠廟前水，湛湛清流不記年。

食豆粥寄燕京道衆

苦苣菜軟，菉豆粥薄。二味從來偏愛，一真永得安樂。食罷後四大冲和，飽足時六神踴躍。老來得這些受用，把世間事都盡忘却。

七言絶句

重陽將近袁真人會五華觀詩贈之

五華雖則三春秀，莫比閑遊九月來。萬木㶲斕山似錦，群仙聚會小蓬萊。

寄段真卿諸公

萬朵金蓮同結實，五華秋暮正當時。重陽嘉會人難遇，報與雲朋早要知。

答王子正

休心何必更休書，見盡情忘復太初。觀透經中無礙處，自然心地便清虚。《葆光集》卷上(二)。

集外補遺

説經臺十首

説經臺上東回首，目斷燕山不見涯。返照本來清静界，不知何處是吾家。

説經臺上萬緣忘，過目惟存九九章。顧我一生心已足，終朝東向謝重陽。

説經臺上意沈吟，一片閑心照古今。觀透百家空費力，五千文外更何尋。

説經臺上意如何，遠盡塵中人事魔。三島未歸仙境遇，五千終了屬清和。

説經臺上爇心香，親見宗師受道章。一自玄元歸去後，五千文義愈昭章。

説經臺上意悠悠，返顧周行四十秋。海角天涯俱歷徧，未知此地肯心留。

説經臺上會知音，道德精思味要深。莫學空談虚口過，道心明似説經心。
説經臺上五華賒，東望雲山萬疊遮。去路未知誰主宰，乾坤總屬大方家。
説經臺畔水流聲，朗朗還同經句清。道在胷中聲入耳，令人心地轉分明。
説經臺上説經深，一字還同一鎰金。心味玄言沈地府，性通妙語合天心。元朱象先《古樓觀紫雲衍慶集》卷末《名賢題詠》，撰者署「清和尹真人」，明正統《道藏》本，文物出版社等一九九四年，第一九册五六七頁。

新編全金詩卷一四三

康泰真

康泰真，號雲峰子，利州（今遼寧省朝陽市喀刺沁左翼蒙古族自治縣大城子鎮）①人。世以農桑爲業。明昌元年，棄家入道，隱於長壽山。承安三年，居南川舊宜州圜。興定中，赴霫都長春院，肇闡玄風之勝，教化四方之衆，名譽藉甚。戊戌歲（蒙古太宗十年、一二三八）卒，年九十二。兹輯一首。

遺世頌

平生活計得優遊，寄迹人間九十秋。撒手這回歸去也，仗挑明月歸瀛洲。元李守《雲峰真人康公墓銘》，見《（同治）畿輔通志》卷一七〇《古迹志》，上海古籍出版社一九九一年，第五册六二八九頁。

① 喀左縣博物館《遼寧喀左縣遼代利州城址的調查》，《考古》一九九六年第八期。

宋德方

宋德方，字廣道，號披雲子，萊州掖城（今山東省煙臺市萊州市）人①。初事儒學，年二十八入全真道教，師從長生劉處玄、長春丘處機。儒經道典，罔不涉獵。庚辰春（金興定四年、一二二〇），從長春丘處機西行，謁蒙古成吉思汗。金亡後，遵師遺囑，重修道藏，歷八載而成。丁未冬（蒙古定宗二年、一二四七）卒，年六十五②。兹輯十七首。

純陽觀二首

玄元垂福建皇唐，吕祖登真謁上方。累次化身緣地肺，復將甘水度重陽。七真繼體聲華大，四海還淳道德昌。今日諸孫親演教，普令宗祖發天藏。

春深花柳滿郊丘，雷澤聊爲十日遊。三洞藏經功欲就，一身化導意殊休。趁人嶽色連天遠，逐馬河聲卷地流。莫説頻煩到祠下，他年永樂是菟裘。《（化成）山西通志》卷一六《集詩》，撰者署「披雲真人」。《四庫全書存目叢書》本，齊魯書社一九九七年，第六八六頁。

① 《（雍正）山東通志》卷三〇《仙釋》，撰者署「披雲真人」，謂「平度人」。《文淵閣四庫全書》本。

② 金李鼎《玄都至道披雲真人宋天師祠堂碑銘并引》，見陳垣等《道家金石略》，文物出版社一九八八年，第五四六頁。

説經臺

説經臺上草茫茫，聖祖玄元古道場。紫氣印開周洛邑，青牛踏破尹家莊。五千秘語風生幾，九萬靈仙月滿堂。休道野花無耳性，至今猶聽谷神章。元朱象先《古樓觀紫雲演慶集》卷下，撰者署「披雲宋真人」，明正統《道藏》本，文物出版社等一九九四年，第一九册五六八頁。

題天壇二首

清虚小有洞中天，銀座金腰玉頂堅。芝草秀從龍漢劫，丹砂結自赤明年。洗参井記煙蘿子，聚虎平傳自水仙。寄語遠塵溝裏客，茅齋先蓋兩三椽。

白石磷磷上接天〔一〕，青松鬱鬱下臨淵。草生福地皆爲藥，人在名山總是仙。待客遠尋巖下蕨，烹茶滿酌洞中泉。身前恐是白雲子，今日重來臥翠顛。清陳教友《長春道教源流》卷六：「《濟源縣志》載有披雲子宋德方《題天壇》二首云云。」《藏外道書》本，巴蜀書社一九九四年，第三一册一〇三頁。

【校記】

〔一〕上：原作「土」，刊誤。

題老君碑贊二首

太上巍巍象帝先，道高萬古闡重玄。神通妙用渾無礙，變化真空本自然。來往八萬四千劫，飛騰三十六重天。崑崙尚可蛛絲挂，欲贊猶龍口莫宣。玉曆垂文象外傳，清光下徹九重淵。安排日月歸元造，把握乾坤歸自然。白鹿東升小有洞，青羊西降大羅天。狂辭欲贊玄元德，何異秋蚊吸百川。《（光緒）鹿邑縣志》卷一〇下《藝文》，撰者署「東萊宋德方」，《中國方志叢書》本，臺北成文出版社一九七〇年。

失題

東西並列玉陽山，中構靈都氣象閑。石榻晝看雲淡淡，虛堂夜聽水潺潺。玉真成道登仙府，羽士棲心煉大還。叢桂珍禽方外景，更於何處扣玄關。

憩鶴臺

緱山得道赴蓬萊，鶴駕飄飄憩此臺。遊宴只知天樂廣，從教下界屢飛灰。

金蓮泉

道侶殷勤鑿石渠，金蓮泉脈入靈都。暗穿竹徑仍清冷，爲我烹茶滌酪奴。

唐玄宗御書額

只因弟妹學成仙，親篆碑文立殿前。光寵玄門千古盛，今逢真教復敷宣。

不老泉

山下稀奇不老泉，□潛秋出溉芝田。一灣湛湛明無垢，每歲中秋印月圓。

平陽洞

平陽石洞本天然，上有幽林下有泉。野客棲遲堪養道，達來無處不成仙。

鳴鍾泓

數仞懸流聚一泓，時聞淵底巨鍾鳴。多疑驚覺驪龍睡，恐失明珠故作聲。

檄杖石

得道仙人不易尋，故宮遺迹古猶存。蒼蒼片石千山月，宮杖鑿開玉贇深。

仙人臺

九天仙樂奏天風，仙子來時碧海空。臺下望仙仙不見，彩霞零落幕雲紅。陳垣等《道家金石略》，撰者署「披雲宋天師題」，文物出版社一九八八年，第四八五頁。

羽化留偈

喝散迷雲，驅回宿霧。萬法無私，千峰獨步。《（雍正）山東通志》卷三〇《仙釋志》，撰者署「披雲真人」，《文淵閣四庫全書》本。

秦志安

秦志安，字彦容，號通真子，陵川（今山西省晉城市陵川縣）人。名士秦略之子。累舉不第，放浪嵩少間。河南破，北歸從披雲宋德方執弟子禮，承師命總校道藏，居平陽玄都觀十年，補完訂正，計萬八千余篇。甲辰歲（蒙古太宗乃馬真后稱制三年、一二四四），書成未幾，卒於樗櫟堂，年五十七。彦容與莊靖李俊民爲忘年交，與遺山有世契之誼，情意甚篤。嘗著《林泉集》二十卷等①，現存《金蓮正宗記》五卷。兹輯二十九首。

寄李俊民二首

先生高見真吾師，速營菟裘猶恨遲。窗明炕暖十笏地，松風蕭蕭和陶詩。

---

①《遺山先生文集》卷三一《通真子墓碣銘》，《四部叢刊》本。

山野已尋雲外路，直入天壇最深處。踏開李愿舊遊踪，請君自草盤谷序。清郭元釪《全金詩增補中州集》卷六一，上海古籍出版社一九九四年。

東華帝君贊

隱隱龍樓靄瑞霞，風流紫府少陽家。崑崙高聳光千丈，初放全真第一花。

正陽鍾離真人贊

鐵笛曾聞跨虎仙，金丹親向帝君傳。臨行付與純陽子，三級紅樓上碧天。

純陽吕真人贊

三尺青蛇照膽寒，乾坤移向掌中看。一從黄鶴樓頭去，留與人間换骨丹。

海蟾劉真人贊

擊碎珊瑚不相燕，歸來高卧白雲邊。携琴直上崑崙頂，冷笑浮生盡小年。金秦志安《金蓮正宗記》卷一。

重陽王真人贊

占斷終南一洞天，曾來東海領諸仙。只憑入聖超凡手，種出黄金七朵蓮。

玉蟾和真人贊

重陽點破還丹訣，老嫗通開宿世緣。笑憑虎頭歸去也，風流同會紫金蓮。

靈陽李真人贊

兩手雙携日月輪，輝輝照破萬華新。臨行未肯輕分咐，直待長春作主人。《金蓮正宗記》卷二。

丹陽馬真人贊

海上文章第一儒，重陽曾向醉中扶。古今多少修真者，應比先生一箇無。《金蓮正宗記》卷三。

長真譚真人贊

風火胸心鐵石腸，正豪强裏便回光。洛陽春暖神遊處，猶有龜蛇鎮北方。

長生劉真人贊

蓬萊深處了天真，一點靈明迥出塵。高卧東風歸去後，靈虚閑鎖碧堂春。

長春丘真人贊

磻溪鍊就九還砂，道德文章第一家。三島有期應去也，至今鸞鶴唳棲霞。《金蓮正宗記》卷四。

玉陽王真人贊

名高曾受帝王宣，感得金書賜體玄。道德已成神已化，鐵查山下水依然。

廣寧郝真人贊

處市居山任自然，静中參透易中玄。而今醉卧蓬萊上，萬古人傳太古仙。

清静散人贊

洗盡胭脂兩臉霞，十年辛苦種黄芽。功成穩跨青鸞背，閑到金蓮第七華。《金蓮正宗記》卷五，文物出版社等一九九四年，第三四四至三六四頁。

題後魏嵩山登真寇天師傳

輔漢乘鸞去不回，謙謙騎鶴下天來。戒傳九卷□仙骨，草食三峰換俗胎。太上□□□□□，真仙六降紫雲開。沈猷再睹全身現，千丈銀光□九垓。陳垣等《道家金石略·後魏嵩山登真寇天師傳》，文物出版社一九八八年，第七一六頁。

題唐嵩嶽太一觀蟬蛻劉真人傳

半夜飛來匝地光，黄神使者度靈章。丹符忽霽三□雨，朱蒙潛消萬里蝗。金石煆□爐上□，□□掃却鏡中霜。大丹未□乘風去，空使高宗怨未央。陳垣等《道家金石略·唐嵩嶽太一觀蟬蛻劉真人傳》，文物出版社一九八八年，第七一七頁。

題老君贊碑

太上人間絶等倫，煌煌丈八紫金身。九龍吐水飛甘露，萬鶴翔空卓帝宸。七色妙蓮長襯足，一株仙李暗藏春。瀨鄉聖迹分明在，億劫相傳不失真。清蔣師轍《鹿邑金石志》「老君贊碑」引，《石刻史料新編》本，臺北新文豐出版公司一九八六年，第三輯二八册二六二頁。

和清和真人經臺十首

道德林開道德花，青牛西去隔天涯。説經臺上渾成物，依舊相傳令尹家。

天下兼忘我亦忘，沈煙瀟灑谷神章。松梢鶴是遼天客，半夜唳天驚一陽。

懶讀歸藏又懶吟，本來無古亦無今。超然黍米珠中宿，天眼龍睛没處尋。

鬼不能神奈我何，高提三尺斬妖魔。青松影裏無他事，獨倚寒雲飲太和。

一榻清風一柱香，主人静對不言章。守關令尹飛升後，莫道長生理不彰。

説經臺下水悠悠，支軛林荒不記秋。試問松梢千歲鶴，丹鑪端的爲誰留。

無名大朴少知音，山自高兮水自深。不到説經臺下路，幾時窺見聖人心。

太華終南路已賒，更將秋靄暮雲遮。誰知别有通天竅，玄牝門中是我家。

夜半風傳玉笛聲，遊仙路遠夢魂清。五千文字元無説，月挂冰壺表裏明。

悟徹兩篇深更深，解將大地點成金。願分上善江頭水，一洗人間未了心。元朱象先《古樓觀紫雲衍慶集》卷下，明正統《道藏》本，文物出版社等影印一九九四年，第一九册五六八頁。

張志謹

張志謹，字伯恭，號寧神子，温縣（今河南省焦作市温縣）人。泰和間，泛海爲商。後辭親棄業，入全真道教，功行勤懇。元光二年，謁長春丘處機，遂得賜號。丁未歲（蒙古定宗二年、一二四七）卒，嘗著《無相集》行世①。兹輯一首。

披雲道人頌

坦蕩逍遥客，無拘自在仙。身似鑽泥藕，心如出水蓮。陳垣等《道家金石略》，文物出版社一九八八年，第四八五頁。

馮志亨

馮志亨，字伯通，號寂照，同州馮翊（今陝西省渭南市大荔縣）人。弱冠，府薦入京師太學，兩赴廷試不中。崇慶兵亂，還鄉，以詩書自娱。元光二年，入全真道教，師從長春丘處機。師卒，集道衆迎立尹志平主教門事。庚子歲（蒙古太宗十二年、一二四〇），改葬王重陽，以志亨輔行。自燕至秦，凡道教宫觀，廢者興之，缺者完之，至百餘所。甲寅歲（蒙古憲宗四年、一二五四）卒，年七十五②。兹輯一首。

---

① 佚名《重修天壇靈都萬壽宫碑》，見陳垣等《道家金石略》，文物出版社一九八八年，第五八四頁。

② 金趙著《寂照大師馮公道行碑銘》，見元李道謙《甘水仙源録》卷六，明正統《道藏》，文物出版社一九九四年。

送真人于公如北京

古汴玄宫久住持，真仙無地不歸依。水中一月隨方現，天上孤雲到處飛。蕙帳夜寒添鶴怨，祖庭春暖待師歸。此行莫負關山約，早占終南冷翠微。元李道謙《甘水仙源録》卷一〇，明正統《道藏》本，文物出版社等一九九四年，第一九册八一二頁。

李志常

李志常，字浩然，號真常子，觀城（今山東省聊城市莘縣觀城鎮）人。雅好恬澹，不喜文飾。初隱東萊牢山，復徙天柱山仙人宫。興定二年六月，拜謁長春丘處機，頗受器許。興定三年十月，長春奉成吉思汗詔令西行，志常等十八弟子從行。丘卒後，尹志平嗣教，以志常爲都道録兼領長春宫事。丙辰歲（蒙古憲宗六年、一二五六）六月卒，年六十四①。嘗著《玄集》二十卷，現存《長春真人西遊記》二卷。兹輯三首。

① 元王鶚《真常真人道行碑銘》，見元李道謙《甘水仙源録》卷三，明正統《道藏》本，文物出版社一九九四年，第一九册七四四頁。

送真人于公如北京二首

臨歧執别春始歸，桃花將盡柳花飛。望中車馬健如疾，何時再見丁令威。

心去意難留，乘春賦遠遊。秋風吹素髮，猿鶴替人愁。元李道謙《甘水仙源録》卷一〇，明正統《道藏》本，文物出版社等一九九四年，第一九册八一二頁。

代行禮畢醮罷題

歷世干戈百戰餘，東漸徐兖已無虞。德音元自新天子，祀禮重申古帝謨。靈嶽載瞻祈聖壽，神明思格爲民蘇。默知人事皆天意，祈禱齊誠代國輸。《永樂大典》卷一〇四五九禮字韻引《泰山雅詠》真常子李志常詩，中華書局一九九八年，第五册四三五四頁。

劉志厚

劉志厚，字泊淳，號廣陽子，應州（今山西省朔州市應縣）人。嘗辟省掾，時朔方有警，朝議以其有籌邊之略，委鎮上黨，後避亂遼沁間。正大元年，入全真教。六年，赴燕會葬長春丘處機。丁酉歲（蒙古太宗九年、一二三七），謁清和尹志平，置之左右。精草隸書，詞翰俱美，自成一家楷式。丁巳歲（蒙古憲宗七年、一二五七）卒，年五十九①。兹輯一首。

遺世頌

碧月浩天，緑水清山。翠微深處，獨樂優閑。神遊八極，氣透三關。功圓行備，位列仙班。陳垣等《道家金石略·玄靖大師遺世頌》，文物出版社一九八八年，第五二二頁。

丁善淵

丁善淵，字湛然，垣曲（今山西省運城市垣曲縣）人。幼聰敏，通經術。年十六，父命爲道士，居洪慶觀。朝廷賜以紫衣及通玄之號。貞祐末，河東亂，生民塗炭，善淵設法全活甚衆。年五十八卒。兹輯一首。

臨終留頌

五十八載應人間，立教成功不等閑。歸去來兮仙路便，九霄雲外謁天顔。《古今圖書集成·神異典》卷二五五《神仙部》，中華書局一九八五年，第五一册六二三六一頁。

① 金文道廣《玄靖達觀大師劉公墓誌銘》，見陳垣等《道家金石略》，文物出版社一九八八年，第六六〇頁。

郭擇善

郭擇善，字大方①，嵜嵐（今山西省忻州市嵜嵐縣）人。父琩官至廣威將軍，莘公胥鼎、參政李君美知其才，名流李純甫、許古亦與之交往，正大二年卒，年五十八。其時金末喪亂，擇善已出家爲黄冠。遺山稱其「操履能正，博於玄學，道價重一時」云②。兹輯一首。

和義卿大師遊經臺

聖學經綸冠九州，皇華風馭萃英遊。齋心夢入華胥國，走筆題詩白玉樓。草閣棲真騰紫氣，經臺倚竹瞰黄流。裴回妙得招來趣，銀漢香風桂樹稠。元朱象先《古樓觀紫雲衍慶集》卷下，明正統《道藏》本，文物出版社等一九九四年，第一九册五六八頁。

董志平

董志平，字道衡，完州（今河北省保定市順平縣）人。家世業農。年十九，師從長春丘處機，教之

---

① 清施國祁《元遺山詩集箋注》卷一〇《送郭大方》，《四部精要》本，上海古籍出版社一九九三年，第二一册一三五頁。

② 《遺山先生文集》卷二八《廣威將軍郭公墓表》，《四部叢刊》本。

秘語，付以鐵冠，賜號通真。後聚徒衆三百餘人，年七十九卒。兹輯一首。

臨終頌詩

性似團圓月，光華照影清。自從雲斂後，何處不分明。《（民國）完縣新志》卷六《文獻第四·方外》：「（董志平）一日偶疾，不食不言，惟出手番一覆二，指空言十五日上升也。至日薰沐，跏趺而坐，出頌示人曰云云。頌畢而逝。」《中國方志叢書》本，臺北成文出版社一九七〇年。

通玄子

通玄子，姓吴氏，師從寂然子張志玄。貞祐南遷，寂然寓奉聖州，創建永昌觀，主盟幾二十載卒。通玄子嗣承師業，繼而擴之，遂爲一方名勝、道衆依歸之所。兹輯一首。

失題

一鉢千家飯，渾身百衲衣。心如江月朗，情侶埜雲飛。元王惲《秋澗集》卷五八《大元奉聖州新建永昌觀碑銘》，《四部叢刊》本。

黄道朴

黄道朴①，出處未詳。金末士人，遁入空門，爲全真教講師，能文工詩。丙午歲（蒙古定宗元年、一二四六），著有《祭五臺山妙應孫真人文》。兹輯十首。

和清和真人經臺十首

説經臺上傲煙霞，始信浮生果有涯。白鶴不來人换世，青山應笑我無家。

年來身世兩相忘，坐對南山讀舊章。回首説經人不見，古臺荒草半斜陽。

我欲忘言底用吟，道無終始古猶今。欲知玄牝緜緜理，只向儂家静處尋。

世短人浮可奈何，一真總被六根魔。爭如會取先天理，默默昏昏保太和。

巖落松花鶴蒙香，静中深體谷神章。至今關心傳經處，日月高明萬古彰。

臺空人往事悠悠，風月清閑春復秋。此日登臨訪仙跡，歸心還被白雲留。

終南山水有清音，翠竹蒼梧歲月深。欲識洞天奇妙處，野猿谿鳥亦無心。

① 陳垣等《道家金石略》所載《祭五臺山妙應孫真人文》，自署「講師黄大朴奉香祝文」，文物出版社一九八八年，第一〇七八頁。今按，黄大朴當是黄道朴。道、大聲同，當有一字誤。

未厭真游去路賒，草樓深處碧雲遮。青牛畢竟知何在，短柏猶存令尹家。

説經臺上聽泉聲，夜静泉聲分外清。妙理無窮誰會得，一輪寒月道心明。

三復玄言味轉深，篇分上下等千金。好將太古常存道，化取群生未了心。元朱象先《古樓觀紫雲衍慶集》卷下，撰者署「黄道朴」，明正統《道藏》本，文物出版社等影印一九九四年，第一九册五六八頁。

李志方

李志方，初名益，號重玄子，安陽（今河南省安陽市）人。金宣宗時爲户部令史，以中原多故，棄官歸隱隆慮山，入全真教，深坐練化，木茹澗飲。興定元年，謁長春丘處機，賜以名號。始住彰德迎祥觀，後主盟天慶宫。元中統元年卒，年七十六①。兹輯一首。

留贈詩

四大既還本，一靈方到家。白雲歸洞府，明月落棲霞。明王圻《續文獻通考》卷二四三《仙釋考》，現代出版社一九九一年，第三六八三頁。另，清郭元釪《全金詩增補中州集》卷六一亦録，上海古籍出版社一九九四年。

①元高鳴《重玄子李先生返真碑銘》，見元李道謙《甘水仙源録》卷六，明正統《道藏》本，文物出版社等一九九四年，第一九册七七三頁。

周慶安

周慶安，號恬然子，濟南(今山東省濟南市)人。家世顯貴，因遇玉陽王處一，虚心而往，實腹而歸，遂入全真道教。中統二年，八十有五，翛然返真，賜號崇真大師。兹輯一首。

遺世頌

八十五載紅塵斷，却返白雲深處歸。性體虚空同壽筭，風鄰月伴樂希夷。元王麟《崇真大師靈祠記》，見陳垣等《道家金石略》，文物出版社一九八八年，第五四二頁。

李志全

李志全，字鼎臣，太原太谷(今山西省晉中市太谷縣)人。父洵真，擢明昌五年進士第。志全亦力學舉業，當立之年，遭遇易代巨變，遁入全真教。長春丘處機西遊回，前往謁見，得賜名諱。後從披雲宋德方編纂道藏凡十載。中統二年卒，年七十二。嘗著《酎泉集》行世①。兹輯二首。

---

① 金李蔚《純成子李君墓誌銘》，見元李道謙《甘水仙源録》卷八，明正統《道藏》本，文物出版社等一九九四年，第一九册七八五頁。

遊濟瀆

水底微茫見貝宫，靈源直與海相通。雪晴人立冰壺外，春暖魚遊玉鑑中。鶴返松林巢夜月，神歸蓬島駕天風。裴公亭上行吟處，他日重來興未窮。《古今圖書集成·神異典》卷二七《北瀆濟水之神部藝文》，中華書局等一九八五年，第四九册六〇〇九〇頁。

玄靖大師挽詩

金城福地挺畸人，親炙清和二十春。學竟老莊全德性，法工草隸見精神。桂叢憫默無山仰，玉室荒涼孰鼎新。一慟臨風揮涕淚，遺粗睹妙出情塵。陳垣等《道家金石略》，歸入「宋」，文物出版社一九八八年，第五二三頁。

張志偉

張志偉，亦名志純，字壽符①，號天倪子，泰安阜上（今山東省泰安市）人。六歲習神童，誦五經。

---

①元李道謙《周至樓觀説經臺篆書跋》，見民國武樹善《陝西金石志》卷二七，《歷代碑志叢書》本，江蘇古籍出版社一九九八年。

年十二，入全真道教，禮真靜子崔道演爲師①。金亡之際，同元好問、杜仁傑、徐世隆等名流交往。後賜名志純及崇真保德大師號②，授紫服，道價益隆。年九十六，留頌而逝。兹輯三首。

桃花峪

流水來天洞，人間一脉通。桃源知不遠，浮出落花紅。

泰山喜雨

岱宗天下秀，霖雨遍人間。高臥今何在，東山似此山。明查繼隆《岱史》卷一五，撰者署「張志」，脱「偉」或「純」字，明正統《道藏》本，文物出版社等一九九四年，第三五册七五九頁。另，清張謙《道家詩紀》卷二四《元紀一》亦録，《藏外道書》本，巴蜀書社一九九四年，第三四册三五四頁。

遺世頌

脱下娘生布袋，此際樂然輕快。百尺竿頭進步，蓬元洞府去來。前世宿德醫僧，今作道門小

---

①金杜仁傑《泰安阜上張氏先塋碑》，見元李道謙《甘水仙源録》卷八，明正統《道藏》本，文物出版社等一九九四年，第一九册七八九頁。

②清顧嗣立《元詩選癸集》癸之壬上《天倪子張志純》，中華書局二〇〇一年，下册第一三五五頁。

才。清陳教友《長春道教源流》卷六《張志純》，《藏外道書》本，巴蜀書社一九九四年，第三一册一一七頁。

苑至果

苑至果，號悟真子，滿城（今河北省保定市滿城區）人。生而質樸，不混流俗，結庵于葛洪山。至元十三年（一二七六）卒，壽九十。兹輯三首。

臨終留頌三首

來時空手來，去時空手去。一腳踏虚空，却返蓬萊路。

人間九十年，歸去塵緣斷。雖有戀衆心，恐失朝元伴。

九十年來瘦鶴姿，紅鉛黑汞煉多時。塵凡懵懂誰人識，飛上青空任所之。《古今圖書集成·神異典》卷二五五《神仙部》，中華書局一九八五年，第五一册六二三六三頁。

新編全金詩卷一四四

李道玄　一

李道玄，號通玄子，出處未詳。金末全真道士，約與披雲宋德方同時①。著有《悟真集》二卷，署「錦屏山通玄子李先生集」②。兹輯一百五十八首。

李道玄詩載《悟真集》，以文物出版社等影印明正統《道藏》本爲底本編録。

燒藥包歌

藥包藥包離我肘，二十年來作知友。也曾因你服綾羅，也曾因你歡花酒。有貧有富百千家，無日無時編户走。昧井榮，迷寸口，災上添災亂針灸。積行行功爲你無，是非冤業因伊有。今朝燒你没狐疑，只爲儂心不仍舊。藥包冒火奮神威，聲出如雷聒天吼。較些我送你鑊湯，

① 本卷《宋真人垂訓河中》：「披雲大闡歷人間，一載河中兩復還。」

② 金李道玄《悟真集》卷上，明正統《道藏》本，文物出版社等一九九四年，第二五册六三五頁。

你悔身心先下手。福源清，罪根朽，踊身跳出塵凡殼。障山千丈勢凌雲，苦海千尋浪衝斗。天道高兮有甚高，地道厚兮有甚厚。地有竅兮天有梯，日月陰晴没昏晝。青雲白氣浄時交，黑霧紅霞空裏鬬。混合中央結寶光，光明直徹青霄透。无形妙體樂平生，一樣大虚無極壽。

昏鏡歌

嗟昏鏡，嗟昏鏡，浄體不堪塵惹定。拈來堅確有銅形，面目比初渾不瑩。模樣雖然依舊圓，中間昧了圓明性。欲施妙藥復揩磨，洗滌從前穢污病。全身透脱得玲瓏，照破他人不端正。玉匣深藏入洞房，地久天長常清浄。

悟謾勞歌

悟謾勞，悟謾勞，悟來甘分啜醨糟。首陽山色枉含恨，汨水波翻空怒濤。十陣功成誅首劍，一場拒諫剖心刀。古人未識逢斯害，何事今人識又遭。明可現，暗可韜，知難不退亦愚曹。焚尸吞炭三思短，擲瓢埋輪一著高。我輩庸夫痴且拙，紆青拖紫騁英豪。速宜决斷收三寶，莫待遷延白二毛。夢中省，物外逃，輕裘羅帶换麻袍。瘦筇七尺敲龍杖，纇線三尋縛虎絛。布袖拂開無事路，草鞋踏破有情牢。長明宫裏栽金粟，生氣園中種玉膏。鷄化鳳，鯉變鼇，修真志氣抹雲高。聲騰絳闕能鳴道，渾似仙禽唳九皋。

村醜歌

二儀高厚爲奇耦，萬物生成從此有。萬物之中貴者人，人身幾箇能貴守。昨朝自嘆我今生，無辱無榮謝天祐。也曾聚散結英豪，不被飢寒事箕箒。而今老矣舊形骸，深恨傍人笑村醜。如聾似瞽半呆痴，跛足弓腰緘利口。等閑不敢向人開，吐出忠言益知友。華池斡轉八瓊漿，澆灌無根樹不朽。別人忙亂有中無，我咱活計無中有。或寅夜，或白晝，坐卧住行忘體究。寂然澄定不時間，斡動天輪運機臼。地氣騰，天雨驟，漲溢江河充宇宙。龜隨蛇引覓争馳，虎嘯龍吟競交媾。重樓棟宇玉峥嶸，京山穴窟靈風吼。乘此風昇返太空，遠徹天門衝撞透。香雲馥馥捧蟾光，瑞靄霏霏籠星斗。修行莫道不艱難，徒恁知他恐爲謬。到還未到誓須到，就還未就終要就。發弘誓願爇心香，乞與仙師共長久。

嘆不識性命歌

修行不識真空性，膠漆盆中磨垢鏡。用盡功夫磨更磨，到頭難得圓明瑩。真空性，真空性，無色無聲難視聽。隱顯虚空空弗空，尋之不見呼之應。修真不識真元命，摘葉尋枝强鬭釘。空見苗生秀不實，失養元精果難證。真元命，真元命，太極分形爲本柄。萬物無爲造化中，功超造化能成聖。只修命，不修性，恰似烏金飾頑磬。打碎頑形空落空，終身未免沉空浄。

只修性，不修命，水火不交如堕甑。命不全兮性不真，頑空空亦遊陰境。修之性，修之命，出脱來時迷昧病。性命兩全玄又玄，一超遠離輪迴徑。

嘆世知己歌

混元樸散兮物形貽，物滅物生兮寒暑推。世泰世凶兮人孽兆，情哀情樂兮事合離。有身有性兮來且昧，壽長壽短兮去又迷。我因悟此兮遠離害，閑居陋巷兮心自悽。一年過隙兮春秋變，一晝轉頭兮暘昧移。竹籬茅舍兮逍遥我，名場利陣兮榮辱誰。是非蠻觸兮辨休辨，煙霞蓬島兮期可期。無爲大道兮鬼神重，徹底至真兮天地知。

恨不逢知音歌

道家活計兮人難覓，縱逢覓者兮工他術。圖名索利兮外相嚴，迷言滯教兮内功失。道體微，德用密，浄赤條條空寂寂。説時莫説他徒迷，憂時只憂自不及。君不見千流萬派兮浪雖殊，得源得流兮終歸一。又不見殊途異徑兮步即差，知轍知軌兮同啟迪。恢弘本性兮體動静之圓明，養育真命兮剖乾坤之變易。面墻宴坐兮訪達磨之遺風，高枕恣眠兮效希夷之芳跡。或性停命住兮得杳冥之自然，玲瓏禪定兮顯靈源之消息。或夢入於洞天，或飛行而遊逸。或玉女以携漿，或金童而捧敕。三千功雖未滿足，姓名九轉金丹籍。異日圓成，功標仙曆。問聞斯行，則理必精。通願安承，教者頓躅。迷執忠告，言須委悉。切恐因循虚度日，性鑑昏時旋擦磨，心燈暗處勤挑剔。保氣精，鍊神液，朝種暮收須自識。箇中玄關是真修，此地不修修甚的。舌上圓通心未通，内假外真衒粧飾。豈不聞子期身喪兮伯牙之琴閑，又不聞張華命逝兮劍雄而孰擊。既而見用，方丈一席。蟠蟄身若也無拘，天涯四海飄蓬力。願逢同契話行藏，呼吸虹霓吐胸臆。

因道友惡疾歌

嗟哉嗟哉，這箇形骸。既有也因何死去，既無也爲甚生來。爲當是你能眅首，不知是我愛投胎。糞材糞材，送我輪迴。今番撇下，儘拖儘埋。莫對晝棺澆酒奠，休尋綵畢挽歌撞。上士讚揚下士笑，一場兒戲送身媒。心切切，口咍咍，冗冗人情魚陣排。摇頭不認無生餌，收拾綸竿下釣臺。萬古清風拂襟袖，一輪明月照蓬萊。

貽囑門人歌

召門弟子聽，少有忠言囑。我病也休醫，我去也休哭。三寸真氣無，四體尸筋骨。送莫綵花棺，宅莫陰陽卜。休占吉凶時，便瘞雲烟谷。盤薦罷閻閭，賻儀閑骨肉。無罪住人天，有罪歸地獄。莫求賢聖慈，莫畏鬼神族。設憑讚詠功，脱體罪難贖。有箇出塵機，預備修真福。

七言

述懷二首

清閑無事志超然，糲食粗衣絶萬緣。目倦罷看殘畫軸，手慵不續斷琴絃。息心常是耽詩債，樂性何憑買酒錢。伸屈任隨緣分過，萍蹤蓬跡度流年。

貧甘鶉結弊袍單，不畏狂風透骨寒。恐動一身慵洗面，怕勞十指不簪冠。困眠石榻清還爽，興坐綿窩暖又寬。頓覺身心人彀外，雨傾徹發不相干。

自樂

利鎖名韁滿世間，傭貧且喜得安閑。心頭白境多殊勝，身外紅塵任往還。無争豈消投洞水，棄榮何用隱商山。柳陰深處繩牀穩，默默終朝不啟關。

述懷警衆二首

心頭無事氣神和，歌罷狂吟又載歌。芝草榮華含地氣，瓊漿流轉貫天河。剪除俗念存仙念，趕退詩魔作道魔。會得這些魔意思，教君比我更魔多。

善惡同生用不同，兩般元出一心中。慈言喜作養花雨，怒氣休爲送雪風。鳳屋門前栽柳老，虎窩村外種瓜翁。古賢不是無能智，念道忘言樂固窮。

警世害衆

舌香腹臭惡騴尋，交結令人陷陸沉。令色敢違承色戒，巧言徒昧慎言箴。欺心起處心違口，誑口開時口昧心。休恁只謀長得勝，敗來禍取海般深。

勤修

悟真莫戀五湖水，心了休遊萬疊山。顛倒乾坤昇降裏，捲舒雲雨吸呼間。五行鍊就三田寶，萬化驅令九氣還。六尺皮囊無作相，更因何事不清閑。

暇日述懷

門柳庭松地種瓜，藥爐經卷老生涯。戲鶯啼鳥敲芳樹，閑引遊蜂弄野花。襟袖舞風從展轉，簪冠枕石任欺斜。有人笑問安棲處，萬疊雲深是我家。

與張大師參同

大道無爲本自然，假禪勘合見真禪。性融空色無分別，命扣陰陽會倒顛。足底風生身翼地，頭邊月照背磨天。初心誰信無中有，鸞鶴翱翔不用鞭。

餞張公之陝西

物外幽人不易逢，喜迎愁送意無窮。德光散作秦川雨，道氣空遺晉地風。今日載言載笑裏，後期一有一無中。仙都揮麈雲霞外，肯齒萍蓬皓首翁。

誡倦塵勞

本務塵勞作悟頭，塵勞反倦恣貪求。一番造作拊心懊，百念艱難徹底憂。七魄儘隨緣孽散，三魂任自睡魔偷。若沉此理爲修養，何日登臨法海舟。

勸未悟道者

修行未掩五重關，豈解神機鍊九還。空執持齋爲浄戒，謾尋服餌駐重顔。五行不出陰陽彀，二物全拘造化間。省得無爲無相理，不離不即樂閑閑。

誡耽書

搜羅塵念枉顰眉，損益從來是兩岐。千卷古書儒士解，一壺仙景道人知。少年且歷人間事，壯歲須尋大道基。爲報聰明宜早辨，莫教伶俐變成癡。

弔衛先生

弔君終日撫雲棺，決了全真果的端。蟬入青霄金殼冷，鶴歸紫府玉巢寒。悦隨風月三天上，高立清標萬世看。再啟蓬萊諸道契，未期相會穩驂鸞。

寄王先生背道鄉書

苦閲三墳敏九思，終焉計劣誤羈縻。好依孔聖四禪頌，盍奉純陽百字詩。七返九還功就日，三乘一了道全時。碧天皓月清懷抱，羡甚身榮折桂枝。

初冬有感

秋光纔盡又冬隨，北帝功施料峭期。白草交加三徑滿，彤雲黯淡六花吹。收心急悟悟來晚，下手速修修太遲。堪嘆飄飄紅葉落，還元云是入窯時。

雪

四合彤雲似有期，風催飛雪遍天涯。蓼汀蘆岸同銀色，野樹家梅一樣枝。嫌少孫公窗外夜，恨多韓相馬前時。茶餘煙暖無餘事，論到仙花葉上詩。

問修行始終

迷徒欲識道人修，煅煉純陽就則休。三尺腋囊盛快樂，一條手拐撥憂愁。青山可住優游住，緑水堪遊笑傲遊。有客問予歸去路，無言笑指白雲頭。

和王志隱新春

革故東君造化知，鼎新春色景熙熙。鶯遷喬木風猶軟，燕近尋巢日漸遲。半雨半晴桃露臉，輕寒輕暖柳舒眉。一年一見一回老，白髮功名總爲誰。

勸友人感春二首

君多春感没來由，假見春光有甚愁。一歲但逢一歲了，百年過盡百年休。好消舊孽新緣結，恐墮來生今世修。咫尺壺天極樂境，大開門户少人遊。

天道融和次第春，乾坤泰象正交通。根荄陶鑄五行裏，芽甲栽培二氣中。歌管畫樓風細細，輪蹄紫陌雨濛濛。試看結實從花後，盡在深根固蒂功。

無常推訴難

獰鬼驅馳推訴難，千金不諾買開顔。豪家豈許貧家替，今日何容明日攀。寂寂紅樓人院落，漫漫黑霧鬼門關。奈何無限悲酸苦，盡出平生愛念間。

誡酒

覽古尋常怨杜康，與人爲害酒爲漿。腐肝腐肺傷難解，痟胃痟腸病怎防。引惹風波傾命水，顛狂神思辱身湯。勸君但飲休過度，縱不妨人己自妨。

嘆孽招水旱

造化陰陽氣不調，蒼生孽力自相招。貧民諂佞姦民詐，富者奢淫貴者驕。夏月反寒涼月暑，雨時成澇旱時焦。年饑不足人多疫，已黷天公未見饒。

寄劉先生久別

仙顔一别十餘期，肺府深銘引領思。縱有良辰歌舊曲，殊無風便寄新詩。雖然夢到言難到，終是身離心不離。幾許臨岐腸斷處，春風淡淡日遲遲。

寄張先生

傭跡西山爾據東，鱗鴻不見信難通。身心動止春飛絮，蹤跡逍遥秋轉蓬。六府無塵清浄裏，三山有路杳冥中。步雲一著休教昧，恐屬因循白髪翁。

初夏河津雨

夏初雨力富農家，斷送豐登不足誇。桑椹半香籠赭色，櫻桃近熟襯丹霞。院前院後椒成顆，村北村南麥改花。翠泖緑傀深影裏，軋聲不斷絡絲車。

山堂夏日

闃寂山家夏日深〔一〕，清凉一味滌塵心。披襟揀坐溪邊石，策杖尋行柳下陰。旋折野花閑引蝶，猛敲芳竹戲驚禽。貪看螘陣撩童笑，不覺天西日半沉。

【校記】

〔一〕閬：原作「閬」，「閬」之俗字。

度日

騰騰兀兀度光陰，名利蝸蠅更不尋。鼎内夜勤三捻炷，窗前朝樂一張琴。杜鵑啼破華胥夢，齊女呼醒禪定心。誰識箇中閑活計，旋收白玉鑄黃金。

寄陳講師

一別仙翁渺邈間，游思教墨鴈南還。煙迷曲直重重水，雲映高低疊疊山。石硯有塵經月暗，柴門無客繼朝關。蒲團竹杖移陰坐，北顧掀髯逸駕攀。

寄辭史元帥

結交俊乂樂平生，行止常思寵辱驚。臂裏雖無扶轂力，喉中端有喚鷄聲。當時對語多忠節，今日傳言愈至誠。徒指良辰期會面，死生不得稱衷情。

述懷

看甚人顏折甚腰，青山雲水路非遥。老松豈逐霜寒謝，璞玉那從熾焰燒。鷄唱遠聞三里耳，鶴鳴低徹九重霄。兩忘榮辱知何事，抱道簪冠樂寂寥。

遠訪陳講師

足繭重生汗若霖，不辭迢遞訪知音。義從肯讓丘山重，恩顧迷連江海深。閑客性磨閑客性，達人心鼓達人心。風生席上憑高價，一笑都還直萬金。

警仗势難久

數關人事有興廢，冬去春來無古今。駭浪成紋空聚散，閑雲藏雨謾晴陰。前程倒指尅期盡，往事回頭何處尋。試卧東風成午夢，覺來紅日早西沉。

誡僧恃强

冷笑緇衣話太過，直饒獨擅待如何。幾般口裹剜坑塹，三寸舌頭結網羅。鑑垢尚存仍點污，囊錐已利更揩磨。饒君深抱荆山玉，愁甚人間没卞和。

自嘆

白髮簪冠老道流，一生天賦得優游。今朝不入他人彀，明日從渠亦自由。七十人稀六十壽，三千仙果二千修。昨非今是生涯了，興即歌吟倦即休。

重九冒寒謁友

重陽風葉動蕭騷，斷送寒威徹弊袍。遍體粟生驚凛冽，哦詩齒震謁英豪。我深有意呈千首，他只無心拔一毛。那更狂朋不我恤，柴門杖擊唤登高。

裴先生坐化

夜夢金童捧詔宣，今朝羽化老裴仙。一靈豁達歸真矣，四大端嚴貌儼然。躍化龍威投海島，翺翔鶴力上羅天。而今而後修真子，少與先生可並肩。

嘆休心

當時體段學風流，年老駸尋萬事休。名利盡隨流水去，是非都逐落花收。懶干風月踈詩社，怕屬顛狂厭酒樓。有客欲論榮辱事，幾番緘口一摇頭。

述懷警門人

飲醉刀圭卧草廬,杳冥别境證功夫。朱龍穩跨遊金闕,玄鶴相扶翫玉壺。萬變定時三界静,九天晴日一輪孤。不知多少修真子,此箇家風得也無。

警世

時危不用直臣籌,認得膠盆莫剌頭。雲夢韓侯無罪滅,杜郵白起有功囚。碧松林下高低廟,芳草堤邊新故丘。試向碑間觀舉止,都無一箇稱心頭。

勸俗自叙二首

俗眼艱窺道者流,箇中别運妙機籌。一輪明月中天浄,兩件神光内境收。長短卦爻從補坼,丙庚水火自添抽。春雷一震飛寥廓,浄體縱横天盡頭。

已覺功名不遂成,歸來寵辱兩無驚。内收瞳子休觀色,外鎖舌頭不有聲。心似半篙潭水静,身如一片野雲行。追思往事仰天笑,險被空花悮一生。

寄門人先生學書

何事先生厭草廬，不親有道只親儒。苦貪架上三墳義，豈顧壺中七寶珠。强咤有緣榮利禄，不知無分淨功夫。老骸病目看看近，應也長吁自嘆愚。

誡執者

學道先須誡執剛，執心自擅作强梁。相如避路忘顔厚，廉氏携荆乞罪當。和氣至柔穿厚地，泉流雖弱貫高岡。處謙受益終無咎，連衆超群大不祥。

自樂

衝開地網撞天關，穩跨飛龍恣往還。眼底便知爲極樂，座中深曉是蓬山。忙忙二曜從渠速，湛湛一真自在閑。了不了兮休理會，從教白髮笑酡顔。

問法眷弟兄

問君心事莫生嗔，端的修真要遇真。教雨洗除心上垢，道風蕩散眼中塵。一壺變化夢中夢，三界飛行身外身。此箇玄玄還不信，更將何物號陽神。

警妄

也曾求道也參禪，遍歷雲山不記年。和尚發言誇佛種，道人開口騁神仙。六經十論文徒昧，七返九還功妄傳。已受皮囊囚禁苦，猶言父母未生前。

寄雷祐之大軍後病中

恢恢天網密牢籠，孰是常安覆載中。多少合離多少恨，一番興廢一番空。風前陌上屍猶臭，雨後沙場血尚紅。試問當年貔虎士，幾人得到白頭翁。

自叙警輕命

世亂年凶事足諳，抽頭隨分養真憨。當年小子百千萬，今日老翁一二三。性命無根鈎上鯉，形骸有限繭中蠶。榮枯分定無差失，休使欺心分外貪。

嘆道

性珠無様抱重玄，應變縱横得自然。豁達諸方明徹底，經營萬彙體隨緣。隱時寂寂歸毫末，顯即虚虚塞地天。本是一般無礙物，峥嶸神用果無邊。

誡貪

愛索纏身發嘆聲，始知地就害還成。畏針當眼培荊棘，怕陷當途撅塹坑。禍是愚人福裏出，福從賢士禍中生。英雄若不陰公判，項羽東吴再起兵。

誡妄説

欲話玄中顛倒顛，須遊天内一重天。心還有物休論道，性若無根莫論禪。初地不栽泥裏藕，下梢怎結水中蓮。莫將聖典狂猜解，准擬身招妄語愆。

宋真人垂訓河中

披雲大闡歷人間，一載河中兩復還。拔度德光開九獄，慈悲威力震三山。吸呼离坎陰陽變，舒卷風雲天地閑。爲報世人從此後，不迴向善大愚頑。

夜坐

迢迢夜色正三更，玄體飛行出玉京。風斂野雲千里淨，光浮滿月一輪明。銀星點點寒光白，碧漢澄澄浩氣清。何事日烏離海上，一聲鐘送定初鷩。

樂境

大道淵兮在内觀，淡乎無味有真歡。清風氣透三山遠，明月光飛萬里寬。不約高低從變化，奚分内外樂盤桓。醒來獨對何人説，盡付松風一操彈。

道無二

釋道從來本一源，如來老氏共登天。箭穿鐵鼓藏深理，爐煉金丹隱至玄。白馬東來傳祕語，青牛西邁吐真詮。而今而後緇黄輩，徒向丹書竺誥研。

贊知進退

閑來倒指點英豪，越相劉侯一著高。三卷聖書圯下祕，一籌神變會稽逃。西施謾展羅鵰網，吕后空施陷虎牢。小智欲謀成大事，一如魚餌釣鯨鼇。

答人問閑

既慕林泉笑傲閑，便將瓶鉢伴青山。陰符道德經三卷，蓬牖桑樞屋兩間。紫府靈禽勤接送，丹山逸駕旋追攀。坦然心上無餘事，滿院松風晝掩關。

趙白二仙墳守而禮問二首

夜闌寶炷裊輕絲，對塚披肝祝二師。八百行修成甚日，三千功累就何時。人間蓬島猶難見，世外羅天豈易知。願入夢中明點破，捨身志道待歸期。

慇懃凭塚問行藏，謹爇心頭一炷香。索索固窮三十載，惶惶冒死幾千場。住行坐卧百骸老，游息藏修兩鬢霜。一著無生今未了，不忠不孝罪誰當。

值人見棄

擔簦訪道片雲身，漂蕩天涯二十春。緑鬢參同多有益，蒼顏歸故近無鄰。朱門肯顧柴門客，狐裼誰憐枲裼人。海島仙山歸未得，任伸任屈養天真。

樂貧

四更鼓罷市聲喧，我正齁齁恣意眠。蓋片紙衾枕塊石，鋪條蒲席襯堆綿。或隨白鶴遊蓬島，忽跨朱龍看洞天。此箇話難人世説，枉教名利笑風顛。

中秋賞月

雲消塵斂半秋天，星斗分明月正圓。白玉樓頭誰品笛，水晶宫裏我調絃。瑩浮海嶽冰清爾，光浸乾坤冷湛然。自古年年唯此夜，世間何處不遲眠。

上平陽廉訪使

百姓嗷嗷苦莫當，大僚經過便清涼。温辭撫俗寒添纊，潤德霑民渴遇漿。到處威無風雨惡，隨方名噴麝蘭香。流風不令朱門懼，秖聽雷音賜寵光。

送王進之

離盃瀲灔送知音，握手愁傾淚滿襟。窄徑危橋當顧嶮，亂山孤館莫無心。落霞紅葉荒村遠，曙色清霜野渡深。杖屨天涯雲水遠，未期情復蟻氈尋。

囑楊先生二首

與君特地話行藏，道在清貧當自强。緊鎖五關身有益，謹持三寶行無妨。薦賢舉善得雙美，安己讒他必兩傷。君子所爲須願學，自然福蔓與天長。

道人作止果非常，德要謙謙志要剛。慧劍高揮群怪避，刀圭斕飲萬邪藏。五霞鼎内烹金蘂，七寶爐中煉玉漿。造化真修成健體，通天徹地路堂堂。

嘆時

離塵在道莫心違，天地推遷世改移。察察小人剛長日，謙謙君子道消時。灰心讓印垂三顧，冰哂辭金畏四知。大抵孽緣休理會，不如塊坐樂無爲。

誘衆

學仙一段妙機關，盡在生成造化間。水火推移逢即返，木金動變遇須還。一輪日月陰陽息，六合乾坤天地閑。此箇功夫行得到，始知隨處有蓬山。

勸門人

舌了心頑學道人，叮嚀忠告莫爲嗔。青春暗去年年老，白髮潛來日日新。愛念重添心上垢，榮觀收拾眼中塵。一朝耗蕩元真盡，伏枕空嗟道遠身。

警虛度

當時釣爾不迴頭，縱得迴頭亦妄修。木上求魚勤旦暮，水中捉月度春秋。幽明寵辱短長夢，神奥榮枯多少愁。試拭青銅看皓髮，今年更比去年稠。

壞袍

袍壞渾無一線聯，莫尋綱領不容穿。四襟方竅與圓竅，兩袖長懸復短懸。濯垢條條隨水去，拂塵片片逐風顛。而今卧月眠雲裏，儘赤條條度晚年。

警妄解圓覺

圓覺真經無可説，强談圓覺廢功夫。空圓覺了元無跡，大覺圓成顧絶模。漚没漚生空聚散，雲來雲去謾馳驅。還知不説爲真説，未肯人前鋪席鋪。

寥陽宫夜坐

獨坐寥陽夜已闌，銀河耿耿月華寒。琴彈折桂姮娥聽，劍舞誅龍鬼魅看。八面玲瓏冰鑑闊，一天澄湛玉壺寬。人間多少利名客，不識簞瓢抱大丹。

誡人妄解書

狂猜妄解誑談論，不識真常道蔕根。手掬途泥揩堆子，口含漆水洗膠盆。張良指是孟良叔，楊子呼爲柳子孫。也待升堂謀入室，豈知遠隔幾重門。

勸道人可遠鄉

修行切要遠離鄉，不歷雲山道有妨。月色到天元皎潔，水流入海自汪洋。絮綿離柳飛南北，蠻觸辭蝸絶短長。竈底無薪火自滅，豈勞指沸旋揚湯。

警居庵幹私

得莫歡娱失莫愁，幻軀六尺水浮漚。今朝有喜今朝樂，來日逢愁來日憂。一息不傳爲朽骨，半星皮皃是骷髏。聖賢遺教佯聾瞽，甘爲兒孫作馬牛。

誡妄修

學道元須玉獎金，天元真息理深深。不於固蔕根頭覓，枉向空花梢上尋。專氣保精能實腹，抱元守一自虚心。知他多少惺惺病，不肯教人療一針。

警親終南踈永樂

黄粮夢斷教爲基，雲指重陽作祖師。千里終南心喜去，一程永樂脚慵移。實從花後本來見，根在苗先自古推。曩日人謠今可信，始知皮較一皮皮。

夏日憩純陽宫

麥天誰不畏炎陽，禪榻松風氣味涼。茶乳滿甌清露冷，檀煙結蓋白雲香。性中空色都融攝，心外塵勞得坐忘。卧看條山雲自散，日移花影上東墻。

勸劉子高

道人器宇别持操，不恥終身弊緼袍。方外注心方外友，世間著意世間曹。志須似水麟洲弱，氣莫如山太華高。敢問後言休退有，自慚魚餌釣鯨鼇。

鸛雀樓避暑

鸛雀樓頭不暑天，南來輕吹貫心田。一塵塵土離身外，千里山河到眼前。卧飲清風心醉道，坐忘濁境性安禪。中條山色半殘照，紅翠連線接暮煙。

遊山庵

清逈山庵煙靄中，雲封幽徑水西東。雨餘澗畔猿攀果，日暖松梢鶴唳風。栽藥畦中勤老叟，採芝嵓下戲髫童。他年撇却人間事，氣吐虹霓返太空。

晚年述懷

白髮簪冠百不宜，日常睡早起還遲。月圓月缺幾經見，誰辱誰榮總不知。閑説箇中君子話，狂吟方外道人詩。一生不問浮生計，除此無爲總不爲。

誡慳貪恃勢

非理貪求甚太過，心頭網罟苦收羅。暑寒尚被四時换，晝夜猶隨二至那。填海勢摧徐福笑，拔山力盡子房歌。莫言得失由人造，數到頭來無奈何。

警參

道藉明師指到頭，他人公案又搜求。登天必假登天隥，過海須憑過海舟。萬物生成從本發，群波蕩漾自源流。鄙哉蟻慕盲修者，癡燕猖狂戲蜃樓。

還鄉作

昔年訪道走西東，今日簞瓢復里中。但可卷懷藏進取，不堪開口論窮通。人情冷暖香騰別，世事興衰總不同。多少狐裘貂帽輩，霸陵消息氣雄雄。

勸門人服勞

積福塵勞苦莫辭，欲高須以下爲基。營爲不礙乾坤合，動作何妨日月移。圓覺四禪依次定，陰符三盗自相宜。一真不昧從終始，久久無中養就兒。

中秋夜

風開雲幕正中秋，拉友携琴宴小樓。檀屑滿拈添瓦鼎，荻簾高捲掛銀鈎。喜觀天面十分月，豈惹人間半點愁。飲醉西風忘彼此，不離眼底看瀛洲。

贈趙録判

常道無爲玄且妙，世人多欲觀邊徼。迷流分派昧真源，直志除斜撮正要。上士聞之信又行，下愚得也誣更笑。是以洪波懶擲鈎，巨鼇魚餌知難釣。《悟真集》卷上，明正統《道藏》本，文物出版社等一九九四年，第二五册六三五頁。

新編全金詩卷一四五

李道玄　二

勸修行早離鄉

修行不遠離親愛，只爲當生泥水倩。元本因他泥水成，下梢管被泥水壞。

釣馬先生未許

苦海漂流欲釣鼇，見鼇不敢下鈎撈。奈何一派傾舟浪，怒捲風波轉更高。

内觀心月

自家宫闕徹天寬，高掛團團白玉盤，皎潔清光無翳障，簾幃深鎖恣情觀。

鎖猿

赤帝山中黑色猿，攀花摘果要難收。而今打得金剛索，鎖在黄庭不舉頭。

繫馬

靈臺赤馬太驕肥，愛對風前月下嘶。幸得民安無戰陣，舊槽緊繫不牽騎。

問一巷不出庵二首

結制生涯戊己家，慇懃特地造三車。琢開古轍崑崙遇，大道周流無障遮。

痛飲刀圭灌玉花，醉眠一任日西斜。客來幾度敲門唤，一夢遊仙尚未家。

壺中境

天内一天少見知，無生真境此爲基。道人箇裏曾遊歷，休問修行無有爲。

試筆

心手相忘玉管摇，聲如寒雨響瀟瀟。不離繭紙兩三幅，寫出龍蛇千萬條。

春愁

人被春來苦不忺，等閑難上我眉尖。尋思白髮無情理，不問主人添便添。

謁袁權府

三秋雨過曉風悲，深慮寒生試問衣。小富欲成近大富，柴扉故掩謁朱扉。

誡謗傲

萬慮沉沉一氣冲，朝昏常在杳冥中。人來話我我慵語，識破人間事事空。

錯認

聲色堂中休覓佛，聲香洞裏莫尋仙。請觀猿摸波間月，影動方知不是天。

雪

雲生風送雪霏霏，誰識乾坤造化機。碧玉峰前童子笑，黑牛變作白牛歸。

夢飲

意倦琴書臥小軒，夢隨劉阮酌桃源。醒來復醉醉還醒，寂寂無人啼曉猿。

同人見訪

昨感良朋蠟屐來，東皐笑傲晚慵迴。樵童侍我臨流坐，不賦新詩亦快哉。

養志

收拾琴書歸去來，鶴全毛羽蛤成胎。得衝霄漢渾無礙，高衒神珠晃九垓。

警送孝

臭腐化神神化臭，輪迴一舊一番新。明知物理渾如此，何事生人送死人。

居山二首

蟠跡茅庵已數年，等閑無事不山前。莫言閑樂不由己，自是人心著萬緣。

屋上峰巒映夕陽，半林紅翠匝茅堂。茶餘客去柴門掩，閑弄流泉趁晚涼。

别河津和馬先生韻二首

樂寓山庵未卜歸，征鴻唤省思依依。如今已得逍遥趣，擬學孤雲自在飛。
道人心似白雲閑，動止從容自在間。憶出谷時便出谷，要歸山則即歸山。

嘆生死

行尸休爲死尸悲，父去看看子亦隨。陰簿星星明有限，只争勾早與勾遲。

月夜

風收雲幕露青天，天地冰壺冷湛然。萬點星踈銀漢淡，一輪明月正孤圓。

陽火

陽光上越一重天，下徹無疆九壘邊。星月伏藏陰怪滅，一輪赫赫顯孤圓。

牧牛

牧童晚唱樂江邊，放下白牛不顧牽。寂寂蘆花煙水外，一輪明月照青天。

自樂

外無煩惱内無思，不醉不醒不即離。何事道心清樂處，碧天風細月明時。

警昧真心

共説修心不識心，真心别隱洞天深。欲知不問修真士，走遍天涯無處尋。

寄楊先生

大法堂前授劍時，囑教付與丈夫兒。奈何落在雌柔手，匣内悲鳴孰可知。

勸學

天元真氣上天梯，收拾栽培要灼知。全會始終無退倦，只争成早與成遲。

警貪求

蠅頭利賂十分追，不恤人難任四知。一日積成盈貫罪，取招業債倩烏誰。

諫招後言

忠言十九不機投，面苟相從背變讎。范蠡悟來無後患，夫差徒見子胥羞。

賤利名

歸去來兮雪滿頭，利名心上撆然休。當機抵了輪迴債，也是今生贏一籌。

幽居

欄檻數竿君子竹，矮窗幾卷聖人書。遊仙夢斷松陰轉，一操絲桐樂有餘。

内巧

吹紅海底一爐火，消却山頭兩片冰。火自滅時冰自盡，日光月色共圓明。

嘆道寶

陶甄大璞作生涯，耀古輝今無玷瑕。放去收來天地窄，峥嶸神用應無涯。

雪後調琴

閑樂絲桐取次調，坐親爐火恣逍遥。貪憐徽外琅然曲，不管門前雪未消。

晝眠

晝寢明窗况味高，心頭塵慮絶纖毫。甜然半覺遊仙夢，又向壺天看一遭。

兵後遊河中府

舜都樓閣冠天下，幾逐灰殘幾度修。唯有條山林麓在，巍巍依舊過春秋。

寥陽宫西軒三首

西軒高卧性朦朧，飲醉西風混太空。空裏幾多真變化，樂然分付不言中。

寂寂西軒遠市鄽，寬藏法界我深憐。侯門人到慵相對，獨稱閑人宴坐禪。

西軒雲憩枕書眠，瓦鼎山檀裊瑞煙。一味清音偏貫耳，瑶琴風鼓自琅然。

登鶴雀樓觀河

地上長河天底山，天吴怒激浪迴還。争如樓上無名客，不起風波自在閑。

夏日晚興

自南薰吹晚生涼，散褐横琴對夕陽。三弄聲殘明月上，矮童來請夜燒香。

初春雨後

膏雨初晴日漸長，輕寒猶自勒群芳。道情樂景憑誰説，獨傲東風立夕陽。

寥陽宫早起

幾韻金鐘送曉寒，遊仙夢斷不成眠。起觀太華峰頭月，斜照條山影浸天。

文秀才問道

常道真常常自知，知常常道乃無爲。無爲爲得無言説，説著真常道即離。

寄山南任先生

塵談一别十年間，幾見賓鴻謾往還。望斷前山風月底，想應一樣養高閑。

贈張先生入圜

禁身禁足勤行道，忘相忘言宴坐禪。大覺圓通明五眼，不離當處是羅天。

嘆日月催促

纔過中秋皓月圓，又逢重九菊花天。四時直恁催人老，攛掇一年又一年。

警敏喪

生死朝昏事不訛，壽長壽短一南柯。臨喪莫起悲酸念，輪到頭來奈爾何。

重遊河中

四十年前此地遊，繁華幾换度春秋。黄河不在興亡彀，依舊滔滔東注流。

幽居晚步

麻衣拂地瘦筇長，踏破雲山正夕陽。回首黄昏香火罷，笑披風月入禪房。

嘆害人者人害

蟬噪松枝興未休，螳螂牙爪利如鈎。一心只慕甜蟬味，豈顧黄鸝在後頭。

明守分

平生無作爲，禀性太愚癡。一鉢千家飯，三冬百衲衣。般般常足意，事事不愁眉。何爲窮能固，玄元説儉慈。

秋赴河津立庵讚貧

蓑笠離桑梓，時當霜葉天。琴書抛我友，瓶鉢謁他賢。瓦解霜侵榻，檐頽雨滴椽。虎狼蹤户外，苔蘚滿窗前。行訝顔淵巷，眠偎后稷綿。几無龍尾硯，架絶鴈頭牋。淺蘸秃毫筆，濃磨破竈煙。興題袁憲傳，閑閲范丹篇。不怨人深悋，常思己薄緣。固窮心不濫，抱道志彌堅。杳杳冥冥坐，昏昏默默禪。幻軀培丈室，真性透重玄。内外融無二，縱横滿大千。五行難造化，二氣罷催煎。極樂清涼境，逍遥自在仙。妙機無可説，緘口待天年。

警門人

修行莫盲，志戒精誠。天崩莫懼，地陷休驚。下忘貧賤，上傲公卿。鬧中取静，死裏逃生。内全淨體，外絶人情。圓明五眼，證果三乘。斯言再囑，余弟余兄。鸞飛真跡，跛鼈慵行。面從背毁，財重義輕。樂從猿耍，動學雞争。性迷聲色，意在功名。問君端的，曷幹前程。

遺世頌

人聽清角，不聞雷震。我今歸去，大限有盡。好事擬説，説也難信。余弟余兄，道之可進。

《悟真集》卷下。

新編全金詩卷一四六

姬志真 一

姬志真，號知常子，澤州高平（今山西省晉城市高平市）人。原姓雍氏，避世宗諱改；原名翼，字輔之，入道後易。年十三能詩，甫弱冠，通天文地理陰陽律曆之學。興定五年，蒙古攻河東南路，流落冀州南宫。天興末，從王志謹入全真道教。壬子歲（蒙古憲宗二年、一二五二），講學於燕京長春宫。四年，主汴梁朝元宫事。至元五年卒，年七十六。著有《雲山集》八卷傳世。① 兹輯四百二十二首。

姬志真詩載《雲山集》，以文物出版社等影印明正統《道藏》本爲底本編録。

七言古調長篇

悟空

兹生浩劫何癡迷，引延若藕蟠青泥。安知造物故相戲，壑舟夜半移東西。攻心利欲黄門劇，

① 元李道謙《甘水仙源録》卷八《知常姬真人事蹟》，文物出版社等一九九四年，第一九册七九二頁。

目眩空花認爲實。風刀劫火自天來，煽赫崑山焚玉石。俗緣一掃盡成空，及蒙大宥開牢籠。始信黄粮未炊熟，忽驚鍾遞樓頭風。放眼纔知夢中惡，細想從前事渾錯。皇天賜我好因緣，跳出塵凡得真樂。人間到了空無依，争如撥轉重玄機。功成卸却娘生襖，五雲宫闕乘風歸。

證怪惑

道人遊戲真三昧，變化神通如狡獪。淵默雷聲震九天，尸居日照周沙界。金鷄報曉泥牛走，枯木龍吟頑石吼。玉女吹簫作鳳鳴，木人應節翻筋陡。毫芒消息天關機，拍塞虚空無盡期。非有非無不可測，或逆或順那能知。大妙九年必期進，造塗七聖迷所之。推問放杖會未得，眨眉弄眼空相窺。

證夢惑

昔聞穆滿遊玄宫，清都絳闕雲屯空。更移向上或驚悸，天風吹落歸樊籠。又聞黄帝華胥國，飛步履虚如履實。雲霞徹視山谷平，仍似燔林壁中出。神遊夢及未離方，乘風遊月非其常。一超直入崑崙頂，本然固有誰承當。塵世悠悠夢顛覆，真妄顢頇訟争鹿。槐枝動業鬧蚍蜉，蝸角功名戰蠻觸。覺兮夢兮俱鴻蒙，我今寐寤猶同宗。借問主人開眼未，一聲風送樓頭鍾。

招隱[一]

君不見邯鄲枕中得如意，磨鏡未明人换世[二]。又不見槐安宫裏尚金枝[三]，螘戰功名黍一炊。遍界盡爲開眼夢，化工幻惑閑般弄。似寄懸絲傀儡棚，寧許暫如山不動。智也無涯生有涯，悠悠千古未還家。家園素有知何在，誰趁東風賞覺花[四]。歸去來，宜早早，步步清涼除熱惱。頃刻光陰下手遲，莫待形容變枯槁。

【校記】

〔一〕《古今圖書集成·神異典》卷三〇二《静功部藝文》録此詩，題作「招隱歌」。〔二〕磨鏡：《古今圖書集成》作「日色」。〔三〕宫：原作「官」，此從《古今圖書集成》。〔四〕覺：《古今圖書集成》作「落」。

偶成

人間萬事輕浮雲，消長起滅隨時新。或吹繁華變霜曉，或吹枯槁回陽春。孰能肝腸如鐵石，誰能眼孔如車輪。盡情冗冗逐虚幻，頃刻一窖同埃塵。何如進及真中真，掃除萬慮清吾神。丹成跨鶴獨歸去，天地雖老存兹身。

郭子淵之汴索詩

余生懶癖居林泉，茅茨窘窶孰可憐。一無所堪百不用，擁腫鞅掌圖安然。上人垂教莫敢侮，秖恐節外生因緣。咄嗟贅形實大患，出門未許披寒暄。先生約我欲南去，自信方物那能圓。凫舄不飛風莫御，兩足怕舉愁胝胼。臨行惜别要詩句，空洞此腹無雲煙。溪藤落筆失真素，墨池點破非重玄。堊墁好在運斤手，不期緩急新輪扁。慇懃書此激嵓電，笑擲瓦礫摇吟鞭。

與杜教授母慶八十

康寧富壽人間優，期頤耄耋希等侔。長松鬱鬱貞石固，玄鶴孤立靈龜游。有數有形寄澤壑，化工夜半移山丘。何如麻姑相與儔，坐斷黄龜幾出頭。珠牙列植遶瓊屋，山谷不躓雲霞遊。交梨火棗日厭飫，玉芝石髓尋常羞。芥城拂石不可計，幾回清淺蓬萊洲。

祝真常真人壽

簷楹佳氣鬱葱葱，東皇戒旦驅融風。蓂飛四葉應真造，九光霞映蓬萊宫。霓旌月節捧麟馭，丕顯玄風大宗主。世間甲子纔一周，銅狄摩挲閲今古。金堂玉室本無塵，瑶林琪樹輕莊椿。壽光寂照通理窟，樞環圓應休天鈞。清都永錫春難老，拂石芥城何足道。命蔕栽培高厚先，無窮豈與人求禱。特拈心炷香非煙，冀伸愚懇猶瞻天。歌以長言薦雲几，朱顔歷劫常依然。

西嵒老静廬中或生笋長數尺索詩

歲寒蟄窟藏豐隆，鬱結盤桓懷道冲。乘時順動莫可待，自春徂夏黄埃中。欲伸不伸化成物，蟠根錯節遲天工。荒叢雜沓不足賴，卓尔突出西嵒宫。抽萌脱籜清且勁，分枝布葉張其雄。先生有道求入室，倚門化作青衣童。未容香嚴透消息，妙傳得自懸壺公。虚心内藴縮地脈，頃刻萬里猶乘風。保護龍孫無少損，琅玕莫比纖塵蒙。異日功成藉斯力，信步六合遊無窮。

馮權教慶誕以壽山爲祝

渾淪未判包乾坤，有無巨細悉固存。元始虚皇建中極，天柱卓尔名崑崙。其上無蓋總天目，其下無底擎地軸。宫殿盤鬱山之巔，璇璣運轉山之腹。挺拔巉巖群玉峰，直超象外無争雄。大藐姑射與太華，下視培塿輕喬嵩。神人肌膚瑩冰雪，心若淵泉與日月。劫塵滄海任更遷，不古不今無耄耋。但願老仙如此山，長春永不凋朱顔。蠢尔具瞻履綦下，悉開聾瞽通玄關。

跋非時桃花

物理榮枯自有時，差時逆俗心自疑。此桃開花固非正，韜藏結實無人知。霜凌卉木百草死，卓然獨顯天生姿。道人愛此異凡格，連枝折示誇奇持。可憐此種非蟠根，移向長春洞中植。開花結子三千年，珍味閻浮少人得。

寄路才卿

造物弄人如弄丸，無端幻惑巧相謾。憶昔癸未二三月，摇蕩故園戈戟寒。漏誅殘喘各逃散，千里區區行路難。此命此身寄復寄，先生玉庇均平安。何當六月政暑雨，驚報此晉摧神姦。吴皃路滑貎虎甝，泫氏風情雲水閑。邇來車軔朝暮發，必料故鄉衣錦還。歸心繚遶西南道，行色依稀上下山。野夫政坐迷惘疾，忍附驥尾那能攀。

五言古調長篇

勉世

人生約百歲，倏忽如彈指。俱爲造物戲，擾攘不得已。遑遑朝抵暮，切切憂與喜。干己盡成空，況復非干己。無窮分外事，逆順相汝尔。惡念等山丘，良心無一唯。閻家老子來，頃刻不可止。勸君且莫癡，歸計求依倚。跳出業火坑，不作舊行履。撥轉又玄關，長生從此始。

寄道友論伯瑜

昔在紫峰下，雲霞相對披。危亭接軟語，朝夕心忘疲。西風豁塵襟，杖屨相追隨。悽悽別鎮陽，目送行遲遲。臨歧約鶴山，乘流不可知。勢如羊角戾，動有染絲悲。西南雲水窟，坐使心旌馳。逆順乃天理，行止非人爲。彼意直如繩，此心圓似規。千里共明月，罔間毫與釐。飛神相來往，恍惚無預期。同遊天地一，寧許斯須離。躡景并淩虛，飄飄奚復疑。從此三真會，時時承芝眉。

住院

住人不住院，寧論物成敗。住院不住人，何殊俗杻械。友雲及飛觀，熟視同草芥。彌費汗血力，數窮終至壞。何如真箇人，誦一言一話。朝夕飲瓊露，默默得神解。飄飄出六塵，徑捷超三界。亘初明月珠，肯向人間賣。我來略住院，不責寬與隘。但覓雲霞友，似欠多生債。安心處嘈雜，名利非罥罣。天賦性寒凜，坐致俗睚眦。趑趄良獨難，傲睨吁可恠。患此重玄病，膏肓争得差。未肯自束縛，何能呈狡獪。祥風吹神襟，杖屨輕且快。南北與東西，飄飄學行邁。

幽居

幽居愜野情，生事未嘗理。交朋幾離合，童穉相汝尔。連墻如有敵，經歲不相齒。世態冷於冰，人情淡如水。鶉衣密補裞，霍食忘甘旨。踈散百無縈，自得而已矣。

形幻

有身致大患，忘我復何憂。形骸最親切，畢竟成土丘。況兹身外物，無物非何樓。大塊勞以生，冗冗不自由。萬事素已定，誰能分外求。疑團自粉碎，休休復休休。莫爲空幻具，還作真箇囚〔一〕。廓然自心安，宜與化同遊。於生無一爲，姑置不復留。穎脱出塵坌，表裏絶綢繆。亘古性月在，輝輝天霽秋。

【校記】

〔一〕真：《永樂大典》卷七七五七形字韻引姬知常《雲山集》此詩作「貞」，中華書局一九九八年，第九册九〇〇一頁。

世僞

閉户懶出門，衆議失和暢。策杖走街衢，冷眼憎流蕩。合境責紕繆，絶交嗔矯誑。緬相作人難，動止皆招謗。自究心未灰，孝然真作妄。灰心復忘形，誰驚魔與障。紛紛人世間，非是無定相。各自立偏見，同己聲相向。大地盡紅塵，從交翻白浪。重玄得品味，頓悟通真況。自性孤月圓，襟懷天一樣。跳出死生關，透入光明藏。

出觀

我初學守愚，渾淪無罍罇。久静復思動，多口相誇詫。臭肉候來蠅，行貨非待價。數數致窮屈，鼓舞不得暇。未能無汝保，相孰莫非詐。幽鳥仰投籠，白駒驅就駕。禹步及雲集，俱爲化所化。世俗喜驚駭，閻閭聽誑譁。清净輔真實，豈願人咨訝。搏空鵷鶵飛，寧知老鴟嚇。萬塵付一笑，取次得休假。明明向上事，彼各不相藉。逕入無何有，受用如倒蔗。末後竟何如，天下藏天下。

法身

重玄妙法身，物我皆具備。微塵拆世界，大量包天地。巨細億萬殊，根源同一致。譬如溟渤中，鱗甲同沾利。悲哉墮有情，復爲形所累。淹沉生死窟，輪轉皮毛類。降本迷浩劫，苦楚如倒置。賢聖垂方便，救援無遺棄。奈休聰不明，相對如夢寐。

壺天

壺天接人境，絶點純清凉。殿閣倚空碧，氣象連山蒼。薰風自南來，頓遣祝融藏。蒙莊及辨惠，揮麈談冰霜。更上臨漪樓，俯瞰溪流長。野鶴各自適，高柳摇晴光。主人有好懷，不酌鵝兒黄。特制勝玉屑，爲我搜枯腸。緣慮破纖悉，逕及無何鄉。至樂美四并，受用烏可量。誰問東華主，軟紅塵土香。

跋董節副黄粮夢手卷

晝爲開眼夢，夜作夢中夢。眼開腦合俱冥蒙，生滅廢興閑戲弄。爲蝶爲周不自知，眨眉舉目端爲誰。邯鄲邸中獲如意，蓋世功名黍一炊。塵世光陰遽如許，織烏忽忽經旦暮。情知萬事徹底空，大化忙忙幾人悟。迺公獨得重玄機，放眼分明覺夢非。未肯顢頇訟争鹿，五雲宫闕早時歸。

弔無欲真人

隴右老仙公，壽歷先天永。慈念落人間，臨目閲塵境。八十有六年，迅如彈指頃。思復白雲鄉，棄却丹砂井。幻出彩雲容，沉冥黄鵠影。逕入寥天一，少焉猶鏡静。寶珠無遺響，衆瞻俱莫省。虛堂夜未央，月掛松梢冷。

世事

萬形寄寥廓，動止高厚并。化機隨用撥，物理逐時更。交臂今成古，轉頭枯與榮。無情番變態，着力戲浮生。提掇鴻蒙子，施張傀儡棚。交唆童作劇，攛弄蟻興兵。虛幻一團物，悲歡百種情。死生車轉轂，劫運芥填城。自作無門獄，甘沉業火坑。轉流無暫歇，苦楚没前程。大悟如求免，番身道上行。莫於他處覓，心地早填平。

寄路才卿

君今能著鞭，我獨瞠若後。來秋積雨霽，涼風吹宇宙。行李青草鞋，杖藜隨在手。去去不計程，日用隨所有。西山佳處約平分，未必二兄真許否。

癸丑春送樊道録赴闕

識面不數月，軟語接猶希。無何復相別，緩轡策輕肥。朔方晚春色，楊柳自依依。聯翩西北往，暗塵隨馬飛。去天不盈尺，作霖心莫違。舉首一明月，萬家同是輝。老我寄泉石，俟君衣錦歸。

七言律詩

讚道

浩蕩神光徹太虛，主張高厚定元初。大包宇宙極無外，細入毫芒光有餘。萬象斡旋通造化，群生出没賴吹嘘。物情不許通消息，動植飛潛各自如。

慶長春

霧捲千山萬里晴，壺天春滿氣盈盈。花心露滴無塵慮，柳眼風開不世情。稚子執迷遊廣莫，老仙高會約蓬瀛。坐傾碧酒歡無極，醉裏雲車倒載行。

乞紙被

此形端似護懸疣，勘破元真事事休。任喚馬牛皆不應，從交鷄犬不知求。一瓢糊口生涯足，百衲沿身歲計周。更向侯門乞紙被，夜寒蝸舍坐蒙頭。

頃年欲作紙被今幸成之

柔綿細疊軟溪藤，自制青綾一樣新。晝捲野雲飛不動，夜披江月照無垠。相宜質素功非俗，別得陽和煖似春。老去癃鍾資火力，矮床枯几伴閑身。

省迷二首

粹淳一散成澆漓，悠悠弱喪迷所之。視聽食息作者誰，流連不返徒自疲。隋珠彈雀癡所用，取者愈輕索者重。幾時勘破人牛非，白雲是躡帝鄉歸。

儲金畜帛自遺咎，櫟社散樗那有災。玉通潤色碎珉石，珠出夜光刳蚌胎。藏身不厭在深眇，外物已知真儻來。直此報渠難自信，又玄關楗豈能開。

倦住持

出家移入道人家，換上清虚冷鐵枷。既悟幻緣非實相，何堪病目認空花。胥疏不及南山豹，跨跱真成坎井蛙。好藉十年閑杖屨，水雲遊歷興無涯。

郭子淵北行索詩時在通州

此別燕山第一程，潞川冰雪送君行。道人簡事爲繁事，對客無情似有情。跧穴但宜容蟄物，搏風從此奮鵬程。神遊八極無窮盡，未卜何時會玉京。

瑞雪

大地纖毫色色空，寥天望極一鴻濛。夜凝冷浸梅魂月，朝拂輕回縞帶風。身世密移塵境外，乾坤收入玉壺中。虚堂瑞草瓊林合，壓盡蓬萊第一峰。

打睡

放倒形山睫已交，耳邊塵冗任喧呶。杳冥忘記先生責，齁鼾寧知弟子嘲。何礙夢魚遊澤國，不妨爲蝶戲花梢。惺惺一點蘧然覺，遍界縱横無不包。

中秋

塵世無能解所憂，相邀携手上南樓。道人午夜亦何樂，清坐仰天冥内遊。乾坤表裏忽瑩徹，大千沙界纖毫收。廓然物我忘所在，真境真歡無盡頭。

月韜光

萬籟沉沉秋氣豪，游雲薄薄天彌高。庾樓袁渚不成賞，倚棹停盃空望勞。月本圓明自如故，逢時掩靄光宜韜。人生真爲物逆旅，憂喜去來無所逃。

覺夢

而今説者夜來夢，夜來夢者而今説。説者夢者莫非吾，如何覺夢生分别。爲周爲蝶物之化，若爲抽釘與拔楔。一念回機覺夢空，靈明透出塵沙劫。

希遇

萬世一遇同旦暮，千里有賢如比肩。兩曜怱怱駒過隙，群生冗冗絮漫天。識情暫與雲泥隔，念慮纔分物我纏。今古是非俱倒置，夢中誰暇救頭然。

獨坐

夢回周蝶兩誰分，跨鶴腰金各勿論。耐久兩鄰松與石，虚明益友月兼雲。鳥鳴風度張天籟，山色溪光示地文。真境灑然塵事外，不勞重訪白元君。

失己

道人所住無所住，大用全機任逢遇。有心覿面不相逢，失己亡行言意路。楚些招魂魂未歸，利名終莫近離披。微陽浮滾如麻粟，徒趑口鼓非實機。

自照

靈風鼓橐應何常，返照家家盡葆光。絶相巖前豐瑞草，不萌枝上賸真香。交梨火棗非他物，威鳳仁麟自致祥。金籥玉匙開放得，水雲依約水雲鄉。

空代

蠻觸未知蝸縮出，槐壇空遺螘交侵。山河尔汝虚興廢，日月東西自古今。得失不停翻復手，是非無定愛憎心。誰能眼孔車輪大，一見空華盡陸沉。

心迷

夢幻境中朝復暮，利名場上是兼非。紛紛乃致太多事，冗冗胡爲寧不歸。眉斧有情嗟自伐，鼻斤無質爲誰揮。幾時攻許愁城破，撥轉重玄向上機。

初任長春觀

而今壓盡范萊蕪，釜破厨空甑亦無。敦杖蹙頤觀寂寞，入門掩口笑盧胡。安排冷淡爲生計，指點虚無是所需。不掛一毫閑打坐，更於何處覓衣珠。

舊隱

野懷唯憶翫林坰，杖屨時時踏軟青。眼界寬舒無物隔，耳根清浄絶塵聽。遶籬花木新粧靚，脱粟虀鹽舊典刑。盡日經年無箇事，也勝鵬運上青冥。

迎將

器小何堪濁以清，人情推挽强披承。正行自與錢神背，枯坐從教窮鬼憑。將送豈能甘若醴，往來多責冷於冰。請君點檢元常住，無恙庵西老葛藤。

世情

啼鳥芳花總屬春，箇中色色盡通神。蛸翹蠢蠕隨時變，雀鴿鷹鳩逐化新。世態紛紛俱倒置，物情滚滚謾横陳。塵埃漠漠迷朝市，但見黄金不見人。

訪友二首

鐵石肝腸傀儡身，赤心青眼訪同人。運斤去堊難爲質，削鐻全天未即真。人事執迷妖幻惑，世情般弄鬼精神。相逢妙處無言説，白首仍須自斵輪。

試奏鸞刀學解牛，世情推挽逆懸流。明知幸脱塵樊累，争肯甘爲土木囚。遺劍刻舟流已遠，揭竿臨海父難求。舉心一一成顛倒，勘破緣空萬事休。

遺言

識解誇張未肯藏，半生真似閙蜂房。文魔攪擾心旌亂，伎癢教唆舌本狂。不審覆蕉誰得鹿，明知挾策亦忘羊。咄哉多口成何事，打破疑團效括囊。

緘口

幸脱塵樊俗綱羅，可憐還著聖賢魔。紛紛未遣心中物，浩浩空翻紙上波。既悟却同三懡㦬，乃知猶有一無何。從今卷舌宜緘口，保氣全神養太和。

著假

革囊兩脚走西東，誰向空中作主公。驅遣百骸通九竅，横生六鬼長三蟲。一團骨肉從頭幻，萬種機關徹底空。縱有本然真箇在，丁寧説著耳如聾。

化機

化機刻刻變從新，鑾觸閻浮夢裏身。罕見混融生死友，倦聞嘈雜利名人。華陽不遇閑歸獸，齊代空差老斲輪。幻世幻身同幻惑，但能虚妄不能真。

襲明

傳薪續焰要重明，伏火丹鑪冷似冰。覺海夜來新月滿，性天時復瑞雲興。壺中不種閑花草，物外元無老葛藤。至理本從真實得，莫教心口不相應。

修行

修行何處最相親，清浄無爲達本真。妙理亘初元具足，幻塵消盡復渾淪。靈根秀發隨時現，大用全彰逐日新。若向一邊求所得，到頭虚妄不關身。

洗心

心田荆棘剪除平，火棗交梨二樹生。靈物本然無少剩。空花銷落自分明。若珠若鑑圓而靜，如玉如冰潔又清。莫道又玄傳不得，活機時復向人呈。

無爭

群魔束首罷心兵，萬户千門賀太平。良夜雲收兼月白，聖時海晏及河清。全勝夢到華胥國，不論時拘芥子城。清淨本然無變壞，寶珠含攝大光明。金姬志真《雲山集》卷一，明正統《道藏》本，文物出版社等一九九四年，第二五册三六四頁。

新編全金詩卷一四七

姬志真 二

好争

人我山高占一涯，萬峰遮眼戟楂牙。塵封古道無歸路，煙鎖靈源不到家。争肯束心如縛虎，秖須瞋目效鳴蛙。一毫纔觸心兵發，直得横尸亂似麻。

隨流

沿流端坐泛星槎，悟徹靈源却是家。經卷詩囊閑戲具，藥爐丹鼎老生涯。清溪道士邀明月，白石先生卧翠霞。相對兩忘三益友，一篇秋水一盃茶。

居山

盤石巍巍權寶座，柔莎冗冗代青氈。靈巖月寶排幽勝，風伯山靈助法筵。溪水茂林俱演道，野花飛鳥盡通玄。須臾逕及無何有，不待言傳總是仙。

合俗

誰家鷄犬放知求，一片頑心不肯收。耳目鎮爲聲色役，形骸常作利名囚。向從薪者争分鹿，懶逐庖丁學解牛。顛倒是非無暫息，轉輪生滅幾時休。

參玄

嚼破重玄色色真，金花出水浄無塵。壺天風物時時別，洞府雲霞刻刻新。應化因緣俱幻相，亘初消息自通神。叢林草木無分別，自是人中真箇人。

迷家

弱喪淪流路轉差，竛竮行古不還家。檀槐身世同行螘，蠻觸閻浮等戰蝸。聲色纏綿濃似蜜，是非翻攪亂如麻。誰能自立衝天志，跳出迷津上月槎。

獨行

印破玄玄得縱收，須眉毫末盡天遊。忘懷物外求鷄犬，恒服從人唤馬牛。有質揮斤無犯鼻，無情墮甑不回頭。寥寥月白風清夜，江海飄飄一葉舟。

味真

清淨無爲躰妙玄，一毫纔起污心田。伸眉頃刻生多事，啟口分明落二邊。有底坐同株塊累，幾多空被葛藤纏。聚頭作相干何事，勘破般般不直錢。

形昧

元初撲入此形囚，兀兀勞生不暫休。般弄骨骸呈伎倆，簸揚塵土販何樓。是非叢裏争開口，人我山前競出頭。只待鼻綿吹不動，髑髏寧怗卧荒丘〔一〕。

【校記】

〔一〕髑髏寧怗卧荒丘：寧怗，《永樂大典》卷七七五七形字韻引姬知常《雲山集》此詩作「寧帖」，同。中華書局一九九八年，第九册九〇〇一頁。

勞生

附贅懸疣大患身，從初特特認爲真。貧窮急迫無由歇，富貴經營不暫伸。名利場中添氣力，私邪路上長精神。到頭畢竟成何物，苦您當機戲弄人。

邪見

犗餌鯤鯨未見招，迎吞比比盡陽喬。浮萍點水甘流蕩，落絮因風易動摇。眼病只看真作僞，心顛番想善爲妖。執迷固久難回换，更有歸來助長苗。

實德

纔生一念鬼神知，元本良心不可欺。濟物利生忘取舍，從人屈己事謙卑。私邪偏亢尋常撥，忠孝仁慈上下移。恭謹至誠無諂曲，人天何處不相宜。

塵緣

交辨東西别有功，此心難與世情同。瓊漿淡静無知味，濁酒喧呼自作叢。鲊瓮乍開蠅滿側，虚舟閑纜水連空。蕙蘭不愠無人見，依舊清香拂晚風。

自藏

事事俱休一味癡，至誠唯與道相宜。玄珠寶藏封須密，瑶蘂瓊花發較遲。丹藥煉成人莫識，神符飛處鬼難窺。法身混合虚空界，妙用分明更不疑。

像法

立像明真便失真，朦朧昏眼更添塵。丹青自此遮玄藏，土木何年露法身。幻出因緣徒誑世，横生機巧暗繩人。謾神誶鬼彌天過，不畏閻家老子嗔。

教綱

入門戴上鐵籠頭，牽去牽來不自由。鉗束只依吾教誡，封緘不許外參求。天堂妄想媒求福，地獄虚聲誶作憂。久久薰成倡鬼例，妖邪惑魅死時休。

趨時

侯門似海我如魚，懸陷高門一一趨。口自囁嚅心局促，身將擎跽足趑趄。道尊德貴斯爲妄，俗綱塵情自是拘。元本棄家圖箇甚，思量渾錯用工夫。

俗念

茫茫苦海浩無邊，冗冗凡情總倒顛。真僞顢頇無所辨，是非淆亂孰能詮。傾城共認狂爲聖，滿地唯看正作偏。舉愛便宜争敢逆，何年栽活火中蓮。

心亂

貧窮叨濫富驕淫，無足勞勞分外尋。觸處施張行跡偽，動中搜索計謀深。不生公正仁慈念，但蓄私邪利欲心。積惡貫盈無可逭，非災横禍一時侵。

妄作

鑿破天真事事訛，日增人偽不知多。閑神野鬼争呈幻，走骨行屍自作魔。利己害他常設險，貪生競物謾張羅。隨身惡孽空擔負，果報臨身奈若何。

看經書

通書也勝不通書，及至通書可笑渠。只向口頭閑咀嚼，幾曾心上自躊躕。是非人我旋增長，利欲私邪肯破除。向上一機明不得，之乎者也竟何如。

黜聰明

非破聰明總作愚，聰明唯恐自糊塗。文華秀麗知而得，清浄圓明會也無。多在舌尖呈伎倆，少能心地用功夫。何時宇泰天光發，始信虚閑即道樞。

凡俗

慳貪嫉妬愛便宜，不顧危亡事事爲。數盡勢窮無證據，災生禍作莫楷持。呼神唤鬼師巫跳，咒律書符善友醫。香火旋燒纔欲善，闔家老子肯相隨。

心醉

道人得味飲靈泉，豈恃黄湯醉裏顛。非礴六經窮奥旨，特宜三要會重玄。名鈎出没魚呑餌，利引東西蟺慕羶。酩酊萬緣俱不問，卧看孤月上瑶天。

赤窮

聰明黜盡性天虚，浩劫塵情一一刳。從此渾身赤骨立，肯交幻境撅株拘。牧牛不見人何在，置地全空錐也無。窮到赤窮窮不得，活機放出莫非吾。

從正

從來結習縱貪婪，膠擾心靈苦不堪。正令乍行邪並遣，真功微契道能參。多生識寇知遊北，歷劫迷方意指南。世世生生啖黄蘗，乳糖纔食便分甘。

實行

後己先人謙又謙，平懷本分自清廉。利生接物仁無失，契理明真義亦兼。莫幻妖邪驚世俗，休生詭異誑閭閻。本行德業能深積，向上機關不用拈。

真功

休尋南嶽與天台，名相虛頭盡咄回。財色兩忘心地穩，是非雙泯性天開。真誠清静行無間，公正仁慈德備該。外行内功俱有積，亘容圓滿寶花臺。

劉輔之有女之戚

造物無情相戲弄，笑中不覺成悲慟。司花幻出真可人，醞造十年歡喜夢。夢破俱空猶不懂，盡心粧點傾城送。聲銷線斷各還家，活墮一場乾取哄。

化空

造化相謾人不識，變態神通誰委悉。電轉機關不可防，黯黯前程暗如漆。㲲掌存亡與消息，朝四暮三顛倒七。憂喜横生没奈何，一團虛幻看成實。

風波

風波易動懷恩怨，結習難忘釀喜憂。千古是非争未歇，一生人我競無休。英雄自致功名縛，豪傑尋爲利欲囚。大事因緣俱不問，忙忙終日替人愁。

建化

元真非相相非真，建化門庭總屬塵。塵裏孰能開正眼，物中誰解露全身。解粘釋縛無多子，拔萃超群有幾人。自料本行非大器，且宜清静自頤神。

住院

閭閻膠擾無休局，人事將迎勞檢束。徒輩擎擔冷鐵枷，院門住守風流獄。一毫失照心同俗，聚塊拈來泥裏浴。慚愧西風著力吹，斷雲縹緲依巖谷。

論經

群經權作躡天梯，黄葉拈來暫止啼。過雨試看荷出水，因風尤喜絮沾泥。豈宜鼷鼠乘車馬，未見鶢鶋樂鼓鼙。下里巴歌殆成俗，陽春唱出轉增疑。

自縛

有生黐攪不知空，戈戟槎牙塞滿胸。非是海中窮徹底，我人山上長奇峰。迷繩自縛三千匝，法網横囚一萬重。妄想欲超生死窟，知他閻老肯相從。

法相

莊嚴法相大施張，一例亡羊榖與臧。生死途中虚出没，名言路上謾商量。然香撥火迎歸室，擊鼓鳴鐘弄上場。似此利名心未息，如何能做法中王。

壇場

聚頭作相巧相籠，直得群愚立下風。弄假像真真作妄，將無作有有何功。指空畫空未必得，依實主實還在中，呈盡許多閑伎倆，化人不覺自盲聾。

未濟

刧運消磨惡轉遷，幾人曾結善因緣。火坑炙熁身翻焰，苦海瀰漫浪接天。有底揭竿趨灌瀆，幾多鳴棹泛漁船。昔年任老今安在，不見虹鈎犗餌懸。

晤真

要解懸疣脱苦囊，萬塵堆裹便回光。多生積習重重撥，歷劫私邪羨羨忘。不掛一絲形躶躶，丕承千古貌堂堂。長春景界風光異，玉樹瓊林次第芳。

甘貧

蘧廬暫寄元非實，何礙磬懸空四壁。之子方能脱網羅，乃心不肯甘沉溺。積蘇累塊亦何物，拱璧兼金輕瓦礫。幻化般般一筆勾，分明露出真端的。

法身

無位真人躰若虚，物來不已應斯須。舒開寶藏乾坤窄，放出圓光日月俱。巨細洪纖同藴此，有無高厚莫非吾。茫茫沙界彌羅極，頃刻收來黍米珠。

忘外

具足莊嚴古道場，活人芝草返魂香。全提法界藏真境，未放吾宗出葆光。堯是桀非俱莫辨，鶴長鳧短兩相忘。太平無象家家遇，拂袖歸來入醉鄉。

脱殼

夢中了了醉中醒，表裹仍存一味清。事事拂餘真理足，塵塵滌盡法身輕。破瓢度日飢方覓，營窟居冬暖後行。不在世間圈績裹，自由閑散過平生。

塵累

萬塵堆裹喜擎擔，衣要尖新食要甘。費用關心深計度，向求如意引貪婪。名纏自作投籠鳥，利縛尋爲作繭蚕。分外閑愁認爲樂，騰騰不覺一生憨〔一〕。

【校記】

〔一〕憨：原作「癥」，「憨」之俗字，兹改。

疑網

明知萬法本因心，何更將心向外尋。自有丹砂求自得，誰爲猿馬使誰擒。神頭鬼面須臾革，恠迹狂蹤倏忽沉。大冶洪鑪未經煅，楊灰終不見黄金。

尋山

咄嗟性癖愛尋山，及至山間却憶還。俯仰坡陀艱負荷，崎嶇磴節倦躋攀。力熊飢虎時臨側，獷玁傭樵暮叩關。争似定心如玉立，卓然隨處自安閑。

遊仙人澗

信步登臨學采真，公和遺躅鶴山鄰。道鄉自屬雲霞侶，地僻元無車馬塵。石底靈泉寒浸月，殿前古柏暗藏春。草堂唤起山童問，還有呼風長嘯人。

訪五巖

五巖壁立列山顔，洞府深沉積翠環。華蓋彌羅懸玉室，石門幽邃透玄關。物經换世人何往，人去朝元鶴未還。雅操不聞遺跡在，一天明月嘯臺閑。

罷鈎

白蘋紅蓼幾千秋，鱍鱍金鱗不上鈎。雲餌括囊徒自秘，虹竿收拾便宜休。離朱罔測還南望，狂屈難言知北遊。千丈洪濤滄海闊，滿天明月一虚舟。

温邦瑞壽日

院宇朝來氣象佳，暗添福壽在君家。人間幻境他時識，物外真風此日誇。保命玉壺收絳雪，延生金鼎煉丹砂。肯來共飲玄洲上，坐看蟠桃幾度花。

偶遇

唤起昏昏瞌睡禪，醯鷄站破瓮中天。無窮境界寬如許，大解機關妙不傳。臨水近山新事業，好風明月舊因緣。目前草木皆通理，蟋蟀秋吟夜論玄。

自訟

造物分明戲革囊，區區猶著利名場。晚年不禁多饒舌，好肉閑剜自作瘡。益友逢迎漚聚散，幻身行止夢悠颺。世間搔擾難安穩，却憶白雲深處藏。

重陽日遊瓊花島

燕山重九約朋儔，杖屨瓊花島上遊。荒徑披榛穿古洞，危崖倚石翫神洲。蒼松古柏蕭森日，紅葉黄花冷淡秋。一事無懷幽興盡，却尋歸路棹輕舟。

與金坡老餞行

別話怱怱冰雪寒，班如馬首望西山。篋中符籙方傳授，袖里鋸鋙肯放閑。真似去年離闕下，復從今日到人間。慇懃了却縈心事，趂取東風欵帝關。

送張文叔之和林二首

政尔天衢道大行，日遲風暖馬蹄輕。北遊玄水通消息，横列青山備送迎。我亦冥搜窮鼠伎，君宜著力奮鵬程。和林咫尺天威近，共企恩光下玉京。

年老情多惜別離，不才剛作送行詩。晝晴風度花飛日，春暖泥融燕語時。別後不禁重作惡，望中無奈即成癡。暮雲煙浪程程遠，回首尋盟未可知。

送何巨川從真人赴闕二首

鶴馭翩翩起自燕，搏風直上約鈞天。龍堆沙漠幾千里，南海北遊經半年。別後更誰供一笑，坐中無與話重玄。平生鐵石肝腸斷，老眼相看涕欲懸。

君逢若士學盧敖，一舉凌雲萬丈高。往矣扣閽親帝座，來斯署職列仙曹。玄勳遠企通幽壤，大庇餘波及老饕。不濟世間無用物，也宜林下醉蟠桃。

北宫懷古

杖藜徐步覓宫庭，大化潛移入杳冥。草木别沾新雨露，亭臺無復舊丹青。瑶堦滅裂餘蹤跡，玉陛摧殘在典刑。水鳥不知人换世，夕陽依舊聚沙汀。

秋遊瓊花島二首

廣寒高處野花黄，荆棘叢生古洞房。亂石圮垣新境界，敗荷衰草舊池塘。雲浮冠蓋亦何在，電轉山丹無處藏。試向西風問消息，倚天松柏自蒼蒼。

新秋仙子共尋盟，風馭翩翩下太清。百寶露沾窺月窟，九光霞掩瞰蓬瀛。俯觀碧落飜雲錦，倒蘸瓊花映水晶。飛步廣寒閑點檢，玉霄東畔幾人行。

憶故宫

積木雲屯結建章，長驅胥靡固金湯。釀成鑾觸鯨吞力，變作檀羅蝗戰場。一夜宫闈餘燼末，百年人物盡荒凉。載思鼎沸繁華日，誰信西風草不黄。

西華園

輦輅蒙塵竟不迴，五雲樓閣盡成灰。昔年大業光千丈，此日虚名酒一盃。造物機關同作劇，織烏朝夕競相催。御園花草還知否，移得東風别處栽。

燕然感舊

金源失鹿走中州，不覺灰飛五鳳樓。掖衛宫庭成草野，衣冠人物盡沙丘。鼓鼙驚破華胥夢，雲水初期汗漫遊。佇看西風小揺落，白蘋紅蓼幾經秋。

悼郝講師

憶昔漳川對語辰，偉哉今已返其真。羽衣擲地先除故，梟舄飛空别换新。步斗夢迴塵境暮，躡雲歸去帝鄉春。玉鑪黄串融灰燼，留著清香付後人。

宿五華山

真仙重葺五華宫，盤鬱山顔錦綉中。落落清泉鳴静夜，瀟瀟瘦竹弄晴風。地偏境絶排幽勝，人力天成妙化工。借問鍊丹何所在，滿山喬木夕陽紅。

真性

擬議形容已失真，纔經唇吻落根塵。一源始發頭頭是，六户分光刻刻新。圓應樞環皆造妙，撥迴關捩自通神。幻成僕隸知多少，誰是元初舊主人。

客有錦囊貯鳳喙以示人二首

纔出丹山德已衰，況存遺味憶毰毸。羽儀五彩空傳尔，靈質九苞安在哉。大蔡刳形非自貴，仁麟折足亦何來。四靈不是尋常物，也向人間趂劫灰。

活機傳得已忘年，今見人天道兩全。卓立吾宗超萬古，圓融事理具三玄。宏開寶藏無鉗楗，密應樞環拂正偏。挽轉銀河乾作屋，瑞光揮霍鎮燕然。

送曳刺使赴闕

垂髫恩荷帝王家，補衮何妨驟及瓜。穩穩絳霄騰㰚鶚，迢迢銀漢坐鶱槎。金甌異日名黄屋，玉陛嘉時薦白麻。咸仰吹嘘回暖律，一天春色遍河沙。

祝清和真人壽

捧日開天下玉京，玄門砥柱海山英。三千甲子世間出，九萬靈仙方外盟。壽蒂永堅松化石，年齡輕越芥塡城。真容浩劫常如此，坐看黄流幾度清。

顔鑫大師九月五日壽

素履麻姑金母儔，偶乘風馭降中州。蟠桃不吝東方朔，火棗親傳許遠遊。香靄雲和清特室，玉芝瓊蘂宴神洲。蓬萊清淺閑談笑，紅葉黄花幾度秋。

送賈講師之東平

芰荷香裏送君行，可掬歡容出鳳城。暖日鬱蒸歸旆急，薰風披拂羽衣輕。驚回故國三年夢，數盡征途十二程。别後東西南北客，幾時重遇話班荊。

和楊西庵韻二首

洞府雲扃未啟關，飄零紅雨覺春殘。恰回巖谷吹嘘力，又作江天霰雪寒。風送敗船投鬼國，人隨行螘到槐安。從來造物兒童劇，且置忘懷不足嘆。

冥搜天理徹離微，世事紛紛易見機。新浴振衣皆必取，躁求操瑟亦貽譏。抵時投隙邪干正，忤物攖鱗是作非。但得神襟建皇極，用宜補衮捨宜歸。

送彭宗道從師北行

此別何堪思鬱陶，君逢若士學盧敖。鶴先有意時常唳，雲本無心勢轉高。致遠不疑容展驥，解牛何慮澤吹毛。宗師藉尔鈎竿用，徤泛瀛洲釣巨鼇。

送崔庭玉赴闕

竹月松風伴有年，霏霏梅雨別燕然。遠山得意閑搜句，沙漠無人更著鞭。赤水早圖元事業，青氈毋失舊家傳。慇懃要及通明殿，附鳳攀麟朝上天。

送趙子真送藏經於朝廷

憶昔同遊金鳳臺，臨高望遠思悠哉。重來又作燕山別，不意翻爲驛馬催。寶藏玄輝天上去，塞塵秋色鬢邊來。歸期已定終年約，莫遣丹心一寸灰。

悼郭超然

寶藏番謄總不真，遺編斷簡即蒙塵。驚回卓尔音容古，夢破遽然氣象新。浸假臂鷄人境暮，穩乘神馬帝鄉春。嗚珂逕及通明殿，不管關情淚濕巾。

送王大師赴闕

補天親及翠華宫，挽轉銀河別有功。鶴報金書來紫府，雲融彩色見蒼穹。布揮惠澤沾枯朽，摇蕩仁飈發蔽蒙。瑞應合傳天上去，坐觀鵬翼又摶風。

題遇仙宫活死人墓

靈源痛飲解吾宗，浩劫師真面目同。醉眼忽開天地窄，夢魂驚覺海山空。輝輝金玉花争發，璨璨珠玕樹作叢。借問終南千古意，百川無語自朝東。

送潘提點之永樂

仙公初出五明宫，玉佩聲傳禦寇風。三素雲蒸頭上白，九還丹結臉邊紅。大明通密先師意，又繼純陽鼻祖功。遐想中條山上月，瑞光澄徹萬家同。

送李和甫歸秦

之子西歸出鳳城，芰荷風襲羽衣輕。蘧廬天地寸心事，咫尺雲山千里程。幸矣相逢親識面，
惜哉重別澹交情。終南祖意君偏得，獨向長安道上行。

送杜天甫歸終南

怱怱話别思悠颺，邈邈雲山道路長。心係祖庭忘酷暑，行隨官柳趁微凉。盛時著力須精進，
老我無心自退藏。記取琳宫分袂日，晚風輕拂藕花香。

弔馮權教

文林戢迹效玄微，回首人間覺夢非。旦宅不留真面目，作家元有活關機。雙舄絶迹白雲去，
短笛不聞黄鶴歸。悽慘樓前舊花木，西風和露泣朝暉。

送何巨川之祖庭

空山落落水長流，鶴怨猿啼歲幾周。昨向壇前陪鷺序，今遊秦隴占鼇頭。馬前風月程程遠，
鴈底關河處處秋。會得一綱張萬目，活機輕撥早歸休。

紫峰老師南行二首

乾坤徹視一蘧廬，變動不居遊太虛。觸物昏明承影似，從人俯仰桔槔如。洪津浩汗横慈艇，古道峥嶸運德車。多少步趨瞠若從，絶塵奔逸到華胥。

阿師先得箇中真，紫蓋峰前舊主人。呼吸一風號萬籟，圓明孤月照通津。北臨燕薊光塵混，南渡梁園草木新。到處不煩吹暖律，從容寒谷爲回春。

老子過關圖

皓首童顔幻化身，青牛薄輦踐黄塵。月歆天竺溪山曉，風度函關草木新。跨古騰今乘日馭，入無出有化飈輪。欲窮妙處非名相，不許丹青畫與人。

悼張文叔和林返真

活火丹鑪計已遲，風雲閑置不哦詩。衛開八極神遊日，勘破三生夢斷時。楚些招魂聊復耳，越吟思舊亦奚爲。空遺腐骨寒林下，春去秋來塞鴈悲。

送左法師赴闕

元放傳家幾代孫，數年矩步謁金門。纔聞風旆離天闕，又報星軺復帝閽。分應王公希薊訓，力呼神鬼效劉根。燒山符在隨時用，輔正除邪仰至尊。

餞趙法師赴闕

驛程冰雪路賒長，別語匆匆酒一觴。篋貯羽符增氣焰，匣藏神劍動光芒。袚除氛祲從王事，驅馭風雷及帝鄉。竚看一吹山鬼伏，蒐畋無復見彷徨。

弔順天府賈左副

政柄堅持觸化機，斷雲飄忽帝鄉期。枕中夢熟鷄三唱，槐裏功成黍一炊。幻境厭離殊不惡，故衣更換亦何悲。請看圓缺金臺月，照夜清光似舊時。

別李府判

織烏不息走西東，青鬢方瞳豈易逢。世夢短長俱幻化，人情非是一鴻濛。琪林特地黄塵外，砥柱滔天白浪中。出岫野雲飛不定，任交隨雨又隨風。

于公大師挽詞

阿師紫府謫仙儔，畢竟終期汗漫遊。心迹百千三昧了，世緣七十一年休。葉鳧飛去山銜月，鄂笛聲遺黄鶴樓。望極渺茫滄海闊，斷雲飄忽鳳麟洲。

警世

春去秋來不暫停，兩輪催促太無情。蝸牛角上争名利，石火星中寄死生。閻老判勾難抵當，酆都决去没期程。有條坦坦分明道，争奈迷人不肯行。

天網

天網恢恢不可欺，冥塗黯黯卒難知。善因惡果因心造，地獄天堂各自爲。餓鬼傍生貪裏得，淹魂滯魄性中癡。勸君絶早尋歸計，限到臨頭悔後遲。

寄南宫舊友二首

鼓笛聲中上戲場，粧成模樣作趨蹌。不知造物閑般弄，空使傍人話短長。伎倆呈來乾㦒㦬，機關識破絶商量。虚堂月白風清夜，坐對温鑪一炷香。

自笑從來底許迷，欲尋東海却投西。怨恩尔汝何須説，非是翻騰不可齊。世味嚼開濃似蜜，物情勘破醉如泥。而今各得心無用，月在青天水在溪。

跋真理融會堂二首

滑湣静盡即成純，舉目圓融大法身。交際不拘通理窟，活機潛運即吾神。百川汩汩朝東海，萬曜煌煌拱北辰。説與春風舊消息，野花芳草一時新。

茅靡波流未出宗，箇中寧許辨渠儂。眉尖眼尾拈來是，柳際花前觸處逢。削去門墻無界隔，打開關鎮不緘封。虚堂静坐人如玉，風度筠梢月掛松。

跋坐忘圖

乃公形似橛株拘，坐斷逴逴轉徙塗。倏忽有無同混沌，乾坤俯仰一蘧廬。忘懷健羡遼東鶴，不肯輕飛葉縣鳧。聚塊積塵休比擬，寥天大地莫非吾。

誠齋

誠意正心居此齋，名師良友喜相陪。庭前翠竹迎風立，堦下紅葵向日開。曉樹不聞天籟静，夜窗分得月華來。桐飛一葉還知否，已布秋容遍九垓。

三山閑適

拙訥難分長上憂，懶窩仍喜衲蒙頭。厚陳坐褥鞘三尺，易辦齋糧粥一甌。晝起夜眠無箇事，夏凉冬暖更何求。杖藜時復生狂興，走遍三山與十洲。

化工

搏塊當空夢裏争，化工般遞太無情。眼前薄利空花靨，頭上虚名破鼓聲。長短百年爲際限，有無千變没期程。到頭畢竟成何事，空使形骸弄死生。

造物

從來造物戲窮通，攛弄浮生一夢中。名利有無分變態，是非人我競雌雄。多生積習從頭假，萬事消磨徹底空。酩酊不知誰是主，落花飛絮趂東風。

繼董德卿韻

十年不識讀書帷，料理真心與世違。深笑夔蚿憐彼此，冷看蠻觸竟纖微。一天風月閑儔侶，千里雲山舊倚依。行李少煩塵俗物，破瓢藜杖著身衣。

憶三山時在燕京長春宫

昔在梁園載笑歌，採芝風韻氣峩峩。方池曲沼景如許，瘦竹踈梅清更多。玄圃鼇頭心自解，草堂龜背意如何。唯餘夜夜三山月，依舊金花蘸碧波。《雲山集》卷二。

新編全金詩卷一四八

姬志真 三

五言律詩

道性

明明不是物，了了亦非心。浩浩通天地，冥冥貫古今。有無常顯化，生滅妄浮沉。神鬼莫能測，聲聞何處尋。

禀受

骸骨生從地，靈明禀白天。六門陰鬼伏，亘古谷神全。性月光輝普，心珠照應圓。萬緣齊泯滅，安穩到重玄。

祛邪

氉身離世網，著力斷迷繩。不販何樓子，誰懸傀儡棚。好栽無影樹，高點没油燈。滿室盡虚白，客邪安敢馮。

求真

白玉石中出，黄金鑛鍊成。寸心離愛欲，一性自圓明。照破恒沙劫，衝開納芥城。輪迴從此出，無滅亦無生。

委形

天倪收委質，化物舞强陽。擾擾是非海，區區名利場。百年身頃刻，千古夢悠揚。向上忽透脱，元神歸帝鄉。

是非

是非無正定，分量莫能期。物理時時别，光陰刻刻移。蠅頭驅走骨，蝸角鬧行屍。塗抹謾千古，無人解獻疑。

塵世

萬塵深坎窞，兩燿急跳丸。蠻觸勍蝸世，槐檀役螘官。忠誠悲玉璞，狡猾泣珠盤。幻惑無窮事，浮生眼自瞞。

大身

乾坤融大體，俯仰一蘧廬。萬曜高懸鑒，群生類數輿。有無神變化，消長氣吹噓。未出洪鑪外，那能游太虛。

夜坐

枯坐塵心滅，忘言道味長。不名蝸境界，無夢螘封疆。炕煖頻燒葉，鑪温旋炷香。夜深何限意，明月滿虚堂。

清淡

坐穩蒲團力，形温衲褐功。拈香酬野客，煮茗命山童。將送情何懶，喧囂耳似聾。住山宜淡薄，可愛底家風。

踈懶

對客忘拈拂，呼童倦擊鐘。藥鑪餘燼在，經卷積塵封。不意收鷄犬，那論媾虎龍。般般無伎倆，留得一踈慵。

觀中

苔蘚侵新砌，松陰亂古壇。煮茶燃木葉，撥火炷山檀。璧月穿茅屋，香風動藥欄。洒然清況味，同志莫盟寒。

丈室

丈室容真境，蘧廬映寶臺。户扃三界隱。簾捲九天開。擊玉雲軿集，鳴金鶴馭催。洞中人不老，碧酒鎮相陪。

世事

世事元無限，人生自有倪。不明樞始用，終被物情迷。獻笑防遮目，臨危悔噬臍。未然先薦得，扶起上天梯。

雲遊

解放虛舟纜，踈開冷鐵枷。聲身閑月用，百衲舊生涯。踽踽人間世，飄飄象外家。虹竿好收拾，鈎餌飲雲霞。

憶山

懶慢傲林泉，誰論佛與仙。揮開韁鎖絆，截斷葛藤纏。不苟人間世，忘懷物外天。野雲溪月底，逸興浩無邊。

安閑

在處要身安，無如方寸間。窮通時所係，生滅命相關。妙體陰陽外，遺形天地間。冥通造物者，默轉是非環。

紙被

匪自王家得，先承蔡氏頒。工夫成甚易，受用煖何慳。掛壁雲歸岫，蒙頭雪在山。不求人世重，宜伴此身閑。

紫微東墅因寄一十二詠

春

卜築喜栽培，功隨造化開。蔬畦臨井側，藥圃近墻偎。次第榮桃李，慇懃闢草萊。不知人世事，日用信優哉。

夏

笓籬侵野甸，莽蒼接虚堂。秀木千章合，清陰四面凉。李繁堆樹熟，苽噴滿園香。不必拈錢買，田家自請嘗。

秋

農家收百穀，爽氣自西郊。屢掃堦前葉，重添屋上茅。霜陵紅錦樹，寒促鬱金苞。不見人牛在，唯聞牧豎嘲。

冬

重扉簾不捲，炕煖紙窗明。不問庭前柏，忘懷雪裏英。燃香凝霧色，煮茗作風聲。宴坐蒲團穩，人間作麽生。

晝

茅屋静蕭條，庖丁不用刀。山童禁狡獪，野客命遊遨。路細因人撥，畦荒植杖薅。都無塵世累，真樂自陶陶。

夜

更闌户不扃，被褐谷神凝。林際懸金鏡，簷牙骨玉繩。鑪中存活火，窗下續清燈。久坐形山歇，和衣枕曲肱。

朝

昧爽擊金鐘，虚堂振祖風。隨宜皆妙用，或使盡神功。寶鼎雲蟠結，茅簷氣鬱葱。孜孜爲利者，寧共此時同。

暮

塵塵總破除，居居復于于。衲褐元相契，蒲團舊所須。封緘如意藏，葆庇夜光珠。徑入無何有，今吾忘故吾。

行

策杖信心行，忘機犬不驚。踈籬蟲唧唧，高樹鳥嚶嚶。物順陰陽變，人隨造化營。草萊無盡藏，蘭蕙可憐生。

住

穩密因時住，無緣勝有緣。少爲塵冗累，不被利名牽。昨日同今日，來年似去年。於羊渾棄意，何蟻慕腥羶。

坐

擁褐蒲團坐，黄塵不到門。黜聰非拱默，忘我復吾存。祖意何須録，玄虚且勿論。本然秖這是，安稳度朝昏。

南華

熟讀南華旨，機關會不難。放閒無限量，收聚一團欒。在用光塵雜，歸源江海乾。銅駝街上立，無處問長安。

清況

藜杖撥溪雲，芒鞋踏山雪。細採活人芝，時飡延命屑。松梢月正圓，竹外風清絶。此況不易知，莫爲名利説。

莫辨

一切俱莫辨，得處休矜衒。性命緊護持，私邪勤煆煉。冥冥幻物忘，暠暠陽神現。來去得自由，不憂生死變。

繼董德卿韻

人生貴適意，心閑身自安。草堂新坐具，齋鉢舊綿單。風掃庭除静，月臨窗户寒。没絃琴掛壁，清韻不須彈。

繼真人天籟韻二首

鼓橐靈風振，何方不作鳴。禺于通衆竅，披拂動群生。遺響歸圓寂，回機忽變更。向尋端的意，張口豈容聲。

隱几非今昔，神風發太虚。有形皆鼓舞，何物不吹嘘。妙體陰陽外，聲傳造化初。獨吹無孔笛，清響徹華胥。

知常自傳神贊

此箇恠形容，從來灰槁同。寫真真不得，著假假何功。困憊丹青手，常居虛白中。百年回首處，茅索繫春風。

長短句一十八事答廉先生所問

日用

要行即行，要坐即坐。忺時歌，困時卧，解語無舌。人逍遥，如此過，高閣雲和。不用彈免勞，更覓松風和。

性命

動若水，静如山。坐通關戾，默轉樞環。有無俱混合，聲色莫顢頇。性了易，命尤難。陰陽莫測，神鬼何干。物物皆從化，頭頭不放閑。習習東風誰是主，暗傳春色到人間。

全真

全本無虧，真元不妄。本全本真，一模兩樣。開口落名言，揚眉成影像。主人拂袖便歸來，還鄉曲調如何唱。

玄妙

萬緣休處更何言，向上機關没口傳。此外别求玄妙理，大家總被葛藤纏。

真空

一竅虚空，八面玲瓏。舒開寶藏，敷演靈蹤。若非吹掃纖雲力，争得寒光耀太空。

冲和

性天暫復，和氣横流。非陰非陽，無喜無憂。更窮直上難言説，高柳迎風笑點頭。

精神

古老精靈，馳騁神通。縱横自在，變化無窮。出入金石，踢弄虚空。乾坤輕觸百雜碎，一唱髑髏三日聾。威如虎，勢如龍，莫交撞入葛藤中。

無爲

加一毫即多，減一毫即少。清静本然真，威嚴無做造。法身充滿太虚空，却立一塵分徼妙。

識心

識是何人，心是何物。取之有餘，捨之不足。頭上更安頭，水母蝦爲目。三徑歸來舊主人，剪除藜藿栽松菊。

見性

在耳能聽，在口有辭。擡手動足，瞬目揚眉。箇中人，知不知，由君驅使更何疑。若將見處爲真實，即墮傍門第二機。

魂魄

性是主人形是宅，遊即爲魂止即魄。若將分別論玄機，毫未有差天地隔。

覺照

照是誰照，覺是誰覺。鴆毒一生過，模糊兩重錯。此處透玄關，二邊空索索。颯颯西風度晚林，一番紅葉瀟瀟落。

藏天下於天下

無道處疾回轉，有道處莫留戀。虚空分付與虚空，天眼龍睛不可見。

體用

水是波，波是水。有體即用，有用即體。不即不離，非一非二〔一〕。其隱也身入毫芒，其顯也光照天地。同歸妙本自多岐，密轉四時成一歲。

【校記】

〔一〕非一非二：此句似當作「非二非一」，姑仍之，以備參考。

無人無我

體無人，用無我。不即不離，能唱能和。非法非非法，無可無不可。有無三際盡圓通，立起一塵看活墮。

孤峰

已往孤峰，如瞽如聾。未來孤峰，水泄不通。孤峰見在，自西自東。普天無不是，何處更參同。巍巍千丈澄潭側，倒蘸無根上下空。

生死

一念起，一念滅。捨身授身，何時是徹。改頭換面不自知，虛生浪死無休歇。心若虛，念自絶。除根本，無枝葉。獨露堂堂真箇人，萬劫輪迴頓超越。

主賓

誰是無主人，喚時開眼顧。六户放光明，四門常擁護。主是賓，賓是主。主人公，休暮故。月華亭下行，枯木堂中住。一朝脱却臭皮衫，三界十方唯獨步。

客人扇頭

蝃蝀臆中蟠，龍蛇腕下走。達則天下通，窮則一身守。默然默然，緘口緘口。好將萬里奮鵬心，換作三山釣鼇手。

七言絶句

勉進三首

大道無形體若虛，肯心於此著工夫。雲收月出青霄上，一段光明何處無。

靈空如槖静無懷，鼓動來來販骨骸。截斷急流生死浪，却令灰滅效心齋。

一葉全明造化機，毫芒鋒殺巧相宜。莫言用盡陽和力，來往東風自不知。

迷家

東塗西抹趂華虛，何日回程返故盧。本是主人甘寄旅，早來乘當莫踟躕。

忘本

蹤跡玲竮倒大癡，强分枝派許多疑。本源浩蕩傳千古，汨没紅塵自不知。

夜闌

碧落寥寥澹玉繩，冷看孤月挂簷楹。浮生正逐槐根蝗，攪擾華胥夢不成。

芳春

桃李融融次第芳，紛紛蜂蝶趂餘香。不知遊戲真三昧，忙亂東風上下狂。

長春

零落桃溪碎曉霞，未容消息到山家。長春洞裏無根樹，不藉東風自放花。

見妄

千形萬狀各分殊，病眼看成鬼一車。撥盡死灰寒焰在，拍天風浪任從渠。

迹弊

已陳芻狗亂如麻，幻惑行人病眼花。截斷葛藤無事去，一軒風月舊生涯。

贊毁

鑽皮出羽閑生事，洗垢求瘢錯用心。勘破主人休歇去，遠山秋水自高深。

知迷

向上玄關未易知，襄城七聖亦生疑。日新何必師童子，拜謝歸來更是誰。

自得

透脱希夷向上關，亘初靈物坐虚閑。閑中自得真遊戲，天闕渾無處處安。

一氣

通融一氣自如如，無有相資混太虚。撥轉玄關得真息，四生咸共入無餘。

心田

剪除荊棘樹芝蘭，固蒂靈苗子細看。功滿白牛眠露地，月明風臯主人閑。

心花

大化不能拘束得，聯芳唯許自由開。一枝亘古新傳授，馥鬱香風遍九垓。

心符

魔魅剿除無足跡，縱横馳騁大神通。提綱振領閑呈似，萬聖群真立下風。

心月

掃盡纖塵萬籟沉，停停寒色印天心。舉頭即見家家在，無數空生指上尋。

心香

篤耨旃檀莫與同，温鑪活火煖融融。劫前一瓣然新炷，作麽垂瓜礙不通。

心琴

萬籟消沉夜未央，無弦彈出韻琅琅。子期不解與人聽，摸索銅盤作太陽。

心劍

雪刃輝輝勢倚天，舉之無上直無前。豈徒氣焰衝牛斗，切碎虛空露帝先。

心鏡

收拾菱花不記年，晃然孤月下瑶天。虛堂掛起驚神鬼，瑩静光明滿大千。

心珠

如意密封無盡藏，夜光輝耀五明宫。會逢知友親拈出，萬道霞光射碧空。

心燈

洪渺玄虛作短檠，非膏非炬放光明。乾坤不許絲毫隔，山鬼神姦敢放行。

貴默

人皆執我竟驅馳，畢竟元無正是非。大底衆中常默默，自然彼此兩忘機。

浮生

浮生彈指一聲中，擾擾膠膠自不通。盡被此圍藏穢物，枉教愁殺主人公。

自悔

蝸角蠅頭著力趍，衆中叢裏濫吹竽。而今老大方知悔，向日云爲秖是雛。

原憲責賜圖跋

道到忘言抵死親，是貧非病不須貧。吉祥端的存虛白，肯把真風説與君。

無情

無情不是傲當時，收拾精神恐外馳。今日放行方得力，平生底事老來知。

元初

聰明薦取未言前，即是元初妙不傳。却向箇中分變態，下同幽壤上同天。

安閑

是非叢中無語句，利名場上不經行。人情世態非干己，自在安閑過一生。

從分

不羨食前方丈玉，精粗飽後一般般。朝三暮四從吾分，贏得身心到處閑。

平懷

懶衣蓬鬢人驚駭，錦服金冠自不寧。一色平懷無異相，不求人重不標行。

本分

不作顛狂不縱心，平懷本分道中尋。寥天自有家家月，莫問浮沉與淺深。

自觀

歷劫輪迴心自謾，而今收作一團欒。光明放出通寥廓，不在他觀在自觀。

無心

忻然有樂非真樂，樂極哀來爲有心。莫若無心哀樂盡，光明一道古猶今。

懶惰

懶惰偷安未是閑，前思后筭兩相關。秖交絶盡絲毫念，不動巍巍若泰山。

仙凡

得失循環不可争，平懷本分道中行。仙凡一例俱休問，記取元初作麽生。

玄門

身在玄門四十年，醯鷄衝破瓮中天。縱横自在寬如許，蝸角蠅頭不直錢。

物假

萬有浮沉水上漚，化工不息販何樓。癡童撥得閑拈弄，瓦狗泥車打破休。

遁化

會得山舟密密移，有心天地可逃之。人中自有藏人處，就路歸來更莫疑。

默契

物情著莫寸心灰，寒涕慵收口倦開。知有不容人會得，洞房深鎖白雲堆。

拂塵

修行大抵要修心，削盡塵緣萬慮沉。露出亘初靈底物，不須知覺不須尋。

空虛

修行心地要空虛，刹刹塵塵總破除。却顯亘初真面目，亦無銷滅亦無餘。

形數

短長大約百年中，擾擾勞生到底空。向上好求真箇事，密傳薪火用無窮。

放心

心靈漂泊委塵沙，似向柴門掃落花。措手不能收拾得，隨風逐水不還家。

治心

萬緣諸境擾心靈，羃羃紅塵鏡面生。匠手下功磨拭盡，冷光徹底照人明。

長生

長生豈論幻形骸，數盡歸元土底埋。唯有本真誰會得，古今無去亦無來。

生滅

輪迴生滅本因心，念念遷流古到今。磨滅成灰飛不動，晃然孤月上瑶岑。

求己

自有天真莫外求，幻塵土梗事俱休。虚閑一片清涼地，白璧黄金未足酬。

閑居

太平國裏太平人，林下山間寄此身。霞友相逢無可道，百花啼鳥一般春。

拈舊

坐中更作仰天嘘，唱出陽關會也無。影草探竿俱放下，大家依樣畫葫蘆。

塵境

滔滔白浪是非海，滚滚黄塵名利場。無奈戰蝸蠻觸氏，不知身世兩微茫。

形微

兩角蝸牛千古事，一星石火百年身。誰能眼孔車輪大，見徹漫天滚滚塵。

説礙

拈枝摘葉漲波瀾，浩蕩靈源總不干。掛口壁間閑坐去，大家酩酊到長安。

脱網

世網纏踈法網囚，檢身羈首自綢繆。牢關一拶俱零落，杖屨西風笑點頭。

獨坐

百衲雲披杖屨閑，草堂聊復炷山檀。客來問道無言説，笑指虚空子細看。

守愚

不學寒猫伏鼠癡，窓明炕煖衲重披。客來相對如期魄，問著人間總不知。

坐久

雲映青山愜野心，草茵盤石老松陰。坐中更入無何有，不管寥天日欲沉。

守拙

鑪中忘却燒鉛汞，門外從他長葛藤。事事不堪閑度日，盡交人笑百無能。

草堂

荒蕪三徑絶交遊，窗户凄凄冷似秋。却得可人真況味，略無塵事到心頭。

驚世

貪求深入利名場，繫縛勞心生愈傷。棄重逐輕顛倒用，合隄防處不隄防。

虚生

役役身心不自由，百年風激水中漚。虚生浪死無程限，識破歸來便合休。

安生

眨眉欲辨移新舊，轉眼那知换古今。現在未來俱不識，問誰誰許問安心。

著物

浮名浮利意何深，用盡機關使破心。但爲兒孫千載計，不防骸骨土相侵。

逐境

目前滚滚蕩黄塵，大化推移刻刻新。生死窟中人不覺，捨身唯與利名親。

名利

僕馬車舟歷險艱，區區名利兩相關。細思本欲圖安穩，却使身心不暫閑。

客至

或聞車從叩柴荆，百衲旋披勉强迎。自料無錢置村釀，一甌春雪淡交情。

静度

洞房無鎖未嘗扃，碧落寥寥月滿庭。千古雲和絃不續，夜寒流水響泠泠。

蜕塵

蜕塵蜕法蜕諸緣，不説丹成上九天。妄自不存真不立，更無言説到重玄。

不知

千差萬異莫能齊，跳出拘虚到不知。却向箇中分變態，堆山積嶽總無爲。

機密

茅靡波流未出宗，巫咸自失想無功。長於上古先天地，大振玄風處處同。

復全

壽焰傳來不記年，久湛人僞染諸緣。諸緣削盡忘人僞，亘古天真依舊全。

居山

自與雲山舊結緣，煙霞占斷不拈錢。溪邊石上閑遊戲，不問人間不學仙。

南華九天九首

天和無喜亦無憂，石女明知笑點頭。酬酢萬方閑日用，本然之外更何求。

天籟形聲不可模，群生萬有自禺于。一風總攝俱圓寂，物盡人空見也無。

天門開闔莫能知，正坐全無一念時。萬有萬塵從此出，落花飛絮自離披。

天光宇泰自分明，射透閻浮破鐵城。遍界踈通無擁塞，山河大地坦然平。

天機消息有無間，斡運乾坤萬象閑。撥動亘初關戾子，一時春色滿人寰。

天遊蒿目莫能窺，捨故趍新刻刻移。握掌開拳還過去，活機無不墮今時。

天府無容無不容，一毫包盡太虛空。打開封鎖交君見，笑倒厖眉祖老翁。

天倪本分具神通，一體洪纖用不同。試向東風問無語，柳稍青淺小桃紅。

天鈞無我亦無人，萬有浮沉局局新。殘臘盡時回煖律，野花芳草一般春。《雲山集》卷三。

新編全金詩卷一四九

姬志真 四

釣空

蘆葦瀟瀟幾度秋，可憐人老未歸休。細鱗不食雲霞餌，空向晴波浸月鈎。

真樂

無樂無知有活機，不妨人侮太愚癡。誰知無樂無知者，一點閑愁許上眉。

友山

杖藜宜訪知心友，茅屋須鄰得意山。益友好山相對面，不妨終日笑談閑。

養性

奪得玄珠唯罔象，正宜恬智交相養。年深放出大光明，照破乾坤無盡藏。

夜月

窓户風清月滿懷，灑然飛步到蓬萊。世人不得愁城破，殃及壺中麴秀才。

駘蕩

赭沫天倪勢不拘，縱横寰海任馳驅。太平無象人難遇，赤水空沉罔象珠。

玉簪

閬苑飛瓊舞翠霞，遺簪墮地長成花。聯芳不斷傳青白，付與雲山道士家。

有詩

萬塵削落氣神安，默轉當空活眼環。不意有詩來觸撥，五雲歸路不相干。

盤山四咏

春

山色密傳真造化，水聲敷演道因緣。良心用處縱横是，何必猖狂肉案前。

夏

亭下風清衣袂寒，山前行客汗垂顔。仙凡不遠雲泥隔，名利催人不放閑。

秋

暑去山中渾不知，恠來黄菊競芳菲。西風一日傳嚴令，錯落半天紅葉飛。

冬

霜雪摧殘錦綉空，四圍山色舊形容。夜深特室燃香坐，一色風鳴萬壑松。

滯坐

句裏搜尋向上機，迷家稚子轉忘歸。不知突破窗間紙，放出癡蠅自在飛。

遁身

海童戲水鷗先覺，痀僂持竿蟬不知。深眇藏身無所住，季咸相見恰如癡。

動静贈許紹明三首

動必隨他静必癡，兩忘中有活關機。直交無舌人能語，始信名言果是非。

中原狼虎怒垂涎，幸有桃源隱洞天。流水落花依舊在，請君乘取斷頭船。

群仙高會話方壺，笑指蓬萊水漸枯。莫更飯牛歌白石，好尋罔象索玄珠。

釣歸二首

枯湫死水無魚釣，輕餌篠竿盡日閑。不似會稽任老子，小舟和月夜深還。

弱喪家園已不知，忘羊路上轉增迷。早回收拾雲霞餌，一棹清風明月溪。

性月

浩浩靈風縱掃除，性天揮斥片雲無。乾坤一色如銀界，放出光明不夜珠。

警世

倏忽光陰一擲梭，須臾衰老鬢雙皤。閻家不測來追喚，手足慞惶奈若何。

心機

心機用盡幹家門，白髮垂垂眼又昏。末後不知何處落，臨行猶囑付兒孫。

百歲

百歲光陰頃刻間，貪婪終日用機關。一針一草皆前定，剛使身心不暫閑。

閻老

閻老無情孰不諳，目前光景且貪婪。莫防一日來頭上，没可支吾何太憨。

林泉

草木叢林總是玄，泠泠寒玉漱流泉。坐忘遺照人誰解，露滴松稍月正圓。

閑人

風林月障照山花，巖石溪流共一家。唯有閑人堪作主，無情無我伴煙霞。

修真

修真真處亦何修，咄盡諸緣萬事休。成就本然功德性，步隨明月上瀛洲。

神仙

神仙莫向外邊尋，止是元初一片心。洒落萬塵籠不住，立教大地變黄金。

延年

自有延年不死方，好傾丹悃問醫王。凡心刬盡投神藥，蟬蜕分明脱苦囊。

誦經

布網張羅積業多，晚年信口念摩訶。執迷妄想來生福，閻老如何諱得過。

夢蝶

看周爲蝶兩形分，未見誰爲作夢人。栩栩蘧蘧消息得，寥天大地盡吾身。

夔蚿

天真用處盡通靈，穿貫無形及有形。妙用驅馳隨處是，月明江靜酒初醒。

濠梁

亘初無樂亦無知，知樂纔生第二機。循本却尋知處起，游魚彼我自同歸。

解牛

塵事堆山積嶽來，解如無解刃恢恢。交加未肯剛批判，密護神鋒不浪開。

牧馬

聖智滑稽迷大隗，野童病瞀却師天。纖塵害性須除削，露出元初妙不傳。

養鷄

元初悟徹便休心，自是無心功更深。坐處木雕泥捏似，世間何物敢相侵。

承蜩

丈人猶自未忘機，蜩翼藏身蜩不知。更到鬼神不測處，拈來信手更何疑。

狎鷗

己之靈是物之靈，己若無心物自寧。空界偶然通一線，海鷗不敢下沙汀。

養虎

人心猛過山中虎，敢放斯須喜怒生。安置本然清静地，兩忘物我自和平。

節猿

勞神爲一不知同，有識俱爲造化籠。數定倒顛無損益，妄生憂喜怨狙公。

蠻觸

妙玄靈跡浩無涯，大地全形共一蝸。塵世小於頭上角，可憐纖悉謾争差。

木鴈

不材山木自全真，野鴈無能却喪身。道用日新窮變化，或離或即妙通神。

釣鯨

大器洪才未易求，揭竿滄海餌懸牛。乃公豈是撈蝦手，蹲坐三年不上鈎。

拂子

不萌枝上剩龜毛，在手蛟虹見影逃。豎起示人成桉欵，坐看平地起風濤。

椶扇

便面龜毛兼作拂，犀牛不寫嫌麄俗。靈風隨手澹相宜，秋月遥山清可掬。

自解

世事紛紛大足云，一瓢一衲舊隨身。任行任坐無拘束，自在東西南北人。

道經或云道家無經，只五千言而已，故作詩以咄之。

端拱主人無語句，臺輿僕隸鬧喧闐。希聲絶相忘言處，海水墨山書不全。

種蓮

鑿破蒼苔種玉蓮，圓明一點上通天。俯觀坐極彌羅外，日月星辰直下旋。

三宜

淡静虚空著此身，宜愚宜拙更宜貧。出塵安穩真消息，不可尋常説與人。

幻化

萬事於人戲沐猴，化工不息販何樓。癡童博得閑拈弄，瓦狗泥車打破休。

化機

化機於物太無情，不許須臾眼轉睛。拈起頭來還是尾，片時作壞片時成。

貪生

皮口朝朝索飯填，肉身歲歲著衣纏。用心到底成何濟，送入荒郊土底眠。

浮生

浮生都在百年中，畢竟勞勞到底空。争奈這團腥臭物，却交擾擾主人公。

閑身

蛛絲網几壁生塵，老去饔慵不厭貧。却有這籌難可得，水雲鄉裏放閑身。

詩魔二首

詩魔潛迹懶看書，拙訥忘情若太愚。却坐太平閑日月，盡教人作馬牛呼。

詩魔今已竪降旗，又著南華故紙癡。打破這團迷種子，白雲鄉裏笑嘻嘻。

𧕿蟲

四十年來學𧕿蟲，而今頓覺老饕慵。誰知些子閑難得，惱殺厖眉舊主公。

多病

多病苦耽清静癖，好書猶著聖賢魔。無端之紀藏諸用，奈此膏肓上下何。

機關

些子機關苦不多，緩行不至急行過。從今放下都休問，唱出昇平一曲歌。

幻形

幻形認有即拘墟，跳出牢籠步坦途。造物許饒先一著，也勝猶執化人祛。

宜休

白首須當急急修，養身粗足便宜休。心田潔静常安穩，隄備閻家老子勾。

黄籙

幾排黄籙濟孤魂，濟了孤魂依舊存。自有祖宗歸不得，忙忙千古爲兒孫。

正眼

有心絶筆塵猶在，立意忘言意未忘。有日豁然開正眼，能言能筆又何妨。

虚堂

虚堂坐卧無人問，妙用機關只自知。名勢結交如水澮，老來方覺得便宜。

安居

生涯粗足獲安居，無事逍遥步坦途。寄迹仙凡莫分别，大家依樣畫葫蘆。

天鈞

朝菌冥靈及大椿，短長一例自天鈞。而今七十人間少，管甚前程幾度春。

神馬

穩乘神馬駕尻輪，南北東西逐日新。拖去拽來從尔耳，主人依舊没踈親。

性珠

一顆圓明自性珠，本來無欠亦無餘。家藏莫使緣塵冪，放出神光耀太虛。

六言絶句

贈作針衛會首二首

揮霍機鋒快利，踈通關竅渾圇。恰似功夫成就，古今不許常存。

向上機關透脱，匠成真體圓融。妙用縱横表裏，神鋒聯串虛空。

述懷

風清雲翳飄忽，地迥參寥晏如。鴈字幾行飛去，不妨書破玄虛。

孤月

颼颼長風寂泊，瀟瀟虛籟平寧。萬里寥天空廓，一輪孤月圓明。

夢幻

青鬢朱顔易失，黄鷄白日相催。夢幻境中識破，水雲鄉裏歸來。

心安

山峙巍巍不動，川流混混常閑。但得心安若此，何勞別扣玄關。

重玄

常敞重玄關楗，執迷自間雲泥。肉眼中存翳膜，瞌頭外覓摩尼。

時光

展臂時光已失，轉頭世事成空。俗物幻形有盡，迷津苦海無窮。

紅塵

足迹紅塵滚滚，心田白浪洶洶。自向洪波汩没，何能紫府遊遨。

白虎

白虎青蛟莫論，丹鑪鉛鼎休詳。絳闕瓊林溟幸，金壺碧酒馨香。

日月

日月東西出没，乾坤升降渾淪。真宰默存厚薄，浮生分外貪嗔。

形數

不苟不貪不愛，無情無喜無憂。此世此形此數，宜愚宜拙宜休。

月輪

亭亭月轉冰輪，萬籟消沉莫聞。人影不須零亂，杳然徑徹無垠。

輪轉

輪轉多生浩劫，貪圖百計千方。八識七情戲弄，四生六道承當。

坐久

月透簾籠虛白，風生几簟清涼。坐久凝然無際，不知身世何鄉。

真僞

色裏膠青混合，水中鹹味鹹頁。真僞欲生分别，舉頭不見長安。

靈明

静盡纖塵不立，杳冥三界彌羅。物我不知所在，靈明透入無何。

行止

時止時行莫逆，滿坑滿谷同塵。非物非凡非聖，能神能鬼能人。

見在

見在何堪住著，未來不可思惟。點檢目前自己，起心已間雲泥。

家風

松菊依稀三逕，窗户明通六如。太平事業無象，淳正家風有餘。

天真

聲利場中退步，水雲鄉裏閑身。順命不湛人偽，達生自樂天真。

業識

清静本然未悟，貪忙業識無涯。逐境心頑似鐵，隨流性亂如麻。

趨新

夜壑舟遷捨故，日車輪轉趨新。緣木求魚妄作，刻舟記劍勞神。

知覺

聞見覺知四病，杳冥昏默多愚。求者捕亡擊鼓，執之待兔守株。

三教

爲道爲儒爲釋，水月鏡中三影。皆從此處傳來，選甚黄冠圓頂。

五言絶句

荊棘

荆棘除難盡，芝蘭樹不榮。故園藜藿合，松菊可憐生。

賞音

炷冷香仍在，燈青焰亦微。斷紋絃再續，今古賞音稀。

真妄

妄滅真重遣，心空性自圓。百川俱湊海，萬曜不離天。

智巧

智巧渾如拙，聰明却似癡。可憐千古意，不許等閑知。

病眼

病眼唯觀物，塵心只慕緣。政如蚕作繭，來去目纏綿。

著相

著相終難造，求言未可知。向人拈不出，相對只揚眉。

燭焰

燭弄風前焰，漚翻水上波。不尋安穩地，生滅竟如何。

心昧

莫向經中覓，何勞相上尋。博通今古事，昧却本來心。

回頭

休探水底月，莫認空中花。兩足何常動，回頭即是家。

今古

交臂成今古，擡頭革故新。一團空幻事，謾殺利名人。

塵冗

塵冗何須録，浮生未足誇。好栽無影樹，踈却有情枷。

生滅

落絮因風起，飛花逐水流。古今無定迹，生滅有時休。

塵心

塵心忙似火，世事冗如麻。不省光陰促，紛紛逐落花。

無盡藏

涸絶是非海，治平人我山。衝開無盡藏，跳出有情關。

愛欲

浮雲蔽杲日，涼風敗秋蘭。愛欲未能遣，心君争得安。

媒翳

媒翳可射雉，利欲能攻心。丹田有靈物，不鋤荆棘生。

世事

世事無程限，家緣没盡頭。不尋休歇地，辛苦幾時休。

清静

清静本然真，隨宜盡入神。不煩吹煖律，寒谷自回春。

衰鬢

衰鬢星星白，朱顔漸漸枯。不期閻老唤，著甚可支吾。

生死

生死門中住，輪迴路上行。此心來往慣，争肯問前程。

積塵

積塵昏慘慘，長夜黑漫漫。未遽通三要，何由正五官。

陰陽

陰陽爲大匠，天地作陶鈞。從化隨時改，趨生逐日新。

大道

大道理幽深，迷人顛倒尋。去身渾不遠，惟是本來心。《雲山集》卷四。

集外補遺

形苦

未潰此懸癰，常爲衣食囚。往來呈傀儡，出沒販何樓。醞釀生前苦，擠排分外憂。到頭成底事，封起一荒丘。《永樂大典》卷七七五七形字韻引姬知常《雲山集》，歸入「宋」，中華書局一九九八年，第九册九〇〇一頁。

題老君讚碑

浩蕩神光徹太虛，主張高厚定元初。大包宇宙極無外，細入毫芒光有餘。萬象斡旋通造化，群生出没賴吹嘘。物情不許通消息，動植飛潛各自如。《（光緒）鹿邑縣志》卷一〇下《藝文》，撰者署「夷山姬翼」，《中國方志叢書》本，臺北成文出版社一九七〇年。

新編全金詩卷一五〇

劉志淵

劉志淵，號通玄子，西慈高樓里人①。師從超然子王吉昌二十年，風動晉并。年五十九卒②。著有《啟真集》三卷，兹輯七十六首。

劉志淵詩載《啟真集》，以文物出版社等影印明正統《道藏》本爲底本編録。

七言絶句

答王安仁問日用

綿綿不間息風扇，玉路衝開透骨炎。崑頂白烹成玉液，功高九九合抽添。

① 金董師言《金峰山通真子啓真集序》末署「時太歲甲辰仲吕下旬有二日紀之卷首，同羊盡忠里鳳原老人董師言題」。序稱「師姓劉氏，諱志淵，西慈高樓里人」，非當時地理行政區劃州縣地名，乃鄉村所在，俟考。明正統《道藏》本，文物出版社等一九九四年，第四册四六七頁。

② 金劉志淵《啟真集》卷下《行狀》，同前第四册四八一頁。

繼王用彰詠酒

休假漿醅麯蘖香，自家金醴味偏長。無心爛飲終朝醉，酩酊神遊不夜鄉。

和漆子明韻

抖擻塵襟樂道場，拍懷風月舊家鄉。一壺春色清明界，物我翛然總兩忘。

繼范清叔韻

林泉深處隱仙家，時復偷閑耨月華。爲憂銀河風浪浄，飄飖霞羽泛靈槎。

東溪趙大師獻茶有作

玉甌神水點靈砂，妙手烹成瑞雪花。昔日盧仝曾得味，我今全省是黄芽。

擒昌陋庵二首

不趨朝市不趨山，只愛貧居盡日閑。夜月曉風爲契友，紆青拖紫不相攀。

幽居志樂不求安，獨對煙嵐碧落間。旋立旋行沉俗慮，半歌半舞幾開顔。

付李先生

耳邊得句要功程，舌上難求大器成。火候按時成七七，都融骨肉鬼神驚。

和鑑軒韻

幽軒鑒晃奪蟾宫，照破中間萬事空。應現頭頭無物累，光明内外體圓融。
虚室幽軒清淨鑑，從來不許世人磨。光含萬象能常應，應物無私不滯他。

詠筆

骨健身輕首似針，隨人染翰性難禁。枝生幹死經千古，猶自淋漓使黑心。

永真庵夕照軒

平林日掛暮天晴，光射雲軒潑眼明。晃我已歸金色界，更無半米俗塵縈。

谷神庵竹

雲庭妙手植修篘，勁節虚心不染塵。傲雪欺寒神彩異，青青長占四時春。

出家不悟

割愛剛求出世方，翻成晝夜一身忙。只誇頃畝能耘耨，一寸芝田却盡荒。

述懷

釀就逡巡不死漿，陶陶飲醉入仙鄉。醒來似沐無生體，頓覺金波滿腹香。

中秋賞月

十分蟾影奪冰寒，晃徹金天法界寬。已見圓明真實相，不須更舉指頭看。

憩松軒

芒鞋竹杖憩茅廬，坐對松軒若太虚，風静煙寒天萬里。冥然疑在舊華胥。

松軒聞琴

松軒特地解塵襟，三弄瑶琴一炷沉。鳴雜篩風聲瑟瑟，不須煙島聽仙音。

繼才卿韻

天中復有一重天，箇裏恢張造化權。體混太虛無作相，十方觸處現孤圓。

警衆

道包兩地與三天，莫執無心合自然。運用應期乾體就，恁時方顯性珠圓。

性月

纖雲不放翳霜天，性月當空極皎然。三界十方能應現，千潭普照一時圓。

晉水

晉泒清泠不畏寒，温温如沸噴雲煙。灼知獨顯長春氣，不受陰陽造化權。

太陵庵

孤庵幽闃倚雲山〔一〕，門絕輪蹄多蘚斑。讀罷黄庭煙篆冷，相陪猿鹿樂安閑。

【校記】

〔一〕闃：原作「闃」，「闃」之俗字。

登大樓

梯上危樓眼界寬，一天萬里掌中看。清清迥絶纖塵翳，似覺閑身寄廣寒。

觀梅

凛冽寒威萬彙摧，嘉圍獨壯舊瓊梅。素英不畏嚴風力，雪裏枝頭取次開。

同羊任老見邀

身如不繫一漁舟，寰海隨流信意遊。興則歌吟困則卧，閻浮一任换春秋。

偶作

絶相巖前樞妙用，無生境上養天真。匠成一點玲瓏體，散即爲風聚即神。

任二先問日用

抽添鉛汞按時烹，毫髮參差藥不成。若解日增珠一粒，光含空界體圓明。

和武殿試贈王先生

山庵蟄迹浄無塵，耕道真功日日新。一片閑心俱不染，惺惺堪繼棄瓢人。

驟雨

雲起天門如潑墨，雷鳴電掣雨如傾。峥嶸势猛隨風散，一洗江山萬里清。

山居

固窮活計居深壑，猿鹿知音外絶鄰。檀乳一鑪無箇事，衡門三徑拍懷春。

訪隱者不遇

煙霞深處訪仙人，争奈尋真不遇真。鶴駕飄飄無覓處，落花空鎖武陵春。

雲溪庵西軒

晚來陽焰射西軒，照見頭頭物物全。一段光明輝道眼，不須別覓自家天。

和韓子玉遊東山

騰騰蠟屐陟東崗，頓覺身心一味凉。嘆此體剛常自浄，解磨歲月地天長。

和步才卿金峰觀三首

金峰仙館對孤岑，人自深銘道德心。感得慶雲時復現，蓬宫眼底不難尋。

壯麗金峰壓遠岑，庭前古柏冒天心。分明指出西來意，何必曹溪遠遠尋。

觀牓金峰接翠岑，冰清氣象貫人心。勞勞多少利名客，誰肯偷閑到此尋。

贈趙大師

蟄居勝地清溪口，短塌蒲團鎮不眠。欲鍊玄宫丹一粒，須憑藥鼎火三千。

馮仲祥問修行二首

不宜泥象執文求，不可傍蹊曲徑搜。要識虚無神氣谷，無中取有是真修。

灰心枯坐徒勞體，瞎鍊盲修謾役神。須識藥材元出處，復明火候養成真。

復問天光二首

有作無爲俱不是，守持存想總成非。鉛鑪汞鼎機真造，精結神凝内發輝。

龍争魂兮肺争魄，烏戰元精兔戰神。空土無爲和合了，含光默默契天真。

吕和之問修行

下手修行要死陰，陰莖不死萬緣侵。未知箇裏真消息，牢捉牢擒走不禁。

問金丹

金丹取有自無中，莫爲無中只著空。空是真空空了當，了空空體體圓融。

又問丹法

定是水精慧是火，心爲真汞身爲鉛。功夫片餉能凝結，十月成胎作上仙。

喬大師索孤魂幡讚

黄雲招颭杖頭挑，引領幽魂上碧霄。一自玉音人演罷，冥關業散逐風飄。

皮院楊公索頌

巧把頑皮利削開，不教向上翳塵埃。匠成真淨冰霜體，未與腥膻一例裁。

王庵主送别索頌

來時九夏榴噴火，去後三秋菊傲霜。一片閑心煙水外，大家默默守真常。

元夜

鼇山燈火爇金蓮，九陌樓臺鬧管絃。眼底珠璣千點亂，粧成不夜一壺天。

問啄木

一種靈禽啄木中，爪剛觜利急施功。非干不足求充腹，解與喬林去蠹蟲。

警學琴

學道忙忙惜寸陰，絲桐調弄謾勞心。自家備有無絃曲，何必剛求指上音。

警圍碁

手談一着役閑情，覿面生機黑白争。黑白若知無二色，死生路上不須驚。

劉先問毫髮差殊不作丹二首

十月總分三萬刻，住行坐卧要綿綿。功夫一刻一年候，數奪天中三萬年。

三奇刻刻用無他，三萬刻中要調和。一刻差違藥材耗，金丹欲結更憑何。

許先問修鍊法度

水火調匀無燥濫，汞鉛烹鍊入丹臺。隨時隨日漸凝聚，无質无形結聖胎。

又問玄霜

採來日月二輪氣，奪得乾坤一點陽。按候運歸鈆汞鼎，水烹火鍊結玄霜。

李道寬問修行

身藏真氣心藏精，二物烹煎得性靈。若下十分三考志，百千萬劫顯惺惺。

問伏鉛汞

汞鈆見火能飛走，須以無名樸鎮守。鈆入坤宫汞入乾，調匀水火丹無咎。

左老問到頭着

忘形養氣氣爲根，忘氣養神神養真。神亦復忘虚即養，養虚合道到頭人。

提初在道着空三首

道不遠人人遠道，人能體道道尋人。須知心得無空用，空自不空空是真。

營營遠離諸疑綱，念念能開衆妙門。識破妄緣無執相，皎然心鏡不曾昏。

六塵緣影非心相，斷滅明空亦外尋。欲識無空真法體，先須明了一真心。

李妙真問虛空一體

覺前覺後兩非真，當體消亡體遍融，寂爾無思心正住，豁然如託大虛空。

警衆説夢三首

夢中夢是兩重虚，影外影爲三等妄。展轉隨緣虚妄生，緣心總把真心障。

一切有爲如夢幻，幾多緣念是怨魔。緣生本體非真實，當體不亡奈爾何。

夢爲空相身爲夢，念念争空夢亦同。夢想一生同一我，是無我我不空空。

問超造化

紛紛造化渾超出，浩浩卓然惟獨立。靈照嚴持力不忘，一真安住無差失。

問日月高奔

日月高奔妙用機，金烏血採過泓池。直須穩宿蟾宫桂，漸漸烹成白雪肌。

續妙浄問止念

念起直須覺疾止，休教念起覺心遲。若能覺速止能速，妙道現前立可期。

雪中

半嶺羊腸路曲盤，林巒雪障逼人寒。憑欄極目乘高望，頓覺一壺天地寬。

西溪閑居

門外溪聲漱玉寒，貫人心地坦然安。華胥夢覺無餘事，一椀松茶一炷檀。

七言律詩

永真草亭

道院幽人構草亭，土堦蓬牖省經營。留連好月添閑興，勾引清風快野情。瑞靄密藏三徑淨，晴嵐低浸一簾明。有時猿鶴來相訪，似話高堂未必清。

贈西山隱者

幽人習性厭蝸名，痼疾煙霞快野情。橡實胡麻甘度日，藥鑪經卷樂爲生。曉觀山市晴嵐色，夜聽松猿叫月聲。萬事到頭都不會，一真法界獨峥嶸。

示衆二首

一性清虚六氣和，風波不動没禪河。生涯貪積黄芽廣，活計慳藏白雪多。清浄場中甘展轉，光明境上獨張羅。而今眷屬虚空體，一片功夫是了呵。

味道綿綿用不勞，廓開玄量絶塵囂。二輪光射九天朗，三島風回四海潮。六妄生情俱瓦解，四隨報法總冰消。心空不着如空界，一性玲瓏萬古超。金劉志淵《啟真集》卷上，明正統《道藏》本，文物出版社等一九九四年，第四册四六七頁。

遺頌

行屍地上逐風塵，養就如如證本真。掬地包天無狀貌，十方三界露全身。金劉志淵《啟真集》卷下《行狀》。

參考書目版本備覽

遼史　元脱脱等修纂　中華書局一九八三年
金史　元脱脱等修纂　中華書局一九七五年
宋史　元脱脱等修纂　中華書局一九七七年
元史　明宋濂等修纂　中華書局一九八三年
建炎以來繫年要録　宋李心傳編纂　中華書局一九八八年
三朝北盟會編　宋徐夢莘編纂　上海古籍出版社二〇〇八年
大金集禮　金張暐等編纂　叢書集成初編本　中華書局一九八五年
大金吊伐録　金佚名編　金少英校補　李慶善整理　中華書局二〇〇一年
契丹國志　宋葉隆禮著　上海古籍出版社一九八五年
大金國志　宋宇文懋昭著　中華書局一九八六年
松漠紀聞　宋洪皓著　叢書集成初編本　中華書局一九八五年
高麗史　［高麗］鄭麟趾著　四庫全書存目叢書本　齊魯書社一九九六年
鴨江行部志　金王寂著　遼海叢書本　遼瀋書社一九八五年

遼東行部志　金王寂著　遼海叢書本　遼瀋書社一九八五年

續夷堅志　金元好問著　常振國點校　中華書局一九八六年

歸潛志　金劉祁著　崔文印點校　中華書局一九八三年

祖庭廣記　金孔元措著　叢書集成初編本　中華書局一九八五年

敬齋古今黈　金李治著　中華書局一九九五年

汝南遺事　元王鶚著　叢書集成初編本　中華書局一九八五年

金圖經　宋張棣著　吉林文史出版社一九九〇年

僞齊録　宋楊堯弼著　藕香零拾本　中華書局一九九九年

靖康稗史箋證　宋確庵　耐庵編　崔文印箋證　中華書局一九八八年

金史詳校　清施國祁著　二十四史訂補本　書目文獻出版社一九九六年

吉貝居雜記　清施國祁著　雪堂叢刻本　北京圖書館出版社二〇〇〇年

元朝名臣事略　元蘇天爵撰　中華書局一九九六年

困學齋雜録　元鮮于樞撰　叢書集成初編本　中華書局一九八五年

南村輟耕録　元陶宗儀撰　中華書局一九八〇年

書史會要　元陶宗儀撰　齊魯書社二〇〇〇年

明秀集　金蔡松年著　金魏道明注　四印齋所刻詞本　上海古籍出版社一九八九年

拙軒集　金王寂著　文淵閣四庫全書本
滏水集　金趙秉文著　畿輔叢書本
遺山先生文集　金元好問著　四部叢刊本
元遺山詩集箋注　清施國祁箋　四部精要本　上海古籍出版社一九九三年
滹南遺老集　金王若虛著　畿輔叢書本
還山遺稿　金楊奐著　叢書集成續編本　上海書店一九九四年
莊靖集　金李俊民著　叢書集成續編本　上海書店一九九四年
小亨集　金楊宏道著　文淵閣四庫全書本
二妙集　金段成己　金段克己著　文淵閣四庫全書本
寓庵集　金李庭著　藕香零拾本　中華書局一九九九年
黄華集民國金毓黻輯　叢書集成續編本　上海書店一九九四年
谷音　元杜本輯　文淵閣四庫全書本
河汾諸老詩集　元房祺輯　文淵閣四庫全書本
西廂記諸宫調　金董解元著　上海古籍出版社一九八四年
劉智遠諸宫調　金佚名著　續修四庫全書本　上海古籍出版社影印
重陽全真集　金王喆著　明正統道藏本　文物出版社等一九九四年

重陽教化集　金王喆著　明正統道藏本　文物出版社等一九九四年
重陽分梨十化集　金王喆著　明正統道藏本　文物出版社等一九九四年
洞玄金玉集　金馬鈺著　明正統道藏本　文物出版社等一九九四年
孫不二元君法語　金孫不二著　藏外道書本　巴蜀書社一九九四年
晋真人語録　金晋真人著　明正統道藏本　文物出版社等一九九四年
水雲集　金譚處端著　明正統道藏本　文物出版社等一九九四年
上清太玄集　金侯善淵著　明正統道藏本　文物出版社等一九九四年
玄虚子鳴真集　金玄冲子著　明正統道藏本　文物出版社等一九九四年
仙樂集　金劉處玄著　明正統道藏本　文物出版社等一九九四年
太古集　金郝大通著　明正統道藏本　文物出版社等一九九四年
雲光集　金王處一著　明正統道藏本　文物出版社等一九九四年
磻溪集　金丘處機著　明正統道藏本　文物出版社等一九九四年
長春真人西遊記　金李志常著　明正統道藏本　文物出版社等一九九四年
離峰老人集　金于道顯著　明正統道藏本　文物出版社等一九九四年
洞淵集　金長筌子著　明正統道藏本　文物出版社等一九九四年
葆光集　金尹志平著　明正統道藏本　文物出版社等一九九四年

悟真集　金李道玄著　明正統道藏本　文物出版社等一九九四年
雲山集　金姬志真著　明正統道藏本　文物出版社等一九九四年
啟真集　金劉志淵著　明正統道藏本　文物出版社等一九九四年
金蓮正宗記　金秦志安著　明正統道藏本　文物出版社等一九九四年
金蓮正宗仙源像傳　元劉天素等著　明正統道藏本　文物出版社等一九九四年
七真年譜　元李道謙著明正統道藏本　文物出版社等一九九四年
終南山祖庭内傳　元李道謙著　明正統道藏本　文物出版社等一九九四年
甘水仙源録　元李道謙纂　明正統道藏本　文物出版社等一九九四年
古樓觀紫雲衍慶集　元朱象先著　明正統道藏本　文物出版社等一九九四年
永樂大典(殘編)　明謝縉等編纂　中華書局一九八九年
詩淵　明佚名編纂　書目文獻出版社一九九三年
金石萃編　清王昶編纂　歷代碑誌叢書本　江蘇古籍出版社一九九八年
金石續編　清陸耀遹編纂　歷代碑誌叢書本　江蘇古籍出版社一九九八年
八瓊室金石補正　清陸耀遹編纂　歷代碑誌叢書本　江蘇古籍出版社一九九八年
山左金石志　清畢沅　阮元編纂　歷代碑誌叢書本　江蘇古籍出版社一九九八年
山右石刻叢編　清胡聘之編纂　歷代碑誌叢書本　江蘇古籍出版社一九九八年

陝右金石志　民國武樹善編纂　歷代碑誌叢書本　江蘇古籍出版社一九九八年
滿州金石志　民國羅福頤編纂　歷代碑誌叢書本　江蘇古籍出版社一九九八年
隴右金石志　民國張維編纂　歷代碑誌叢書本　江蘇古籍出版社一九九八年
八瓊室金石補正續編　清陸增祥編纂　續修四庫全書本　上海古籍出版社影印
攈古録　清吴式芬編纂　北京中國書店一九八二年
道家金石略　陳垣等編纂　文物出版社一九八八年
北京圖書館藏中國歷代石刻拓本匯編
北京圖書館金石組編
中州古籍出版社一九八九年
趙州石刻全録　清蔡壽等編纂　國家圖書館藏清刻本
石頭上的儒家文獻　駱承烈編纂　齊魯書社二〇〇一年
四庫全書總目　清紀昀等撰　中華書局一九九七年
四庫提要辨證　余嘉錫著　中華書局一九八〇年
佛祖通載　元釋念常撰　江蘇廣陵古籍刻印社一九九三年
補續高僧傳　明釋明河撰　高僧傳合集本　上海古籍出版社一九九五年
新續高僧傳　民國喻謙撰　高僧傳合集本　上海古籍出版社一九九五年

釋氏疑年録　陳垣撰　江蘇廣陵古籍刻印社一九九一年
中州集　金元好問輯撰　中華書局上海編輯所一九六二年
全金詩增補中州集　清郭元釪編纂　上海古籍出版社一九九四年
金文最　清張金吾編纂　中華書局排印本一九九〇年
元文類　元蘇天爵編纂　上海古籍出版社一九九三年
元詩選初二三集　清顧嗣立編纂　中華書局一九八七年
元詩選癸集　清顧嗣立等編纂　中華書局二〇〇一年
元詩選補遺　清錢熙彦編纂　中華書局二〇〇二年
歷代詩話　清吴景旭編纂
陳衛平　徐傑點校　京華出版社一九九八年
文選　梁蕭統編纂　中華書局一九八三年
全上古三代秦漢三國六朝文
清嚴可均輯校　中華書局一九八五年
先秦漢魏晉南北朝詩　逯欽立編纂　中華書局一九八四年
全唐文　清董誥等編纂　中華書局一九八七年
全唐詩　清彭定求等編纂　中華書局一九八五年

全唐五代詞　張璋　黄畬編　上海古籍出版社一九八六年
全宋文　曾棗莊主編纂　上海辭書出版社等二〇〇六年
全宋詩　北京大學古文獻研究所編纂　北京大學出版社一九九八年
全遼文　陳述編纂　中華書局一九八二年
全遼詩話　蔣祖怡　張滌雲整理　岳麓出版社一九九二年
遼代石刻文編　向南編纂　河北教育出版社一九九五年
遼代石刻文續編　向南等編纂　遼寧人民出版社二〇一〇年
金文最　清張金吾編纂　中華書局一九九〇年
全金元詞　唐圭璋編纂　中華書局一九九四年
全遼金詩　閻鳳梧等主編　山西古籍出版社二〇〇一年
全元文　李修生主編　江蘇古籍出版社二〇〇四年
全元詩　楊鐮主編　中華書局二〇一三年
全元散曲　隋樹森編纂　中華書局一九八一年
唐宋八大家全集　國際文化出版公司一九九八年
雍正畿輔通志　文淵閣四庫全書本
雍正河南通志　文淵閣四庫全書本

雍正陝西通志　文淵閣四庫全書本
雍正山東通志　文淵閣四庫全書本
乾隆盛京通志　文淵閣四庫全書本
雍正甘肅通志　文淵閣四庫全書本
雍正山西通志　文淵閣四庫全書本
成化山西通志　四庫全書存目叢書本　齊魯書社本一九九六年
光緒山西通志　中華書局一九九〇年
永樂大典殘抄本順天府志　北京大學出版社一九八三年
光緒順天府志　北京古籍出版社一九八七年
析津志輯佚　元熊夢祥著　北京圖書館善本組輯　北京古籍出版社一九八三年
日下舊聞考　清于敏中等編纂　北京古籍出版社一九八三年
大明一統志　明李賢等編纂　三秦出版社一九九〇年
讀史方輿紀要　清顧祖禹編纂　中華書局二〇〇五年
鴨江行部志注釋　羅繼祖　張博泉注　黑龍江人民出版社一九八四年
五代宋金元人邊疆行記十三種疏證稿　賈敬顔著　中華書局二〇〇四年
談藝録　錢鍾書著　中華書局一九九六年

遼金元史考索　蔡美彪著　中華書局二〇一二年

遼金史論　劉浦江著　遼寧大學出版社一九九九年

金代文學學發凡　周惠泉著　東北師范大學出版社一九九四年

金詩紀事　王慶生增訂　上海古籍出版社二〇〇三年

金代文學家年譜　王慶生著　鳳凰出版社二〇〇五年

元好問全集　姚奠中主編　山西古籍出版社二〇〇四年

王重陽集　白如祥輯校　齊魯書社二〇〇五年

馬鈺集　趙衛東輯校　齊魯書社二〇〇五年

譚處端等集　白如祥輯校　齊魯書社二〇〇五年

丘處機集　趙衛東輯校　齊魯書社二〇〇五年

趙秉文集　馬振君輯校　黑龍江大學出版社二〇一三年

王若虛集　馬振君輯校　中華書局二〇一七年

詩人姓名索引

本索引前爲詩人姓名,後爲所在頁碼,按音序排列。

F

G

T

W

Y

Z